Dodelijk spel

Van dezelfde auteur

Amos Decker
De geheugenman
De laatste mijl
Het motief
Doodskleur
Verlossing
Ondergronds
De lange schaduw

Atlee Pine
De lange weg naar genade
Eén minuut voor middernacht
Daglicht
Spiegelbeeld

Aloysius Archer
Een goede daad
Schaduwstad

Camel Club
De samenzwering
De verzamelaars
De verraders
De rechtvaardigen
Rechteloos

John Puller
De provocatie
Vergeten
De ontsnapping
Niemandsland

King & Maxwell
Onbewaakt ogenblik
Het uur van de zonde
Geniaal geheim
Familieverraad
De zesde man
King & Maxwell

Mickey Gibson
Simpele leugens

Shaw
Niets dan de waarheid
Verlos ons van het kwaad

Travis Devine
De 6:20-man

Will Robie
Onschuldig
De aanslag
Doelwit
De schuldigen
Eindspel

Overige thrillers
Het recht van de macht
Op eigen gezag
Duister lot
Vuil spel
Onder druk
De laatste man
In het geheim

Wilt u op de hoogte gehouden worden van de thrillers van David Baldacci? Meld u dan aan voor de nieuwsbrief via www.baldacci.nl of volg www.facebook.com/DavidBaldacciFanpage.
Andere leestips zijn te vinden op www.awbruna.nl.

David Baldacci

Dodelijk spel

A.W. Bruna Uitgevers

Oorspronkelijke titel
A Gambling Man

Vertaling
Jolanda te Lindert
Omslagbeeld
© Roy Bishop/Arcangel
Omslagontwerp
Studio Jan de Boer

ISBN 978 94 005 1587 1
NUR 332

Voor Trisha Jackson,
een fantastische uitgever en redacteur, een prachtig mens
en een goede vriendin

1

Op de drempel van het nieuwe decennium zat Aloysius Archer in een rammelende bus, onderweg naar het westen van Californië op zoek naar een leven dat iemand als hij redelijkerwijs mocht verwachten. Een dak boven zijn hoofd, af en toe een glas acceptabele drank en een continue aanvoer van zijn Lucky Strikes om zijn mond soepel en geamuseerd te houden. En een baan. Of liever gezegd een beroep. Daar had hij nu behoefte aan. Dat was vergelijkbaar met water zoeken in een woestijn: je had het gewoon nodig en het maakte niet uit hoe je het kreeg. Anders was hij een achterlijke zool, en daar zat geen toekomst in.

Hij nam zijn gleufhoed af, streek door zijn dikke korte haar en zette hem weer op.

Verdomme, misschien wil ik wel te veel. Maar waarom ook niet?

Archer was nog geen dertig. Nadat hij had meegevochten in de Tweede Wereldoorlog had hij in de gevangenis gezeten voor een misdaad waar hij feitelijk niet schuldig aan was. Justitie had dat subtiele verschil niet ingezien en hem toch opgesloten. Hij had wél schuld willen bekennen als ze hem hadden aangeklaagd voor mateloze stommiteit. Er was een vrouw bij betrokken, en Archer leek zijn gezonde verstand volledig kwijt te raken zodra er vrouwen in de buurt waren.

Hij was precies 1 meter 86 en zijn lichaam was gehard – eerst in het leger en daarna in de gevangenis waar de sterksten niet noodzakelijkerwijs overleefden, maar je kans daarop werd door een degelijk voordeel toch wel vergroot. Hij had een redelijk stel hersens, was vrij snel van begrip en had een werkhouding waarmee hij, als hij de kans kreeg, ergens een goed leven kon opbouwen. Archer hoopte die kans te vinden in een stad aan de oceaan in Californië. Hij verlangde ernaar deze nieuwe fase van zijn leven te beginnen onder leiding van de doorgewinterde privédetective Willie Dash.

Maar eerst moest hij er zien te komen. En in deze tijd was niets gemakkelijk, zeker geen lange reis door een land dat zo groot was dat er geen einde aan leek te komen.

Hij keek door het vuile raam van de bus naar buiten en zag het metalen bord dat de hele straat overspande en waar ze zo dadelijk onderdoor zouden rijden.

RENO, DE GROOTSTE KLEINE STAD TER WERELD

Hij had geen idee wat het betekende, maar het intrigeerde hem wel. Ze stopten in de terminal van het busstation. Hij pakte zijn grote, splinternieuwe leren schoudertas uit het rek boven zijn hoofd. Hij droeg een tweedelig bruingeel wollen krijtstreeppak, een bonte groene stropdas met een enkelvoudige Windsor-knoop, een gesteven wit overhemd en een gleufhoed met een bruine band. Al zijn andere wereldse bezittingen zaten in de schoudertas. Het was niet veel, maar het was veel meer dan hij had bezeten toen de gevangenisdeuren nog niet eens zo lang geleden werden geopend.

Hij kreeg een aanbeveling voor een overnachtingsplek van het meisje achter de balie van het busstation. Ze had haar haar als een frivole minkstola om haar hals geslagen, had een ondeugende blik in haar blauwe ogen en een weelderig lichaam dat hem herinnerde aan Ava Gardner in zwempak op de foto die hij gedurende de hele oorlog in zijn helm had bewaard. Hij vertelde haar dat hij onderweg was naar Californië, waarna ze hem een plattegrond gaf en vertelde waar hij het beste kon gaan eten.

'Ik heet Ginger,' zei ze met een brede glimlach. 'Misschien zie ik je straks nog in de stad.'

Hij lichtte zijn hoed, beantwoordde haar glimlach en liep weg, terwijl zijn glimlach veranderde in een grimas. Het kon hem niets schelen, al was ze Ginger Rogers, hij zou bij haar uit de buurt blijven, ondanks haar ondeugende blik en kapsel.

'Je lijkt verdwaald, soldaat,' zei een stem.

Archer had het busstation al verlaten en stond in de heerlijke warmte die van het trottoir opsteeg en hem omhelsde. De spreker was een man van achter in de zestig met een kaarsrecht postuur, broodmager, met een verwarde bos haar en een donzige snor tot bijna aan zijn kin. Hij droeg een donker pak dat dringend gewassen moest worden en een gekreukelde zwarte hoed met een vieze donkerrode band. Een zilveren horlogeketting hing voor zijn gestippelde witte vest, dat zijn ingevallen borst en buik omspande.

Archer zette zijn schoudertas op het trottoir, haalde een halfvol pakje Lucky Strikes uit zijn zak, stak een sigaret in zijn mond, streek een lucifer aan op zijn schoenzool en stak zijn sigaret aan. Hij zwaaide de lucifer heen en weer alsof het een sterretje was en gooide hem op de grond.

De man keek zo begerig naar zijn sigaret dat Archer er nog een uit zijn pakje haalde en hem aanbood aan de man die de sigaret met een dankbare blik aannam en aanstak met een gebutste verchroomde aansteker.

Al rokend keken ze elkaar door de wolken sigarettenrook onderzoekend aan.

'Net aangekomen in de stad,' zei Archer. Hij rilde een beetje. De zon die de hele dag keihard had gewerkt ging onder, waarna de warmte als een dovende vlam in het trottoir verdween.

De man keek naar de schoudertas en het busstation achter hen, knikte en zei: 'Dat zie ik.'

'En ik ben niet verdwaald en ga naar mijn hotel.'

'Bedoelde het ook niet geografisch. Was meer een metafoor.'

'Je praat als een ontwikkeld man, of heb je gewoon geluk met de manier waarop de woorden uit je mond komen?'

'In de loop der tijd loopt je hoofd vol, als je dat toelaat. Sommigen doen dat niet, die doen er gewoon een deksel op en eindigen hun leven zoals ze begonnen, onwetend als baby's.' Hij stak een trillende hand met dunne aders en donkere vlekken uit. 'Ik heet Robert Howells, maar mijn vrienden en een paar vijanden van me noemen me Bobby H. En jij bent?'

Archer schudde zijn hand, maar vroeg: 'Waarom wil je dat weten?'

'Maak gewoon een praatje, jongeman. Doe niet zo gespannen.'

'Ik word Archer genoemd.'

'Voor het eerst in Reno?' vroeg Howells.

Archer nam een trekje en knikte langzaam. 'Ben op doorreis.'

'Onderweg naar Californië? San Fran? Los Angeles? Daar is Hollywood. Mooiste vrouwen ter wereld. De straten zijn geplaveid met goud en het water smaakt naar wijn.'

'En niets daarvan is waar.'

'Zelfs niet een beetje. Nou ja, dat van de vrouwen misschien wel. Maar die zijn niet gratis, jongeman. En meer neutrale gespreksonderwerpen heb ik niet.'

'Ik ben inderdáád op weg naar Californië, maar naar een stad ten noorden van Los Angeles. Volgens de Rand McNally-reisgids.'

'Je hebt iets wat de camera misschien wel interessant vindt. Misschien kijk ik naar de volgende Gary Cooper?'

'Ik heb helemaal geen behoefte om de volgende Gary Cooper te zijn of in een camera te kijken. Ik zeg niet dat ik niet kan acteren, want dat doe ik zo ongeveer elke keer als ik mijn mond opendoe.'

'Wat is je ambitie dan wel?'

Archer nam een laatste trekje, liet zijn sigaret vallen en trapte hem uit met de hak van zijn rechterveterschoen. 'Niet om het een of ander, Bobby H, maar ik ken je niet. En ik zit niet te wachten op problemen met onbekenden.'

Howells fronste. 'Je lijkt bijna even oud als ik. Tenminste, door je gebrek aan avontuurlijke geest.'

'Dat beschouw ik maar als een compliment.'

'Weet je waarom ze Reno de grootste kleine stad ter wereld noemen?'

Archer schudde zijn hoofd.

'Omdat je hier alles kunt krijgen wat New York of Philadelphia of Boston of zelfs Los Angeles kan leveren.'

'En wat wil ik dan volgens jou?'

'Wat willen de meeste jongemannen na een oorlog? Je hebt gevochten, neem ik aan?'

'Dat is nu al bijna vijf jaar geleden.'

'Maar het was een nare oorlog met veel ellende. Die we niet gauw zullen vergeten.'

'Dus wat wil ik?' vroeg Archer weer.

'Plezier maken zonder de bijbehorende verplichtingen.'

'Bijbehorende verplichtingen? Nu praat je als een advocaat. Die staan bij mij samen met begrafenisondernemers op de twee laagste plaatsen qua populariteit. En daarvandaan is het een heel lange weg omhoog.'

'Wil je plezier maken zonder consequenties?'

Archer vroeg zich af of de oude man dronken was of high of allebei. 'Volgens mij is dat niet mogelijk.'

'In Reno wel.'

'Nou, fijn voor Reno. En wat win jij ermee door me dit te vertellen?'

'Je gelooft niet dat iemand zomaar iets goeds doet?'

'Ik geloof ook niet in de Kerstman of geld dat zomaar uit de lucht komt vallen. Sinds ik zeven was.'

'Voor een jonge man lijk je een oude en grijze ziel te hebben.'

'En ik word elke minuut dat ik met jou sta te kletsen ouder.'

'Je jeugdige passie is uit je geramd, en dat is verdomd jammer, jongeman.'

Archer stak nog een Lucky op en keek de man aan, in afwachting van diens volgende zet. Daardoor verstreek er tenminste wat tijd in de grootste kleine stad ter wereld.

'Oké, ik kan je cynisme wel begrijpen. Maar er viel me nog iets op aan je, iets wat mij persoonlijk voordelen biedt.'

Archer grinnikte. 'Nu komen we ergens. Ik wist gewoon dat je dat in je had.'

Howells streek over zijn kin. 'Je lijkt een man die zichzelf kan redden.'

'Daarmee vertel je me niets wat ik niet al wist.'

'En dit: kun je anderen beschermen?' vroeg Howells.

'Over wie hebben we het dan?'

'Over mij.'

'Waarom heb jij bescherming nodig?'

'Ik heb vijanden, zoals ik al zei.'

'Hoe komt het dat je vijanden hebt?'

'Sommige mensen hebben die nu eenmaal, helaas, en ik ben een van die mensen. En, wat zeg je ervan?'

'Ik heb geen behoefte om van jouw vijanden mijn vijanden te maken. Een fijne dag verder.' Archer lichtte zijn hoed, draaide zich om en liep weg met zijn tas.

Howells riep hem na: 'Je laat een man in nood dus gewoon stikken, soldaat?'

Archer riep achterom: 'Wacht maar gewoon tot er een stomkop langskomt, dan is híj je man, Bobby H.'

2

In zijn hotelkamer, een soort mislukte douchecabine, gooide Archer zijn hoed op het bed, zette zijn schoudertas in de smalle kast waarin twee gammele kleerhangers aan de houten stang hingen en ging in de ene stoel bij het raam zitten. Hij trok de verbleekte en gerafelde gordijnen open en keek naar Reno. Het leek een gewone stad, misschien iets minder dan dat. Maar misschien mikte het altijd iets hoger, net als hij zelf altijd deed.

Hij rookte nog een Lucky, haalde de zakflacon uit de zak van zijn colbert en nam een slok. Archer had geen behoefte aan mooie vrouwen, waterige wijn of met goud geplaveide boulevards. Het enige wat hij wilde waren een vast salaris, iets interessants om te doen en het daarmee gepaard gaande kleine beetje zelfrespect.

De roggewhiskey gleed langzaam en aangenaam brandend naar beneden. Hierdoor versterkt haalde hij de brief tevoorschijn. De tekst was getypt op ruw papier met het briefhoofd *Willie Dash, Very Private Investigations*, met daaronder een adres en een vijfcijferig telefoonnummer in Bay Town, Californië. Bij de brief zat Dash' visitekaartje, stevig en overtuigend, met daarop hetzelfde adres en telefoonnummer als in de brief. Onder de naam van het bedrijf stond een heel kleine loep. Archer vond het mooi en hij hoopte dat hij de man aardig vond. Nog belangrijker, hij hoopte dat Willie Dash hém aardig vond.

Deze brief was het antwoord op de brief die Archer aan Dash had geschreven op advies van Irving Shaw, rechercheur bij de staatspolitie. Archer had de man leren kennen in Poca City, waar hij zijn voorwaardelijke vrijlating had doorgebracht. Shaw en Dash waren oude vrienden, en Shaw dacht dat Archer aanleg had om rechercheur te worden en dat Dash een goede mentor voor hem kon zijn. Archer had Shaws naam genoemd in zijn brief, omdat hij hoopte dat Dash hem daardoor zeker terug zou schrijven.

Dash had echter niet alleen teruggeschreven, maar ook voorgesteld dat Archer naar Bay Town kwam om te kijken wat mogelijk was. Hij had Archer geen baan beloofd, alleen de mogelijkheid te solliciteren, afhankelijk van Dash' mening. Archer had geen behoefte aan loze beloftes of wollige gemeenplaatsen; hij wilde alleen een eerlijke kans.

Hij stopte de brief en het visitekaartje terug in de zak van zijn colbert, keek weer naar buiten en realiseerde zich dat het bijna etenstijd was. Toen hij naar het hotel liep was hij langs verschillende eetgelegenheden gekomen, en een daarvan was hem opgevallen doordat dit ook het restaurant was dat de ondeugende Ginger had genoemd.

Hij pakte zijn hoed, stopte zijn zware kamersleutel die zo nodig als een stomp voorwerp kon dienen in zijn zak en vertrok om de tijd en zijn maag te vullen.

Het was een korte wandeling naar Café De Dansende Vogels. Het etablissement was weggestopt in een zijstraat van de hoofdstraat van Reno. Boven de brede ramen hingen rood-groen gestreepte markiezen, op de massief eiken deur zat een koperen klopper en rechts van de deur aan de muur hing een flikkerende gaslamp.

Archer stak aan de open gasvlam een Lucky aan. De methaanlucht herinnerde hem aan de oorlog: als je toen geen vieze geuren inademde, zoals die van cordiet, zou je bijna denken dat je dood was of dat iemand de oorlog had verplaatst.

Hij opende de deur en keek onderzoekend naar binnen. Het was precies zeven uur 's avonds en het was er even vol als het tussendek van een passagiersschip, alleen waren deze mensen beter gekleed en dronken ze hippere drankjes. Obers met een zwart vlinderdasje en een kort wit jasje leken te huppelen en te springen om sneller te kunnen werken. Archer zocht de 'dansende vogels', maar zag nergens gevleugelde wezens die de jitterbug dansten. Dus óf de naam was verkeerd gekozen óf er stond hem straks een echte verrassing te wachten.

Helemaal achterin was net als in een theater een verhoogd podium met een gordijn. Archer stond nog met zijn hoed in de hand toen de gordijnen opengingen en er vier platinablonde danseressen met lange benen tevoorschijn kwamen die zo schaars gekleed waren dat ze eruitzagen alsof ze elk moment in bed konden duiken – om van alles en nog wat te doen, behalve slapen. Ze hielden allemaal een heel erg grote en heel erg neppe vogelveer vast.

Een mollig mannetje in een smoking waggelde het toneel op, liep naar een enorme microfoon op een statief en kondigde met veel drama aan dat deze vier dames de Dansende Vogels waren die zouden optreden om de gasten te amuseren die nu zaten te eten of, aan zeker de helft van de tafels die Archer kon zien, hun vloeibare avondeten nuttigden.

Tegen de tijd dat de dames zingend over het houten podium huppelden, zwaaiend met hun veren en draaiend met hun heupen, kwam een heer met een vlinderdasje naar Archer toe. Hij vertelde dat er plaats voor hem was als hij het niet erg vond een tafel te delen.

'Geen probleem,' zei Archer vriendelijk, waarna de man Archer naar een tafel vlak bij het podium bracht. Daar zat een kleine gezette man van in de vijftig. Diens kalme, hooghartige uitstraling en scherpe blik maakten Archer duidelijk dat deze man gewend was bevelen te geven die ook werden uitgevoerd; een acceptabele baan als je die kon krijgen en houden. De hoofdober overhandigde Archer een stevige menukaart waarop de gerechten in vloeiende kalligrafische letters waren geschreven, nam zijn bestelling op voor drie vingers whiskey en één water en vertrok.

Archer hing zijn gleufhoed aan de rugleuning van zijn stoel, knikte en zei tegen de andere man: 'Bedankt dat ik hier mocht zitten, meneer.'

De man knikte terug zonder naar Archer te kijken; hij hield zijn blik gericht op de Dansende Vogels.

Nadat Archers drankje was gebracht, draaide de man zich om en keek naar de whiskey. 'Goede keus. Dat is een van de beste die ze hier serveren.'

'Hebt u verstand van de bar hier?'

'De bar is in zekere zin van mij. Max Shyner.' Hij hief zijn champagneglas en tikte als proost tegen Archers whiskeyglas.

'Aangenaam kennis te maken, meneer Shyner. Mijn naam is Archer. En nogmaals bedankt dat ik bij u aan tafel mag zitten. Vroeg me al af waarom u zo'n goede plaats had voor het optreden.'

De man keek weer naar het podium en vroeg: 'Bevallen de Dansende Vogels je?'

Archer keek naar de verste Vogel, die daarop reageerde met opgetrokken wenkbrauwen en een verleidelijke glimlach, waarna ze samen met de andere Vogels naar de andere kant van het podium trippelde. 'Wat zal ik zeggen, een man kan toch niet anders?'

'Net aangekomen in de stad?' vroeg Shyner.

'Is dat aan me te zien?'

'Ik ken de meeste vaste klanten.'

'Ben op doorreis. Stap morgen weer in de bus.'

'Waarnaartoe?'

'Naar het westen,' zei hij vaag. Meer wilde hij niet zeggen.

'Californië dus?'

'Misschien.'

'Nog iets verder naar het westen en je zit in de Stille Oceaan, jongeman.'

'Neem aan van wel.' Archer nam een slok van zijn whiskey en pakte de menukaart. 'Kunt u iets aanbevelen?'

'De biefstuk en de asperges; komen allebei uit de buurt. Neem de bearnaisesaus. Weet je wat dat is?'

'Zal ik wel merken.' Archer gaf zijn bestelling op aan de ober toen die langskwam en nog een extra vinger bij de whiskey in zijn glas schonk. 'Hoe lang is dit al van u?'

'Best lang. Ik ben geboren in Reno. De meesten komen ergens anders vandaan, nu tenminste, door de grote volksverhuizing na de oorlog, weet je.'

'Daar hoor ik denk ik ook bij,' antwoordde Archer.

'Waar in Californië? Ik heb daar contacten, voor het geval je werk zoekt.'

'Bedankt, maar volgens mij heb ik al iets geregeld.'

'De Golden State is inderdaad in opkomst, vandaar dat mensen zoals jij zich daarnaartoe haasten. Zelf ben ik meer dan tevreden met mijn plekje hier.'

'Wie is dat?' Archer wees naar de Vogel die hem flirtend had aangekeken.

'Liberty Callahan, een van mijn beste Vogels. Lieve meid.' Hij zwaaide met zijn vinger naar Archer. 'Haal je niets in je hoofd, jongeman. Ze wil gaan acteren. Denk niet dat ze hier lang blijft, helaas.'

'Ik ben alleen op doorreis, zoals ik al zei. Ik haal me niets in mijn hoofd, niet met haar en ook niet met een van de andere dames.'

Shyner leunde naar voren en keek Archer strak en onderzoekend aan. 'Hou je van gokken?'

'Mijn hele leven is één grote gok geweest.'

'Ik bedoel, in een casino?'

Archer schudde zijn hoofd.

Shyner haalde een handvol bankbiljetten uit zijn zak, telde vijftig dollar af in briefjes van tien en gaf ze aan Archer. 'Pak aan en probeer je geluk in het Wheelhouse. Dat is van mij.'

'Geeft u papiergeld aan iedereen die hier op doorreis is? Zo ja, dan kunt u daar beter mee stoppen voordat alles op is.'

Shyner leunde nog dichter naar hem toe, zodat Archer de champagne in zijn adem en de Old Spice op zijn rode wangen kon ruiken. 'Ik zal je iets over casino's vertellen, jongeman. Welk spel er ook wordt gespeeld, de casino's zijn in het voordeel – iets minder bij blackjack en roulette, iets meer bij craps en gokautomaten. Maar er is geen enkel spel waarbij het Huis niet in het voordeel is. Het is mijn taak om mensen naar mijn casino te krijgen, zelfs als ik ze eerst wat geld moet geven. Op de lange duur levert het me winst op.'

'Maar rijdt u zichzelf niet in de wielen met die waarschuwing?'

Shyner lachte. 'Je vergeet de menselijke natuur. Ik geef je een klein startkapitaal en jij betaalt me dat binnen de kortste keren dubbel en dwars terug.'

'Heb nog nooit het nut van gokken ingezien. Ook zonder dat is het leven onzeker genoeg.'

'Er zal nog worden gegokt lang nadat ik dood en begraven ben, en ook jij. Mensen hebben aangeboren zwaktes en geven die door. Een soort darwinisme: alleen de stomkoppen overleven.'

'Bedankt, ik ga misschien wel naar uw casino, maar speel dan met mijn eigen geld.'

'Weet je het zeker?'

'Zo zeker als ik hier zit met een man die een casino bezit.'

Shyner borg het geld weer op, stak een kort dun sigaartje op en blies kringeltjes rook naar het hoge gestuukte plafond. 'Je verbaast me, Archer. Dat met die vijftig dollar heb ik vaker gedaan dan ik me kan herinneren en jij bent de eerste die het afwijst.'

'Hoe zit het met al die casino's in Las Vegas? Zijn dat geen concurrenten?'

Shyner zei geruststellend: 'Over twintig jaar zal Las Vegas een spookstad zijn en zal niemand zich de naam van die stad nog kunnen herinneren, let op mijn woorden.'

Archers biefstuk met asperges werd gebracht. Hij at zijn maaltijd op en spoelde het weg met nog eens twee vingers whiskey.

'Mag ik je dan tenminste op je maaltijd trakteren, Archer?'

'Wat moet ik in ruil daarvoor doen?'

'Ga gewoon naar mijn casino. Twee straten verderop naar het westen. Het is niet te missen.'

Archer legde een dollar neer voor zijn maaltijd en drankjes.

'Je gaat dus niet naar het Wheelhouse?' vroeg Shyner teleurgesteld.

'Jawel. Maar op mijn eigen voorwaarden, niet op de uwe.'

'De echte actie begint niet voor een uur of tien. Je zult het hele plaatje willen zien.'

Toen Archer vertrok keek hij Liberty Callahan aan en hij tikte tegen zijn hoed, terwijl zij achter een kleine vleugel zat die het podium op was gereden en een solo zong. Ze schonk hem een oogverblindende glimlach, maar ging gewoon door met zingen. Archer vond dat ze fantastisch zong en toen hij het vogelnest verliet, zwaaide ze hem na met haar nepveer.

Archer moest toegeven dat de stijl van de dame hem wel beviel.

3

Het Wheelhouse was gevestigd in een gebouw dat ongeveer even groot was als een vliegdekschip, maar met mooier meubilair, zonder patrijspoorten en met genoeg drank om op weg te varen. Binnen hoopte een heel leger gokkers dik te winnen, hoewel ze vrijwel allemaal alles zouden verliezen wat ze hadden meegenomen plus wat ze niet hadden meegenomen. Archer had ook zonder dat Shyner hem dat had verteld, geweten dat het Huis in het voordeel was. Iemand moest betalen voor de drank, de verlichting, de vrouwen en de mollige oudere man van wie dit alles was en die gek was op zijn champagne en vijftigdollarsukkels.

In de grote zaal werd zo ongeveer elk gokspel gespeeld dat ooit was uitgevonden. Serveersters in zwarte kousen en een laag uitgesneden blouse liepen rond met drankjes, rookwaar en soms een uitdagende blik die suggereerde dat ze nog wel iets extra's konden doen voor degenen die na sluitingstijd nog geld hadden. De bar zat bomvol, want de drank kostte maar de helft van de prijs – volgens het bord boven de bar tenminste. Dronken mensen vergrootten de kansen van het casino zelfs nog meer, nam Archer aan.

Toen het volgens zijn horloge tien uur was gaf hij zijn hoed af en liep hij door de grote zaal naar de kassa's. Hij had nog nooit in een casino gegokt, maar Archer had wel al eerder gegokt. Eerst in de gevangenis en daarna bij mensen thuis waar de kansen iets beter waren dan hier, de drank afkomstig was uit zakflacons of tumblers vermomd als borrelglaasjes en de enige dames huisvrouwen waren die hun waardeloze echtgenoot kwamen ophalen voordat-ie helemaal platzak was.

Hij kocht voor tien dollar fiches, slenterde naar een crapstafel en keek van een afstandje naar de weddenschappen op het bord tot de tafel als de kaken van een loerende krokodil werd geopend voor een nieuw spel. Terwijl hij stond te kijken zag hij dat drie mannen al na twee worpen verloren. Daarna haakten twee andere dobbelaars af, de ene stomdronken en de andere nadat hij zijn hele inzet bij de laatste worp had verloren.

Een man aan de tafel draaide zich om, zag Archer staan en wenkte hem. Toen Archer naast hem stond zei de man: 'Moet je horen, knul, die man daar die op het punt staat te gooien heeft al drie avonden op rij gewonnen.' Hij wees naar een kleine man van een jaar of zestig met dun grijs haar. Hij droeg een montuurloze bril, een seersucker pak met een opzichtig vlinderstrikje en tweekleurige veterschoenen. Aan zijn stompe geaderde neus en rode gezicht te zien vond hij zijn drank veel belangrijker dan wat dan ook.

Archer keek op hem neer. 'Is dat zo?'

'Echt waar. Die jongen kan werpen.' Hij stak een kwabbige hand uit. 'Roy Dixon.'

'Archer.'

Ze gaven elkaar een hand, terwijl de *stickman* achter de casinotafel riep dat er weer kon worden ingezet. De nieuwe shooter liep naar een kant van de tafel – draaiend met zijn schouders en hoofd alsof hij op het punt stond de boksring te betreden in plaats van het groene fluweel van deze crapstafel, alsof dit het moeilijkste gokspel was dat ooit was ontwikkeld. Archer meende zelfs te zien dat de man even met zijn ogen rolde voordat hij er helemaal klaar voor was om het Huis in te pakken of om te worden verscheurd door een paar dobbelstenen van nog geen dertig gram elk. De twee *base dealers* regelden het ficheverkeer, terwijl de *boxman*, een gedrongen man met een groene kleppet en een zure blik, alles in de gaten hield alsof zijn leven en het leven van iedereen die hij kende ervan afhing als hij iets over het hoofd zag.

'Oké, jongeman, laten we wat geld gaan verdienen.' Dixon zette in bij de *pass line*.

'Hoe dan?'

'Hé, jij!' Een van de base dealers keek Archer met een felle blik aan. 'Je moet inzetten, man. Je staat bij de tafel, dus moet je wedden. Dat is de regel, vriend. Heeft je moeder je dat soms niet geleerd?'

Iedereen lachte en verschillende mensen keken Archer uit de hoogte aan.

Archer legde een paar fiches naast die van Dixon op de pass line.

'Dank je wel, vriend. Voel je je nu niet veel beter?' vroeg de dealer.

Dixon fluisterde in Archers oor: 'Hij gaat zo zeven gooien.'

'Hoe weet je dat?'

'Shit, omdat hij dat altijd doet.'

De stickman hield de shooter – een lange, magere man met krullend bruin haar en gekleed in een tweedelig beige pak en een gekreukeld wit overhemd, maar zonder riem – vijf dobbelstenen voor. De shooter koos er twee uit en gaf er drie terug aan de stickman die ze in zijn beker liet vallen. 'Dobbelstenen klaar, geen inzetten meer,' zei de stickman.

De shooter blies op de dobbelstenen en schudde ze door elkaar in zijn rechterhand.

'Met één hand gooien, en de beide stenen moeten de achterwand raken,' zei de stickman.

De shooter keek hem vol ongeloof aan. 'Verdomme, denk je soms dat ik dat niet weet? Hoe lang gooi ik hier al, Benny?'

'Ik zeg het alleen maar,' zei Benny.

De shooter gooide de stenen tegen de achterwand van de tafel.

De stickman riep: 'We hebben een *Big Red*. De pass line wint, de rest verliest.'

Dixon zei: 'Wat zei ik? We hebben net ons geld verdubbeld.'

Hun fiches werden verdubbeld, en Archer keek gefascineerd naar de dealers die de afrekening regelden en nieuwe weddenschappen aannamen.

'Wat nu?' vroeg Archer.

'Bij de volgende worp zal hij zijn punt maken.'

Dixon plaatste zijn fiches op bepaalde inzetvakken, waarop Archer hetzelfde deed.

Even later zei Benny: 'Shooter gooit een tien. Het punt is gemaakt, mensen.'

Er werd weer ingezet en de shooter kreeg de dobbelstenen. Ze stuiterden van de achterkant van de tafel en bleven liggen.

'*Little Joe* op de voorste rij,' riep Benny. '*Hard four*.'

Archer keek naar de twee tweeën en zag zijn stapel fiches groeien. Hij en Dixon zetten opnieuw in.

'*Boxcars*,' riep Benny toen er twee zessen werden gegooid. '*Twelve craps, come away triple*.'

'Wat betekent dat?' vroeg Archer.

'Het Wheelhouse betaalt drie keer het veld op boxcars,' zei Dixon met een tevreden blik naar zijn hoge stapels fiches.

'Hé vriend, kunnen we niet beter stoppen nu we winnen?' zei Archer.

'Wat heeft dat nu voor zin?' zei Dixon.

Archer pakte een paar fiches van zijn stapels, maar Dixon niet.

De volgende worp was opnieuw een winnaar en Dixon keek Archer grijnzend aan. 'Je bent te timide, jongen. Eerste regel bij craps: je volgt een hot shooter helemaal tot het eind.'

Archer keek naar de shooter. Er hing een sigaret in zijn mondhoek, er zat een straaltje zweet boven zijn wenkbrauwen en zijn ogen wezen op te veel drank, drugs en misschien zelfvertrouwen. Archer vond dat de man er volkomen afgepeigerd uitzag. Hij pakte al zijn fiches van de rand van het speelveld, schoof al zijn reservefiches van de tafel en stapte achteruit.

De boxman keek hem met een minachtende blik aan. 'Je laat een hot shooter in de steek?' Archer keek gewoon terug, waarop de boxman spottend zei: 'Ga dan maar naar je mama, knul. Hoogste tijd voor je fles melk, baby.'

Op het laatste moment – vlak voordat Benny de dobbelstenen aan de shooter gaf – zette Dixon al zijn fiches in voor nieuwe weddenschappen op de pass line.

Terwijl Archer wegliep, hoorde hij een luide kreun vanaf de tafel toen Benny opgewekt riep: '*Seven out*.' Het volgende geluid was van zijn stok waarmee hij alle fiches die op de shooter waren ingezet naar zich toe trok. Het Huis was met volle kracht teruggekomen en het leven van de gokkers aan de tafel stortte als een gedoemd vliegtuig neer.

Archer keek achterom en zag dat Dixon naar de plek staarde waar al zijn fiches hadden gelegen. De koning had zijn koninkrijk verloren, zoals ze allemaal uiteindelijk deden.

'Ik kan maar beter op zoek gaan naar die fles melk,' zei Archer bij zichzelf.

4

'Hé, hé, hallo!'

Archer keek op en zag dat de vrouw enthousiast naar hem zwaaide.

Liberty Callahan van Café De Dansende Vogels zat aan de roulettetafel. Ze had haar podiumoutfit en grote veer verwisseld voor een strakke jurk met glittertjes. Archer vond haar hartelijke glimlach, die frivool plezier met weinig regels beloofde, nog aantrekkelijker. Maar toch, toen hij iets nuchterder naar haar brede glimlach en speelse blik keek, zag hij daarin cipiers die stonden te popelen om hem een klap op zijn hoofd te geven, *chain gangs* naar nergens en eten dat geen eten genoemd kon worden. Dat was hem overkomen de laatste keer dat een vrouw hem op die manier had geroepen. Een zielig verhaal, een slecht geplande ontsnapping aan haar tirannieke vader, de komst van de politie, een ander verhaal van de vrouw nadat haar vader haar onder druk had gezet – met als gevolg dat Archer een paar jaar van zijn leven stenen had gehouwen en de wereld had bekeken door de smalle openingen tussen de tralies voor het raam van zijn gevangeniscel. Ondanks dat bestelde hij een whiskey-soda bij de bar en ging naast haar zitten. Hij kon er gewoon niets aan doen, hij was een geboren optimist. Of gewoon stom.

'Ik ben Liberty Callahan.'

'Ik ben Archer.'

Ze keek hem nieuwsgierig aan. 'Wat een vreemde naam.'

'Mijn achternaam.'

'Wat is je voornaam?'

'Dat zeg ik nooit.'

Haar gezicht betrok en ze leek verward, wat Archer niet echt een probleem vond. Het moment waarop je iemand leerde kennen was een logisch moment om de regels te bepalen en zijn nieuwe basisregels waren: niemand vertrouwen, meer luisteren en minder praten.

'Zelf weten, Archer.' Ze wendde haar blik af en speelde met haar stapeltje fiches.

'In het café heeft meneer Shyner je aangewezen en me verteld hoe je heet.'

Ze keek hem behoedzaam aan. 'Dat is waar ook, je zat aan zijn tafel.'

Archer keek naar het roulettewiel en naar de dealer die in de inham van de lange tafel stond, terwijl de gokkers een slok namen en nadachten over hun volgende inzet. Hij hoorde allerlei gesprekken over deze methode en dat bijgeloof, maar ook over het onfeilbare verraderlijke voorteken van waar het ronddraaiende balletje in een van de genummerde vakjes zou rollen. Mensen hadden kleurrijke fiches in hun hand, die er volkomen anders uitzagen dan de fiches die Archer aan de crapstafel had gebruikt.

Op een bord stonden de minimum- en maximumweddenschappen die verschilden voor *inside-* en *outside-*weddenschappen. Archer had geen idee wat dat allemaal betekende.

'Hij zei dat je wilt acteren?' zei Archer.

Ze glimlachte weer, zodat al haar tanden en kiezen zichtbaar werden, waaronder een kroon achterin die zo wit was dat hij bijna grijs leek in haar schemerige mondholte. Ze knikte, nog steeds glimlachend. 'Dan roepen mensen je naam en willen ze je handtekening. Je foto staat in de kranten, je hebt een auto met chauffeur en reist met je eigen dienstmeisje. Dat klinkt allemaal zo heerlijk. Dus ja, dat wil ik graag proberen. Stom misschien. Kleine kans zeker, maar waarom zou het mij niet lukken?'

'Wat ga je dan doen om dat te bereiken?' vroeg Archer op vlakke toon.

'Hé, hé!' riep de dealer. Hij had grote ogen en een flinke taille, maar een vaste hand met het balletje erin. 'Je zit, je moet dus inzetten.'

'Sorry,' zei Callahan. Snel zette ze een fiche op tien zwart.

Archer haalde een paar van zijn crapsfiches tevoorschijn.

De dealer schudde zijn hoofd. 'Nee, nee. Hier moet je roulettefiches gebruiken, jongen. Laat maar eens zien wat je hebt.'

Archer haalde al zijn fiches tevoorschijn en toonde ze aan de dealer.

De man bekeek ze geïnteresseerd, rekende de waarde uit, schoof ze weg en zette een stapel kleurrijke fiches voor Archer neer. 'Oké, welke waarde wil je ze geven?'

'Wat bedoel je?' vroeg Archer.

De dealer vertelde hem de waarde van zijn fiches. 'Je bepaalt zelf wat de waarde van elk van deze fiches is, maar de totale waarde mag niet hoger zijn dan de waarde van de fiches die je net hebt ingeleverd.'

'Waarom zo ingewikkeld?'

'Het is niet ingewikkeld. Het is roulette. Iedereen aan de tafel heeft een andere kleur fiche. Daaraan kan ik zien wat ze waard zijn en dat onthou ik. Wat is daar ingewikkeld aan?'

Archer keek naar de fiches en noemde een bedrag.

'Bedankt, slimmerik,' zei de dealer. Daarna legde hij eenzelfde kleur fiche op de rand en zette er een nummermarker op die overeenkwam met de waarde van de fiche die Archer had genoemd.

De dealer glimlachte tegen Archer. 'Geheugen is zwak, markerchips maken het gemakkelijk.'

'Ja, dat kan ik zien, slimmerik.' Archer legde een fiche op tien zwart naast die van Callahan.

De dealer liet het balletje vallen en draaide het wiel. Mensen bleven inzetten tot vlak voordat het balletje viel. Toen riep de dealer: 'Geen inzetten meer.' Een paar seconden later waren Archer en Callahan hun fiches kwijt, doordat het balletje had besloten dat eenentwintig rood aan de andere kant een veel aangenamere rustplaats was dan tien zwart.

Callahan nam een slok van haar cocktail en zei: 'Ik ga naar Hollywood. Dat doe je namelijk als je in de filmindustrie wilt werken, Archer. Heb je daar nog nooit van gehoord?'

'Ik ga zelden naar de film. Heb daar nooit het nut van ingezien; ze zijn niet echt.'

'Ja, daarom juist.'

'Als jij het zegt.'

'Het leven is waardeloos, Archer. Je gaat naar de film om dat even te vergeten. Gewoon om twee uur lang te worden betoverd door feeënstof.'

'En als die twee uur voorbij zijn en het stof is neergedaald, is je leven nog steeds waardeloos.'

‘Tjonge, het moet verschrikkelijk zijn om in jouw schoenen te staan.’

‘Maar dan ga je terug naar de film voor meer feeënstof, ja toch?’

‘Ja. Nou en?’

Archer zei: ‘Je bent dus een junk. Je zou net zo goed hasj kunnen roken. Films worden gemaakt om geld te verdienen, en publiek te trekken. Geen publiek, geen handtekeningen, geen dienstmeisjes en geen foto’s in de kranten.’

Ze fronste. ‘Bedankt dat je mijn enige droom zojuist hebt bedorven.’

Archer nam een slokje van zijn whiskey-soda en tikte met een vinger op het tafelblad. ‘We hebben allemaal dromen. Waar het om gaat, is wat je doet om die te laten uitkomen. Gewoon naar die stad gaan lijkt niet genoeg. Ik durf te wedden dat het daar stikt van de mensen die precies hetzelfde willen doen als jij.’

‘Dat weet ik. Ik moet cursussen volgen en werken aan de manier waarop ik loop en praat.’

‘Je kunt al lopen en praten. En dansen en zingen. Dat heb ik zelf gezien. Dat doe je heel aardig, moet ik zeggen.’

Verrassend genoeg werd haar frons dieper door dat compliment. ‘Maar acteren is veel meer dan dat, je moet de “*it-factor*” hebben. De camera moet van je houden. Die moet iets van je vastleggen wat je zelf misschien niet eens ziet. Zo wordt een ster gemaakt.’

‘Hoorde dat een stel acteurs heeft meegevochten in de oorlog. Hank Fonda, Clark Gable. Een heleboel.’

‘Ja, die arme Clark Gable. Was het niet verschrikkelijk wat er met zijn vrouw, Carole Lombard, is gebeurd? Dat vliegtuigongeluk nadat ze oorlogsobligaties had gepromoot? Haar moeder was bij haar, maar zij wilde liever niet vliegen en in plaats daarvan teruggaan met de trein. Lombard wilde wel vliegen om eerder terug te zijn bij Gable. Ze zeggen dat zij en haar moeder een muntje opgooiden en haar moeder verloor. Dus namen ze het vliegtuig en dat vloog tegen een berg.’

‘Ja, dat hoorde ik toen ik was uitgezonden. Verdomd jammer.’

‘Je hebt dus gevochten?’

Archer haalde zijn schouders op. ‘Natuurlijk, zoals bijna iedereen.’

‘Ik werkte in een fabriek en maakte bommen.’

'Gevaarlijk werk.'

Callahan haalde een pakje Camel uit haar handtas, trok er een uit en liet het aan Archer over om haar sigaret aan te steken. Dat deed hij, met een doosje lucifers dat hij van een stapel pakte naast een groenglazen asbak boordevol peuken. Er hing zoveel sigarettenrook dat Archer het idee had dat er mist hing.

Ze vouwde haar handen om zijn hand toen hij haar Camel aanstak. Ze keek hem aan toen hun handen elkaar raakten, maar hij keek niet naar haar, en daar was een goede reden voor. Hij zwaaide met de lucifer om hem te doven en liet hem bij de andere rommel in de asbak vallen. Daarna leunde hij naar achteren en keek naar haar terwijl zij rookte. Dat deed ze goed.

Ze zei: 'Een meisje in de fabriek dat ik kende is verongelukt. En ik heb in de oorlog een broer en een neef verloren, een in Duitsland en een in Frankrijk; ze zijn daar begraven. Ik wil genoeg geld verdienen om de graven te bezoeken en er bloemen op te leggen.' Haar blik werd zelfs nog somberder, maar toen keek ze hem weer aan. 'Heb jij iemand verloren in de oorlog?'

'Alleen mezelf bijna.'

'Juist,' zei ze, kennelijk teleurgesteld.

'Hollywood dus? Je droom?'

'Ja. Daar hoef je niet zo minachtend over te doen,' zei ze, een beetje pruilend.

Archer vond dat maar niets. Vrouwen, was zijn ervaring, pruilden om mannen iets te laten doen.

De dealer riep opeens: 'Hé tortelduifjes, jullie moeten inzetten of je stoel verlaten, want dat is de keus die je moet maken. En doe dat alsjeblieft voordat ik doodga van ouderdom, oké?'

Archer schrok van de blik waarmee Callahan de man aankeek; ze leek wel een slang die zijn volgende prooi taxeert. Die blik beviel hem niet, maar hij begreep het wel. Langzaam, systematisch en ernstig schoof ze haar laatste fiches naar tweeëntwintig zwart.

'Weet je het zeker, schatje? Alleen die ene inzet?' vroeg de dealer. Hij keek haar onderzoekend aan alsof hij probeerde haar mentale toestand in te schatten.

Ze keek Archer aan en zei: 'Dat is het jaar waarin ik ben geboren, 1922. En ik hou meer van zwart dan van rood, altijd al zo geweest.'

Archer schoof al zijn roulettefiches naast die van haar.

Callahan maakte zo'n geschrokken beweging dat ze bijna met haar Camel in haar oog prikte. 'Archer, dat zijn veel te veel fiches voor één inzet! Je moet de klap verzachten met andere inzetten op wit, zwart of zelfs nul. Doe niet zo dom, spreid het risico!'

'Verstandige taal van de dame,' zei de dealer.

Archer dronk zijn glas leeg en voelde dat de anderen aan de tafel naar hem keken, terwijl ze zich afvroegen of hij dom, rijk of stom was, of gewoon alle drie. 'Ach, ik heb dat geld niet verdiend. Ik deed gewoon hetzelfde als een man aan de crapstafel en hield ermee op voordat ik alles verloor. Voor mij is het gratis geld.'

'Zoiets bestaat helemaal niet, vriend!' brulde de dealer.

Archer keek hem aan. 'Neem je geen weddenschappen aan, vriend?'

De man grinnikte. Er droop speeksel langs zijn kin, maar hij nam niet de moeite het weg te vegen. 'Jouw begrafenis, vriend. Maar voor alle duidelijkheid, je doet een riskante *straight up bet* op tweeëntwintig zwart zonder *outside bets* of zelfs rode of zwarte *column bets*? Misschien een paar *inside splits, corners, street, double street*? Laatste kans, vriend.'

'Als ik wist wat dat allemaal betekende, zou ik je antwoord geven. Maar ik weet alleen dat we winnen als dat balletje op tweeëntwintig zwart valt.'

'Je weet wat je kansen zijn?' vroeg de dealer nerveus.

Archer keek naar het roulettewiel. 'Je hebt zesendertig getallen.' Toen zag hij de vakjes met nul en dubbel nul in groen in plaats van rood of zwart. 'Wat zijn dat voor getallen?' vroeg hij.

De dealer glimlachte. 'Daar is het Huis in het voordeel, vriend. Wist je dat niet?'

'Je bedoelt dat die niet meetellen voor de kansberekening?'

De glimlach werd breder. 'Nee, het zijn gewoon twee extra nummers om de spanning te vergroten. Zie je, dat betekent voordeel.'

'Dus zesendertig minus één betekent dat de kansen voor het Huis groter zijn dan de weg van de hemel naar de hel, en de uitbetaling vijfendertig tegen één is, ook al heeft het roulettewiel zevenendertig mogelijkheden om te verliezen.'

'Je hebt het snel door, vriend,' zei de dealer. Hij keek fronsend naar de hoge stapel fiches op tweeëntwintig zwart, terwijl er een straaltje zweet tussen zijn wenkbrauwen door liep. 'Alsof ik snoep van een baby afpak,' zei hij, niet echt enthousiast.

'Ga je dat wiel nog ronddraaien en de bal laten vallen of heb ik tijd voor een rookpauze?' vroeg Archer.

Callahan pakte Archers hand onder de tafel vast en keek hem met een brede glimlach aan.

De dealer keek de tafel rond, rolde met zijn ogen en mompelde iets wat Archer niet verstond.

Het wiel werd gedraaid, de dealer gooide het ivoren balletje in de tegengestelde richting en Archer en Callahan wachtten voor hun gevoel een eeuwigheid tot het spel deed waarvoor het was ontworpen.

De enorme absurditeit van deze onderneming ontging Archer niet. Hij zag twaalf redelijk normaal lijkende volwassenen die naar een balletje keken alsof dat het allerbelangrijkste was waar ze in hun hele leven getuige van zouden zijn. *Het is verdomme een wonder dat we de oorlog hebben gewonnen en geen Duits spreken.*

'Niet meer inzetten,' riep de dealer.

Even later gilde Callahan: 'O mijn god!' toen het balletje in het vakje van tweeëntwintig zwart viel.

Ze sloeg haar armen om Archer heen en kuste hem op de mond, waardoor ze hem bijna van zijn stoel duwde.

'Verdomme!' zei de dealer hoofdschuddend.

'Hoeveel hebben we gewonnen?' vroeg Archer zacht. 'Ik bedoel in geld, niet in fiches.'

De dealer keek naar de inzetten en daarna naar de markers en zei treurig: 'Iets meer dan vierduizend voor jou. Tweehonderdtachtig voor de dame.'

'Christus!' riep Callahan.

'We gaan ze nu verzilveren,' zei Archer met een strakke blik naar de dealer.

Langzaam telde de man een aantal echte roulettefiches uit. Hij schoof een klein stapeltje naar Callahan en een veel hogere stapel naar Archer.

Archer nam zijn fiches, verdeelde ze in tweeën en gaf een stapel aan Callahan.

'Wat doe je nou?' vroeg ze met grote ogen. 'Jij hebt ze gewonnen, ik niet.'

'Ik heb jou gewoon nagedaan, Liberty. Zonder jou had ik niets gewonnen, dus lijkt ieder de helft een eerlijke verdeling.' Hij stak een Lucky Strike op en keek door de rook naar de dealer. 'Het was immers gratis geld.'

'Meen je... Ik bedoel, meen je dit echt? O, Archer!' Ze kuste hem weer, deze keer op zijn wang en niet zo wild, zodat hij gewoon bleef zitten.

De dealer zei: 'Hé luister, de avond is nog jong. Willen jullie me niet de kans geven er iets van terug te winnen? Mijn baas zal niet blij met me zijn.'

Archer gooide een fiche van vijftig dollar naar hem toe. 'Hij is misschien nog altijd niet blij, maar jij wel, amigo.'

De man ving de fiche op en keek verbaasd. 'Had niet door dat je zoveel klasse had. Mijn fout, vriend.'

'Ik denk dat je me precies goed had ingeschat, maar jouw vierduizend kan iedereen klasse geven.'

Nadat Archer en Callahan hun hoed hadden opgehaald, wisselden ze bij de kassa hun fiches in voor dollars. Archer vouwde de bankbiljetten dubbel en stak ze in een opening in de voering van zijn hoed. Callahans geld verdween in haar handtas.

'Zullen we iets gaan drinken?' vroeg ze. 'Om dit te vieren? Op mijn kosten? Niet hier, hier lengen ze alles aan. Ik weet een andere tent.'

Hij bleef haar zo lang aankijken dat ze ten slotte zei: 'Wat!?'

'Ik vind het prima.'

'Waarom had je zoveel tijd nodig?'

'Omdat de man dat meestal vraagt, niet de vrouw.'

'Nou, ik ben precies het tegendeel, Archer. Dat zul je wel merken als je maar lang genoeg bij me blijft.'

'Misschien doe ik dat, maar misschien ook niet. Laten we nu dat drankje maar gaan halen,' zei hij rustig, ambivalent bijna.

'Je bent een vreemde vogel. De meeste mannen die zoveel geld hadden gewonnen zouden... vrolijk zijn.'

'Ik denk niet dat ik nog veel vrolijkheid in me heb.'

5

'Het is in deze straat,' zei Callahan toen ze een zijstraat in liepen. 'Een vriendin vertelde dat het tijdens de drooglegging een illegale kroeg was.' Ze stak haar arm door de zijne. 'Is het leven soms niet gewoon fantastisch, Archer? Ik bedoel, vijf minuten geleden hadden we eigenlijk niets en moet je ons nu zien!'

Archer wist niet goed wat hij moest denken van haar initiatief, maar hij liet haar gewoon haar gang gaan, zelfs toen haar zachte heup tegen de zijne botste. Dat kon hij later wel uitzoeken, als het moest.

'Er was lef voor nodig om te doen wat je daar deed, al die fiches inzetten.'

'Dat stelde niets voor, vond ik.'

'Misschien voelt dat zo nadat je in een oorlog hebt gevochten.'

'Misschien.'

'Wil je erover praten?'

'Nee.'

'Zeker weten?' Ze keek hem aan.

'Ja.'

'Waarom niet? Misschien voel je je dan beter.'

'Ik hoef me niet beter te voelen. De jongens die niet zijn teruggekomen kunnen er niet over praten, dus waarom zou ik daar dan het recht toe hebben? De gelukkigen zouden de geschiedenis niet moeten schrijven of de verhalen vertellen.'

'Oké, oké, Archer. Je hoeft niet tegen me te snauwen omdat ik om je geef.'

Ze liepen nog een stukje door en toen vroeg Archer: 'Wat was dat?'

'Klinkt alsof er wordt gevochten,' zei Callahan geschrokken. 'Dat gebeurt hier heel vaak. Hebben wij niets mee te maken.' Ze verstevigde haar greep op zijn arm.

Daarna hoorden ze een man die angstig riep: 'Alsjeblieft, niet doen!'

Archer zei: 'Dat klinkt als...'

'Wat?'

'Ik ga even kijken.' Hij maakte zich van haar los en rende de straat in.

'Archer!' Ze holde achter hem aan, terwijl ze haar hoedje vasthield. 'Verdomme, ik ren liever niet op hoge hakken!'

Archer kwam bij een steeg, liep erin en snelde in de richting van het geluid. Uiteindelijk zag hij drie forse mannen die om een andere man heen stonden, een man die veel zwakker en ouder leek, als hyena's die hun prooi omsingelden.

Robert Howells probeerde net op te staan. Zijn lip was gespleten, zijn wang gekneusd en zijn verkreukelde hoed lag naast hem. Zijn ingevallen borst ging op en neer. Tevergeefs maakte hij een afwerend gebaar, terwijl de jongere en grotere mannen weer op hem afkwamen. Er stroomde bloed over zijn gezicht en op zijn overhemd verscheen een vlek als een donkerrode traan.

'Vermaken jullie je een beetje ten koste van een oude man?' Archer stak zijn hand in zijn zak en pakte iets wat hij waarschijnlijk nodig zou hebben.

De drie mannen draaiden zich om. Ze waren allemaal groter en steviger gebouwd dan Archer, en niet een van hen keek vriendelijk.

Archer liep naar hen toe en wees naar Howells. 'Zijn jullie daar trots op of zo? Is dat iets om aan je moeder te vertellen, als je die hebt tenminste.'

De grootste en gevaarlijkst uitziende man zette een paar stappen naar Archer toe. 'Je hebt hier niets mee te maken, vriend, dus hou je kop. Als je weet wat goed voor je is, draai je je gewoon om en blijf je doorlopen. Ik waarschuw maar één keer, vaker niet.'

'Bobby H, kom naar me toe,' zei Archer.

De andere twee mannen staken hun forse armen uit om de oude man tegen te houden.

'Luister, ik wil je dit niet met geweld duidelijk maken,' zei de grote man. Hij hief een vuist zo groot als een bowlingbal. 'Of je verdwijnt nu, of dit is het laatste wat je ziet voordat je weer bij bewustzijn komt.'

'Jullie hoeven hem alleen maar te laten gaan,' zei Archer. 'Dan overkomt jullie niets.'

De mannen keken hem met een domme blik aan, alsof ze zich afvroegen of Archer niet goed snik was of alleen maar een te hoge dunk van zichzelf had.

'Wil je soms dood, makker?' Om zijn woorden te benadrukken en om Archer alles zo duidelijk mogelijk te maken, haalde de man een ploertendoder tevoorschijn waarmee hij tegen zijn geopende handpalm sloeg. Een van de andere mannen trok een stiletto waar hij een hakkend gebaar mee maakte dat hij grijnzend nog een keer herhaalde.

Archer nam niet de moeite naar dit optreden te kijken. Zijn directe aandacht was gericht op de ploertendoder. 'Ik wilde je net hetzelfde vragen,' zei hij, terwijl hij doorliep naar de grootste man.

'Loop nou maar gewoon terug en rot op! Laatste waarsch...'

Archer zette zich af op de ballen van zijn voeten en maakte een elegante boogsprong met zijn veterschoenen zeker tien centimeter boven het wegdek. Ondertussen trok hij zijn arm naar achteren en bracht zijn hand naar zijn schouder, zodat zijn elleboog een V naar voren vormde. Toen hij neerkwam bracht hij zijn hand, nu een keiharde vuist, naar voren met zijn hele gewicht erachter, waardoor de vuistslag nog meer kracht kreeg. Zijn vuist raakte de kin van de man met zo'n harde neerwaartse kracht dat de bovenkaak tegen de onderkaak werd geramd en twee kiezen losraakten die tegelijk met een straal bloed op de grond belandden. Een fractie van een seconde later gevolgd door hun eigenaar, met zijn gezicht naar beneden en bewusteloos.

Archer kwam tot stilstand op de grond, zijn knokkels kraakten en bloedden, en hij voelde een scheurende pijn in zijn draaispier. Het was onmogelijk een andere man te verwonden zonder jezelf te verwonden, wist hij. Maar hij gaf de voorkeur aan de pijn die hijzelf had boven de pijn die de grote man zou voelen als hij weer bij bewustzijn kwam.

De man met de stiletto haalde met aanvallende bewegingen uit. Archer wachtte een paar seconden tot deze dichtbij genoeg was. Toen haalde hij uit, greep de pols van de hand die het mes vasthield, haakte zijn voet om de enkel van de man terwijl hij zijn vijand op hetzelfde moment naar achteren duwde. De man viel, maar zonder zijn mes, want dat had Archer met een stevige neerwaartse ruk aan de pols van zijn tegenstander van hem afgepakt.

Archer klapte het mes dicht en gooide het achter zich. Hij hield niet van mesgevechten en maakte liever met zijn vuisten een einde aan deze schermutseling. De man hervond zijn evenwicht en vloog Archer aan, alleen viel hij meteen weer achterover door de vuistslag die zijn neus op zeer pijnlijke wijze ongeveer drie centimeter dieper in zijn gezicht ramde. Hij had nu minder ruimte om te ademen, maar op dit moment was zuurstof niet zijn voornaamste probleem. Net als zijn vriend viel hij na Archers uithaal voor een onvrijwillig dutje op de grond.

De derde man nam geen enkel risico meer en haalde een Colt .32 met korte loop en eiken kolf uit zijn jaszak. Hij richtte de loop op Archer en deed geen enkele moeite om te verhullen dat hij heel veel zin had om te doen wat hij van plan was. Er was veel voor nodig om een man van dichtbij met je handen te doden. Maar er was alleen een wijsvinger en helemaal geen lef voor nodig om datzelfde te doen met een vuurwapen.

Archer kromp ineen door het schot, omdat het geluid van schoten daar nu eenmaal toe leidde. Maar het schot was niet afkomstig van de Colt.

Hij keek achterom en zag Callahan staan met een met nikkel afgezette Smith & Wesson .38 Special. Ze had in de lucht geschoten, maar hield haar wapen nu gericht op de borst van de derde man. 'Laat je wapen vallen, anders zorg ik ervoor dat jij valt,' zei ze met een ijzige blik. 'En ik mis niet.'

De man keek haar onderzoekend aan en zei met een valse grijns: 'Ik ben echt niet bang dat een meid op me schiet.'

Haar reactie was een schot door de bovenkant van zijn platte hoed die daardoor van zijn hoofd vloog. Hij gilde, liet zijn pistool vallen en knielde, jammerend als een baby.

'Dan hoef je nu niet meer bang te zijn,' zei Callahan bedaard. Ze hield haar revolver even geroutineerd vast als de best getrainde soldaten die Archer ooit had meegemaakt. 'Tenzij je wilt dat het volgende schot door je ballen gaat. Van welke hou je het minst?'

Nog steeds jammerend sloeg de man instinctief zijn handen voor zijn kruis.

'Kom hierheen, Bobby H,' zei Archer weer. Hij raapte de .32 op en stopte hem achter zijn broeksriem. Hij raapte het mes ook op en stopte dat in de zak van zijn colbert.

Howells pakte zijn hoed op, spuugde naar de grote man die aan zijn voeten lag en liep onzeker naar Archer. Met z'n drieën liepen ze snel door de steeg terug naar de straat.

'Waar ging dat over?' vroeg Archer. 'Waarom namen ze je te grazen?'

Howells draaide zijn hoofd opzij en spuugde bloed en misschien zelfs een stukje van de binnenkant van zijn lip uit. 'Ik zei toch dat ik vijanden had, Archer. Daarom vroeg ik je hulp, jongen.'

'Ken je die rotzakken?' vroeg Callahan, die haar revolver weer in haar tas had gestopt alsof het gewoon een lippenstift of poederdoos was.

Hij schudde zijn hoofd. 'Ik kan ze niet eens kennissen noemen. Maar hoezo heb jij een revolver?'

Ze rolde met haar ogen en keek hem aan. 'Ik ben een aantrekkelijke jonge danseres en woon in Reno. Wat moet je nog meer weten, domkop?'

'Kom, je moet jezelf een beetje opknappen,' zei Archer tegen Howells.

De oude man probeerde het bloed van zijn gezicht te vegen, maar daar werd het alleen maar erger van.

'Er zijn toiletten in de bar waar we naartoe gaan,' zei Callahan. 'Als je zo ver kunt komen.'

'Dat lukt me wel,' zei Howells. 'Maar alleen omdat ik wel een borrel kan gebruiken.'

'Oké, maar jij trakteert,' zei Callahan.

'Waarom?' vroeg Howells geschrokken.

'We hebben net je leven gered, daarom, ouwe zak! Doe niet zo stom.'

'Eh... oké dan,' zei Howells aarzelend. 'Maar ik heb weinig geld op dit moment.'

'Geweldig,' zei ze hatelijk.

Howells vroeg aan Archer: 'Wie is je charmánte vriendin eigenlijk?'

Callahan zei: 'Hé, ik sta hier, hoor! Archer hoeft niet namens mij te praten. En ik ben Liberty Callahan.'

'Ja hoor,' zei Howells ongelovig.

Ze vroeg aan Archer: 'Zeg, hoe heb je die twee mannen eigenlijk met één slag kunnen uitschakelen?'

Archer liet haar de aluminium boksbeugel zien. 'Deze heb ik altijd bij me, voor noodgevallen.'

'Is dat legaal?' vroeg ze. 'Daar kun je problemen mee krijgen.'

'Als jij een revolver mag hebben, mag ik dit ding bezitten.'

Ze glimlachte. 'Ik begin je aardig te vinden, Archer.'

'Verdomme, waarom had je daar zoveel tijd voor nodig?'

6

Archer hielp Howells om zich in het herentoilet te wassen en gooide de Colt .32 en het mes in de afvalbak. Daarna voegden ze zich bij Callahan aan de bar. Ze wilden niet vlak bij een raam zitten, voor het geval de drie mannen hen zochten. Archer nam echter aan dat minstens twee van hen een arts nodig hadden zodra ze bij bewustzijn kwamen en dat de derde man na Callahans actie met haar .38 een schone onderbroek nodig had.

Archer bestelde een pure bourbon, Callahan een Tom Collins en Howells een *sidecar*.

'Veel cognac en extra droog, liefje,' zei de oude man tegen de serveerster, een vermoeid uitziende vrouw van in de veertig met een bobkapsel en een blik waardoor je het gevoel kreeg dat je een klootzak was ook al was je dat niet. 'Ik heb grote problemen,' voegde hij er als een soort verklaring aan toe.

Ze zei: 'Zeg dat maar tegen iemand die dat interesseert, liefje.' Daarna liep ze weg.

'Vertel ons precies wat er aan de hand is, Bobby H,' zei Archer. 'Waarom namen die mannen je zo verschrikkelijk te grazen?'

'Ik eh... heb een klein probleempje met een gokschuld.'

'Dan zou je misschien moeten stoppen met gokken. Heb je daar ooit aan gedacht, slimmerik?' zei Callahan.

Howells keek naar het glimmende oppervlak van de bar. 'Dat heb ik geprobeerd, maar dat ging niet echt goed.'

'Hoe hoog is je schuld?' vroeg Archer.

'Achttienhonderdvijftig dollar.'

'Achttienhonderdvijftig dollar!' riep Callahan. 'Ben je zo'n slechte gokker, of hoe zit het?'

'Iedere gokker verliest als hij maar lang genoeg speelt, juffie.'

'Kún je aan zoveel geld komen?' vroeg Archer.

'Ik heb geen liquide middelen, zeg maar. Ik heb wel een auto. Een schitterend exemplaar en ik wil er liever geen afscheid van nemen, maar mijn leven is me nog meer waard.'

'Wat voor auto?' vroeg Callahan.

'Een Delahaye.'

'Wat is dat, een Ford of zo?' vroeg Callahan.

'Hij lijkt niet eens op een Ford,' zei Howells verontwaardigd. Hij trommelde met zijn vingers op de mahoniehouten bar. 'Het is een kunstwerk. Hij is gemaakt in Frankrijk en echt waar een van de mooiste auto's die ooit zijn gemaakt. Van dit model zijn maar vijf exemplaren gebouwd.'

'Hoezo? Was dat niet goed dan?' vroeg Callahan.

'Dat niet, maar iets onbelangrijks, de Tweede Wereldoorlog dus, gooide roet in het eten,' snauwde Howells. 'Het is in elk opzicht een spectaculair voorbeeld van geniaal autodesign.'

'Hoe heb je zoiets te pakken gekregen?' vroeg Archer argwanend. 'Je verhaal deugt van geen kanten. Je zult me nog veel meer bijzonderheden moeten vertellen.'

'Ík heb die auto niet te pakken gekregen, maar mijn zoon. Hij heeft me die auto nagelaten toen hij vorig jaar stierf.'

'Wat erg voor je. Hij moet nog vrij jong zijn geweest.'

Howells staarde naar zijn handen en zei verdrietig: 'Klopt. Niemand zou zijn kinderen moeten begraven.'

Callahan en Archer keken elkaar meelevend aan.

Nadat het even stil was geweest vroeg Archer zacht: 'Hoe kwam je zoon aan die auto? Daar moet een verhaal achter zitten dat de moeite van het vertellen waard is.'

'Hé, hij heeft net als jij in de oorlog gevochten. En hij was heel dapper.'

'Oké, maar ik heb daar geen auto voor gekregen,' zei Archer. 'Wat heeft hij gedaan?'

'Waarom zou ik jou dat aan je neus hangen?' zei Howells scherp.

Archer haalde de aluminium boksbeugel tevoorschijn en legde hem tussen zichzelf en Howells in. 'Omdat ik een paar minuten geleden jouw vijanden tot mijn vijanden heb gemaakt. Dat is op z'n minst een beetje informatie waard, vriend.'

Howells keek naar de boksbeugel en knikte schuldbewust. 'Tegen het einde van de oorlog redde mijn zoon het leven van een Franse soldaat, de zoon van een van de eigenaren van Delahaye. Als blijk van dank hebben ze de auto hier toen naartoe verscheept. Het is een model 1939, maar er is nooit echt mee gereden en hij lijkt nog splinternieuw. Hij was eigenlijk gebouwd voor een rijke Engelsman en zou begin 1940 worden afgeleverd. Maar dat is natuurlijk nooit gebeurd.'

'Hoe is je zoon gestorven?' vroeg Archer.

'Hij had ook gokschulden.'

'Je bedoelt dat ze hem daarom hebben vermoord?' vroeg Archer.

'Dat kan gebeuren,' zei Callahan snel, waarop Archer haar veelbetekenend aankeek.

Archer wreef over een van zijn opgezwollen vingers en strekte zijn stijve arm. 'Vertel verder, Bobby H, nu niet stoppen. Het begint net goed te worden.'

'Hij heeft me de auto nagelaten. Eigenlijk was dat alles wat hij bezat.'

'Waarom hebben de lui aan wie hij geld schuldig was niet geprobeerd die auto te pakken te krijgen?'

'Ze wisten niet dat hij hem had. Ze weten niet dat ik hem heb.'

'Je bedoelt dat je er nog nooit in hebt gereden?' vroeg Callahan.

'Nooit. Het is een unieke auto. Als ze hem daarin hadden zien rijden, dan... nou ja, dan had hij hem niet lang gehouden. Datzelfde geldt voor mij. Bovendien kan ik niet eens autorijden.'

'Waar is hij?' vroeg Archer.

'Op een veilige plek buiten de stad. Hoezo?'

'Nou, het ziet ernaar uit dat je hem moet verkopen. Zoals je al zei vind je het erger om afscheid te nemen van je leven dan van die auto.'

Hun drankjes werden gebracht, ze staken allemaal een sigaret op en begonnen gretig te drinken.

Door een dikke rookwolk keek Archer naar Howells. 'En je zult snel een besluit moeten nemen. We hebben je vanavond gered, maar ik ben hier morgen niet meer om dat opnieuw te doen.'

'En jou redden is mijn werk niet,' zei Callahan. 'We hebben allemaal problemen.'

'Ik ken niemand met genoeg geld om hem te kopen.'

'Hoeveel vraag je ervoor?' vroeg Archer.

'Doe niet zo raar,' zei Callahan scherp. 'Waar heb jij zo'n auto voor nodig?'

'Ik vraag het alleen maar.' Archer genoot van zijn Lucky en zijn bourbon. 'Dat kan toch geen kwaad?'

'Wat zou je met zo'n auto doen?' vroeg Howells behoedzaam.

Archer antwoordde niet meteen, maar blies kringetjes rook naar het smerige plafond. 'Misschien rij ik er wel mee naar Californië.'

'Californië?' snauwde Callahan. 'Ga je daarnaartoe? Waarom zei je dat zostraks niet?'

Archer keek haar aan. 'Zostraks? We kennen elkaar net.'

'Maar ik vertelde je dat ik daarnaartoe ga.'

'Verdomd, dan kunnen jullie daar samen naartoe gaan.' Howells glimlachte zo opgewekt alsof Archer en Callahan net in het huwelijksbootje waren gestapt.

'Vertel mij niet wat ik moet doen,' zei Callahan. 'En ik ken Archer amper. Ik kan niet helemaal naar Californië rijden met iemand die ik amper ken.'

'Datzelfde geldt voor mij,' zei Archer. 'Vooral als het een vrouw is met een revolver.'

'Waaróm ga je naar Californië?' vroeg Howells aan haar.

'Om actrice te worden natuurlijk!'

'Nou, als je de Delahaye eenmaal hebt gezien, bedenk je je misschien en wil je daarin wel met Archer naar Californië rijden.'

'Waarom?'

'Omdat je dan in stijl arriveert. Dan kom je in alle kranten.'

'Maar ík ga niet naar Hollywood,' zei Archer.

'Verdomme, knul, Californië is Californië. Wil je de auto zien of niet?'

'Wat vind jij?' vroeg Archer aan Callahan.

Ze dacht even na. 'Kijken kan geen kwaad.'

'Eerst nog een rondje?' stelde Howells voor.

'Alleen als jij trakteert,' zei Archer. 'Ik heb al een knokkel voor je naar z'n mallemoer geholpen. Dat vind ik wel genoeg zonder dat je mijn portefeuille ook nog eens aanvalt.'

'Dat wil ik wel doen, maar op voorwaarde dat je de auto koopt.'

Archer leunde achterover op zijn barkruk. 'Hoe komen we de stad uit?'

'Een vriend van me kan ons wel een lift geven achter in zijn truck.' Howells keek op zijn horloge. 'Hij vertrekt over ongeveer tien minuten naar zijn werk.'

'Achter in zijn truck?' riep Callahan.

'Nou, jij kunt wel voorin zitten, dan gaan Archer en ik achterin.'

Callahan legde geld neer voor hun drankjes. 'Maar laten we het dan maar bij dit ene rondje houden, voor het geval Archer die verdomde auto niet koopt.'

7

De pick-up van de vriend was een oude rammelkast van een Plymouth die bij elkaar werd gehouden met draad, tape en waarschijnlijk gebeden van de man die erin reed. Deze 'man' was een stevige vent in een blauwe overall, stoffige enkellaarzen en een vieze beige jagershoed met een dikke sigaar in de band gestoken. Howells zei niet hoe de man heette en de man stelde zichzelf ook niet voor.

Howells' vriend keek flirtend naar Callahan toen hij het verroeste portier voor haar openhield. Ze stapte stijfjes in en weigerde hem aan te kijken. Ze had geen loep nodig om de dierlijke passie van de man gezien te hebben. Archer zag dat Callahan haar handtas, waar de .38 als een opgerolde ratelslang in zat, stevig vasthield.

Archer hielp Howells om achterin te klimmen, waar hij naast een heleboel gereedschap ging zitten. Archer zat hoger, op het zijpaneel van de laadbak, knoopte zijn colbertje dicht en trok de kraag omhoog omdat het kil was. Ze reden in westelijke richting, het was onbewolkt en de sterren stonden in willekeurige groepjes aan de hemel.

Ze reden zo snel dat Archer geen sigaret kon opsteken, dus keek hij naar het kale landschap. Het land was vlak en de vegetatie en de weinige dieren oninteressant. 'Niet veel te zien hier,' zei Archer na een paar kilometer.

'Lang geleden kwamen hier mannen naartoe voor goud. Nu is het niet meer dan een tussenstop onderweg naar elders, tenzij je van de woestijn houdt.'

'Ik hou van het water.'

'Ben je aan de kust opgegroeid?'

'Nee, maar ik heb een lange bootreis gemaakt om thuis te komen en dat was de mooiste reis die ik ooit heb gemaakt.'

'Ontspannen reis?'

'Nee, we kwamen zelfs in een orkaan terecht. Dachten drie dagen lang dat we zouden vergaan, iedereen was aan het kotsen en bidden. Ik had me al neergelegd bij het feit dat ik in de Atlantische Oceaan zou verdrinken.'

'Waarom hou je dan in vredesnaam van het water?'

'Ik heb de oorlog overleefd en dat schip bracht me naar huis. Dat heeft invloed.'

'Dat begrijp ik wel,' zei Howells peinzend. 'Ik heb in de Eerste Wereldoorlog gevochten.'

'Maar hopen dat er geen derde komt.'

'Californië dus?'

Archer haalde zijn schouders op. 'Ach, de ene plek is even goed als de andere.'

'Had ik maar meer gereisd toen ik jong was.'

'Je komt hier dus vandaan?'

'Nee, niet echt. Maar nu noem ik het mijn thuis, of ik het leuk vind of niet.'

'Als je die mannen hebt afbetaald, wie zegt dan dat je niet opnieuw schulden maakt? En dan heb je geen auto meer om te verkopen.'

'Daar zeg je wat, Archer, maar op dit moment zie ik geen andere mogelijkheid.'

Archer haalde zijn schouders op. 'Het is jouw begrafenis. Iedere man die dat niet kan zien, krijgt zijn verdiende loon.'

'Dat is keihard, vriend.' Howells fronste.

'Nee, dat is het leven. En jij hebt daar meer van gezien dan ik, dus zou je beter moeten weten.'

De pick-up reed door totdat ze bij een groepje gebouwen kwamen: een benzinestation, een autowerkplaats en een huisje van één verdieping dat eruitzag alsof iemand de lucht eruit had laten ontsnappen. Ervoor stonden een grote glanzende blauwe Buick en een kleinere gedeukte tweedeurs Ford.

'Wat is dit?' vroeg Archer, terwijl hij Howells hielp naar beneden te klauteren.

'Dit is allemaal van mijn vriend, zoals ik je al vertelde. Die autowerkplaats en dat benzinestation zijn van hem en hij woont in dat kleine huis.'

'Heeft je vriend een naam?' vroeg Callahan. Ze was al uitgestapt voordat de man de pick-up helemaal tot stilstand had gebracht, waarschijnlijk om te voorkomen dat hij eromheen zou lopen en proberen onder haar rok te kijken, zoals hij had gedaan toen ze instapte.

Howells wees naar het bord boven de werkplaats: LESTERS AUTOREPARATIES. 'Lester heeft dit lang geleden gekocht.'

De pick-up scheurde de weg weer op en was algauw uit het zicht verdwenen.

'Waarom heeft je vriend zo'n haast?' vroeg Archer.

'Lester mag Calvin niet. En als Lester je niet mag, laat-ie je dat weten ook.'

Archer vroeg: 'Hoe komen we nu terug in de stad, Bobby H?'

Howells dacht over dit dilemma na en zei: 'Tja, dat zal inderdaad moeilijk worden.' Toen klopte hij aan.

De deur van het huis werd geopend en in de deuropening stond de grootste mens die Archer ooit had gezien. Hij was zeker twee meter lang en zo dik dat hij elke centimeter van de deuropening in beslag nam. Archer schatte zijn gewicht op honderdvijftig kilo of meer. Hij leek op een beeld van een doorgedraaide beeldhouwer.

'Lieve help,' fluisterde Callahan. 'Is dat één man of zijn het er twee?'

'Geen idee,' zei Archer. 'Maar wat het ook is, maak hem of hén niet kwaad.'

Howells hief een hand en zei: 'Hi, Lester.'

Lester lijkt niet blij hem of ons te zien, dacht Archer.

Het leek wel alsof hij zin had hun nek te breken alsof ze kippen waren, ze vervolgens te plukken en te bereiden voor zijn avondeten. Lester had krullend donker haar en een kromme neus waar geen einde aan leek te komen. Zijn lippen waren dik en zijn tanden aangepast aan het formaat van zijn brede mond. Hij droeg een mouwloos onderhemd vol vlekken. Hij had dikke brede schouders, armspieren die te zwaar leken voor de botten waar ze aan vastzaten en boven het hemd was zijn zwarte borsthaar te zien. Zijn stijve overall was gigantisch, maar slaagde er amper in zijn benen te omvatten. Zijn voeten waren verrassend klein voor zijn enorme lichaam. Zijn nagels zaten vol vet en de man rook naar diesel. Achter een van zijn oren stak een sigaret als een bleke afgebroken vinger. Hij keek hen een voor een aan en zei niets.

Callahan snoof zacht en trok haar neus op, waarna ze een stap naar achteren zette om de man wat ruimte en haar longen wat respijt te geven.

Lester keek nog een keer onderzoekend naar Archer en Callahan, en vroeg toen aan Howells: ‘Het is laat voor een bezoek, Pops. Waarom ben je hier?’

Zijn stem was laag, als een rommelende donder, en paste niet echt bij zijn omvang, maar ondanks dat luisterde Archer aandachtig naar hem.

‘Komen de auto bekijken.’ Hij keek naar Archer. ‘Heb een mogelijke koper, deze Archer hier.’

Lester keek opnieuw naar Archer. Zijn blik dwaalde van Archers hoed omlaag naar zijn schoenen en weer omhoog, als een lift, en stopte op de verdieping van Archers ogen. ‘Hij ziet er niet uit alsof hij die kan betalen.’

‘Uiterlijk kan bedrieglijk zijn,’ zei Archer.

Lester leek Archers vriendelijke weerwoord niet op prijs te stellen. Hij zette een paar stappen naar Archer toe, maar Howells zei snel: ‘Hij staat dus in de werkplaats?’

Lester keek hem met een woeste blik aan. ‘Waar anders, Pops? Onder het dekzeil, zoals altijd.’

‘Nou, dan gaan we er maar naartoe,’ zei Howells snel. ‘Wil de rest van je nacht niet bederven, Lester.’

Archer had het gevoel dat de oude man bang was voor de reus, een angst die als een virus oversprong op Archer.

Lester nam hen mee naar de autowerkplaats, haalde een sleutel uit zijn zak, opende een enorm hangslot en trok met zijn massieve armen de deuren open. Binnen stonden auto’s en pick-ups in verschillende stadia van ontmanteling. Grote verrijdbare gereedschapskisten stonden naast een paar voertuigen. Aan de dakspanten hingen bouwlampen. De geur van vet was overweldigend, maar slechts net iets sterker dan de geur van verbrande nicotine. Archer zag een Maxwell House-koffiepot vol peuken. Daarna viel zijn blik op een tweehonderdlitertank diesel met een slang eraan. Archer vroeg zich af hoe de man erin was geslaagd zichzelf niet op te blazen of in brand te steken.

‘Zo te zien gaan de zaken goed,’ zei Archer vriendelijk. Hij had helemaal geen zin om het met zijn boksbeugel te moeten opnemen tegen een man van deze omvang. Hij betwijfelde of hij Lesters kin kon bereiken om te zien of die, ondanks zijn formaat, van glas was gemaakt.

'Uiterlijk kan bedrieglijk zijn.' Lester was de enige die glimlachte om zijn grapje, een zwakke, grimmige poging.

In een andere ruimte achter een stel afgesloten schuifdeuren stond een auto onder een bruin zeildoek. Lester deed een lamp aan en keek naar Howells, die knikte.

Archer stond naast Callahan die zijn arm had vastgegrepen alsof er een wild dier zou worden onthuld in plaats van iets waarmee je over de weg kon rijden.

Lester pakte een van de uiteinden van het dekzeil vast en trok het weg.

'Verdomd,' zeiden Archer en Callahan tegelijk.

Howells stapte naar voren en streek over de zilverkleurige strip die over de zijkant van de bloedrode auto liep. De auto had ook een rood vouwdak dat nu was neergelaten.

'Mensen, geniet van deze Delahaye 165 Model 1939, Figoni en Falaschi-cabriolet.'

Callahan zei verrukt: 'Hij... lijkt te zweven.'

Archer keek naar de lange motorkap die eindigde in een glimmende grille die doorliep tot hij de grond bijna raakte. De stootranden langs de onderrand van het chassis leken golven die op een strand braken. De auto lag zo laag dat Archer alleen de onderkant van de banden met witte zijkant kon zien. 'Hij lijkt meer op een droom dan op een auto,' zei Archer zacht.

Lester zei: 'Het is geen droom, makker. Dit schatje weegt dertienhonderdzestig kilo, heeft een 4,5 liter twaalfcilinder aluminium motor, drie bovenliggende nokkenassen, drie Solex-valstroomcarburateurs en een viertrapstransmissie, en een maximumsnelheid van ongeveer 185 kilometer per uur.'

'Jemig,' zei Callahan. 'Echt een auto voor als je een bank wilt beroven.'

Door deze opmerking keken Howells en Archer elkaar geschrokken aan.

'Figoni en Falaschi?' vroeg Archer.

Lester antwoordde: 'Figoni en Falaschi hebben deze auto ontworpen. Delahaye was ingenieur en had geen eigen carrosseriebedrijf. Hij bouwde de mechanica van de auto en liet het ontwerp over aan autobouwers, zoals Figoni en Falaschi. Zij maken bijzonder fraaie auto's; het zijn Italianen.'

Howells vroeg: 'Dus… wat vind je ervan, Archer?'

Archer wees naar de voorbank. 'Nou, om te beginnen zit het stuur aan de verkeerde kant.'

'Nee hoor, het stuur zit aan de goede kant om de eenvoudige reden dat hij voor een Engelsman is gemaakt en het stuur in Engeland aan die kant zit,' zei Howells.

'Ik ben geen Engelsman,' zei Archer. 'En ik ben hier, niet daar.'

'Wil je hem hebben of niet?' vroeg Howells.

'Ik kan geen auto kopen waar ik niet in heb gereden.'

'Logisch. Lester, de sleutel?'

Lester haalde een sleutel van een haakje aan de muur en wilde hem aan Archer geven. 'Ooit eerder in zoiets als dit gereden?'

'Verdomd, ik heb zelfs nog nooit zoiets als dit gezíén, vriend. Ik heb een heel beschermd leven geleid.'

'Wil je dat ik hem de garage uit rijd, zodat je nergens tegenaan rijdt?'

Archer nam de sleutel van hem aan. 'Ik doe het wel.'

Lester hield zijn hand zonder de sleutel langer geheven dan nodig was. Archer dacht heel even dat de hand in een vuist zou veranderen en hem een vuistslag zou geven. Met zijn vrije hand tastte hij naar de boksbeugel in zijn zak. Hij had de voorkeur gegeven aan een houwitser.

Maar Lester haalde zijn schouders op, liet zijn arm zakken en zei: 'Als je hem beschadigt moet je hem kopen, makker.'

'Kom mee, Liberty,' zei Archer.

'Wat, ik?'

'Ik zie hier niemand anders die Liberty heet.'

Ze stapten in, waarna Lester de andere deur openduwde, zodat er meer ruimte was voor de Delahaye.

Archer stak de sleutel in het contact en draaide hem om. Daarna drukte hij op de startknop, waarop de motor met ingehouden kracht begon te pruttelen.

'Klinkt als een gapende leeuw,' zei Callahan.

Howells grijnsde. 'Dit monster is nog nooit uit zijn kooi geweest. Hij wil de vrijheid tegemoet.'

Archer trapte de koppeling in en zette de auto met de kleine pook aan de stuurkolom in de achteruit. Het stuur had dezelfde kleur als de auto en hij had het idee dat hij een vuurbal vasthield. Tot zijn opluchting hoorde hij geen knarsend geluid toen hij gas gaf. Ze reden door de geopende deuren en langs andere nederige auto's die als onderdanen voor hun koning een buiging voor de Delahaye leken te maken. Toen ze tussen de dubbele buitendeuren door reden deed Archer de koplampen aan, waardoor ze ondanks de duisternis alles goed konden zien.

Howells en Lester liepen achter hen aan naar buiten.

'Welke kant kunnen we het beste op?' vroeg Archer.

'Nou, allereerst even opschuiven, dame,' zei Howells tegen Callahan.

'Wat?' Ze keek hem met grote ogen aan.

'Denk je dat ik jullie in je eentje laat vertrekken in de mooiste auto die ooit is gebouwd zonder dat je me daar ook maar een cent voor hebt gegeven?'

'Ik ben geen autodief,' zei Archer.

'Fijn dat jij dat vindt, zelf ben ik daar niet zeker van.'

'Ik kan wel met hen meegaan,' zei Lester.

'Verdomme, Lester,' zei Howells. 'Volgens mij zou je hier zelfs in je eentje niet in passen.'

Callahan schoof dichter naar Archer toe en Howells stapte in waardoor de andere twee bijna geen plek meer hadden. 'Nu in westelijke richting, jongeman. Die kant op.' Hij wees naar links.

Archer reed de weg op en trapte het gaspedaal in.

Howells tuitte zijn lippen. 'Kom op, Archer. Geef plankgas.'

Archer drukte het gaspedaal helemaal in.

De auto accelereerde meteen, waardoor hun hoofden naar achteren schoten.

'O mijn god!' riep Callahan. 'Als deze auto een man was, zou ik hem misschien ten huwelijk vragen.'

8

'Hoeveel wil je ervoor?' vroeg Archer in een scherpe bocht voor een lang recht stuk weg.

Howells krabde aan zijn wang en streek de punten van zijn grijze snor glad. 'Zoals ik al zei, zijn er voor zover bekend maar vijf 165's gemaakt. En een man in Beverly Hills, Californië, heeft er net een gekocht voor twaalfduizend dollar.'

'Jezus!' riep Callahan. Ze was zo opgewonden dat ze tegen Archers arm stootte. Daardoor reed hij de auto bijna van de weg en tegen een paar cactussen op. Hij trok het voertuig recht en nam gas terug. Hij keek naar zijn handen; die hielden het stuur van een auto van twaalfduizend dollar vast. Zoveel geld was onvoorstelbaar voor iemand zoals hij. Dat was veel meer geld dan een huis kostte. Voor zijn gevoel was dat veel meer geld dan wat ook maar kon kosten.

'Ik heb geen twaalfduizend dollar, Bobby H. En ik ken niemand die dat wel heeft, behalve Rockefeller en die ken ik niet.'

'Nou, ik zei niet dat ik dat ervoor vroeg. Ik verstrekte slechts enige informatie om je een beeld te geven.'

'Dan zou je me die twaalfduizend ook moeten geven.'

'Je vertelde dat je gokschuld achttienhonderdvijftig dollar bedroeg,' zei Callahan.

'Ja, dat is wel zo, maar daar kan ik hem niet voor wegdoen. Ik ben niet gek.'

'Dan ben ik je man niet.'

'Wacht eens even, Archer, ik sta voor een dilemma, zeg maar. Laten we daarom bespreken wat wel mogelijk is.'

'Twaalfduizend dollar zal nooit mogelijk zijn.'

Callahan zei: 'Laat de man uitpraten.'

'Oké, maar dat zal moeten wachten,' zei Archer die net in de spiegel keek.

‘Waarom?’ vroeg Callahan.

‘Omdat we gezelschap hebben dat snel nadert.’

Howells en Callahan keken achterom en zagen twee koplampen die met een alarmerende snelheid naar hen toe kwamen.

‘Hou je vast aan wat je maar kunt vastpakken,’ zei Archer rustig. Daarna haalde hij alles uit de Delahaye wat de auto maar te geven had en trapte het gaspedaal helemaal in. De mooiste auto ter wereld reageerde met het lef van een kampioen.

Ze scheurden ver voor de achtervolgende auto uit. Archer had in het maanlicht gezien dat het een tweekleurige Big Ass Buick was met een lange motorkap en banden met een witte rand. Het was niet de Buick die voor Lesters huis had gestaan, dus dacht Archer niet dat het de reus was die achter hen reed. De auto achter hen verdween zo snel in de duisternis dat Archer heel even meende dat hij in een vliegtuig zat dat op het punt stond op te stijgen.

Maar geen enkele auto of vliegtuig was sneller dan een kogel.

De kogels vlogen langs hen heen, en Archer trok het stuur eerst naar rechts en toen naar links.

Callahan gilde en viel opzij op Archers schoot en Howells dook naar beneden.

Archer legde een hand op de portierlijst en gebruikte die als steun om op zijn plaats te kunnen blijven zitten terwijl hij de auto ontwijkende manoeuvres liet maken. De Delahaye voerde al deze bewegingen verrassend soepel uit voor zo’n zware auto.

‘Ben je niet bang?’ Callahan tilde haar hoofd op en keek naar hem terwijl hij de auto behendig door de kogelregen stuurde.

‘Natuurlijk wel. Maar ik ben er in de oorlog aan gewend geraakt dat er op me werd geschoten, Liberty. En als je zo bang wordt dat je niets meer kunt doen, verdien je het misschien om te sterven.’

Een kogel schampte langs de metalen lijst van de voorruit.

‘Verdomme!’ Howells kwam omhoog en keek achterom naar de Buick. ‘Ze hebben de auto beschadigd! Dat is… Dat is net zoiets als lak over de Mona Lisa gooien. Dat is… godslastering, dat is het!’

‘Als jij het zegt,’ zei Archer. ‘En hoewel hij prettig rijdt, stuurt hij een beetje zwaar in de bochten, Bobby H. Misschien moet je de voorbanden uitlijnen.’

‘Wat een onzin, Archer!’ brulde Howells. ‘Je bent een cultuurbarbaar en hebt geen idee hoe je met een koningin moet dansen.'

Archer trok het stuur naar rechts, waardoor de auto slipte. Toen ze weer rechtdoor reden vroeg hij: 'Maar hoeveel wil je echt hebben?'

'En nú wil je onderhandelen?!' gilde Callahan toen de Buick achter hen opdook en het schieten weer begon.

'Tenzij Bobby H meer vijanden heeft dan degenen bij wie hij die gokschulden heeft, denk ik dat zij achter ons rijden. Dat betekent dat ze nu weten dat dit zijn auto is. Dus, hoeveel?'

Howells zei scherp: 'Ik begrijp dat je met je pas verworven overwicht misbruik wilt maken van mijn huidige situatie.'

'Zou jij dat niet doen dan?'

'Hoeveel zei je ook alweer dat je kon betalen?'

'Dat heb ik niet gezegd. Maar als je het zou vragen, zou ik zeggen het bedrag van je schuld, achttienvijftig.'

'Ik heb je al verteld dat ik niet akkoord ga met een bod dat daarbij in de buurt ligt.'

'Maar daarmee zou je die mannen achter ons wel kunnen afbetalen,' zei Callahan die inmiddels met haar hoofd onder de bovenkant van de rugleuning van de bank zat, met haar lange benen gebogen, haar schoenen uit en haar voeten tegen het dashboard geklemd. Door deze houding was haar jurk zo ver omhooggeschoven dat haar blote dijen boven de bovenrand van haar kousen te zien waren.

In elke andere situatie zou Archer geboeid zijn door dat uitzicht. Maar nu niet.

'Ik moet meer hebben,' zei Howells hoofdschuddend. 'Zoals je al zei heb ik binnenkort waarschijnlijk opnieuw schulden. Ik heb dus een buffer nodig. Dat begrijp je vast wel.'

'En jij zei dat je wilde bespreken welk bedrag mogelijk was,' zei Archer. 'Alleen hebben we dat nog niet besproken en volgens mij is daar ook bijna geen tijd meer voor, tenzij de Delahaye vleugels heeft.'

Voordat Howells kon antwoorden schakelde Archer terug, maakte een scherpe bocht, vloog er bijna uit, schakelde weer in een hogere versnelling en gaf plankgas. De Delahaye ging er als een raket vandoor. Het landschap vloog zo snel voorbij dat alles een waas leek. Als voor hen een andere auto reed, zou dat hun dood betekenen.

'Lester had ongelijk,' zei Archer.

'Waarover?' vroeg Howells.

Archer wees naar de snelheidsmeter op het rood metalen dashboard. 'We rijden 195 kilometer per uur.'

Callahan sloot haar ogen en sloeg een kruisje.

'Wil je nog iets bespreken?' vroeg Archer.

Howells keek achterom, slikte nerveus, hield zich stevig vast aan de rand van het raam en zei: 'Ik kan die achttienvijftig aannemen als begin, maar daar houdt het niet mee op.'

'Wat bedoel je daar precies mee?' vroeg Archer.

'Als je bent aangekomen op je bestemming en je hebt je geïnstalleerd, stuur je me honderd dollar per maand.'

Archer schudde zijn hoofd. 'Dat is te veel. Misschien verdien ik niet eens zoveel.'

'Nou, zoals je weet ben ik een gokker, Archer, en ik durf te wedden dat je je prima zult redden daar in Californië.'

'Maar hoe lang moet ik die maandelijkse betalingen blijven doen?'

'Laten we zeggen zes jaar. En ik vind je zo aardig dat ik je over die tijd niet eens rente in rekening zal brengen.'

'Ik begin jou ook aardig te vinden, dus laten we zeggen één jaar en dan vind ik het ook goed dat je me geen rente in rekening brengt.'

Howells zei: 'Drie jaar, Archer. Dan is het nog altijd een koopje voor je. Je rijdt nog in deze auto als je een oude man bent.'

'Twee jaar voor een totaalbedrag van 4.250 dollar, en als ik alles eerder kan afbetalen zal ik dat doen. Dat beloof ik.'

'Jezus H. Roosevelt Christus!' gilde Callahan toen er opnieuw kogels langs hen heen zoefden.

'Oké, afgesproken,' zei Howells.

Archer keek in de spiegel. 'Geweldig. Liberty, haal je revolver uit je handtas.'

'Waarom?'

'Omdat ik wil dat daar nuttig gebruik van wordt gemaakt.'

Zijn stem had zo'n dringende klank dat Callahan deed wat hij zei. Ze haalde de Smith & Wesson tevoorschijn. 'Wat nu? Wil je dat ik ga schieten?'

'Nee, ik wil dat je gaat sturen.'

'Wat! Hoe dan?'

'Pak het stuur vast. Dan kruip ik onder je door en jij over mij heen.

Ik zal mijn voet zo lang mogelijk op het gaspedaal houden. Zodra je op je plek zit, trap je hem helemaal in.'

'Archer, ik denk niet dat ik dat kan doen.'

'Ik vraag je dit alleen omdat ik wéét dat je het kunt. En Bobby H kan niet autorijden.'

'Lieve God, help me!'

'God helpt degenen die zichzelf helpen,' zei Howells alsof hij er verstand van had.

'Ach, hou je kop, ouwe sukkel! Jij hebt ons in deze situatie gebracht. En ik betwijfel echt of jij van alle mensen iets af weet van God.'

Archer zei: 'Omhoog. Nu!'

Callahan pakte het stuur vast, haalde diep adem, kromde haar rug en schoof naar rechts, terwijl Archer in elkaar dook en naar links schoof. Even later zat Archer in het midden en zat zij achter het stuur.

'Plankgas!' Archer draaide zich om zodat hij achter zich kon kijken, hield de .38 stevig vast en tuurde door het ijzeren vizier van de revolver. Daarna zei hij tegen Callahan: 'Ik tel tot drie, dan laat je het gaspedaal los tot we ongeveer honderd rijden.'

'Maar je zei...'

'Doe het gewoon, Liberty!'

Ze keek hem nukkig aan en wachtte.

'Een... Twee... Drie!'

De Delahaye reed nog maar 160, toen 130 en uiteindelijk 100 terwijl Callahan de snelheidsmeter in de gaten hield. 'We rijden honderd,' zei ze.

De Buick haalde hen nu snel in.

Archer richtte, maar schoot niet.

Wachten, wachten...

Hij vuurde twee keer snel achter elkaar op de grille, gevolgd door een schot op elke voorband. Toen hij de trekker weer overhaalde, sloeg de hamer tegen metaal. Hij had geen patronen meer, maar meer had hij ook niet nodig.

Meteen kwam er stoom uit de radiator van de Buick die als een dikke mist voor de voorruit bleef hangen. De lekgeschoten voorbanden zwabberden heen en weer, waarna het rubber van de metalen velgen losliet en de flarden in het donker verdwenen.

De Buick kwam tot stilstand in een greppel, terwijl de Delahaye triomfantelijk verder scheurde.

'Goed geschoten, Archer,' zei Howells.

Archer draaide zich weer om, keek Callahan aan en vroeg: 'Wil je blijven rijden?'

'Ja hoor, maar niet zo snel als jij deed.'

'Oké, we blijven met z'n drieën bij elkaar tot het kantoor van de overheid opengaat en we de auto officieel op mijn naam kunnen laten zetten.'

'Ik heb een kamer,' zei Bobby H.

'En ik weet zeker dat die jongens daar dat ook weten,' antwoordde Archer. 'Dat is dus geen optie.'

'We kunnen wel naar mijn huis,' zei Callahan, waardoor de mannen haar verbaasd aankeken. 'Er zijn twee kamers. Een van jullie kan op de bank slapen en de ander op de grond. Ik neem de slaapkamer.'

Howells keek Archer met een gekwelde blik aan. 'Ik heb een slechte rug. Echt heel slecht.'

'Uiteraard,' zei Archer terwijl de Delahaye verder raasde.

9

Ze parkeerden de auto onder een afdak naast een garage achter Callahans gebouw. Archer vond in de kofferbak een dekzeil en dekte de Delahaye daarmee af.

Ze moesten via de brandtrap naar Callahans appartement, want volgens Callahan was de verhuurster 'een ouwe dragonder die jonge vrouwen absoluut geen pleziertje gunde'. Wat natuurlijk ook betekende dat mannen 's nachts niet mochten blijven slapen.

Ze moesten dus de brandtrap op en daarna door een raam naar haar flat. Callahan keek Howells aan en zei: 'Dat jij hier slaapt zal ze waarschijnlijk geen probleem vinden, maar Archer kan echt niet.'

Howells was diep beledigd. 'Ik ben misschien niet meer zo jong als ik ooit was en als jullie nu zijn, maar ik ben nog altijd een man die waardering kan opbrengen voor vrouwelijke schoonheid als het zo duidelijk aan me wordt getoond.'

'Oké, bedankt voor het compliment, denk ik.' Callahan keek Archer bevreemd aan.

Howells zou op de bank slapen die vol bobbels zat, maar er toch mee doorkon. Hij zette zijn hoed af, trok zijn jas en schoenen uit, waardoor zijn sokken zonder tenen zichtbaar werden en ging liggen. Hij viel prompt in slaap en snurkte zacht terwijl Archer en Callahan naar hem keken.

'De opwinding heeft hem kennelijk uitgeput.' Archer had zijn hoed in zijn handen en keek naar Howells.

Callahan schudde haar hoofd. 'Ik ben nog niet toe aan slapen. Ik ben een nachtbraker.'

'Waar ben je dan wel aan toe?' vroeg Archer.

'Drank.'

'Vrees dat mijn zakflacon bijna leeg is.'

'Ik heb een fles en twee glazen onder mijn bed verstopt. Old Fitz

Kentucky-bourbon. Vind je dat oké? Van tarwe, niet van rogge.'

'Ik hou eigenlijk van elke graansoort die vloeibaar is gemaakt.'

Ze gingen met de drank naar de brandtrap en gingen zitten.

'Californië dus?' vroeg Callahan.

'Ja.'

'Wat is daar voor jou?'

'Een privédetective, Willie Dash. Ik hoop dat hij me onder zijn hoede neemt en me het vak leert.'

'Dus je wilt een speurder worden, net als Humphrey Bogart?'

'Bogie deed alleen maar alsof hij een privédetective was, ik wil er echt een zijn.'

'Foto's maken van overspelige getrouwde mannen en vrouwen? Achterlijke wanbetalers achternazitten voor geld? Je neus in andermans geheimen steken? Dat is jouw idee van een baan?'

'Dat zal wel moeten,' zei Archer bars, 'want ik heb geen andere kunnen bedenken.'

Ze hield haar hoofd schuin en keek hem onderzoekend aan. 'Je zou in films kunnen meespelen, Archer. Echt, je hebt een ruw randje en je bent natuurlijk geen Cary Grant, maar dik in orde. Bovendien ben je lang en heb je brede schouders en een prettige stem.'

'Grappig, dat zijn precies de vereisten voor een privédetective.'

'Hou op me te plagen en schenk me nog eens in.'

Dat deed hij. Daarna schonk hij voor zichzelf nog een vinger Old Fitz in en leunde hij met zijn rug tegen het harde metaal van de brandtrap. Na de woeste rit in de Delahaye voelde het goed om even niet in beweging te zijn en niet te worden beschoten.

'Heb je nog familie hier in de buurt?' vroeg hij.

'Nee, want ik kom hier niet vandaan.'

'Waarvandaan dan wel?'

'Gaat je niets aan.'

Hij keek haar geamuseerd aan. 'Ik dacht dat we het goed met elkaar konden vinden.'

'Ik praat niet graag over mezelf. En ik heb je al verteld waar ik tijdens de oorlog werkte en over mijn broer en mijn neef. Verdomme, dat is zo ongeveer mijn hele levensverhaal. Hoe zit het met jou? Waar kom jij vandaan?'

'Klein stadje, Poca City, bijna tweeënhalfduizend kilometer ten oosten van hier.'

'Dat is een lange reis.'

'En mijn billen en rug hebben elke kilometer gevoeld.'

'Nooit eerder van Poca City gehoord.'

'Ik zou het je niet aanraden om daarnaartoe te gaan om het zelf te bekijken.'

'Heb je daar een nare tijd gehad?'

'Dat kun je wel stellen,' antwoordde Archer op vlakke toon.

'En wat deed je hier?'

'Ben op doorreis.' Hij zweeg even, nam een slok en zei: 'Goed, de auto. Wat zeg je ervan om samen met mij naar het westen te rijden?'

'Ik weet het niet. Hoe ver ligt dat stadje bij Hollywood vandaan?'

'Ze liggen allebei in het zuiden van Californië. Vanaf het stadje waar ik naartoe ga, vertrekt vast wel een bus naar Hollywood.'

Ze keek hem gespannen aan. 'Je leek erg goed met die revolver.'

'Iedereen ziet er goed uit met een vuurwapen, tot ze worden doodgeschoten door iemand met een groter vuurwapen of een beter schot.'

'Ik bedoelde dat niet echt als een compliment. Je bent toch geen misdadiger? Ik bedoel, je hebt toch niet in de gevangenis gezeten, wel?'

'Zie ik eruit alsof ik in de gevangenis heb gezeten?'

'Dat weet ik niet. Ik heb nog nooit een ex-gevangene ontmoet.'

'Wil je soms beweren dat er geen ex-gevangenen zijn in een stadje als Reno?'

'Ik weet zeker dat die er zijn. Ik heb ze alleen nog nooit ontmoet.'

'Voor zover je weet, bedoel je. Dat gaan ze je echt niet vertellen.'

'Ben jij er daar een van, Archer?'

Archer kromp bijna ineen omdat ze hem helemaal klem had gezet. Hij dronk nog een vinger Old Fitz en zei: 'Ik heb drie jaar gezeten. Kwam vervroegd vrij wegens goed gedrag. Was gedurende mijn voorwaardelijke vrijlating in Poca City; de enige reden dat ik daar was. Nu ben ik echt vrij, zo vrij als een vogeltje.'

'Waarom zat je in de gevangenis? Als je maar drie jaar hebt gezeten, kan het niet heel erg zijn geweest,' zei ze hoopvol.

'Ik heb niemand iets aangedaan en geen cent gestolen. Bovendien was ik onschuldig. Maar dat zullen ze allemaal wel zeggen.'

'Dat denk ik wel.'

'Het ging om een meisje en een andere auto. Die was van haar vader, zij wilde hem ontvluchten, ergens opnieuw beginnen.'

'Mijn vader is al heel lang dood, maar het lijkt een beetje op mijn situatie.'

'Het pakte niet uit zoals ik had gedacht. Voor ons allebei niet.'

'Hield je van haar?'

'Nee,' zei hij scherp. 'Zo was het helemaal niet.'

'Oké, Archer, niet boos worden.'

'Misschien probeerde ik alleen een held te zijn. Je weet wel, de dame in nood redden.'

'Ik vroeg het alleen maar omdat het met een man en een vrouw meestal gaat om liefde, of wellust, of allebei tegelijk.'

Hij keek haar nieuwsgierig aan. 'Zo te horen weet je daar alles van.'

'Denk je soms dat jij de enige bent die een rotleven heeft gehad? Ik heb ook nare dingen meegemaakt, alleen zijn mijn littekens minder zichtbaar dan die van jou. En ik heb nooit de held gespeeld.'

'Was jij dan de vrouw in nood?'

Ze dronk haar glas leeg. 'Ik kan me niet herinneren dat ik ooit ben gered. Integendeel zelfs.'

Hij zette zijn lege glas neer. 'Dan neem ik aan dat je niet met me meerijdt naar Californië.'

'Waarom zeg je dat?'

Hij keek haar verbaasd aan. 'Ik ben een ex-gevangene, of dat nu terecht was of niet.'

'Maar jij gaf me de helft van je winst aan de roulettetafel, ook al hoefde je dat helemaal niet te doen. En ik zag wat je voor die oude man deed. Je verdedigde hem tegen die schurken, ook al hoefde je dat niet te doen. Ze hadden je wel kunnen vermoorden, terwijl je hem niet eens echt kende. En vanavond heb je ons leven gered door echt fantastisch te rijden en te schieten. En je gaat een auto kopen die je niet echt nodig hebt om te voorkomen dat die oude man wordt vermoord. En...'

'En wat?'

'En we zitten hier helemaal alleen buiten en je hebt nog niet eens geprobeerd me aan te raken. Ik kan je wel vertellen dat me dat sinds ik borsten heb gekregen niet eerder is overkomen.'

Archer bloosde zelfs toen ze dit zei.

'En je geneert je als een vrouw "borsten" zegt. Dan ben je volgens mij oké, Archer.'

'Bijzonder, alle dingen die je in de loop van je leven leert. We gaan dus naar Californië?'

'Ik kan klaarstaan voor vertrek zodra je de auto op je naam hebt staan.'

'Hoe zit het dan met de Dansende Vogels? En meneer Shyner?'

'O, ze hebben daar een heleboel meiden die wachten om mijn plaats in te nemen. En meneer Shyner weet dat ik naar Hollywood wil. Ik schrijf morgenochtend wel een briefje en zorg dat hij dat krijgt. Dat komt goed.'

Archer knikte. 'Dan kunnen we nu maar beter gaan slapen. Lange dag morgen.'

'Denk het wel.' Ze leunde naar hem toe en kuste hem op de wang.

'Waarom deed je dat?'

'Gewoon omdat je een aardige vent bent. Daar zijn er niet veel van; ik kom ze tenminste niet tegen.' Ze keek naar het raam. 'In mijn slaapkamer ligt vloerbedekking, voor het geval je daar op de grond wilt slapen. Is misschien iets comfortabeler.'

Hij keek naar haar lange benen, de welving van haar heupen en boezem, haar haren die over haar tengere schouders vielen en, het allerbeste, haar hartelijke, tedere glimlach. 'Om heel veel redenen, en ik beweer niet dat die allemaal goed zijn, ga ik naast die snurkende oude man slapen.'

'Weet je het zeker?'

'Nee. Maar het zou zelfs moeilijker, niet gemakkelijker, voor me zijn als ik je aanbod zou aannemen.'

Haar glimlach werd breder. 'Dat bevestigt alleen maar wat ik over je zei, Archer.'

'Nou ja, welterusten.'

'Welterusten.'

Ze stapte door het ene raam en hij door het raam ernaast.

En geen van beiden kreeg veel slaap.

10

De volgende ochtend lieten ze de auto in het overheidsgebouw op Archers naam zetten.

Ze bleven op de trap staan en Howells vouwde de bankbiljetten op en stopte ze in zijn portefeuille. Daarna gaf hij Archer een hand en zei: 'Nou, ik wens je veel geluk!'

'Jij ook veel geluk, Bobby H. Maar als ik jou was, zou ik de stad verlaten nu het nog kan. Reno is geen goede plaats voor je. Ergens anders kun je beter, en langer leven.'

'Daar heb je misschien gelijk in, Archer. Sterker nog, ik weet het zeker.'

Archer kon het gezicht van de man lezen alsof het een telegram was. 'Maar je blijft?'

'Ja, inderdaad. Uit principe, of zoiets. Sommige mensen, misschien wel alle mensen, zullen het onverklaarbaar en misschien getikt vinden, maar toch...' Hij draaide aan de punten van zijn snor alsof hij een uitroepteken achter zijn woorden wilde zetten.

'Zoals ik gisteren al zei, het is jouw begrafenis, Bobby H, en dat was niet figuurlijk bedoeld. Ik bedoel dat letterlijk: onder de groene zoden, net zoals dat voor ieder ander geldt.'

Howells grijnsde. 'Je bent een goede man, Archer. Pas goed op jezelf in Californië. Naar wat ik heb gehoord over de Golden State kan het daar ook gevaarlijk zijn.'

'Overal loert gevaar, als je de tijd neemt ernaar te zoeken. En soms zelfs als je dat niet doet. Trouwens, waar moet ik dat geld naartoe sturen?'

Howells haalde een kaartje uit zijn zak en gaf dat aan Archer. 'Naar dit adres.'

Archer bekeek het kaartje. Onder een adres stond: *Robert Howells p/a Stadsgevangenis Reno. Vasthouden tot het wordt opgehaald.*

'Je woont dus in de gevangenis? Is daar die kamer waar je het over had?'

'Dat is heel slim opgemerkt, Archer.'

'Wat niet echt nee betekent.' Archer stopte het kaartje in zijn zak. 'Je bent een vreemde vent, Bobby H.'

'Zal de knappe en opgewekte Liberty Callahan de reis samen met jou maken?'

'Een lange reis is aangenamer met wat gezelschap.'

'En het gezelschap van een knappe jonge vrouw is beter dan het gezelschap van ieder ander die ik ken.'

'Als jij het zegt.'

Howells klopte op zijn borstzakje en zei: 'Prettig zaken met je te hebben gedaan, Archer.' Daarna liep hij weg met zijn kin hooghartig geheven en zijn zak boordevol geld.

Archer wist eigenlijk wel zeker dat de man dat geld niet zou gebruiken om zijn schuld af te betalen, maar het zou verliezen met gokken. De man zou al dood kunnen zijn voordat de zon morgenochtend opkwam.

Archer had zijn tas al opgehaald uit het hotel en in de kofferbak van de Delahaye gelegd. Hij reed ermee terug naar Callahans flatgebouw. Ze stond al te wachten met twee koffers. Ze droeg reiskleding, compleet met een hoedje. Aan de zijkant daarvan klampte een vogel zich vast als een mossel aan de boeg van een schip. Hij hielp haar met de koffers en sloot de kofferbak. Daarna kroop hij met de autosleutel in de hand achter het stuur aan de rechterkant van de Delahaye, terwijl Callahan links instapte.

'Dit zal enige oefening vergen,' zei Archer toen hij de sleutel in het contact stak en omdraaide, en de startknop indrukte. De Delahaye kwam brullend tot leven.

'Waar heb je het over?' vroeg ze.

'Aan de verkeerde kant in de auto zitten.'

Ze reden de stad uit. Mensen op straat keken naar de auto.

'Dit ding trekt wel de aandacht,' zei Callahan.

'Ja, maar nu vind ik dat eigenlijk niet prettig.'

'Daar is het te laat voor, Archer. Hé, weet je eigenlijk welke kant we op moeten?'

'Heb vanochtend even op mijn goedkope wegenkaart gekeken. We moeten eigenlijk steeds naar het westen rijden, dan een stukje naar het zuiden en vervolgens weer naar het westen. We stoppen vlak voordat we een duik nemen in de Stille Oceaan.'

'Ik vind dit heel spannend, Archer, jij ook?'

'Echt wel. Ik moet er bijna van klappertanden.'

'Een nieuw leven voor ons allebei, jij als privédetective en ik als filmster!'

'Volgens mij zal het voor jou moeilijker worden.'

'Schieten ze op privédetectives?'

'Als dat zo is, heb ik gisteravond al wat oefening gehad.'

Ze haalde de .38 Special uit haar tas en toen hij nieuwsgierig naar haar keek zei ze: 'Maak je geen zorgen, ik heb hem vannacht herladen. Je hebt nooit een leeg vuurwapen bij je, Archer. Dat heeft toch geen zin?'

'Kan ik niets tegen inbrengen.'

'Hoe lang duurt het nog voor we er zijn?'

'We redden het echt niet in één dag, zelfs niet in dit scheurijzer. We zullen ergens moeten overnachten.'

Toen Archer opzijkeek zag hij nog net dat ze even glimlachte om zijn opmerking. Hij vroeg zich af waarom en kwam tot de conclusie dat daar verschillende redenen voor konden zijn. Eén daarvan intrigeerde hem en alle andere zaten hem dwars, waarvan ten minste één hem de stuipen op het lijf joeg.

Hij keek naar de geschampte omlijsting van de voorruit, de enige onvolkomenheid aan dit verder ongeschonden schitterende kunstwerk – volgens Howells tenminste. Daarna concentreerde hij zich op de weg, hoewel in zijn hoofd andere zaken zijn aandacht trokken.

Dit was voor hem het begin van een nieuw leven, of in elk geval de kans op een nieuw leven. Stel dat hij het verklootte? Stel dat Californië en zijn droom om PD te worden op niets uit liepen? Wat moest hij dan doen? Dan zat hij daar zonder een cent, met een auto die hij niet kon afbetalen en zonder het vooruitzicht op iets beters.

'Je lijkt nerveus,' zei Callahan.

Archer keek opzij en zag dat ze hem ernstig aankeek. Toen glimlachte ze, wat hij liever had.

Ze gaf een klopje op zijn hand. 'Ik ben ook bang, Archer. Misschien geeft dat je een beter gevoel.'

‘Wie zegt dat ik bang ben?’

‘Dat hoef je niet te zeggen, want dat kan ik zien. Maar we zijn jong, dus wat geeft het als ons leven tot nu toe niet geweldig was? We willen iets beters, dus waarom zouden we de kans niet grijpen?’

‘Dat kun jij gemakkelijk zeggen.’

‘Verdomme, Archer, als het gemakkelijk was, was iedereen dik en gelukkig.’

11

Ze reden via de State Route 27 naar het zuiden in de richting van Carson City en zagen even later een gigantisch meer.

'Dát is een leuke verrassing, midden in een woestijn,' zei Callahan.

'Lake Tahoe,' zei Archer.

'Hoe weet jij dat?'

'Las ik in een reisgids.'

Ze keek naar het dashboard. 'Heeft dit ding een radio?'

'Vrees van niet. 1939 is kennelijk al heel lang geleden.'

'Ik hou van George Burns en Gracie Allen; ze maken me aan het lachen. En ze lijken echt van elkaar te houden, ook al zijn ze getrouwd.'

'Daar gaat het toch in feite om in een huwelijk?'

'Met alles wat jij niet weet zou je een bibliotheek kunnen vullen, Archer.'

'Wat ik niet begrijp, is waarom Gracie George altijd te slim af is.'

'Ach, ze willen het gewoon realistisch houden.'

Ze bereikten Californië en namen een afslag naar het zuidwesten. In de Sierra Nevada Mountains kroop de weg omhoog en klampte Callahan zich vast aan de zitting.

'Gaat het?' vroeg Archer.

'Ik wist niet dat we door de bergen moesten om er te komen.'

'Ben je weleens eerder in Californië geweest?'

'Nog nooit. Jij?'

'Toen ik in het leger zat. Opleiding in Fort Ord en daarna in Camp San Luis Obispo.'

Toen ze langs een steile afgrond reden sloot ze haar ogen en zei: 'Nou, ik geef de voorkeur aan vlak land.'

'Maar aangezien we deze kant op rijden en het stuur rechts zit, ben ik het dichtst bij de afgrond en jij niet.'

'Ik ben dichtbij genoeg, hoor.'

Ze reden langs met dicht struikgewas begroeide hellingen, grasvlaktes, bossen van grootbladige esdoorns en grauwe elzen, verschillende soorten eiken en enorme aantallen grootkegeldennen.

'Wat zijn dat in vredesnaam voor bomen?' vroeg Callahan.

Ze reden langs reusachtige bomen die tot aan de sterren leken te reiken. Een militaire colonne, compleet met pantservoertuigen, had door de opening in een brede stam kunnen rijden.

'Sequoia's, de grootste bomen ter wereld. We hebben hier een paar keer oefeningen gehouden. Hebben wel een uur naar die monsters staan kijken.'

De weg liep weer griezelig steil omhoog en Callahan kneep haar ogen dicht.

'Hoe ben je in Reno terechtgekomen?' vroeg Archer, in een poging haar aandacht af te leiden van de snelle stijging.

Langzaam deed ze haar ogen open. 'Na de oorlog wist ik niet goed wat ik moest doen. Mijn broer was dood en mijn beide ouders waren al voor de oorlog overleden. De fabriek waar ik werkte ging dicht en toen alle mannen terugkwamen waren er geen banen meer voor vrouwen. De getrouwde vrouwen keerden terug naar hun huis en hun man, als die tenminste was teruggekomen. Ik heb een tijdje in een eethuis in Tennessee gewerkt, maar besloot toen mijn biezen te pakken en mijn leven om te gooien.'

'Dus ging je naar het westen?'

'Ja, net als veel andere mensen.' Ze keek hem met half dichtgeknepen ogen aan. 'Net als jij.'

'En dat baantje in Café De Dansende Vogels?'

'Ik kwam in Reno terecht en toen ik door de stad dwaalde om die te verkennen botste ik letterlijk tegen meneer Shyner op. Ik neem aan dat mijn uiterlijk hem wel beviel. Ik begon als gastvrouw, wat betekende dat ik daar rondliep in mijn strakke jurkje, waar ze in mijn billen knepen en mijn borsten betastten, en daar kreeg ik fooien voor. Toen werd ik serveerster, de fooien waren beter en de billenknijpers hadden het iets moeilijker, maar ik zag daar geen toekomst in. Ondertussen bleef ik proberen beter te leren dansen en zingen, weet je. Ik las in verschillende tijdschriften dat vrouwen in Hollywood veel dingen moeten kunnen. Als ik kan zingen en dansen, kan ik rollen krijgen. Kleine rolletjes natuurlijk, maar dan leren de mensen je kennen en dan krijg je grotere rollen. Zo gaat dat. En als je maar genoeg geluk hebt en hard genoeg werkt, word je een ster.'

'Zo te horen heb je er goed over nagedacht.'

'Je moet er goed over nadenken als je je hele leven omgooit.'

Archer dacht hierover na. 'Volgens mij heb ik niet lang nagedacht over mijn koersverandering. Dat is meer in een soort opwelling gebeurd.'

'Dat kon ik me niet permitteren, Archer. Dit is mijn laatste kans op iets groots.'

'Hoezo? Je bent nog jong.'

'In de filmindustrie ben ik bijna van middelbare leeftijd. Ik moet al bekend zijn, voordat ik alleen nog de rol van de tante van de heldin kan spelen.'

'Juist, ja.' Archer keek in de spiegel.

Ze zag dit en vroeg: 'Je denkt toch niet dat we worden gevolgd?'

'Je kunt nooit voorzichtig genoeg zijn.'

Ze staken de San Joaquin River over en keken naar het snelstromende water onder hen. Dit was de vierde brede rivier die ze overstaken. Archer had het idee dat Californië een staat was met erg veel water.

Het begon donker te worden toen ze, nog steeds in zuidelijke richting, door de San Joaquin Valley reden. Dit dal was vlak en stond vol met verschillende soorten groene bomen en struiken.

'Wc hebben de bergen dus achter ons gelaten?' vroeg Callahan opgelucht. 'Hier is het vrij vlak.'

'Dalen zijn meestal vlak, maar nee. We moeten nog door de Diablo Range.'

'Maar dat zijn de laatste bergen?'

'Nee, langs de kust lopen veel bergketens van noord naar zuid. Na de Diablo Range moeten we door de Santa Lucia Range om in Bay Town te komen, waar ik dus naartoe ga.'

'Wat veel Spaanse namen in Californië,' zei ze wantrouwig.

'Ja, zij hebben het ontdekt.'

'Waar overnachten we?' Ze stak een sigaret op en blies de rook nerveus naar haar kant van de auto.

'In Fresno County ligt de stad Coalinga. Daar rijden we via Route 198 naartoe.'

'Heb nog nooit van Coalinga gehoord.'

'Ik ook niet, maar daar kunnen we stoppen.'

'Moeten we door de Diablo Range om daar te komen?'

'Nee, die bergketen ligt eigenlijk nog in het dal. Het is landbouwgebied, dus overwegend vlak.'

'Hoe ver is het nog van Coalinga naar Bay Town?'

'Via dit soort wegen, geen idee. We kruisen de Diablo Range, rijden naar de kust en dan een tijdje naar het zuiden door de Santa Lucia Range en vervolgens recht op de Stille Oceaan af. Het zou fijn zijn als we dat in één keer kunnen doen, maar ik begin behoorlijk moe te worden en het is nog drie uur rijden naar Coalinga.'

'Waarom stop je dan niet, om je ogen even rust te geven? Ik wil niet dat we van een helling storten doordat je zo vermoeid bent.'

Hij vond een parkeerplaats langs de weg met een kleine picknicktafel en een oude verroeste barbecue. Ze zaten aan de tafel met hun jas om zich heen geslagen, want nu de zon onderging was het veel kouder en de wind die door het dal werd geleid waaide harder. Callahan had een papieren zak met broodjes bij zich. Ze aten ieder een broodje en deelden een zoetzure augurk. Ze rookten een sigaret en Callahan dronk wat uit Archers zakflacon.

Archer zei: 'We moeten weer tanken. Dat kan wel in Coalinga. Daar kunnen we misschien ook een kop koffie krijgen.'

'Of een glas gin.'

'Inderdaad. Daarna kunnen we doorrijden naar Bay Town.'

'En kun jij privédetective worden. Of doodgaan terwijl je dat probeert.'

Archer keek haar aan. 'En kun jij naar Hollywood gaan en een filmster worden. En idem dito.'

Ze keek met een bewonderende blik naar de Delahaye. 'Prima rit tot nu toe.'

'Behalve de bergen, bedoel je.'

'Daar begin ik eerlijk gezegd aan te wennen. Ik kan zo ongeveer alles leren accepteren.'

'Dat is heel goed, jongedame, want je hebt geen keus.'

Ze keken op en zagen drie mannen staan.

12

Archer keek naar de drie indringers. Een van hen was klein, maar hij stond voor de beide anderen. Dus was hij de leider. Archer taxeerde de twee andere mannen, onmisbare gorilla's voor een missie als deze. Ze hadden de bouw van een pick-up en hun blik verried evenveel intelligentie als een uitlaat.

De kleine man was modieus gekleed in een blauw pak van lichte wol, tweekleurige schoenen, zwart en grijs, en een witte vilten hoed met een zwarte band en een zwart lint. Zijn haar aan de slapen was glad, net als zijn gezicht. Zijn ogen waren als donkere kogels. Zijn vest was donkergrijs en paste bij de kleur van zijn schoenen. Zijn donkerrode das had een dubbele Windsor-knoop. Boven zijn smalle gesprongen bovenlip zat een dun snorretje. De snor leek in de was gezet. Híj leek in de was gezet.

De beide gorilla's droegen een krijtstreeppak maat 46, dat door hun omvang toch strak zat. Diedeldie had een .45 die hij losjes naast zijn enorme bovenbeen liet hangen. Diedeldom had een veel dreigender uitziende Remington *side-by-side* met afgezaagde lopen. Ze droegen een identieke gleufhoed met een zwarte band zonder lint.

De baas zette een stap naar voren en de grote jongens deden hetzelfde; er ging een tastbare dreiging van hen uit.

Archer stond op van de picknicktafel, maar Callahan bleef zitten en keek naar de mannen.

'Hallo, mannen. Zijn jullie verdwaald?' vroeg Archer als een soort begroeting. Hij wees naar rechts. 'De Stille Oceaan is die kant op, volgens mij tenminste.'

De kleine man grinnikte, maar bedacht zich toen en zei met een hatelijke blik: 'Wij weten precies waar we zijn. Als er al iemand verdwaald is dan zijn jullie dat.' Hij wees naar Archer en daarna naar

Callahan om zijn woorden kracht bij te zetten, ook al was dat niet nodig. Het geweer en de .45 deden dat al.

'Wij weten waar we zijn en waar we naartoe gaan,' zei Archer.

Diedeldom hief de Remington en richtte die op Archers buik.

Archer was niet van plan met zijn blote handen het gevecht aan te gaan met een Remington; hij zou de hagel niet kunnen ontwijken en een foetushouding aannemen leek ook een slecht idee.

'Feit is, vriend, dat jullie nergens naartoe gaan,' zei de kleine man.

Archer keek naar Callahan en zag dat zij nog steeds naar de drie mannen keek. Ze leek ongerust, maar niet wanhopig. Hij wist niet goed wat hij daarvan moest denken.

'Wat willen jullie?' Archer keek van de kleine man naar de Remington en terug. Opeens rook hij de verstikkende geur van de eucalyptussen, en hij had het gevoel dat de grasvlaktes hen leken in te sluiten als een meute hongerige wolven. Als hij zijn ogen zou durven sluiten, kon hij zich terug wanen in Europa, aan de rand van alweer een ander dorp waarvan hij de naam nooit kon uitspreken. Hij zou verder kruipen, hij en twee makkers, met een M-1 in de hand, een pakje sigaretten in de zak, het identiteitsplaatje om de hals, even hoopvol als angstig – met als enige wens het voltooien van deze missie en terugkeren in de veiligheid, als die al bestond tijdens een wereldoorlog.

De kleine man wees naar de Delahaye.

Archer volgde de vinger. 'Je wilt de auto?'

'Wat ben jij slim, zeg,' zei hij, niet joviaal maar intens beledigend.

Archer keek naar de gorilla's. Hun blik was leeg. Zij waren hier om een probleem uit de weg te ruimen. Twee problemen.

'Jullie zijn ons gevolgd, hè?'

'Vanaf dat jullie Reno verlieten. Was niet zo moeilijk. Over dit soort wegen kun je maar één kant op, dus daardoor heb je ons waarschijnlijk niet opgemerkt.'

'Reno? Echt?'

'Ja, echt.'

'Ken je toevallig ene Robert Howells?'

De man grijnsde. 'Hij was degene die ons vertelde dat jullie onderweg waren naar Californië. Dat was nadat we hem een beetje hadden afgetuigd. Zodoende was het gemakkelijk jullie te volgen. Het was een van mijn jongens die vannacht dat deukje in die auto heeft gemaakt. En jij hebt mijn Buick geruïneerd, vriend. Daardoor heb je een schuld bij mij en ik ben hier om die schuld te innen.'

'Oké, maar waarom wil je de auto? Howells wilde zijn schuld afbetalen met het geld dat hij ervoor kreeg.'

'Ja, maar het probleem is dat hij me veel meer geld schuldig was dan hij van jou kreeg.'

'Hoe weet je hoeveel hij van me kreeg?'

De man haalde een stapeltje bankbiljetten tevoorschijn. 'Omdat ik het geld zodra hij je verliet van hem heb afgepakt en het heb geteld. Hij is me nog zesduizend dollar schuldig en ik neem aan dat die auto dat verschil zal goedmaken.'

'Hij zei niet dat hij je zoveel schuldig was. Als dat echt zo is, verbaast het me dat hij de auto heeft verkocht voor het bedrag dat ik hem gaf.'

'Ach, Bobby H vergat waarschijnlijk de rente erbij op te tellen. En met honderd procent per dag tikt dat lekker aan.'

'Ja, dat geloof ik meteen. En waar is Howells nu?' vroeg Archer. Zijn gezicht begon te tintelen.

De man keek hem met een geforceerde glimlach aan. 'Zo stom ben je toch zeker niet, wel?'

'Je hoefde hem niet te vermoorden, weet je.'

'Ik kan me niet herinneren dat ik je mening heb gevraagd.'

Het bleef even stil tot Callahan vroeg: 'Als jullie de auto meenemen, hoe komen wij hier dan vandaan?'

Archer kon niet geloven dat dit een serieuze vraag was, maar toen hij naar haar keek zag hij aan haar blik dat het dat ook niet was. Misschien probeerde ze tijd te rekken, zodat hij een plan kon bedenken. Hij zou haar helaas moeten teleurstellen.

'Dat zal geen probleem zijn voor jullie,' zei de kleine man.

'Nou, dat vind ik volkomen onacceptabel,' zei Callahan.

Archer schoot bijna in de lach, maar toen hij naar haar keek vond hij het opeens veel minder grappig.

De kleine man leek iets te willen zeggen, maar de woorden bleven in zijn keel steken. Hij haalde alleen zijn schouders op, stak een half opgerookte cigarillo aan en staarde even naar de grond.

'Neem de auto maar,' zei Archer. 'Wij lopen wel naar waar we naartoe willen.'

De punt van de cigarillo ging omhoog en wees naar Archer, net als de Remington. Dat leek een directe bedreiging voor zijn persoonlijke welzijn.

Archer zei: 'We kennen jullie niet. Jullie zijn allang verdwenen voordat we een telefooncel of een agent hebben gevonden. Waarom zou je twee mensen vermoorden als dat niet nodig is? Een auto stelen is één ding, maar twee moorden zijn iets totaal anders. De gaskamer van San Quentin is een nare manier om aan je eind te komen.'

Rook kringelde van het uiteinde van de cigarillo omhoog. Archer keek naar de hemel en toen hij weer voor zich uit keek, zag hij dat de kleine man strak naar hem staarde.

'Kan ik niet doen, vriend. Ik hou niet van losse eindjes.'

Archer voelde nota bene dat zijn adrenaline tot rust kwam. Deze ongebruikelijke fysiologische reactie als hij met gevaar werd geconfronteerd, was ontstaan doordat hij in de oorlog had gevochten. Als je in leven wilde blijven, moest je rustig blijven. Hij stapte naar links, waardoor hij de aandacht en de aanvalshoek van deze mannen verplaatste.

'Probeer niet te vluchten,' zei de kleine man. 'Dat heeft geen zin en is alleen maar beschamend, vriend.'

'Ik kan me niet herinneren dat ik je mening heb gevraagd,' zei Archer. 'En trouwens, de maximale dodelijke afstand voor een afgezaagde loop is ongeveer anderhalve meter. Ik sta twee keer zo ver van hem af.' Hij keek naar de .45. 'En in het donker is dat voor die revolver zo'n drie meter.' Hij zette een grote stap naar achteren. 'En nu sta ik op vierenhalve meter.'

'Kom op, je wilt toch niet als een lafaard sterven?' zei de kleine man somber. 'Toon wat zelfrespect en laten we dit netjes afhandelen.'

Archer maakte een wijde bocht, en de mannen draaiden met hem mee.

Remington, die misschien begreep dat ze de controle kwijtraakten, zette snel een paar stappen naar voren.

'Nog steeds niet genoeg,' zei Archer. 'De hagel zal pijn doen, maar niet dodelijk zijn.' Hij geloofde dat niet echt, maar dat hoefde ook niet.

Nu stapte .45 naar voren en hij vormde samen met Remington de aanvalslinie. De kleine man, die begreep dat het bijna voorbij was, deed een pas naar achteren, nam nog een trekje en liet zijn cigarillo vallen. De oranje vonken doofden in de duisternis als een minizon die achter de horizon verdween.

'Blijf maar gewoon staan waar je staat,' zei .45 met een verrassend hoge stem voor zo'n enorm strottenhoofd. Hij richtte zijn revolver, maar Archer kon zien dat zijn dominante arm trilde als een takje in een bries. De man wilde zich graag groot en stoer voordoen, maar hij was misschien alleen maar groot.

Archer zette nog twee stappen, waardoor de aandacht van de mannen nog meer op hem gericht was.

Wat ze niet hadden voorzien was dat ze hierdoor met hun rug naar Callahan stonden. Ze leken haar helemaal vergeten te zijn. Dat zou straks veranderen, maar niet precies op de manier die Archer had gepland.

Callahan schoot en de kogel van haar .38 raakte Remington in zijn rechterschouderblad.

Hij kreunde toen de kogel eerst zijn huid en daarna zijn pezen doorboorde, vervolgens bot versplinterde en dwars door een stel bloedvaten ploegde. De man keek achterom en greep gillend van de pijn met zijn vrije hand naar de ingangswond. Zijn hoed viel van zijn hoofd in de plas bloed die uit hem stroomde; de kogel had een dikke ader doorboord. Door zijn woede, angst en pijn kwam er snot uit zijn neus en hij braakte alles uit wat hij onlangs nog had gegeten en gedronken. Er vormde zich een urinevlek rondom de rits van zijn broek, want hij kon zijn lichaamsfuncties niet langer beheersen. Zijn vingers verslapten en de Remington viel op de grond. Door de val gingen de afgevijlde en daardoor zeer gevoelige trekkers over en spoot de hagel uit de beide afgezaagde lopen. Beide enkels van .45 werden vanaf een afstand van nog geen twintig centimeter doorzeefd met honderden kogeltjes. Ze scheidden die delen van zijn lichaam even secuur als een zaag, maar als door een wonder bleef hij toch rechtop staan. Van die afstand was de Remington geen geweer, maar een bom.

De grote man keek omlaag en zag dat zijn zwarte schoenen en de voeten erin naast hem stonden in plaats van onder hem. Hij was opeens acht centimeter korter en stond nu op twee verbrijzelde botpunten. Zijn geest leek dat niet te kunnen bevatten, want hij gaf geen kik. Hij viel opzij maar haalde de trekker over, misschien in een soort reflex en doodde een eucalyptus naast Archer. Hij stierf terwijl hij op de grond lag en waarschijnlijk niet eens wist wie of wat hem had gedood. Archer zag dat de man hem aankeek met zijn stervende oog twee centimeter boven de bosgrond. De man knipperde nog een keer, maar raakte toen in shock. Zijn lichaam schokte, daarna nog een keer, daarna ging het oog dicht en stierf de man snel en geluidloos.

Archer wist dat de trekker overhalen en een man doden gemakkelijk was. Wat moeilijk was, was alles daarvoor, én alles wat daarna kwam.

Archer keek naar Remington. Ook hij lag dood in een donkerrode plas bloed die de aarde niet leek te willen, want het bleef als een plas water op de grond liggen.

'Doe dat niet!' brulde iemand.

Archer draaide zich om en zag dat Callahan haar Smith & Wesson nu gericht hield op de kleine man die, verbijsterd door de onverwachte eliminatie van zijn gorilla's, een .22 Derringer uit zijn jaszak had gehaald en daarmee zwaaide, hoewel Archer wel kon zien dat de man geen echt doelwit voor ogen had.

'Doe dat niet,' zei Callahan nogmaals. Haar stem klonk stellig, beheerst, zelfverzekerd, als een dolk voordat die in je ribben wordt gestoken om te doden.

Archer keek naar haar. Anders dan bij de .45 trilde haar hand absoluut niet. Haar hand met daarin de Smith & Wesson was even roerloos en kalm als de dikke stam van een eik op een windstille dag. Callahans gezicht deed hem denken aan de bergtoppen die ze waren gepasseerd: scherp afgetekend, dreigend en ondoorgrondelijk. En dat laatste greep Archer het meest aan, en het verwarde hem.

De kleine man liet de Derringer vallen en liep achteruit, met zijn handpalmen open voor zich alsof dat iets zou uithalen tegen de .38. 'Oké, oké,' zei hij. Er stond zweet langs de randen van zijn snor. 'Doe geen gekke dingen, dame.'

'Je bedoelt jou doodschieten? Zoals je ons dood wilde schieten? Wie is er dus gek?'

'Alsjeblieft, dame!' jammerde hij.

'Smeken heeft geen zin, daar is het een beetje laat voor!'

Archer zei: 'Het is afgelopen, Liberty. Laat hem maar gaan.'

Zonder hem aan te kijken vroeg ze: 'Zodat hij wat kan gaan doen? Ons blijven volgen? Iemand anders vertellen wat er is gebeurd? Ik heb een man vermoord, Archer.'

'Uit zelfverdediging.'

'Ik heb hem in zijn rug geschoten.'

'Ik ben je getuige, ik zag wat er gebeurde.'

De kleine man zei: 'Hij heeft gelijk. En al mijn vechtlust is verdwenen. Ik wilde dat ik hier nooit naartoe was gegaan. Ik neem mijn geld mee en ga ervandoor. Je hebt mijn woord, God is mijn getuige.'

'Beetje laat om over God te beginnen!' snauwde Callahan.

'Wacht even,' zei Archer.

'Dit soort mannen kun je niet vertrouwen, Archer. Ze zeggen het ene en doen het andere.' Ze richtte haar revolver. 'En hij heeft bekend dat hij Bobby H heeft vermoord.'

Archer stapte naar voren, bleef in haar vuurlinie staan. 'Iemand uit zelfverdediging doden is één ding, maar dit is iets volkomen anders. Ik ben geen heilige, maar hier wil ik niets mee te maken hebben, dus kun je maar beter eerst mij doodschieten.'

'Ik vind je aardig, Archer, maar ik weet niet zeker of ik je zo aardig vind.'

'Goed, maar vergeet niet dat we nog een paar bergen over moeten. Wil je dat in je eentje doen? Ga je gang.'

Dit deed wat haar geweten kennelijk niet kon doen: ze liet haar revolver zakken. 'Raap zijn pistool en het geweer en die revolver op.'

Archer deed wat ze had gezegd en hield de drie wapens zo vast dat de lopen naar de grond wezen.

'Waar is je auto?' vroeg Callahan aan de kleine man.

'Verderop, achter de bocht.'

'Laat zien.'

Hij liep voor hen uit naar de auto. Het was een wonder dat ze de motor niet hadden gehoord, maar de wind die tussen de bergtoppen door waaide maakte veel lawaai.

Het was een Chrysler, in een lelijke groene kleur en met de grootste verchroomde bumper die Archer ooit had gezien. Het ding was zo groot dat hij erop kon slapen.

‘Heb je een reserveband?’ vroeg Callahan.

‘Natuurlijk,’ antwoordde de man.

Ze schoot op de rechtervoorband van de Chrysler. De lucht ontsnapte er luid sissend uit tot de band helemaal leeg was. Ze liet haar revolver zakken, keek naar wat ze had gedaan en zei: ‘Ik wil hem nog steeds doodschieten.’

‘Ik weet het,’ zei Archer, waarop ze hem scherp aankeek. ‘Maar ik stel voor dat we weer in de auto stappen en verder rijden.’

‘Dat is goed, voorlopig.’ Ze keek de man aan, die duidelijk het idee had dat hij nog altijd ter dood was veroordeeld. ‘Als je ons volgt, zal Archer je niet opnieuw redden. Jij gaat terug naar waar je vandaan komt en blijft daar. En je houdt je mond.’ Ze hief haar .38 en richtte de loop op een plek tussen zijn ogen.

De man deinsde achteruit. ‘Ja, mevrouw.’

‘Nog één ding,’ zei Archer. Hij liep naar de man toe en gaf hem zo’n harde stomp in zijn gezicht dat de man van zijn voeten werd getild, tegen de zijkant van zijn auto viel en op de grond gleed. ‘Dat was voor Bobby H. En als ik je ooit nog eens zie, ben ik ook de laatste die je ooit hebt gezien.’

De man zat op de grond met zijn hand tegen zijn gebroken neus, snikkend van de pijn.

Callahan draaide zich om en liep terug naar de Delahaye. ‘Laten we gaan, Archer.’

Archer bleef nog even staan tot ze bijna niet meer te zien was. Daarna deed hij wat ze had gezegd.

13

De Delahaye ploegde door het dal als een sterke rivier door gesteente. Archer had de wapens die ze in beslag hadden genomen in de kofferbak gelegd. Hij en Callahan waren zichtbaar aangeslagen door wat er was gebeurd. Archer dacht duizend dingen tegelijk, en Callahan was bleek en leek ongerust.

Nadat het op het gezoem van de automotor na ongeveer vijfentwintig minuten stil was geweest, zei Callahan zacht: 'Je zult me wel een slecht mens vinden.'

'Ik vind helemaal niets.'

'Vrouwen moeten zichzelf kunnen beschermen, Archer, deze vrouw kan dat tenminste. Of vind jij dat dat alleen voor mannen geldt?'

'Nee. Maar misschien ga ik daar wel van uit, net als alle mannen.'

'Waar ga je van uit?'

'Dat schieten alleen iets voor mannen is. Maar daar vergis ik me in, dat is wel duidelijk.'

'Feit is dat mijn vader me leerde schieten toen ik acht was. Ik kon het jachtgeweer amper vasthouden.'

'Hij heeft het je goed geleerd. Dat was geen gemakkelijk schot vannacht, in het donker en op die afstand.'

'Die vent was zo groot als een schuur. Als ik hem had gemist zou ik een bril nodig hebben. En die andere man stierf door een ongeluk, daar had ik niets mee te maken.'

Archer schakelde terug, want er kwamen scherpe bochten aan. Ze hadden de kap van de auto gesloten, omdat de temperatuur was gezakt en er een snijdende wind waaide.

'En die kleine man dan? Je wilde hem in koelen bloede doodschieten.'

'Misschien blufte ik wel.'

'Dacht het niet.'

Ze stak een Camel op en blies boos een wolk rook naar hem toe. 'Hoe zou jij dat verdomme moeten weten? Hoe zou je ook maar iets van me kunnen weten?'

'Ik heb je zien gokken. Je hebt geen pokerface.'

Ze nam hem van opzij op met een blik die dwars door Archer heen sneed en hij keek op dezelfde manier naar haar. Hij wist niet goed wat hij van de situatie moest denken, vooral doordat hij niet eerder een vrouw als Callahan had ontmoet.

Dus is dat mijn fout of de hare?

Ze nam een trekje van haar Camel, blies de rook uit en streek met haar wijsvinger door haar haar. Daarna vroeg ze: 'Moeten we dit aan iemand vertellen?'

'Ik denk dat het een probleem kan worden als we dat niet doen.'

Ze draaide haar raampje naar beneden en gooide haar Camel weg. Die werd gevangen door een windvlaag, ketste af op een eik en viel op het asfalt. Ze draaide het raampje weer omhoog.

Archer zei: 'Maar we moeten hier goed over nadenken. Ze zullen de lijken vinden. Het was een picknickplaats, dus zullen daar mensen stoppen, net als wij hebben gedaan. Ze zullen hun broodjes uitpakken, de aardappelsalade tevoorschijn halen, koffie inschenken uit de thermosfles en dan om zich heen kijken en overgeven.'

'Misschien haalt die andere man de lijken wel weg,' zei ze.

'Waarom zou hij?'

'Hij loopt ook het risico ontmaskerd te worden, Archer. Hij is een crimineel, wij niet. Wij hebben onszelf gewoon verdedigd.'

Archer zei hoofdschuddend: 'Ik zei tegen Howells dat hij Reno zo snel mogelijk moest verlaten. En nu is hij dood.'

Ze keek hem aan. 'Ik stel voor dat we vergeten wat er is gebeurd en als iemand iets vraagt, zeggen we dat we niets weten. Twee moordenaars zijn dood, nou en? Die hebben hun verdiende loon gekregen.'

Hij keek naar haar handtas. 'Je zult hoe dan ook iets met die Smith & Wesson moeten doen.'

'Waarom?'

'Omdat jouw kogel in de rug van die man zit, daarom. Ze kunnen kogels aan wapens koppelen. En nu we het daar toch over hebben, we moeten de wapens lozen die in de kofferbak liggen.'

Terwijl ze hierover nadacht beet ze tot bloedens toe op een felgroen gelakte nagel. 'Stoppen we nog steeds in Coalinga?'

'Op dit moment heb ik het gevoel dat ik nooit meer een oog dicht kan doen, maar we moeten tanken en ik heb koffie nodig. En het lijkt me verstandig om ergens te overnachten. Dan kunnen we allebei een beetje tot rust komen.'

'Mag ik een slok uit je zakflacon?'

Hij haalde hem uit zijn zak en gaf hem aan haar.

Ze nam een grote slok, zoog tevreden haar lippen naar binnen en draaide de dop er weer op. 'Dat is beter. Ook een slok?' Ze hield hem de flacon voor.

'Ik heb vandaag al genoeg oppeppers gehad, dank je wel.' Hij wees naar de rivier die parallel aan de weg stroomde. 'Dat is een goede plek om ze te dumpen.'

'Oké, Archer, ga je gang. Maar mijn revolver niet, want die hebben we misschien nog nodig als die man ons weer achternakomt.'

Hij stapte uit, haalde het geweer, de Derringer en de .45 uit de kofferbak, liep naar de rivieroever en gooide ze er allemaal in. Hij zag dat ze even in de sterke stroming bleven drijven maar toen verdwenen, als mist in de warmte van de opkomende zon.

Hij liep terug naar de auto, draaide de weg weer op en gaf gas.

'Voel je je nu beter?' vroeg ze.

'Ja. En jij?'

Op een toon die hij nog niet eerder van haar had gehoord zei ze: 'Ik... heb daar zojuist een man gedood, Archer. Ik... weet niet of ik me ooit weer goed zal voelen.'

Hij zag dat haar handen opeens trilden, haar keelspieren zich spanden en er zweetdruppels op haar voorhoofd verschenen. Snel verliet hij de weg, leunde opzij en opende haar portier. 'Ga je gang. Maar doe het buiten. Snel!'

Ze sprong de auto uit en verdween achter een boom. Hij hoorde dat ze heel erg overgaf. Ze kwam een paar minuten later terug, wreef over haar mond, stapte in en sloot het portier.

'Gaat het?'

Ze knikte, maar leek nog steeds misselijk.

'Soms heb je een vertraagde reactie. Alsof je het niet meteen kunt bevatten.'

'Ja.'

'Ze hadden ons vermoord, Liberty, precies zoals je zei.'

Ze drukte haar gezicht tegen het koele glas, sloot haar ogen en ademde diep en langzaam uit. 'Ja. Nu moet je je mond houden en doorrijden.'

14

Coalinga was geen bloeiende metropool, maar ook niet het achterlijke gehucht dat Archer had verwacht.

Liberty keek naar het welkomstbord. 'Hoe komen ze aan de naam Coalinga? Is dat Spaans?'

Hij wees naar rechts. 'Daar is een spoorlijn, *coal* betekent kolen en dat zijn geladen kolenwagons, dus misschien is dat het antwoord op je vraag.'

Het was bijna tien uur 's avonds en het stadje leek diep in slaap. Er was niemand buiten en de meeste gebouwen waren gesloten.

'Ik weet niet of we nu nog ergens benzine of koffie kunnen krijgen, dus misschien moeten we wel tot morgenochtend in de auto slapen,' zei Archer. 'Want het benzinestation daar is dicht en het lijkt me niet dat dit stadje twee benzinestations heeft.'

'In dat hoge gebouw brandt nog licht.'

Ze stopten voor het gebouw en stapten uit. Buiten was het koel en droog, en de wind was gaan liggen. Archer zette zijn hoed op en deed de Delahaye op slot.

Op het bord voor het gebouw stond: CLANCY'S SALOON. GEOPEND VANAF TWAALF UUR, GESLOTEN OM WE ZIEN WEL.

'Coalinga bevalt me nu al beter,' zei Callahan toen ze dit zag.

Archer hield de deur voor haar open en ze gingen naar binnen.

De saloon van ongeveer veertig vierkante meter bestond uit een mahoniehouten bar met tien krukken, een jukebox met lusteloos knipperende neonlichten, vier tafeltjes met een soort houten voorsteven van een schip eromheen en een paar stoelen met lage rugleuning, een kleine dansvloer belegd met visgraatparket en een betaaltelefoon aan een muur. Aan een touwtje hing een potlood en op de muur daarnaast stonden als wiskundige vergelijkingen rijen telefoonnummers. Achter de bar was een klein doorgeefluik om het eten voor de klanten in de bar aan te geven en via een enkele klapdeur links daarvan konden de maaltijden naar de eetzaal worden gebracht.

Er zaten twee mannen aan de bar. De ene was jong en slank, de andere oud en gezet. Beide mannen hadden een groot glas bier in de hand en leken in een alcoholische roes naar rechts te kijken. Achter de houten bar stond een dikke man met krullend rood haar, een vlekkerig wit schort en de mouwen van zijn overhemd opgerold zodat op elke onderarm een ankertatoeage zichtbaar was. In een van de hoeken van zijn brede mond vol grote tanden hing een sigaar. Hij keek naar de doek in zijn hand alsof hij zich afvroeg hoe die daar terecht was gekomen.

Slechts een van de vier tafeltjes was bezet. Aan de ene kant zat een vrouw van in de vijftig met grijs haar en een lang, grof gezicht. Haar vuurrode handtas stond op de tafel naast haar bord met rauwe oesters in een halve schaal en een glas pure bourbon in een laag glas. Tegenover haar zat een man, ook in de vijftig, gekleed in een driedelig kamgaren pak met een loshangende donkere das. Hij was mollig en bezweet, en had zijn servet in de kraag van zijn witte overhemd gestoken als een dartbord. Voor hem stond een bord spaghetti met sint-jakobsschelpen die hij systematisch met vork en lepel naar binnen werkte. Zijn maaltijd werd gecompleteerd met een glas rode wijn.

Eerst keek niemand op toen ze binnenkwamen. Toen zag de mollige man met de sint-jakobsschelpen Callahan en hij raakte daar zo opgewonden van dat de grijze vrouw zich omdraaide. Haar lange gezicht betrok en ze keek zuur. Ze wendde zich weer tot haar tafelgenoot en zei iets, zacht, snauwerig en kennelijk scherp als een speer, want de mollige man richtte meteen al zijn aandacht weer op de sint-jakobsschelpen. De barkeeper keek op, zag Callahan, pakte snel een glas en begon het te poleren tot het glom, terwijl er een grijns op zijn gezicht verscheen alsof hij zojuist een prijs had gewonnen die hem hier vandaan zou halen. De jonge dronkaard draaide zich om, zag Callahan en viel bijna van zijn kruk. De oude dronkaard had misschien hetzelfde gedaan als hij niet al met zijn gezicht op de bar was gevallen en lag te snurken.

De klapdeur ging open en een jonge vrouw van in de twintig kwam binnen. Ze had donkerblond haar en korte gespierde benen, droeg een lichtbruin serveerstersuniform afgezet met verbleekte rode biezen en had een dienblad vol schone glazen bij zich. Toen ze hen zag wees ze met haar vrije hand naar een tafeltje. 'Ga maar zitten, kom zo bij jullie.'

Archer en Callahan gingen zitten en nadat de serveerster de glazen in een houten kast met twee deuren had gezet, kwam ze naar hen toe met twee menukaarten en stoffen servetten waar bestek in was gewikkeld. Ze gaf hun allebei een menukaart en vroeg: 'Kan ik jullie iets te drinken inschenken? Als jullie willen eten, de keuken sluit over twintig minuten.'

'Dan is het kennelijk bijna "we zien wel",' zei Archer.

'Ja hoor, en u bent de eerste die dat zegt,' zei ze verveeld.

'Ik wil graag koffie, zwart,' zei Archer. 'Weten jullie hoe je een *gimlet* moet maken?'

'Ja hoor, dat hebben we vaker gedaan.'

'Geweldig, dan bij de koffie graag een gimlet, een beetje zuinig met het limoensap en wat guller met de gin. Of moet ik dat tegen de vriendelijke barkeeper zeggen?'

'Ik geef hem de bestelling wel door. En u, mevrouw?'

'Hebben jullie cranberrysap?' vroeg Callahan.

'Ja. Is dat alles wat u wilt?'

'Ja, zolang er maar wodka bij zit.'

De vrouw glimlachte en keek Archer neerbuigend aan. 'Kijk, dát was grappig, cowboy. Ik haal jullie drankjes.'

Archer zette zijn hoed af, legde hem op de tafel en keek om zich heen. Hij was in betere en in slechtere bars geweest. Hier werd dezelfde drank geschonken als in de beste bars ter wereld, zoals in L.A., New York, Parijs, Londen en Berlijn – of wat daarvan over was. In die zin was een bar in Coalinga, Californië, even goed als de bars daar. Maar Archer was nog steeds in Coalinga en niet in Parijs.

Callahan pakte een Camel en tikte met de kant zonder filter op de tafel om de tabak zo stevig mogelijk aan te drukken. 'Denk je dat die dwerg is teruggegaan naar Reno?'

Archer haalde zijn schouders op. 'Misschien. Hij heeft geen vuurwapens en gorilla's meer. Ik zie niet gebeuren dat hij ons in zijn eentje achtervolgt.'

'Toch zou hij ons met een andere gorilla achterna kunnen komen.'

'De kans dat hij ons vindt is klein. Californië is behoorlijk groot.'

'Dat is zo.' Haar stemming leek iets te verbeteren.

Ze zwegen tot zijn koffie en gimlet en haar cocktail werden gebracht.

De serveerster pakte haar schrijfblokje en pen. 'Hebben jullie al naar het menu kunnen kijken? De oesters en sint-jakobsschelpen zijn trouwens op.'

'Wat zou je ons aanbevelen?' vroeg Archer.

'De biefstuk; we hebben er nog twee. En gebakken aardappels; daar hebben we ook nog twee van.'

'Biefstuk en aardappels, waarom heb ik dat zelf niet bedacht?' zei Callahan. 'Verkocht.'

'Maak er maar twee van,' zei Archer. Nadat de serveerster was vertrokken dronk Archer zijn koffie op en daarna begon hij aan de gimlet.

Callahan keek hem nerveus aan. 'Je lijkt weer diep in gedachten verzonken, Archer.'

'Wil je nog steeds naar Hollywood?'

Ze keek hem aan met een scherpe blik waarmee ze helemaal tot in zijn ziel kon kijken. Ze nam een diepe trek van haar sigaret en zei toen: 'Dat was het oorspronkelijke plan. Zie jij één reden waarom ik dat zou veranderen?'

'Ja, twee zelfs. Evenveel als het aantal doden dat we in de bergen hebben achtergelaten.'

'Moeten we het daar weer over hebben?'

'Laat me uitpraten.'

'Oké.' Ze leunde naar achteren, sloeg haar ene lange been over het andere waardoor haar rok omhoogkroop, begon met haar voet te wiebelen en liet haar ene pump gevaarlijk aan haar tenen bungelen. De mollige man keek haar kant op, zag dit en leek te kreunen tot de vrouw hem onder tafel een schop gaf.

'Het is misschien beter als we bij elkaar blijven, een tijdje in elk geval.'

'Je bedoelt voor het geval hij terugkomt met meer gorilla's?'

'Ja.'

'Maar je zei dat hij ons niet zou kunnen vinden, Archer.'

'Ik weet dat ik dat zei, maar ik heb daarover nagedacht. Ik weet niet zeker of ik, toen ik in Reno was, heb verteld waar ik naartoe ging. En de Delahaye is erg opvallend. En als jij naar Hollywood gaat en bekend wordt? Het is verdomd zeker dat hij weet hoe je heet. Hij zal je naam van Howells hebben gekregen, en de mijne ook.'

'Maar moeten we dan wel naar Bay Town gaan, als hij weet dat je daarnaartoe gaat?'

'Ik moet wel, Liberty. Ik wil proberen die baan te krijgen en ik heb die man verteld dat ik zou komen.' Met een onzekere blik voegde hij eraan toe: 'Maar misschien is het toch beter als jij niet naar Bay Town gaat. Misschien zou je wel naar Hollywood moeten gaan, maar je naam veranderen. Dat doen ze daar toch allemaal?'

'Maar als ik in films ga spelen dan zal hij me herkennen, zelfs als ik mijn naam verander. Verdomme, misschien probeert hij me wel te chanteren.'

Archer knikte langzaam. 'Dat is zo. Dus, wat wil je doen?'

'Ik denk dat we bij elkaar moeten blijven en naar Bay Town moeten gaan. Ik kan daar een tijdje blijven om te zien of die man daar opduikt.'

'Maar dat hoef je niet te doen. Je kunt je ook ergens anders gedeisd houden.'

'En jou alleen laten? Denk je echt dat ik zo'n stomme trut ben?'

Archer was diep in gedachten en Callahan rookte meer Camels. Ze zwegen tot hun gerechten werden gebracht.

Ze aten en legden geld op tafel voor de rekening. Toen de serveerster het geld kwam halen, vroeg Archer of ze ergens konden overnachten.

'Ja hoor, verderop in de straat. Het heet Coalinga House. Ze verhuren kamers en hebben er nu ook een paar vrij. Hard aankloppen, want misschien zijn ze al naar bed. De eigenares heet Mildred Hawks. Ze is aardig. Zeg maar dat Katy jullie heeft gestuurd.'

Ze verlieten de saloon, stapten in de Delahaye en reden het korte stukje naar Coalinga House. Het was een breed gebouw van hout en baksteen met een voorveranda waarop een rij schommelstoelen en kleine potten met verse bloemen stonden. Op de onderste tree naar de veranda stond een betonnen beeldje van een lief jong katje.

'Dit ziet er gelukkig uit als een plek waar we niet te veel problemen kunnen krijgen, Archer.'

De deur was roodgeverfd en Archer moest er een hele minuut op kloppen voordat ze op de tegelvloer erachter voetstappen hun kant op hoorden komen.

De deur ging open en daar stond Mildred, namen ze aan. De vrouw was in de zestig, had vlechten in haar lange grijze haar en droeg een ouderwetse jurk. Ze leek slaperig en tegelijkertijd geïrriteerd. 'Ja?'

'We hebben een kamer nodig,' zei Archer. 'Zijn net aangekomen. Katy van Clancy's heeft u aanbevolen. U bent Mildred, neem ik aan?'

Mildred knikte vermoeid en keek met een strenge blik naar Callahan. 'Ik heb maar één kamer vrij.'

Callahan zei: 'We hebben er ook maar één nodig.'

'Jullie zijn dus getrouwd?'

Callahan zei: 'We zijn hier vanuit Reno naartoe gereden. Waarom ga je anders naar Reno dan om je boterbriefje te halen?'

Mildreds blik ging naar hun handen. 'En waar zijn jullie ringen dan?'

Callahan zei met een wanhopige blik: 'U gelooft het vast niet, maar we zijn onderweg beroofd. We hebben aangifte gedaan, maar de politie heeft weinig hoop dat ze de daders zullen vinden.'

'Als jullie net getrouwd zijn, moeten jullie je huwelijksakte hebben.'

'Die hebben ze ook gestolen,' zei Callahan verdrietig. 'Een rottige manier om aan je huwelijksreis te beginnen, ja toch? Ik heb mijn best moeten doen om niet de hele tijd te huilen.'

Deze stroom leugens die zo vol zelfvertrouwen werd opgedist leek Mildred gunstig te stemmen. Ze opende de deur verder. 'Ik heb een kamer helemaal boven. Badkamer op de gang.'

'Dat klinkt perfect.' Callahan keek Archer aan en zei: 'En, lieverd?'

'En wat?' vroeg Archer.

'Ga je me niet over de drempel dragen?' Tegen Mildred zei ze: 'Mannen, hè? Het zijn net kleine jongens die je steeds moet vertellen dat ze hun neus moeten snuiten en de bril van de wc omhoog moeten doen.'

Mildred keek haar begrijpend aan en stapte opzij. 'Oké, jongeman, ga je gang. Doe je plicht.'

Archer tilde Callahan moeiteloos op, zwaaide haar door de deuropening en zette haar weer neer. 'Dat was het, schatje. Nu ben je hoop ik tevreden.'

Mildred zei: 'Gaan jullie elkaar dan niet kussen? Dat hoort er ook bij, hoor.'

Callahan en Archer keken elkaar zenuwachtig aan.

'Natuurlijk.' Callahan boog zich naar Archer toe en gaf hem een kus. Ze wilde zich net terugtrekken, maar besloot dat toch niet te doen.

Even later sloegen ze hun armen om elkaar heen en ze bleven zo staan. Toen ze zich losmaakten, keken ze elkaar verbaasd aan.

Ademloos en blozend streek Callahan haar jurk glad, terwijl Archer zijn das rechttrok.

Mildred zei: 'Jullie zijn dus echt getrouwd. Ik kan zien of mensen van elkaar houden.'

Na die opmerking weigerden Callahan en Archer elkaar aan te kijken.

'Op die tafel staat morgenochtend een pot koffie. Kom, dan schrijf ik jullie nu in.'

Later, nadat ze hun kamer hadden betrokken, kleedden ze zich om beurten om in de badkamer op de gang. Archer trok een donkere pyjama aan en Callahan een lang wit nachthemd met een interessant decolleté, een paar donzige veren en niets eronder.

Toen ze in het smalle bed lagen zei Callahan: 'Dacht je echt dat ik er gewoon vandoor zou gaan en je aan die moordenaars zou overlaten?'

Hij draaide op zijn zij zodat hij haar kon aankijken.

Zij deed hetzelfde en liet haar wang op haar handpalm rusten. Ze keek hem onderzoekend aan.

'Je bent me echt niets verschuldigd, Liberty.'

'Maar we zijn toch vrienden?'

'We kennen elkaar nog maar net.'

'Is er dan een regel die zegt dat mensen elkaar een bepaalde tijd moeten kennen voordat ze vrienden kunnen zijn?'

'Nee.'

'Ik heb het gevoel dat we samen al heel veel dingen hebben meegemaakt die mensen die hun hele leven al bevriend zijn niet hebben beleefd.'

'Als je binnen vierentwintig uur tijdens drie verschillende gelegenheden bijna wordt vermoord, dan is dat inderdaad ongebruikelijk, dat moet ik toegeven.'

'Beschouw je jezelf als mijn vriend?'

'Ja, inderdaad,' zei hij.

'Oké, dan is alles dus geregeld.' Ze ging weer op haar rug liggen.

Archer verroerde zich niet. Hij keek alleen maar naar haar.

Dat leek ze te voelen, want ze zei: 'Onder normale omstandigheden, Archer, en als we zo bij elkaar zouden liggen als nu, zou ik bepaalde gevoelens voor je hebben. Vooral na die kus...' Ze keek hem nieuwsgierig aan. 'Dat wilde ik je even vertellen.'

'Er is niets normaal aan onze omstandigheden. Maar ik voel hetzelfde, dat wilde ik jóú even vertellen.'

Ze glimlachte en stak een hand uit.

Archer nam haar hand in de zijne en ging ook op zijn rug liggen. En toen vielen ze allebei in slaap, hand in hand.

15

Archer was vroeg opgestaan en had voor de slaperige Callahan een kop koffie gehaald uit de pot waar Mildred het over had gehad. Daarna stapte hij in de Delahaye om te tanken. Toen hij terugkwam was Callahan aangekleed en klaar voor vertrek.

'Dat is nog eens een reisoutfit,' zei Archer.

Callahan was gekleed in een witte jurk tot net boven haar knieën die om haar heupen spande en zo laag uitgesneden was dat een man tijdelijk zelfs zijn eigen naam zou kunnen vergeten. Ze droeg lavendelkleurige pumps en een dun zwartleren riempje om haar middel. Haar haar hing tot op haar schouders en haar tulbandhoedje had dezelfde kleur als haar schoenen. 'Als ik een filmster ga worden, moet ik er ook zo uitzien. Is dit oké, vind je?'

'Zo zou ik het niet noemen.'

Ze keek hem aan en vroeg: 'Hoe zou je het dan wel noemen?'

'Dat kan ik maar beter voor me houden.'

'En ik moet concurreren met die verdomde auto. Alsof ik een bijrol speel.'

'Maak je geen zorgen. Mannen houden van auto's, maar nog meer van knappe vrouwen.'

'Dat is het aardigste wat je de hele ochtend hebt gezegd, Archer. Goed, laten we dit stadje nu maar verlaten.'

Toen Archer de tassen in de kofferbak zette reed een patrouillewagen langzaam voorbij. De twee agenten keken eerst aandachtig naar de Delahaye en daarna naar Archer, maar reden vervolgens een zijstraat in.

Ze wilden net wegrijden toen de patrouillewagen terugkwam en naast hen stopte met het passagiersraampje naar beneden gedraaid. Ze zagen het dikke gladgeschoren gezicht van een man van in de veertig met een voorhoofd en hals die door de zon en de wind verweerd waren, gemillimeterd bruin haar en heel brede schouders. Archer dacht dat hij misschien een oud-militair was. Zijn partner was lang en broodmager, en leek veel minder belangstelling voor hen te hebben dan de dikzak.

'Leuke auto,' zei de agent.

'Ja, hè,' zei Archer met een vriendelijke glimlach. Hij wilde dat dit maar op één manier eindigde, want het zou zomaar eens totaal anders kunnen aflopen.

'Hoe kom je aan zo'n auto?' Kennelijk had de dikzak de naam op de grille van de auto zien staan, want hij vroeg: 'Een Dela-haye? Wat is dat in vredesnaam?'

'Een Franse auto. Maar hij is gebouwd voor een Engelsman, daarom zit het stuur aan deze kant.'

'Hoe kom je eraan, vriend?'

Archer had die vraag al verwacht en zei: 'Van een verzamelaar in Reno. Hij had wat geldproblemen en moest hem verkopen.'

'Je lijkt nog erg jong om zoveel geld voor zo'n stuk chroom te kunnen betalen.'

'Ja, het was echt een koopje, maar ik moet nog een hele tijd afbetalingen doen.'

De agent duwde zijn pet naar achteren en dacht hierover na, terwijl zijn blik heen en weer dwaalde tot die Archers ogen bereikte en daar bleef hangen zoals de schijnwerper die op de zijkant van de wagen was geschroefd.

Die blik beviel Archer helemaal niet. De man keek onderzoekend en wantrouwig en leek op zoek naar een mogelijke aanleiding om hem een klap op zijn kop te geven en de handboeien om te doen. Zo ongeveer iedere agent die hij ooit had ontmoet, had hem met ongeveer diezelfde blik aangekeken.

'Heb je papieren waarmee je dat kunt bewijzen?'

'Als u echt wilt dat ik ze tevoorschijn haal, ja hoor.'

Het gezicht van de agent verstijfde na deze milde afwijzing en hij keek Archer aan met een officiële en agressieve blik, alsof hij een hond was die net een gigantisch bot had ontdekt dat hij kon kraken en verorberen. 'Nu moet je even luisteren, vriendje...' zei hij op scherpe toon.

Callahan leunde naar voren, keek langs Archer heen en vroeg

met een stralende glimlach: 'Komt u uit Coalinga, agent?'

De man keek naar haar en glimlachte. 'Geboren en getogen, juffrouw.'

'Ik kom uit het oosten, maar ik had hier ook wel willen opgroeien.'

'Ja, juffrouw.' Zijn glimlach verdween toen hij de beschadigde omlijsting van de voorruit zag waar de kogel langs was geschampt. Daarna dwaalde zijn blik naar het portier en bleef daar rusten; hij keek nu zelfs nog ernstiger. Alsof hij aan een misdrijf denkt, dacht Archer die elke nuance op het gezicht van de agent volgde. 'Wat is dát in vredesnaam?' De agent wees.

Archer keek naar beneden en zag wat de agent bedoelde. Instinctief wilde hij het gaspedaal intrappen, maar toen keek hij op en zag hij dat de agent hem aandachtig aankeek.

'Volgens mij is dat bloed,' zei de agent. 'Wat is het volgens jou, vriend?'

Archer wist dat het inderdaad bloed was. De auto had op de parkeerplaats gestaan vlak bij de plek waar was geschoten. Door het schot hagel was kennelijk een beetje bloed van de dode man op de auto beland. Dat had Archer in het donker niet gezien, en om de een of andere reden ook niet in het ochtendlicht. Nu zag hij het helaas maar al te duidelijk.

'We hebben gisteravond een hert of een coyote of zo aangereden. Klapte op de voorruit en gleed daarna denk ik langs de zijkant naar beneden.'

'Maar geen deuk,' zei de agent die was uitgestapt om het beter te kunnen bekijken.

Zijn collega stapte ook uit en liep om de patrouillewagen heen met zijn hand op de kolf van zijn geholsterde Colt .45. Hij zag eruit alsof hij graag ergens op wilde schieten.

'Dan zou je een deuk verwachten, ja toch, Jimmy?' zei de dikzak tegen zijn partner die zo'n opvallende adamsappel had dat het wel een tumor leek. 'En ik zie nergens een deuk. Als je een hert of een grote kat raakt, heb je een deuk of op z'n minst een paar krassen op de lak, echt wel. Hier klopt iets niet. Ik heb dus wel een paar vragen, vriend.'

Hij bukte zich om Archer beter aan te kunnen kijken, terwijl Jimmy op enige afstand bleef staan, waarschijnlijk voor het geval hij zijn pistool moest trekken en op de vluchtende Archer moest schieten. De dikzak keek op en zei: 'Uitstappen, vriend.'

Callahan was echter degene die uitstapte, waarna ze om de auto heen naar hen toe liep.

Beide agenten roken een vleugje van haar zoete parfum en bleven stokstijf staan. Archer was dankbaar dat hun volle aandacht nu op Callahan en haar strakke jurk was gericht in plaats van op het bloed en de afwezigheid van deuken.

'Ik zat achter het stuur toen we iets aanreden. Ik schrok me de *bejesus*,' zei ze. Met haar blik op Archer gericht zei ze: 'Ja toch?'

'De bejesus,' zei Archer.

'Bejesus? Dat is een Ierse uitdrukking,' zei de dikzak. 'Hé, ben je een Ierse, dame?'

Ze stak een gehandschoende hand naar hem uit. 'De naam is Callahan, Liberty Callahan, dus inderdaad. Ik ben zeker weten Iers, agent.'

Zijn glimlach dreigde aan beide kanten van zijn gezicht te rollen. Hij wees naar de naam die op zijn uniform was genaaid. 'Ik heet Sean, Sean Regan. Mijn ouders kwamen uit de county van Offaly.'

'Mijn grootouders uit Cork.'

'Wat is de wereld toch klein.' Hij draaide zich om en keek naar zijn partner. 'Verdomme, Jimmy, de familie van deze meid komt uit Cork.'

Jimmy kon zijn blik niet losrukken van Callahans prominente boezem. 'Cork,' was het enige wat hij kon uitbrengen.

Archer zag dat Callahan zo stond dat de mannen het portier niet meer konden zien.

'Ik ben onderweg naar Hollywood. Ik wil actrice worden.' Ze legde een hand op haar heup die ze naar voren bracht, draaide haar hoofd opzij en legde haar andere hand achter haar lange hals die ze boog als een zwaan, terwijl ze hen met een oogverblindende glimlach aankeek. 'Denken jullie dat ik kans maak? Eerlijk zeggen, jongens.'

Regan zei: 'Verdomme, je bent veel knapper dan Rita Hayworth.' Zijn blik dwaalde naar haar lange in kousen gehulde benen. 'Vind je ook niet, Jimmy?'

Jimmy zag eruit alsof hij bij wijze van opwarmertje twee flessen Old Forester had leeggedronken voordat hij serieus begon te drinken. 'Cork,' zei hij schor.

Jimmy was om, was Archers conclusie. De man was zijn Colt .45 waarschijnlijk helemaal vergeten, net als het feit dat hij agent was. En Regan liep niet ver achter.

'Je bent ontzettend lief.' Callahan gaf Regan een knuffel en Archer zag dat zijn hand naar haar billen gleed, daar bleef rusten en in het zachte vlees kneep. Ze deed geen enkele poging om zijn hand naar een nettere plek te verplaatsen. Archer had bewondering voor haar zelfbeheersing.

Callahan stapte achteruit en zei: 'Ik was zo zenuwachtig, maar jullie hebben me helemaal opgevrolijkt. Dus dank jullie wel en nu zal ik jullie niet langer ophouden. Ik weet hoe belangrijk politiewerk is. Mijn oom is politieman in Boston.'

Regan straalde. 'Dat is een heel grote stad. Ze zeggen dat elke bar in Boston op Saint Paddy's Day gratis drank schenkt aan iedere Ier. Is dat waar?'

'Aan iedere Ier en Ierse,' zei ze, alweer met een brede glimlach.

Hij grinnikte en tikte tegen zijn pet. 'Veel succes, juffrouw Callahan.'

Callahan maakte een lichte kniebuiging. 'Vriendelijk bedankt, agent Regan.'

De mannen stapten in de patrouillewagen, Regan zwaaide nog een keer enthousiast en toen waren ze weg. Zomaar.

Archer kon bijna niet geloven dat alles wat zojuist was gebeurd niet het product was van zijn verbeelding of van te veel drank.

Callahan keek de patrouillewagen na tot die uit het zicht was verdwenen, stapte weer in en trok de rok van haar jurk op zodat hij niet klem kwam te zitten als ze het portier dichttrok.

'Oké, nu ben ik overtuigd,' zei Archer.

Ze keek hem vragend aan. 'Waarvan?'

'Dat je echt een succes kunt worden als actrice.'

'Dat was geen acteren, Archer, dat was gewoon liegen.'

'Is dat dan niet hetzelfde?'

'Dat weet ik niet. Dat ene heb ik al vaak gedaan, maar dat andere niet echt.'

'Je had echt geluk met dat gedoe over Ierland.'

'Hoezo geluk? Ik zag Regans naam op zijn uniform en ik bén Ierse. Ik vond dat ik het maar moest proberen. We hadden immers niets te verliezen?'

'Komt je familie écht uit Cork?'

'Verdomme, wie weet? Goed, laten we maar snel doorrijden voordat die stomme sukkel vergeet hoe fijn het was om in mijn kont te knijpen en zich dat bloed en die deuk herinnert. Geef dus maar gas.'

Dus gaf Archer gas.

16

Uren later schrok Callahan wakker en ze keek naar Archer. Alleen was hij er niet. Ze zat alleen in de auto. De Delahaye stond aan de kant van de weg, naast een rivier. Ze keek naar buiten en zag Archer die stenen over het water liet scheren. Ze trok haar pumps aan, stapte uit en liep voorzichtig over het oneffen terrein naar hem toe. 'Wat ben je aan het doen?'

'Even pauzeren. Jij sliep, leek me dus een goed moment om te stoppen.' Hij bukte zich en pakte een geopend flesje cola. 'Had dit bij het benzinestation in Coalinga gekocht. Heb het net een paar minuten in het water laten afkoelen.'

Ze pakte het flesje aan, nam een paar slokken en gaf het terug. 'Waar zijn we?'

'Salinas Valley.' Hij wees naar het water. 'En dat is de Salinas River. De monding is veel verder naar het noorden, bij Monterey Bay.'

'Wat is het hier mooi.'

'Dit is landbouwgrond, erg vruchtbaar. Bijna honderdvijftig kilometer in dit dal met bergen aan beide kanten. Ze verbouwen hier allerlei gewassen.'

'Was je boer?'

'Nooit van mijn leven een akker geploegd. Maar ik kan lezen. Ooit gehoord van *The Grapes of Wrath*?'

'Ik heb de film gezien. Henry Fonda toch?'

'Klopt. Maar eerst was het een roman van John Steinbeck. De titel is afkomstig van een regel in de song "The Battle Hymn of the Republic". Heb het gelezen toen ik studeerde.' Hij nam een slok cola. 'Het gaat over de familie Joad. Door de Depressie en de Dust Bowl was een toekomst voor boeren in Oklahoma onmogelijk geworden, dus verzamelden ze alle bezittingen die ze nog hadden, bouwden hun personenauto om tot een rammelende truck en vertrokken naar Californië op zoek naar een beter bestaan.'

Callahan keek belangstellend en zei: 'Verdomme, wij doen hetzelfde.' Ze pakte de cola van hem af en nam nog een slok, waarna ze het flesje teruggaf en naar het stromende water en het pittoreske landschap erachter keek.

Hij vertelde verder: 'De reis pakte niet erg goed uit. Sommigen stierven onderweg. En toen ze op hun bestemming arriveerden bleken de goedbetaalde banen niet te bestaan, voor hen tenminste niet. De Joads kregen het zwaar en het werd verschrikkelijk.'

'Dan verbaast het me dat je zelfs maar in de buurt van Californië wilt komen.'

'In het boek staat een zin die ik prachtig vind.'

'Hoe luidt die dan?'

'"Hoe kun je een man bang maken die niet alleen zelf kramp in zijn maag heeft van de honger, maar zijn beklagenswaardige kinderen ook? Je kunt die man niet bang maken, want hij heeft een angst gekend die alle andere overtreft."'

'Welke angst die alle andere overtreft heb jij gekend, Archer?'

Archer gaf haar de cola en gooide een steentje dat zes keer op het oppervlak van de Salinas stuiterde. De zon scheen fel en hij duwde zijn hoed naar achteren. 'Het leven, Liberty. Gewoon het leven. En jij?'

Ze keek hem aan met een blik die het midden hield tussen een snik en een zelfgenoegzaam lachje. 'Verdomme, Archer, ik ben een vrouw. Dus ja, voor mij geldt hetzelfde, maar dan dubbel zo erg.'

Archer wilde nog een steentje weggooien, maar liet het vallen. Hij stopte zijn handen in zijn zakken en keek uit over het water.

'Laat me niet in spanning zitten, Archer. Hoe is het echt geëindigd voor de Joads? Zijn ze allemaal gestorven? Of eindigde het in een sprookje en werden ze toch nog rijk?'

'Een paar van hen verzetten zich. Probeerden het juiste te doen. Werden lid van de vakbond. Dat soort dingen. Vochten tegen de rijken. Dat is net zoiets als proberen met een pistool een Sherman-tank te verslaan, zinloos dus. Maar als een man het niet eens probeert?'

'Of een vrouw, Archer,' zei ze gedecideerd.

'Of een vrouw,' gaf hij toe.

'Was de reis dan de moeite waard voor hen?'

'Volgens mij is elke reis de moeite waard als stilstaan geen optie is.'

'Waarom rijden wij dan niet door?'

Toen ze weer bij de auto waren zei Callahan: 'Het bloed op het portier is verdwenen.'

'Waarom denk je dat ik bij de rivier ben gestopt? Met een doek en water was het bloed zo weg.'

'Slim van je, Archer.'

Ze reden weer verder en waren algauw in de Santa Lucia Range. Toen de weg weer omhoogliep keek Archer naar Callahan die haar ogen had gesloten en de zitting stevig vasthield. 'Weet je, voor een stoere meid als jij die weet hoe ze met een vuurwapen moet omgaan, verbaast het me dat er ook maar iets is wat je angst aanjaagt. We hadden je goed kunnen gebruiken in het Achtste Leger; je kunt beter schieten dan een heleboel mannen met wie ik heb gediend.'

'Met vleien bereik je niet erg veel bij mij.' Maar ze opende haar ogen en keek hem glimlachend aan. 'Waar ik ben opgegroeid was het land vrij vlak. Dit vind ik helemaal niet prettig.'

'Hoe ben je naar Reno gegaan?'

'Met treinen en bussen, en liften als mijn geld op was, wat vrij regelmatig gebeurde.'

'Dat kan gevaarlijk zijn voor een jonge vrouw alleen.'

'Ja, dat is zo, Archer,' zei ze, maar verder zei ze niets.

'Nou, blij dat je het hebt gered.'

Ze keek naar buiten. 'Tijdens mijn reis ben ik niet echt door de bergen gekomen.' Daarna keek ze hem aan en zei: 'Maar ik neem aan dat er altijd wel iets in de weg staat op je tocht naar je bestemming.'

'Zodra we deze bergen uit zijn, kunnen we de kust en de Stille Oceaan zien.'

Daar vrolijkte ze van op. 'Echt waar?'

'De bergen hebben invloed op het weer dat uit het westen komt, zodat het aan de kust veel natter is. Dat heb ik tijdens mijn training hier gemerkt. Je zult zien dat de planten en bomen en zo op de hellingen aan de westkant totaal anders zijn. De bergen houden de weersystemen tegen, dus daar regent het, waarna ze de bergtoppen passeren – dat heet het regenschaduweffect. Daardoor is het in de Salinas Valley droger. Ze moeten heel veel plaatselijke waterbronnen irrigeren, ook al krijgen ze wel wat regen.'

Ze bereikten de top waarna de bochtige weg weer naar beneden liep, en ze reden langs sequoia's, ponderosadennen, coniferen, Pacifische aardbeibomen en cipressen.

Later, bij een lager gelegen bocht zei Archer: 'Kijk, daar is de Stille Oceaan.'

Callahan ging op haar hurken zitten, hield met één hand haar hoedje vast en keek naar de grootste oceaan ter wereld. 'Is dat allemaal de Stille Oceaan?' riep ze.

'Nou ja, vanaf hier kun je er maar een klein stukje van zien. Als je rechtdoor zou gaan, helemaal naar het westen, kom je bij Japan. Dat ligt aan dezelfde oceaan.'

Stomverbaasd zei ze: 'Jezus, dat is niet mis, Archer. En ik vond Lake Tahoe al groot.'

'Een druppel op de gloeiende plaat.'

'Jemig, dit is gewoon... schitterend. Ik bedoel, echt schitterend.'

Hij keek naar haar, zoals ze op haar hurken zat en naar de oceaan keek als een klein meisje dat net de mooiste pop ter wereld ziet en te horen krijgt dat-ie van haar is. Daarna keek hij naar het handschoenenvak waar de .38 Special lag waarmee de vorige dag een man was gedood. Hij dacht met verbazing aan de complexiteit van de mens in het algemeen en aan die van deze vrouw in het bijzonder.

'Hoe ver is het nog naar Bay Town?' vroeg ze toen ze eindelijk weer gewoon ging zitten.

'We verlaten nu de bergen en volgens mij rijden we hierna alleen nog langs de kust.' Hij nam gas terug en stopte in de berm. Hij opende het handschoenenvak, haalde er een kaart uit en vouwde hem open. Hij bekeek de route, terwijl zij naar hem keek.

'Ja, we volgen de kust. Een paar uur nog, zo te zien. Als we de Delahaye op zijn staart konden trappen zouden we er snel zijn, maar als ik de route zo zie zal dat niet kunnen.'

'En daar is het vrij vlak?'

'Vrij vlak.'

'Nou, goddank voor kleine wonderen.'

'Zijn er dan andere soorten?' vroeg hij.

17

Terwijl ze de steile Santa Ynez Mountains verlieten reden ze Bay Town binnen. Het was een levendig uitziend stadje dat als een waterspuwer aan de kust hing. Op het bord stond: WELKOM IN BAY TOWN, WAAR EEN GOED LEVEN BEGINT.

'Zo te zien heeft dit stadje een hoge dunk van zichzelf,' zei Callahan.

Ze reden door Sawyer Avenue, een brede boulevard, en keken vol verwondering naar de rij fraaie huizen daar.

'Leuke optrekjes, maar goedkoop lijken ze niet,' zei ze. 'Heb je hier al woonruimte geregeld?'

'Pension in Porter Street.'

'Denk je dat ze nog een kamer vrij hebben?'

'We kunnen het altijd vragen.'

'Of wil je weer een pasgetrouwd stel spelen? Dan kun je me over de drempel dragen. Maar dan moeten we elkaar ook weer kussen.' Ze keek hem aandachtig en met een hoopvolle blik aan.

'Dat lijkt me niet handig nu ik in dit stadje ga wonen.'

'Met jou is ook geen pret te beleven,' zei Callahan, maar ze glimlachte om te laten zien dat ze het niet meende.

Archer stopte en vroeg aan een vrouw die haar hond uitliet waar Porter Street was. Dat vertelde ze hem, maar toen vroeg ze: 'Wat is dat voor auto? Het stuur zit aan de verkeerde kant.'

'Frans,' zei Archer.

De vrouw keek hem bevreemd aan. 'Frans? Hoe komt-ie dan in Amerika?'

'We hebben hem hiernaartoe gereden,' zei Callahan. 'Hij verandert in een boot als je op die knop drukt,' voegde ze eraan toe, terwijl ze naar een knop op het dashboard wees.

'Nounou, het is me wat,' zei de vrouw.

'Inderdaad,' zei Callahan.

Archer reed grijnzend door en sloeg links af een straat in die steil afliep.

'Wanneer ontmoet je die privédetective die je alle smerige trucjes leert die je moet kennen om een echte privédetective te worden?' vroeg Callahan.

'Ik zou hem bellen zodra ik hier was om een afspraak te maken.'

'Hoe heet hij ook alweer?'

'Willie Dash.'

'Die Willie Dash?' Ze wees naar een groot verbleekt billboard op de zijgevel van een bakstenen gebouw. Op het bord was een kleine man met brede schouders en een strijdlustige blik afgebeeld. Hij was achter in de veertig en droeg een ouderwets krijtstreeppak en een gleufhoed die schuin op zijn brede hoofd stond. Met een dikke vinger wees hij kennelijk naar de wereld in het algemeen. Onder zijn foto stond de tekst: HEB JE EEN PROBLEEM DAT OPGELOST MOET WORDEN? DAN IS PRIVÉDETECTIVE WILLIE DASH JE MAN. Verder stond er een vijfcijferig telefoonnummer, maar geen adres. Het telefoonnummer was hetzelfde als dat op de brief die Archer van de man had gekregen.

Archer stopte en keek met open mond omhoog naar het billboard. 'Ja, die Willie Dash. Ik dacht dat-ie ouder zou zijn. Maar hij werd ten zeerste aanbevolen.'

'O? En wie heeft de man aanbevolen die deze man heeft aanbevolen?'

Archer reed door zonder haar vraag te beantwoorden.

Ze stopten voor het pension, een breed gebouw met een smalle voorveranda, grijsgeverfde zijgevels, rode luiken en een olijfgroen metalen puntdak. Het gebouw leek oud en iets opzij te hellen. Op een bord voor het pand stond dat er kamers vrij waren.

'Heb ik even geluk,' zei Callahan toen ze dit zag. 'Maar misschien zijn we de helft van de tijd bezig dit gebouw rechtop te houden.'

Ze haalden hun tassen uit de kofferbak en liepen de voorveranda op.

De hordeur werd geopend door een vrouw van minstens zeventig. Door de glazen van haar montuurloze bril leken haar ogen gigantisch en één oog hing tegen de binnenkant van de oogkas. Ze droeg een versleten trui over een zelfgemaakte halflange jurk en keek met een zekere minachting naar Callahan met haar tulbandhoedje en haar maatjurk. 'Kan ik u helpen?' vroeg ze op scherpe toon.

'Mijn naam is Archer, ik heb een kamer gereserveerd.'

'Ja. U staat al genoteerd.' Ze keek naar Callahan. 'En wie is dit?'

'Dit is Liberty Callahan. Ik heb ook een kamer nodig.'

'Voor hoe lang?'

'Dat zal ik u nog laten weten. Mijn plannen staan nog niet vast, zeg maar.'

De vrouw keek langs hen heen naar de Delahaye en haar toch al grote ogen werden zo groot als de vollemaan. 'Is dat uw auto?'

'Ja, mevrouw,' zei Archer.

'Maar dat is een Delahaye.'

Archer zei verbaasd: 'Dat is waar. Hoe weet u dat?'

'Ik ben Française. Ik ben hier lang voor de oorlog gekomen. Ik klink helemaal niet Frans meer, wel?'

'Nee, mevrouw, absoluut niet.'

Ze leek van slag door zijn antwoord. 'Ja, dat is mijn probleem, nietwaar? *J'ai perdu la beauté de ma culture. Je suis américaine maintentant.*'

'Als u het zegt,' antwoordde Archer.

'En u bent?' vroeg Callahan.

'Jullie mogen me Madame Genevieve noemen.'

'U bent dus getrouwd?' vroeg Archer.

'Niet meer.'

'Dat spijt me.'

'Mij niet. Kom binnen en schrijf u in, dan laat ik u uw kamers zien. Ik vraag een week huur vooruit. Geen uitzonderingen.'

'Lijkt een aardig stadje. Bevalt het u hier?' vroeg Archer.

'Het bevalt me prima. Als dat niet zo was, bleef ik hier niet.' Ze draaide zich om en liep weg door de gang.

Archer en Callahan keken elkaar aan en volgden haar toen.

18

Archer keek even rustig om zich heen in de kleine kamer die hij, voorlopig althans, zijn thuis zou noemen. Alles hier was oud maar smetteloos en rook naar zeep en meubelwas. Hij stopte de grote metalen sleutel in zijn zak, zette zijn tas neer, liet zijn hoed op het smalle bed vallen en liep naar het achterraam. Zijn directe uitzicht was de achterkant van een ander gebouw, maar achter dat gebouw en de rest van Bay Town lagen de Santa Ynez Mountains. Vergeleken met de hoge rotsen leek het stadje klein, vond hij, net als Goliath in vergelijking met David. *Maar vergeet niet wie dat gevecht won.*

Hij liep door de kamer naar het voorraam en keek weer naar buiten. Het pension stond niet aan de oceaankant van de stad maar wel vrij hoog, zodat Archer een onbelemmerd uitzicht had op de Stille Oceaan. Rechts was een lange kade waar schepen lagen aangemeerd; Archer zag grote kranen die vracht laadden of losten en mannen die er als jagende mieren omheen krioelden. Hij wist dat verderop aan de kust de militaire basis Camp Cooke lag. Verder naar het zuiden zag hij een paar jaknikkers die op en neer gingen om het zwarte goud uit de aarde te pompen, als struisvogels die eten oppikten. Hij wist dat nog meer naar het zuiden de Channel Islands lagen.

Archer maakte zijn das los, haalde zijn zakflacon tevoorschijn en nam een slok van zijn roggewhiskey. Dat leste zijn dorst net voldoende om hem ertoe te bewegen nog een slok te nemen. Hij pakte zijn tas uit, hing kleren die opgehangen moesten worden op en legde de andere kleren in de ladekast die tegen een van de muren stond. Zijn kleren roken naar Murphy's Oil-zeep, een middel dat hij in de gevangenis vaak had gebruikt als hij zijn cel schoonmaakte. Hij zou een strijkplank en strijkijzer moeten zien te vinden om alles te persen.

Hij ging naar beneden en liep naar buiten naar de Delahaye, nadat

Madame Genevieve hem had verteld waar hij de auto kon parkeren. Hij zette hem in een dubbele garage achter het pension. Daarna liep hij terug naar zijn kamer, trok zijn colbert, overhemd en onderhemd uit, maar hield zijn broek en schoenen aan. Hij had net een Lucky aangestoken toen er op zijn deur werd geklopt.

Callahan had haar hoedje afgezet, maar droeg verder nog dezelfde kleren. Ze kwam onuitgenodigd binnen en bekeek zijn kamer. 'Zo te zien zijn alle kamers identiek.'

'Mooi uitzicht.'

Ze keek naar zijn blote bovenlijf. 'Ja, heel mooi. Hé, waar heb je al die grote spieren vandaan, Archer?'

'Sears and Roebuck. Die hielden uitverkoop. Kreeg ze voor een prikkie.'

Ze streek met een hand over zijn rechterschouder en langs zijn arm naar beneden.

Archer rook haar parfum, maar kon zich beheersen door aan haar te denken terwijl ze een man doodschoot.

Ze zei: 'Herinner me eraan dat ik een keer iets bij hen moet bestellen. De kwaliteit is heel goed.' Ze trok langzaam haar hand een beetje terug, maar schraapte met haar nagels over zijn blote huid.

'Wat is er?'

'Ik heb mijn spullen uitgepakt en nu verveel ik me.'

'We zijn hier net, Liberty.'

'Ik kan slecht tegen nietsdoen. Ik moet een baan zien te vinden.'

'Ik kan weleens rondvragen.'

'Dat heb ik al gedaan.'

'Wanneer?' vroeg hij verbaasd.

'Madame Genevieve. Ze zei dat er buiten de stad iets is, een soort burlesque theater. Het heet de Midnight Moods. Ze zei dat het volgens haar echt iets voor mij was.'

'Hoe kan zij weten wat echt iets voor jou is?'

'Ze heeft haar mening over mij al gevormd, Archer, na één blik en twee minuten conversatie. Dat doen vrouwen over het algemeen veel sneller dan mannen. Zij beschouwt me, dat weet ik zeker, als wat zij een losbandige vrouw zou noemen. En misschien ben ik dat ook wel. Ik vind het niet belangrijk wat zij denkt. Wat ik wel belangrijk vind, is mijn eigen geld verdienen. Misschien kun je me daar een keer naartoe brengen, dan kan ik vragen of ze een nieuw meisje nodig hebben.'

'Klinkt goed.'

'Hé, wil je me mee uit lunchen nemen?'

'Nee, maar ik neem je mee uit dineren.'

'Oké. Tot later dan, Archer.' Ze ging terug naar haar kamer.

Archer trok zijn onderhemd aan en pakte de brief van Willie Dash. Daarna liep hij naar beneden en naar de telefooncel in de kleine hal vlak voor de rechthoekige eetzaal. Hij sloot de deur, stopte een munt in de telefoon en draaide het nummer.

Even later zei een vrouwenstem: 'Willie Dash, Very Private Investigations.'

'Hallo, met Archer. Ik ben in de stad en wil voor vandaag graag een afspraak maken met meneer Dash.'

'Ja, meneer Archer. U spreekt met Connie Morrison, ik ben meneer Dash' secretaresse.'

'Fijn u te spreken, juffrouw Morrison. Wanneer kan ik hem ontmoeten?' Hij hoorde geritsel van papier.

'Hij heeft nu wel tijd als u langs wilt komen.'

Archer keek op zijn horloge. 'Ik logeer in een pension in Porter Street, bij de kade. Hoeveel tijd heb ik nodig denkt u om daar te komen?'

'Hangt ervan af. Hebt u een auto?'

'Ja.'

'Dan binnen tien minuten. Hebt u ons adres?'

'Ja, dat staat op de brief: 1533 Encino Street.'

Ze vertelde hem hoe hij er moest komen en zei toen: 'Het is een bakstenen gebouw van vier verdiepingen met een groene markies aan de voorkant. Wij zitten op de bovenste verdieping. Suite 301.'

'Bedankt. Eh... ik zag een van zijn billboards in de stad.'

'Dat geloof ik meteen. Maar die zijn vrij oud.'

'Tot zo.'

Hij liep snel terug naar zijn kamer, trok een schoon overhemd aan, deed een stropdas om, trok de pochet recht en zette zijn hoed op. Hij rende net de trap af toen ze riep: 'Succes, speurder in wording.'

Hij keek achterom en zag dat Callahan bovenaan de trap stond. Ze had haar jurk uitgetrokken en droeg nu een lichtblauwe kamerjas tot halverwege haar bovenbenen die zo strak zat dat hij Archers onverdeelde aandacht trok. In haar rechterhand had ze een brandende sigaret, waarvan de punt recht naar beneden wees.

Hij keek demonstratief op zijn horloge. 'Je ziet eruit alsof je naar bed gaat.'

Ze speelde met de ceintuur aan de voorkant van haar kamerjas. 'Dan zou ik al mijn kleren moeten uittrekken.'

'Daar heb je vast niet veel tijd voor nodig.'

Met haar vingers maakte ze de knoop in de ceintuur los. De panden van haar kamerjas gingen een heel klein stukje uit elkaar.

Archer keek ernaar en vroeg toen: 'Probeer je me te verleiden?'

'Nee hoor, ik probéér helemaal niets.'

'Je wenste me succes. Hoe weet je waar ik naartoe ga?'

'Ik hoef niet de beste detective ter wereld te zijn om dat te kunnen bedenken. Je ziet eruit als een man die niet kan wachten tot hij kan beginnen.'

'Oké. Misschien zou jij met Willie Dash over die baan moeten praten en niet ik.'

'Zoals ik nu gekleed ben, zou je kunnen denken dat ik een hoertje ben dat een fles goedkope drank achter haar rug houdt en je aanspreekt alsof je een sukkel bent die ik even nodig heb om me te amuseren.'

'Ik denk helemaal niet dat je een hoertje bent, tenzij je doet alsof je dat bent. En ik hoef geen geweldige detective te zijn om te deduceren dat je niets achter je rug houdt.'

'Je moet wel een echte heer zijn om dat te zien.'

'Weet je, je zou dit in rekening moeten brengen.'

'O, maar dat doe ik ook, knapperd. Je hebt de rekening alleen nog niet gekregen.' Ze gaf Archer een kushandje en slenterde weg.

Toen ze haar kamerdeur had gesloten, gaf Archer zichzelf een harde klap in zijn gezicht om alles eruit te slaan wat hij voelde – en dat was nogal wat. Hij was nu het liefst de trap op gerend, naar haar toe.

Maar in plaats daarvan liep hij weg om zijn zaakjes te regelen.

Misschien word je eindelijk volwassen, Archer. Dat zou tijd worden.

19

Archer stapte in de Delahaye, draaide de sleutel om, drukte op de startknop en zette de auto in de versnelling. Hij reed weg en veel mensen keken naar de auto. Hij volgde de duidelijke aanwijzingen van Morrison op en reed korte tijd later in Encino Street. De gebouwen die hij nu passeerde zagen er veel ouder uit dan de gebouwen die hij eerder had gezien, en hoe verder hij kwam hoe armoediger ze leken. Het allerlaatste gebouw was dat van Dash, en dat zag er het armoedigst uit van allemaal. Het leek op iets wat aan het einde van de negentiende eeuw nog snel even was opgetrokken.

Oude cementklodders zaten voor eeuwig op de bakstenen gevel. De groene markies boven de ingang was gescheurd en een losse flap wapperde in de stevige oceaanwind. In het trottoir voor het gebouw zaten een paar gaten, als ontbrekende tanden die uit een mond waren geslagen.

Archer parkeerde de auto voor de ingang. Hij duwde de enkele glazen deur open en stond toen in een kleine hal die rook naar verschaalde tabak, gemorste gin en een paar andere geuren die hij niet meteen kon plaatsen, maar bijzonder onaangenaam vond. De entreehal was slecht verlicht en hij moest een paar keer knipperen om zijn pupillen te laten schakelen van daglicht naar schemerlicht.

Aan de muur hing een bord met de namen van de huurders. Hoewel hij het suitenummer kende, wilde Archer zien wie zijn potentiële buren zouden zijn. Dat kostte niet veel tijd. Er waren maar twaalf suites in het gebouw, drie op elke verdieping, en slechts vier waren bezet. Bij de andere acht stond dat ze beschikbaar waren.

Op de begane grond zat een arts, dokter Myron O'Donnell. Op de eerste verdieping zat Bradley Wannamaker, advocaat. Dash zat op de derde verdieping, samen met een bedrijf dat Gemology Incorporated heette. Er zat geen meisje aan de kleine receptiebalie in de hal.

Een stoffig telefoonschakelbord stond in een hoek. Er zaten geen spinnenwebben op, hoewel dat zomaar had gekund.

Archer zag het bord voor de lift en liep die kant op. Hij nam aan dat het trappenhuis diezelfde kant op was. Sinds hij in de gevangenis had gezeten, hield hij niet van kleine afgesloten ruimtes waarvan hij de deur niet op elk gewenst moment kon openen.

In de enige lift zat een zwarte man die wel honderd jaar oud leek en gekleed was in een slecht passend grijs piccolo-uniform afgezet met witte biezen langs de benen en mouwen. Hij zat op een houten klapstoeltje met een gerafeld kussen erop in de lift de *Bay Town Gazette* te lezen. Hij was klein en veel te mager, met handen die omhooggebogen waren, kennelijk tegen zijn wil want hij hield de krant op een vreemde manier vast. Met lichte bewegingen van zijn tong rolde hij het niet brandende goedkope lange sigaartje heen en weer in zijn mond. Moeizaam legde hij de krant weg. 'Welke verdieping, jongeman?'

'Het is oké. Ik neem de trap.'

De man krabde aan zijn neus en keek Archer belangstellend aan. 'Geef me iets te doen en laat me je brengen. Je bent mijn eerste klant van de dag.'

'Zijn Willie Dash en zijn secretaresse hier dan niet?'

De man glimlachte. 'Verdomme, die tellen niet. Die werken hier. Ik heb behoefte aan nieuwe glimlachende gezichten zoals het jouwe. Die houden me op de been. Ga je naar Willie?'

Archer knikte.

'Derde verdieping, suite 301. Kom mee, jongeman.'

Archer aarzelde even en keek naar de houten deur met een raam van draadglas die naar het trappenhuis leidde, tot de man zei: 'De tijd wacht op niemand, jongeman, en ik kan het weten. Nog even en ik lig onder de groene zoden.'

Archer stapte de lift in.

De man sloot de kooideur en drukte op de knop vóor de derde verdieping, waarna de massief metalen buitendeur automatisch dichtgleed.

Archer hapte naar adem, voelde zijn lichaam verstijven en zijn hartslag versnellen. Hij sloot zijn ogen en stelde zich voor dat hij buiten was met allerlei ontsnappingsmogelijkheden.

De man had zich omgedraaid op zijn stoel en keek naar hem terwijl de lift aan zijn trage reis van een meter of tien naar boven begon. 'Sinds wanneer ben je vrij, vriend?' vroeg hij met een begrijpende blik.

Archer opende zijn ogen.

De man glimlachte en liet zijn perfecte witte tanden zien, allemaal echt, voor zover Archer kon beoordelen.

'Hoezo vrij?'

De man snoof. 'Kom op, zeg! Mij hou je niet voor de gek. De bak, man.'

'Hoe weet je dat?'

'Hoe zou ik het niet kunnen weten, bedoel je. Heb zelf ook gezeten, heel vaak, alles bij elkaar langer dan jij leeft. En ik heb heel veel mannen naar boven gebracht die naar Willie wilden en net als jij de liftziekte hadden. De deuren van het trappenhuis kun je helemaal zelf opendoen.' Hij tikte tegen de kooi. 'Niet zoals deze. Doen je aan tralies denken, hè?'

'Gaat het ooit over?'

'Kijk naar mij, ik wóón verdomme in een lift, knul.'

'Hoe lang heeft het bij jou geduurd?'

'Ga ik je niet vertellen, want ik wil je niet ontmoedigen.'

'Ik ben ingestapt, ja toch?' zei Archer.

'Zeker weten. Nu moet je niet meer zweten en eruitzien alsof je moet kotsen, dan komen we tenminste ergens.'

Archer leunde met een hand tegen de liftwand. 'Wat kun je me vertellen over Willie Dash?'

De man pakte zijn krant weer, maar hield zijn blik op Archer gevestigd. 'Wat wil je weten?'

'Wat voor man is hij?'

'Wil je hem inhuren?'

'Nee, voor hem werken.'

Dat verbaasde de man. Hij nam even de tijd om zijn sigaartje aan te steken en stopte de verbrande lucifer in een metalen bakje aan de wand van de lift. 'Voor hem werken? Wat, ben je een leerling-privédetective of zo?'

'Zoiets, ja.'

'Nou, Willie begint oud te worden. Kan dit niet eeuwig blijven doen.'

'Maar is hij goed in wat hij doet?'

De man trok aan zijn sigaar om hem aan het branden te krijgen, terwijl de lift langzaam langs de eerste verdieping gleed en aan de tocht omhoog naar de tweede begon. 'Weet je, hij werkte als FBI-agent bij Hoover z'n jongens, maar vertrok om agent in Frisco te worden.'

'Nee, dat wist ik niet.'

'Hij was een van de besten. Werkte samen met die Eliot Ness.'

'Waarom is hij vertrokken?'

De man haalde zijn schouders op. 'Wie weet? Waarom verliet hij Frisco om hiernaartoe te komen en privédetective te worden?'

'Hij is dus heel goed.'

De man glimlachte sluw. 'Verdomme, hij heeft mij opgepakt. Het was zijn tweede dag als rechercheur in Frisco en hij pakte me op.'

'Wat had je gedaan?'

'Overval op een drankwinkel. Zat mijn straf uit in San Quentin. Kan ik je niet aanbevelen, knul. Daar zijn dodencellen. Vroeger hingen ze ze op, nu vergassen ze ze.'

'Je bent hoe dan ook dood,' zei Archer.

'Maar Willie deed echt een goed woordje voor me, dus kreeg ik lang niet zo'n lange straf als had gekund en toen kreeg ik strafvermindering wegens goed gedrag, en ik werd ouder en ze hadden meer ruimte nodig voor jongere boeven die een gevangenisbed nodig hadden. En Willie bezorgde me deze baan nadat ik de gevangenis verliet.'

'Dus hij hield contact met je nadat je in de bak terechtkwam?'

'Heeft me een paar keer opgezocht in de gevangenis. Zei dat ik deed wat ik deed omdat ik een sukkel was en de verkeerde kleur had. Verdomme, ik kom uit Mississippi. Het enige wat de politie in het zuiden doet is marcheren tijdens parades op 4 juli, de nationale feestdag, en schieten op jongens die eruitzien zoals ik. Daarom ben ik uit het zuiden vertrokken. Maar de wereld was niet veel anders, waar ik ook naartoe ging. Dacht dat het beroven van een winkel me drie voedzame maaltijden per dag en een dak boven mijn hoofd zou bezorgen, dus overviel ik die drankwinkel. Maar Willie zei dat ik op een eerlijke manier de kost kon verdienen, als ik dat wilde.'

'Dus toen kwam je hier en stapte je in deze lift?'

'Nee. Willie bezorgde me een baan in de havens, vracht laden en lossen. Heb dat jaren gedaan.' Hij liet zijn vervormde handen zien. 'Waar ik deze kreeg. Toen ik niets meer kon tillen regelde Willie dit zittend werk voor me. Ik kan nog wel op een knop drukken en een kooideur sluiten, snap je?'

'Was je verbaasd? Over wat hij voor je deed, bedoel ik?'

'Niets verbaast me nog, jongeman. Niet meer. Als je zo oud bent als ik en ook nog eens zwart bent, dan verbaas je je nergens meer over. Hoogstens dat ik niet zonder enige goede reden ben doodgeschoten door een witte man, gewoon omdat hij dat wilde, snap je?'

Even later passeerde de langzame lift de tweede verdieping en begon aan het laatste deel van de reis.

'Hoe zit het met die vrouw, Connie Morrison?'

De oude man grinnikte. 'Connie? Ze waren vroeger een stel.'

Archer schudde een Lucky uit zijn pakje. De oude man streek een lucifer aan en stak zijn sigaret aan, waarna hij de afgebrande lucifer in de metalen beker stopte.

'Ze zijn dus getrouwd geweest? Maar nu niet meer?'

'Dat klopt. Denk dat Willie lang geleden toen hij FBI-agent was getrouwd was, maar neem aan dat dat geen succes was. Volgens mij is hij klaar met het huwelijk. Van Connie weet ik het niet zeker. Ze is tweeënveertig, veel te oud dus om te trouwen. Maar misschien versiert een man haar nog weleens.'

'Hoe heet je eigenlijk?'

'Earl. Jij?'

'Archer. Dus als ik voor hem ga werken, wat raad je me aan?'

'Begin eraan met je beide oren en ogen open, en bid dat dat genoeg zal zijn.'

'Denk je dat hij me dingen kan leren?'

'Ik wil je niet beledigen, hoor, maar hij is meer over dat vak vergeten dan jij ooit zult weten, jongeman.'

Met een schok en veel gesis bereikten ze de derde verdieping en Earl schoof de kooideur open. Toen de buitendeur in de muur verdween, verliet Archer snel de lift en ademde, dankbaar voor zijn plotselinge vrijheid, de verschaalde lucht in.

Earl stak zijn hoofd naar buiten. 'Door de gang en dan naar links, Archer. Veel geluk.'

'Op dit punt in mijn leven zou je denken dat ik niet zoveel geluk nodig zou hebben,' mompelde Archer terwijl hij door de gang liep om kennis te maken met ex-FBI-agent en voormalig politieman Willie Dash.

20

De deur was van crepiglas met daarop geschilderd de tekst: WILLIE DASH: VERY PRIVATE INVESTIGATIONS. Als om de zaak meer gewicht te geven of wat officiëler te laten lijken was eronder in het glas de vijfpuntige politiester geëtst – of misschien heeft iemand het er gewoon voor dezelfde prijs als de naam erboven aan toegevoegd, dacht Archer.

De deurknop was van koper en leek versleten, waarschijnlijk door de duizenden nerveuze, bezwete handen die hem hadden aangeraakt op zoek naar wat hulp van een 'zeer privé'-karakter.

De deur zat op slot, dus drukte Archer op de knop naast de deur.

'Ja?' vroeg iemand via de kleine intercom.

'Dit is Archer.' Hij hoorde een slot openklikken, draaide aan de deurknop en duwde de deur open.

Nog geen twee meter voor hem zat naar hij aannam Connie Morrison. Als hij plat op de grond was gaan liggen met zijn hoed tegen de stenen muur had hij met zijn schoenzolen haar bureau kunnen aanraken.

Morrison had schouderlang honingblond haar met een middenscheiding. Ze zat achter een eiken bureau met houtsnijwerk dat eruitzag alsof het met het kolonistenschip de Mayflower naar de VS was gebracht en onderweg nat was geworden.

Archer keek om zich heen in de kleine receptieruimte: vier muren, één raam, vijf gebutste metalen dossierkasten met letters op de voorkant, een vaal vloerkleed dat zo versleten was dat het leek alsof de vloerplanken het in bezit hadden genomen. Een plafondlamp gaf een zwak licht en op het bureau stond een lamp met een versierde kap. Voor Morrison stond op een zwarte onderlegger een Royal-typemachine zo groot als een Sherman-tank. Bij haar elleboog stond een pot vol scherpe potloden naast een niettang en een sellotapehouder, en aan de muur achter haar hing een Boston-puntenslijper, klaar om alle potloden die in het gelid stonden te slijpen. De blondine die over al deze kantoorbenodigdheden presideerde completeerde dit fraaie kantoor.

Aan de muren hingen diploma's en certificaten uit steden waar Archer nog nooit van had gehoord en ingelijste foto's van mensen die hij niet kende, behalve president Harry S. '*The buck stops here*'-Truman in een crèmekleurig pak met een gestippeld vlinderstrikje, die glimlachend helemaal alleen aan een van de muren hing. Een ficus die nep maar toch ook dood leek stond scheefgezakt naast het bureau in een blauw-witte plantenbak met een olifant erop.

Morrison stond op en toen ze om haar bureau heen liep, kon Archer zien dat ze van gemiddelde lengte was en een blauw maatpakje droeg. Ze was mager en haar scherpe gezicht was doorgroefd met dunne lijntjes, als dieptelijnen op een scheepskaart.

Morrison zette de montuurloze bril op die ze in haar hand had gehouden en die haar ogen accentueerde. Archer vond dat deze kleur meer naar blauwpaars neigde dan alle andere kleuren blauw die hij kende. Ze leek een beetje bleek en vermoeid, net als alles aan haar. Ze droeg zwarte kousen en zwarte pumps waardoor ze zeker vijf centimeter langer was. En om haar linkerpols droeg ze een dun platina horloge.

Aan een haak aan de muur hing een donker hoedje met een blauw lint. Ernaast hing een beige regenjas, hoewel het een onbewolkte dag was. Daar weer naast hing een gleufhoed met een donkerrood lint. Archer nam aan dat die hoed van Willie Dash was.

Hij tikte groetend tegen zijn hoed toen ze voor hem stond.

'Meneer Archer, aangenaam kennis te maken.' Ze had lange vingers en haar handdruk was stevig en geruststellend, maar haar blik was dat niet; ze nam hem even aandachtig op als hij haar. Ze leek onder de indruk van wat ze zag, hoewel, het zou ook kunnen dat Archer dat graag wilde zien.

'Aangenaam kennis te maken, juffrouw Morrison. Ik hoop echt dat ik voor meneer Dash kan gaan werken.'

Haar blik betrok een beetje, haar krachtige kaken klemden zelfs nog iets steviger op elkaar en de lijntjes rondom haar ogen en mond werden dieper. 'Eh, ja. Wacht even. Er is eh... iets gebeurd nadat u belde.'

Ze draaide zich om, opende een deur naar het binnenkantoor,

glipte naar binnen en deed de deur snel achter zich dicht.

Archer was ervan overtuigd dat dit de plek was waar Willie Dash zijn professionele tijd doorbracht.

Er is iets gebeurd nadat ik tien minuten geleden belde?

Hij nam zijn hoed af, draaide hem rond in zijn handen en keek nog eens rustig om zich heen in het kantoor. Zijn blik viel op de Royal-typemachine en het vel papier dat om de rol gedraaid zat en waarop iets was getypt. Archer boog zich ernaartoe om de tekst beter te kunnen lezen.

De brief was gericht aan de First National Bank of Bay Town.

Geachte heer Weaver,
Als gevolg van mijn recente ziekte in combinatie met een plotselinge teruggang in zaken ben ik niet in staat op korte termijn te voldoen aan mijn betalingsverplichtingen aan uw bank in verband met de lening. Ik zou graag een ander afbetalingsplan willen bespreken dat misschien

Daar eindigde de brief. Archer glipte net achter het bureau vandaan toen de deur van het binnenkantoor openging en Morrison terugkwam. Ze ontweek zijn blik, maar zei: 'Meneer Dash kan u nu ontvangen, meneer Archer.'

'Geweldig. Alles in orde?'

Ze hief haar elegante kin en keek hem aan; haar paarsblauwe ogen leken opeens op gloeiende stukjes gesmolten ijzer. 'Waarom zou er iets niet in orde zijn?' Ze keek met een felle blik naar haar typemachine.

Archer zei: 'U zei dat er iets was gebeurd. Daarom nam ik aan dat er misschien een probleem was. Neem me niet kwalijk.'

Haar felle blik verzachtte en ze keek hem aan. 'Excuses zijn niet nodig.' Ze hield de deur voor hem open.

Archer liep langs haar heen naar binnen. Hij hoorde dat de deur stevig achter hem werd gesloten en luisterde nog even naar de ferme stappen waarmee ze het korte stukje terugliep naar haar bureau om de brief van haar baas af te maken.

Daarna hoorde Archer een boer en hij richtte zijn aandacht op een donker walnoothouten bureau zo groot als een slagschip, zonder echter zelfs maar één zeeman aan boord. Dit kantoor was drie keer zo groot als de receptie, maar leek kleiner doordat het zó vol stond dat Archer zich afvroeg of hij in het kantoor van een privédetective stond of in het pakhuis van een heler.

Voor een van de muren stond een neergelaten opklapbed, netjes opgemaakt en met twee kussens erop die deden denken aan witte ganzen in een rechthoekige vijver.

'Goed om je heen kijken, Archer, dan zie je me wel, jongen.'

Archer deed wat hem werd gezegd en zijn blik bleef rusten op de man die zonder schoenen op het lichtblauwe bed lag. Zijn broek werd niet opgehouden door een riem of leren bretels, maar door bretels van wit plastic. De kraag van zijn overhemd was open en zijn blauwgespikkelde stropdas hing losjes aan één kant van zijn hals, als een naar beneden hangende gebroken arm. Zijn brede gezicht was rood, zijn schedel was even kaal als een biljartbal en had ook bijna dezelfde kleur, wat een vreemde en verontrustende aanblik bood. Zijn witte overhemd was zo gekreukeld dat zelfs een strijkijzer daar waarschijnlijk niets tegen kon beginnen, en een van zijn donkere sokken moest worden hersteld, want zijn kleine teen stak naar buiten als een broedende kip. Zijn ogen hadden de donkergrijze kleur van een marineschip en leken dwars door Archer heen te kijken.

Op de koffietafel voor het bed stonden een fles Jim Beam Kentucky Bourbon Whiskey en twee glazen, waarvan er een was gebruikt. Ernaast lag een krant.

'Willie Dash, jongeman. Kom hier, ga zitten en laat me je beter bekijken.'

Archer ging naar hem toe en zag dat de houten vloer glom, misschien doordat een man hier jarenlang op kousenvoeten had lopen ijsberen. Hij nam plaats, legde zijn hoed naast de Beam, leunde naar voren met zijn ellebogen op zijn knieën en wachtte.

Op Dash' brede voorhoofd stond een streep zweet, de druppels lagen precies naast elkaar, als kraaien op een telefoonlijn. Toen hij zijn mond wijd opende zag Archer twee rijen porseleinen kronen, een aan elke kant van de onderkaak.

'U woont hier?' vroeg Archer, met zijn blik op het bed gericht.

'Ik slaap hier soms. Afhankelijk van de klus. Dit is geen negen-tot-vijfbaan. Als je dat wilt moet je bij een bank gaan werken, andermans geld tellen en je de komende veertig jaar dood vervelen.'

'Wat is er gebeurd?' vroeg Archer. 'Gaan de zaken al beter of nog steeds slecht? Ik vraag het maar recht op de man af: kunt u me inhuren als ik de test doorsta?'

Dash ging moeizaam rechtop zitten en zwaaide zijn korte dikke beentjes omlaag. Zijn tenen raakten de vloer, maar zijn hakken niet. Hij was niet langer dan 1 meter 70, maar woog zo'n negentig kilo en zijn zware lichaam leek sterk. Zijn leeftijd was moeilijk te schatten, maar Archer dacht eerder ouder dan zestig dan jonger.

'Ik hou van je directheid, Archer. Dat is goed, tot het niet meer goed is. En je hebt de brief in Connies typemachine gezien, want zij heeft je dat zeker niet verteld. Daaruit blijkt dat je initiatief toont en je je niet altijd aan de regels houdt. Wat ik allebei oké vind en misschien essentieel is voor dit werk.' Hij haalde een zakdoek uit zijn broekzak, spuugde erin en legde hem naast zich neer. 'Wat er is gebeurd, bespreken we straks wel en dat is misschien iets anders dan je zou denken. Goed, Irving Shaw schreef heel positief over je.'

'Hij is een goede man. Heb veel van hem geleerd.'

'En je wilt ongetwijfeld nog meer van mij leren.'

'Ik hoopte dat mijn brief dat duidelijk had gemaakt.'

'Je komt hiernaartoe vanuit Poca City? Dat vertelde Irv me in zijn brief.'

'Ja. Ik heb een korte tussenstop gemaakt in Reno en ben daarna naar het westen gegaan.'

Dash spuugde nog een keer in zijn zakdoek en leunde naar achteren, waardoor zijn voeten de vloer helemaal niet meer raakten. 'Heb je een licentie?'

'Wat bedoelt u?'

'Een vergunning als privédetective.'

'Nee. Moet ik die hebben?'

'De staat Californië zegt van wel. Wet uit 1915.'

'Wat moet ik doen om die te krijgen?'

'Je moet een aanvraag indienen bij het Bestuur van Gevangenisdirecteuren van deze staat.'

Archer had het gevoel alsof iemand hem een stomp in zijn maag had gegeven. 'Gevangenisdirecteuren!'

'Ja. Je moet achtergrondinformatie over jezelf verstrekken: waar je het laatst hebt gewerkt en waar in de staat je als privédetective wilt gaan werken. En je moet met feiten staven dat je een moreel hoogstaand mens bent. Je moet die aanvraag ondertekenen en daarna vijf respectabele mensen in Bay Town vinden die je aanvraag goedkeuren en ook ondertekenen, waarna een bevoegde ambtenaar de aanvraag kan beoordelen.'

'Ik ken niet eens vijf mensen in deze stad.'

'Het Bestuur zal de aanvraag beoordelen en misschien een eigen onderzoek instellen om te kijken of je echt een moreel hoogstaand en integer mens bent. Als ze tot die conclusie komen, zullen ze je een vergunning verstrekken voor vijf jaar, en het tarief is tien dollar per jaar.'

Archer keek hem aan. 'En als ze ontdekken dat ik in de gevangenis heb gezeten, betekent dat dan dat ik geen enkele kans meer heb die vergunning te krijgen?'

'Misschien wel. Maar het kan ook anders.'

'Hoe dan?'

'In de wet staat een bepaling die stelt dat je mag werken op basis van mijn vergunning voor dit kantoor.'

'Dus dan hoef ik helemaal geen aanvraag in te dienen?'

'Op een bepaald moment wil je dat misschien wel, Archer. Ik blijf hier niet eeuwig en mijn vergunning is niet overdraagbaar op jou. Je moet ook weten dat ze van plan zijn de wet te wijzigen, waardoor er volgend jaar zelfs nog meer beperkingen zullen gelden. Dan is het heel goed mogelijk dat ze eisen dat je verschillende jaren in de leer bent geweest als privédetective en niet bent veroordeeld voor ernstige misdaden.'

Archer knikte. 'Oké.'

'Misschien wil je dus wel vijf mensen zoeken en die aanvraag indienen, als dat kan. Ik en Connie zijn er al twee, dus dan ben je al bijna op de helft. Ondertussen kan ik je een licentie bezorgen zodat je kunt werken onder de vergunning van dit kantoor. Ik zal het Connie laten regelen.'

'Wist niet dat er zoveel bij komt kijken.'

'Het is een vak, Archer. Hiermee sluiten ze alle uitschot uit, waardoor er ruimte vrijkomt voor professionals zoals wij. Ik ben vorig jaar naar het CAPI-congres geweest en dat was heel informatief.'

'Naar het wat?'

'CAPI, California Association of Private Investigators. Een van de sprekers was Mildred Gilmore, een bevoegde privédetective en advocaat; goed in beide beroepen. Ze pleitte voor het verplicht stellen van een ethische gedragscode voor PD's. Ze zei ook dat vrouwen dit werk beter kunnen doen, doordat ze ethischer zijn en niemand zal denken dát ze PD zijn.'

'Wat vindt u?'

'Ik heb mijn eigen ethische normen en ik wil niet dat anderen mij vertellen wat ze zouden moeten zijn.'

'O, oké.'

'Wat is je voornaam ook alweer?'

'Aloysius.'

'Dan noem ik je gewoon Archer.'

'Ik eh... zag de billboards in de stad en juffrouw Morrison vertelde me dat die al vrij oud zijn.'

Dash hield zijn hoofd schuin en zijn mond verstrakte. 'Denk niet dat ik gek ben, knul. Je plaatst billboards om werk te krijgen, dat deed ik tenminste toen ik hier pas was. Ik had algauw meer dan genoeg werk en dus geen behoefte aan meer billboards. Bovendien vind ik het ergens wel prettig om als ik rondrij te zien hoe ik er vroeger uitzag.'

'Maar zo te horen hebt u nu wel opdrachten nodig.'

'De zaken gaan minder goed, dat zal ik niet ontkennen.'

'U zat dus bij de FBI?'

Dash schonk een klein beetje Beam in de glazen en schoof een glas naar Archer. 'Hoe gaat het met Earl? Gezond en wel? Hij praat graag.'

'Hij heeft een hoge pet van u op.'

'Ik heb ooit iets aardigs voor hem gedaan en hij deed de rest.'

'Vriendelijk van u, nadat u hem naar San Quentin had gestuurd.'

Dash zei fel: 'Hij heeft zichzelf naar San Quentin gestuurd. Die drankwinkel heeft echt zichzelf niet beroofd.'

'Nee, dat is waar.'

'En toen ik daar werkte heette het Bureau of Investigation. Werd pas in 1935 FBI.'

'Hij zei dat u met Eliot Ness hebt gewerkt. Is dat echt zo?'

'Ja. Maar Ness heeft met heel veel mensen gewerkt. Ik was slechts een van hen.'

'Hij heeft Ma Barker, Dillinger en Machine Gun Kelly toch opgepakt, dat soort lieden? Was u daar ook bij betrokken?'

'Verleden tijd, Archer.'

'Waarom bent u vertrokken?'

'Daar had ik mijn redenen voor.'

'Dus daarna ging u naar Frisco, om als politieagent te werken?'

'Als rechercheur,' verbeterde Dash hem. 'Ik ben opgegroeid aan de Westkust en wilde terug.'

'Waarom werd u privédetective?'

'Ik hou er niet van om bevelen op te volgen, vooral niet als het slechte zijn. En ik vind het prettig om eigen baas te zijn. Maar genoeg over mij, Archer, hoe vond je de nor?'

'Niet veel anders dan het leger. En ik was onschuldig, misschien vindt u dat belangrijk.'

Dash nam een slok van zijn Beam en schudde langzaam zijn hoofd. 'Ben je berecht en veroordeeld?'

'Nee, ik heb een deal gesloten. Anders hadden ze me een nog zwaardere straf gegeven.'

'Je was dus schuldig?'

'Denkt u dat iedere man die een deal sluit schuldig is?'

'Natuurlijk niet. Net zoals ik weet dat niet iedere man die wordt berecht en veroordeeld schuldig is. Maar het is het enige systeem dat we hebben. Nee Archer, ik hou me niet bezig met het verleden, dat van jou of van mij. Ik kijk vooruit naar de toekomst.'

'Wat betekent dat voor ons?'

'Dat er een mogelijkheid is, niets meer en niets minder.' Hij leunde naar voren, keek verontrust naar het gat in zijn sok en trok zijn kleine teen uit het zicht, waarna hij weer rechtop ging zitten. 'Wat weet je over het werk van een privédetective?'

'Wat luitenant Shaw me heeft geleerd.'

'En dat was?'

'Luisteren, vragen stellen, niet geloven dat iets waar is tenzij je het kunt bevestigen en niemand vertrouwen.'

Dash knikte goedkeurend. 'Dat is een goed begin. Irv weet hoe je een onderzoek moet uitvoeren, zoveel is zeker. Hij zei in zijn brief dat je zijn leven hebt gered.'

'Hij het mijne ook.'

'En je hebt je in de oorlog zeer verdienstelijk gemaakt.'
'Ik heb mijn steentje bijgedragen.'
'Wil je erover vertellen?'
'Nee.'
Opnieuw knikte hij goedkeurend. 'Ik heb in de Eerste Wereldoorlog gevochten, de oorlog die een einde aan alle toekomstige oorlogen zou maken, ja toch? Ik leefde zeg maar in de loopgraven en klom daar alleen uit als het leger vond dat het moest laten zien dat het iets deed – de mensen waar voor hun geld geven, zeg maar.' Hij sloeg tegen zijn rechterbeen. 'Daardoor zit hier wat metaal in dat ze er nooit hebben uitgehaald. Maar ik was een van de gelukkigen. Heb toen heel veel goede mannen achtergelaten.'
'Dat kan ik wel begrijpen.' Archer nam een slokje en slikte de drank zo langzaam mogelijk door.
'Wat nog meer?' vroeg Dash.
'Dat vingerafdrukken een man de das om kunnen doen en dat de politie daar altijd naar zoekt. Dat eerlijke mensen altijd liegen als ze in de knel zitten. En dat soms iemand die je het minst verdenkt het heeft gedaan.'
Dash zette zijn glas neer en leunde naar voren zodat zijn tenen de vloer weer raakten, en zei: 'Goed, nu die kans waar ik het over had.'
Archer leunde naar voren en maakte zich op om te luisteren.
De zoemer van de bureautelefoon weerklonk als een waarschuwingsschot voor de boeg.
Dash liep verrassend snel naar zijn bureau en griste de telefoonhoorn van de haak. Hij luisterde even en zei: 'Wacht even, liefje.' Hij legde de hoorn neer, stapte in zijn bruine veterschoenen die naast zijn bureau stonden, maakte snel zijn overhemd en vlinderstrikje in orde, trok zijn colbertje aan en kneep in zijn wangen. Daarna trok hij een bureaulade open, haalde er iets harigs uit, spoot op de binnenkant wat vocht uit een fles op zijn bureau en drukte een zwarte toupet op zijn kale hoofd. Hij zette hem goed met behulp van de scheefstaande scheerspiegel op zijn bureau tot hij tevreden was met zijn uiterlijk. Het ding deed Archer denken aan een babystinkdier, maar dan zonder de streep. 'Zet de Beam in die kast daar, Archer, en klap het bed omhoog.'
Archer deed dat snel en vroeg toen: 'Wat is er, meneer Dash?'
'De kans, Archer, de kans is net binnen komen lopen.'

21

De deur ging open en Morrison kwam binnen. Ze leek buiten adem door de wandeling van één meter vanaf haar bureau. Ze stapte opzij en zei: 'Meneer Douglas Kemper en meneer Wilson Sheen.'

Twee mannen liepen langs haar heen naar binnen. Ze deed de deur snel dicht, maar Archer hoorde het kenmerkende geklik van haar hakjes niet. Hij keek naar Dash, die een blik op de deur wierp en kennelijk precies hetzelfde dacht.

Dash liep langzaam naar de mannen toe om hen te begroeten. Hoewel hij nog maar een paar seconden eerder gespannen was geweest, zag Archer dat hij nu cool, rustig en even beheerst was als een dominee die op het punt stond een gulle dosis religie uit te reiken gevolgd door een verzoek om geld.

'Heren.' Hij gaf hun een hand en gebaarde naar de zithoek tegenover zijn bureau. 'Neem alstublieft plaats. Willen jullie misschien iets drinken? Koffie, thee?'

Beide mannen schudden het hoofd, liepen gehoorzaam door het kantoor en bleven voor Archer staan terwijl ze hem onderzoekend aankeken.

Dash zei: 'Dit is mijn compagnon, meneer Archer. Pas in de stad nadat hij samen met de politie in een andere staat aan een uiterst belangrijk onderzoek heeft gewerkt. Zijn voormalige baas is een goede vriend van me en een uitstekende rechercheur van politie. Archer zal heel nuttig voor me zijn in deze zaak. En zijn discretie is legendarisch.'

Archer keek al even onderzoekend naar Kemper en Sheen, en gaf hun een hand.

Kemper was achter in de dertig, een paar centimeter kleiner dan Archer, goed in vorm, aantrekkelijk en goedverzorgd – elegant was het woord dat Archer te binnen schoot. Hij had smalle schouders, nog smallere heupen en een stevige handdruk – of dat zijn gewoonte was of dat hij dat alleen voor hem deed wist Archer niet. De man had een dun donker snorretje en had zijn haar als een platte kroon stijf tegen de schedel geplakt. Zijn ogen waren groen en hij leek verveeld, alsof hij de reden van zijn komst niet erg belangrijk vond. Hij was perfect gekleed in een donkerblauw wollen pak en een gesteven grijs overhemd dat glom alsof het van vloeibaar chroom was. Zijn onopvallende rood-blauw gestreepte stropdas had een dubbele knoop en zat met een gouden kraagpin vlak onder zijn keel. Hij leek zacht, maar was dat mogelijk niet, was Archers conclusie.

Wilson Sheen was een totaal ander type. Hij was ongeveer 1 meter 72 en veel te dik; hij had een uitpuilende maag en brede schouders en heupen. Hij droeg een lichtbruin pak, een zachtblauw overhemd, een donkerbruine stropdas die ongemakkelijk om zijn dikke hals spande en schoenen die aan de voor- en achterkant versleten waren. Hij leek even energiek als Kemper onverschillig. Hij keek Archer met zijn lichtblauwe ogen taxerend aan en snoof als een speurhond.

Archer vond de man onmiddellijk onsympathiek en gaf zichzelf een standje. Wat zou Irving Shaw zeggen? Wacht rustig af. Veroordeel niemand op basis van je emoties. Laat de feiten beslissen.

Beide mannen legden hun hoed op de tafel en namen plaats.

Dash en Archer gingen ook zitten.

Dash zei: 'Iedereen in Bay Town weet wie u bent, meneer Kemper. Maar om ervoor te zorgen dat mijn nieuwe compagnon de zaak ook begrijpt, kunt u misschien bij het begin beginnen.'

Dit leek Kemper niet te bevallen, maar hij keek naar Sheen die instemmend knikte. Kemper haalde een gouden sigarettenkoker tevoorschijn waar hij een sigaret met een gouden punt uit haalde. Sheen gaf hem meteen vuur met een prachtige vergulde aansteker waarop een naam stond die volgens Archer Frans was.

Op en top een gouden en succesvolle jongen – misschien.

Kemper nam een trekje van zijn sigaret en blies de rook uit door zijn neusgaten, als een stoomtrein die recht op Archer af reed. Met een zachte verveelde stem zei hij: 'Het zit zo, Archer. Ik stel me verkiesbaar als burgemeester van Bay Town. Wilson is mijn rechterhand in mijn bedrijf, maar ook mijn campagnemanager. Ik ben twee jaar voorzitter geweest van de gemeenteraad en was daar tevreden mee, maar een paar bijzonder slimme, belangrijke mensen hebben me gevraagd of ik me verkiesbaar wilde stellen als burgemeester. Ik heb besloten dat inderdaad te doen. Onze stad groeit snel en heeft om die groei te managen behoefte aan een vaste hand. Anders zou het weleens helemaal mis kunnen lopen.'

'En we hebben geen behoefte aan een tandarts als leider,' zei Sheen.

Kempers stem was fluweelzacht, maar Sheens stem was net een bulldozer. Het geluid stuiterde tegen alle vier de muren van het kantoor en daalde als mosterdgas op hen neer.

Kemper tikte as in een blauwe asbak op de tafel en zei: 'Ja, oké. Ik kan wel iets over mezelf vertellen: ik ben getrouwd met iemand uit een bijzonder belangrijke familie, de Armstrongs. Mijn echtgenote is Beth Armstrong Kemper.'

Toen Archer hier niet op reageerde, zei Dash: 'De Armstrongs domineerden generaties lang de veehandel in deze omgeving en hebben daar geld als water mee verdiend. Ze waren zo verstandig er op tijd uit te stappen voordat die hele zaak inzakte. Ze hebben dat geld geïnvesteerd in de uitbreiding van Bay Town, en zijn nog steeds eigenaar van een groot deel van de stad. Sawyer Armstrong is Beths vader en de rijkste man in de stad.'

'Ik reed vanochtend de stad binnen via Sawyer Avenue,' zei Archer.

Kemper blies rook naar het plafond, sloeg zijn benen over elkaar waardoor zijn kanariegele sokken zichtbaar werden en zwaaide zijn ene instapper met kwastjes als een leren metronoom op en neer. 'Sawyer vindt het prettig om zijn aanwezigheid op zo veel mogelijk plaatsen kenbaar te maken. Eén manier om dat te doen was de beste en mooiste boulevard van de stad zijn naam te geven. Verdomme, het verbaast me dat we niet Sawyerville of Armstrongburg heten. Als ik de verkiezingen win, eist hij dat misschien wel.'

Archer bleef naar hem kijken en zag dat Sheen Kempers mouw aanraakte en zijn baas waarschuwend aankeek.

Kemper zei, op een iets beheerstere toon die het goed zou doen tijdens een politieke bijeenkomst: 'Hij heeft deze stad gemaakt tot wat hij is, dat moet ik hem nageven. We zijn het niet altijd met elkaar eens over de koers die de stad zou moeten varen, maar dat is natuurlijk logisch. Toch heb ik waardering voor zijn mening.'

'En de kwestie die u hier brengt?' zei Dash.

Kemper keek naar Sheen en stak nog een sigaret op, deze keer met zijn eigen aansteker. Hij had daar zoveel tijd voor nodig dat Archer twee sigaretten had kunnen rollen en ze ook allebei had kunnen oproken. Kemper was kennelijk een man die overal de tijd voor nam en eraan gewend was dat de mensen hem daar de kans voor gaven, dacht Archer. 'Ja, maar dit moet uiteraard onder ons blijven.'

'Dat blijft het, zodra het contract is ondertekend en er geld is betaald gaat onze geheimhoudingsplicht in,' zei Dash. 'Ik heb u mijn tarieven al doorgegeven.'

Kemper keek hem vuil aan. 'Luister, Willie, je krijgt je verdomde geld, oké? Zet me niet al meteen de duimschroeven aan. Daarmee kwets je mijn gevoelens, voor zover nog aanwezig. Het is verdomd irritant dát ik dit allemaal moet doen, belachelijk zelfs, maar mij is duidelijk gemaakt dat het in mijn eigen belang is dat het gebeurt.'

'Door die bijzonder slimme, belangrijke mensen,' zei Archer.

Kemper keek hem aan en glimlachte. 'Het is moeilijk om nee te zeggen tegen een dergelijk overwicht.'

Dash zei: 'Ik weet zeker dat ik het geld krijg, meneer Kemper, want op dat moment gaat onze geheimhoudingsplicht in. Maar zo komen we niet bij de kern van het probleem. U bent hier om ons te vragen of we u willen helpen met het vinden van antwoorden, met het oplossen van uw dilemma. Het geld is daar kennelijk ondergeschikt aan. Of vergis ik me?'

Archer keek naar Kemper en zag diens vijandige blik verdwijnen.

Kemper zei: 'Nee, het klopt wat je zegt.' Ongeduldig drukte hij zijn sigaret uit. 'Goed, dan zal ik nu ter zake komen, heren. Ik kreeg dit via de post.' Hij haalde een envelop uit de zak van zijn colbert en gaf hem aan Dash. Archer schoof naar hem toe zodat hij de tekst ook kon lezen.

'Een afzender en handtekening ontbraken natuurlijk,' zei Kemper.

Het was geen lange brief en nadat beide mannen de tekst hadden gelezen keek Dash op en zei: 'Oké, dit is chantage. Als u zich niet terugtrekt uit de race om het burgemeesterschap zullen bijzonderheden openbaar worden gemaakt over de affaire tussen u en ene juffrouw Ruby Fraser die werkzaam is in de Midnight Moods.' Hij keek naar Archer en zei: 'Dat is die burlesque tent aan de rand van de stad.'

'Ja, daar heb ik over gehoord. Een vriendin van me gaat daar misschien solliciteren.'

Dash keek hem verbaasd aan. 'Je maakt snel vrienden, Archer.'

'Ze is hier samen met mij naartoe gereden.'

'Juist.' Daarna vroeg Dash aan Kemper: 'U kent deze juffrouw Fraser?'

'Ik ken haar.'

'Hoe goed?'

'Lang niet zo goed als ze in deze brief beweren.'

'Geen affaire dus?' vroeg Dash.

'Nee.'

'Als het niet waar is, waarom maakt u zich daar dan druk over?' vroeg Archer.

Kemper snauwde: 'Omdat de schade dan al is aangericht en ik geen enkele kans meer maak bij die verkiezing. Vrouwen kúnnen kiezen, Archer, en die stemmen niet op een vermeende rokkenjager.'

Dash zei: 'Onze kansen om deze klojo te vinden zijn klein, maar wel aanwezig.'

Kemper leunde naar achteren. 'Welke kansen zijn dat dan?'

Sheen vroeg snel: 'U stelt toch niet voor die chanteur af te betalen?'

'Je kunt een chanteur niet áfbetalen,' zei Dash. 'Dan blijven ze toch gewoon terugkomen en kun je net zo goed een bankrekening openen waar ze bij kunnen.'

'Maar wat dan?' vroeg Kemper.

'Enig idee wie hierachter zit?' vroeg Dash.

'Ik heb misschien wel een paar ideeën.'

'Vertel.'

'Wat zou u met die informatie doen?' vroeg Sheen snel.

'Beide partijen kunnen dat spelletje spelen,' zei Dash.

'En dat betekent?' vroeg Kemper op scherpe toon. Van zijn onverschillige houding was niets meer over.

Archer zei: 'Dat je vuur met vuur moet bestrijden. Als dat wat zij over u zeggen niet waar is maar toch beschadigend kan zijn, dan geldt datzelfde voor hen.'

'En als zij hun reputatie absoluut niet belangrijk vinden?' vroeg Kemper.

'Gemakkelijk te zeggen, moeilijk te doen,' antwoordde Dash.

Kemper zei: 'Oké. We kunnen jullie later vanmiddag een lijst met namen geven. Zodra we die hebben opgesteld, zal ik hem door Wilson laten brengen. Het wordt waarschijnlijk een korte lijst en er is geen enkele garantie dat de echte dader erop staat.'

'Toch is het een goed begin,' zei Dash. 'Maar u moet erop voorbereid zijn dat ze dit openbaar maken als u niet betaalt, of als chantage niet hun bedoeling is.'

'Bedoel je dat ze Douglas' goede naam misschien alleen willen bekladden zodat hij de verkiezing verliest?' vroeg Sheen.

'Misschien,' zei Dash, nog steeds met zijn blik op Kemper gericht.

Kemper fronste en leunde naar voren. 'Luister, Willie, het laatste wat ik wil is dat mijn vrouw deze onzin in de een of andere goedkope krant leest. Ze is net aan het herstellen van een ziekte. Dit kan ze er niet bij gebruiken.'

'Welke ziekte? Daar heb ik niets over gehoord.'

'Blindedarmontsteking. Ze is geopereerd. Door de arts in dit gebouw, hij behandelt de hele familie.'

'Juist. O'Donnell. Hij is heel goed. Het verbaast me altijd dat hij hier is gebleven. Hij verdient genoeg geld om aan de andere kant van Sawyer Ave iets te huren. Ik hoop dat ze weer herstelt.'

'Komt wel goed, Beth is sterk. Maar dit helpt daar niet echt bij.'

'We zullen er alles aan doen om dit onder de pet te houden.'

Even later werd er op de deur geklopt en kwam Morrison binnen met een stapel papieren.

'Meneer Kemper,' zei Dash met zijn blik op Morrison gericht, 'u kunt het contract ondertekenen, uw kopie in ontvangst nemen en de cheque bij juffrouw Morrison achterlaten. Dan kunnen wij aan de slag.'

'De verkiezing is over vier weken,' zei Sheen.

Dash glimlachte. 'Dan hebben we echt geen moment te verliezen.'

Kemper stond op, liep met Morrison naar het bureau en ondertekende de papieren, net als Dash. Archer ging ook naast het bureau staan. Kemper pakte zijn kopie en gaf hem aan Sheen die was opgestaan en nu naast hem stond. Sheen was degene die een chequeboek tevoorschijn haalde en een cheque voor duizend dollar uitschreef die hij zwierig ondertekende en aan Dash overhandigde.

Archer zag dat het een cheque was van een bankrekening met de tenaamstelling *Kemper – de nieuwe burgemeester.*

Dash zei: 'Onkosten worden uiteraard apart in rekening gebracht en we zullen u de specificatie regelmatig doen toekomen.'

Kemper keek naar Dash en daarna naar Archer. 'Uitstekend. Ik wens u beiden veel succes met deze onderneming.'

Daarna pakten hij en Sheen hun hoed en vertrokken.

Dash wendde zich tot Morrison, gaf haar de cheque en zei op dringende toon: 'Oké, liefje, ga hiermee naar de bank en in hem zo snel mogelijk. Daarna moet je de lijst met openstaande rekeningen doornemen, prioriteren en reduceren, negeer zo veel mogelijk en onderhandel zo goed mogelijk over de rekeningen die echt betaald moeten worden. In de toekomst zal ik krediet nodig hebben en dit is het moment waarop ik dat opbouw.'

Morrison knikte, keek gespannen naar Archer en vertrok snel. Even later hoorde Archer dat de deur van het kantoor openging en weer werd gesloten.

Dash pakte een bruyèrepijp uit de houder op zijn bureau, stopte hem met tabak uit een zakje in zijn bureaulade, stak hem aan en begon peinzend te roken. Hij ging weer op het opklapbed zitten en keek Archer aan. 'En?'

'Een tandarts als leider? Wat bedoelde Sheen daarmee?'

'Kemper neemt het op tegen Alfred Drake, een tandarts. Maar hij is niet dom. En Drake zit al jaren in de gemeenteraad en kent het verschil tussen een watermolecuul en een zwembad vol water.'

'Aardig van Kemper om ons een lijst met mogelijke verdachten te geven.'

Dash stak zijn pijp weer aan en zoog eraan om hem aan het branden te krijgen. 'Die lijst, áls we die al krijgen, zal waardeloos zijn. Daar zal hij iedereen op zetten tegen wie hij iets heeft in de hoop dat wij vuiligheid over hén kunnen vinden, ongeacht of dat iets met die verkiezing te maken heeft of niet.'

'Maar als de waarheid Kemper niet vrijpleit, wat dan wel?'

'Luister, Archer: voor duizend dollar plus onkosten doen wíj dat wel.' Dash stond op en zei: 'Kom mee.'

22

Dash liep, gevolgd door Archer, zijn kantoor uit en ging langs Morrisons lege bureau naar een deur aan de andere kant van de receptie die Archer eerder niet was opgevallen.

Dash opende de deur en deed het licht aan. Het peertje aan het plafond siste en plopte, ging uiteindelijk aan en bleef branden. De lamp verlichtte de kleine ruimte maar net, zodat die leek op een slechts gedeeltelijk belichte foto. Archer zag een bureau, een stoel, nog een stoel, een metalen dossierkast met drie laden en een raam zo breed als zijn hoofd.

Dash maakte een weids gebaar en zei: 'Je nieuwe kantoor, Archer.'

'Dus ik heb de baan?'

'Niet als je zo traag van begrip blijft. Goed, het is ietwat stoffig, maar ik kan Connie opdracht geven het een beetje netjes te maken. Misschien ook wat verse bloemen regelen voor die vaas daar.'

'Dat hoeft niet. Ik maak het wel schoon.'

'Zeker weten?'

Archer keek naar zijn kantoor. 'Ja hoor.'

'PD's zitten zelden op hun luie kont in hun kantoor, Archer,' zei Dash waarschuwend.

'Geef me even de tijd om dit allemaal te verwerken, meneer Dash. Daarna sta ik te trappelen om te beginnen.'

Dash glimlachte. 'Goed, maar eerst even dit: zelfs mijn pa heette niet meneer Dash. Ik ben Willie, *capiche*?'

'Begrepen, Willie. Dus, wachten we op die lijst van Kemper?'

'Ik ben voor antwoorden liever niet afhankelijk van cliënten. Als ze het zelf kunnen doen, kan ik net zo goed in een kist gaan liggen en mijn eigen begrafenis alvast betalen.'

'Als we die chanteur vinden, wat kunnen we dan echt doen?'

'Weet je, Archer, vuiligheid blijft aan beide kanten plakken, precies zoals je zei. En ik heb nog nooit iemand ontmoet die niet iets had waarvan hij liever niet wilde dat andere mensen het wisten.'

'Is Kemper de favoriet bij deze verkiezing?'

'Absoluut. Hij is jong, knap, rijk, slim en heel vriendelijk. Pure klasse, zoals je zelf natuurlijk ook hebt gezien. Ik dacht heel even dat ik met Errol Flynn zat te praten. Vergeleken daarmee lijkt Alfred Drake op een kadaver van een dag oud.'

'Kemper is dus in een rijke familie getrouwd en heeft daardoor alles mee.'

'Nou ja, Kemper ziet eruit alsof hij altijd rijk is geweest. Zijn vader kwam ook uit een rijke familie, maar die heeft alles erdoor gejaagd. Dus werd Kemper van een rijk kind een arme volwassene. Maar hij heeft hard gewerkt. Ja, hij is goed getrouwd, maar die man vindt het niet erg om keihard te werken. Dat moet ik hem nageven.'

'En Sawyer Armstrong?'

'Armstrong is een klootzak, maar een geslepen klootzak.'

'En zijn dochter?'

'Uit hetzelfde hout gesneden. Maar zij is genuanceerder dan haar pa, en Armstrong kan subtiel zijn als het nodig is.'

'Geloof je Kemper als hij beweert dat er niets speelt tussen hem en Fraser?'

'Ja, net zoals ik geloof dat Dewey Truman heeft verslagen. Ga altijd uit van het ergste van je cliënten, Archer, dan zul je nooit teleurgesteld worden. Ze komen niet naar ons toe omdat ze zulke goede mensen zijn. Ze komen omdat ze de boel hebben verkloot en willen dat wij de rommel opruimen.' Hij wees naar het bureau. 'In een van die laden liggen een schrijfblokje en een pen. Neem die mee en schrijf dingen op. Je geheugen maakt fouten; wat je noteert is veel beter.'

Archer pakte het schrijfblok en de pen. Daarna liepen hij en Dash terug naar de receptie. Dash nam zijn gleufhoed van de haak en vroeg: 'Hé, heb je een auto?'

'Die staat buiten.'

'Goed, die van mij is bij de garage.'

'Wat mankeert eraan?'

'Niets wat het geld dat ik schuldig ben niet kan oplossen.'

'Wat is het voor auto?'

'Een Lincoln Continental Cabriolet model 1942 in de mooiste

blauwe kleur met een canvaskap en brede witte flanken. Wist je dat 1942 het laatste jaar was dat Detroit auto's maakte voordat de oorlog een spaak in het wiel stak?'

'Nee.'

'Daarna stapten de bazen over op oorlogsmaterieel, zoals trucks, tanks en vliegtuigen. Mijn auto was een van de laatste die van de lopende band kwam voordat Detroit de motor werd van het "arsenaal van democratie", zoals Roosevelt het noemde.'

'Je auto is dus bijna acht jaar oud. Ben je op zoek naar een nieuwe?'

Dash fronste. 'Je laat een merrieveulen niet gaan als ze net op dreef begint te komen.'

'Juffrouw Morrison lijkt efficiënt.'

Dash keek hem bedachtzaam aan. 'Ik weet zeker dat Earl je heeft verteld dat we getrouwd waren en nu gescheiden zijn.'

'Dat zei hij inderdaad. Het verbaast me dat jullie nog altijd kunnen samenwerken.'

'We hebben altijd prima kunnen samenwerken. Alleen met elkaar getrouwd zijn ging niet goed.'

'Oké.'

'Heb je een blaffer?' vroeg Dash opeens.

'Niet bij me, nee.'

Archer liep achter Dash aan terug naar diens kantoor. Uit een bureaulade haalde Dash een Colt .38 in een leren riemholster. 'Irv zei dat je in het leger hebt gezeten en goed met een vuurwapen kunt omgaan.'

'Jij ook, dat weet ik zeker.'

'Klopt, maar op mijn leeftijd denk ik liever dan dat ik schiet. Dus pak aan en trek hem alleen als je hem gaat gebruiken.'

'Trouwens, wat is mijn salaris en hoe vaak krijg ik uitbetaald?'

'Niet té snel, Archer. Rustig aan. Ik moet je eerst in actie zien.'

Ze namen de lift naar beneden.

Earl keek Dash aan met een glimlach die zich uitstrekte over zijn beide wangen en misschien zelfs nog verder. 'Gaat u aan het werk, meneer Dash? Gaat u een crimineel te pakken nemen?'

'Dat is wel het plan, Earl.'

'Zag juffrouw Morrison wegrennen met een cheque in de hand. Ze gaat naar de bank, neem ik aan?'

'Je zou een goede privédetective zijn.'

'Wil u niet kwijtraken, meneer Dash. U bent de enige die de lift neemt, op deze jongeman na. Dan was ik werkloos.'

'O, maar dat willen we niet.'

Buiten vroeg Archer: 'Gedraagt hij zich altijd zo bij jou?'

'Hoe?'

'Ik weet het niet, overdreven.'

'Verdomme, Archer, die man heeft de pest aan me.'

'Hoe weet je dat?'

'Niemand die ooit in de gevangenis heeft gezeten vindt de man die hem achter de tralies heeft gekregen aardig.'

'Dus je hebt hem deze baan bezorgd omdat je je vijanden dichtbij wilt hebben?'

'Ik had medelijden met hem. Maar hij zou me zonder scrupules een mes in mijn rug steken.'

Toen Dash de Delahaye zag bleef hij staan en keek argwanend naar Archer. 'Is dit je auto?'

'Ja.'

Hij zag het naamplaatje. 'Delahaye?'

'Dat is Frans.'

'Je meent het.' Hij wilde instappen, maar bleef staan. 'Het stuur zit aan de verkeerde kant.'

'Geen probleem, ik begin eraan te wennen. Trouwens, waar gaan we naartoe, Willie?'

'Gewoon naar de bron, Archer. Met Ruby Fraser praten.'

'Denk je dat ze zal toegeven dat ze Kemper chanteert?'

'Zij chanteert niemand. Zij is wat je een pion kunt noemen. Ik verwacht niet dat ze eerlijk is, begrijp me niet verkeerd. De Midnight Moods heeft geen behoefte aan eerlijke mensen, daar willen ze alleen meiden met lange benen en grote tieten. Juffrouw Ruby is niet de organisator van dit gebeuren.'

'Kempers vijanden dus?'

'Of zijn vrienden.'

'Vrienden die vijanden zijn?'

'Ken je soms een ander soort vrienden, knul? Want ik dus niet.'

23

Terwijl ze door de stad reden wees Dash naar een groot billboard. 'Dat is onze man.'

Douglas Kempers gezicht was ongeveer drie meter hoog. Hij keek in de verte met een intelligente blik, idealistisch zelfs. Naast zijn profiel stond de slogan: STEM OP KEMPER – DE BURGEMEESTER VOOR DEZE TIJD.

'Pakkend,' zei Archer droog.

Een halfuur later bereikten ze hun bestemming. Volgens Archer leek de Midnight Moods op elke andere oppervlakkige fantasie die een man redelijkerwijs in zijn leven kon verwachten. Het was een soort namaakkasteel, compleet met geschutskoepels en torentjes, bastions en kantelen. Aan de hoge muren hingen reusachtige posters van knappe vrouwen gekleed in de verleidelijkste outfits die Archer ooit had gezien.

Het kasteel had een fraai uitzicht op de oceaan. Op de geasfalteerde parkeerplaats stonden ongeveer dertig auto's, van oude roestbakken tot dure auto's, patrouillewagens en een paar Bentleys, ook al was het nog maar middag.

Archer stopte en keek nog een keer naar de voorgevel van het gebouw. 'Wie heeft dit in vredesnaam gebouwd?'

'Wie denk je? Sawyer Armstrong. Hij is de enige man in deze omgeving met genoeg geld om zoiets te kunnen bouwen.'

'Wanneer?'

'Tijdens de oorlog. Sawyer heeft een scherpe blik als het erom gaat kansen te zien en geld te verdienen over de rug van arme sloebers die weinig te besteden hebben, maar het niet erg vinden het beetje dat ze hebben uit te geven. Het gaat om het volume.'

'En waar kwam dat volume vandaan? Dit is niet bepaald New York City.'

'Hier reden treinen vol soldaten langs, Archer. Sawyer heeft dit gebouw in zes maanden laten bouwen en in drie jaar tijd een vermogen verdiend, alleen al aan de soldaten.'

'En nu? Hoe gaan de zaken nu?'

'Nog altijd populair. Heel veel jonge mannen, en oudere heren, komen hiernaartoe op zoek naar iets nieuws.' Hij zweeg even. 'Maar op de lange duur, wie weet?'

'Hoezo?'

'Bay Town verandert in een stad waar men dit soort gelegenheden liever mijdt.'

'Waarom?'

'Bay Town doet zijn best respectabel te worden. Maar er zal altijd publiek zijn voor zoiets als dit. Zelfs als hier af en toe echtgenotes en vriendinnen naartoe komen om hun mening kenbaar te maken. Soms hebben ze een ijzeren braadpan bij zich en kan het ze niets schelen wie ze ermee slaan.'

'Ben jij hier weleens geweest?' vroeg Archer.

'Een paar keer. Wat kletsen, wat drinken, meer niet.'

'Hoe vaak heeft Connie Morrison je met haar braadpan op je kop geslagen?'

'Ik begin je aardig te vinden, Archer. Maar je moet niet te persoonlijk worden.'

Ze stapten uit en liepen over een houten brug over een nepgracht die niet met water maar met grind was gevuld. Aan elke kant van de brug hing een ketting die verbonden was met een soort rad aan de buitenmuur.

'Doen ze deze ophaalbrug weleens omhoog?' vroeg Archer.

'Ja, elke avond nadat de laatste dronkaard platzak naar buiten is gestrompeld.'

Binnen was het donker, stil en – in elk geval volgens Archer – tastbaar onheilspellend. Tot een vrouw van achter in de veertig naar hen toe kwam om hen te verwelkomen. Ze droeg een lange donkere avondjurk en rode pumps waardoor ze een kop groter was dan Archer. Ze had platinakleurig haar met een donkere uitgroei en een roomwitte huid. Ze had lippenstift op en haar glimlach was zo breed als haar gezicht, maar bereikte haar blauwe ogen niet. Ze rook naar talkpoeder en gember.

'Kan ik u helpen, heren? We zijn nog niet open. De zon schijnt nog.'

'De voordeur stond wijd open,' zei Dash.

'Ze hebben de brug naar beneden gelaten voor de levering van bier, wijn en sterkedrank.'

'En al die auto's op de parkeerplaats zijn...?'

'Gewoon bezoekers.' Haar toon en blik bleven professioneel. 'De artiesten wonen hier.'

'U bedoelt de vrouwelijke artiesten?'

'Bedoel ik dat? En wat hebt u daarmee te maken, meneer...?'

Dash pakte zijn legitimatie en liet die aan haar zien. 'Willie Dash, PD. Dit is mijn compagnon Archer. We willen graag met Ruby Fraser praten.'

De vrouw keek naar zijn legitimatie. 'Speurders in de Midnight Moods. Jeetje.'

'En u bent?' vroeg Archer.

'Ik ben Mabel Dawson, schatje. Ik manage deze gelegenheid, in elk geval het vrouwelijke deel ervan.'

Dash zei: 'Over vrouwen gesproken, is Ruby hier?'

'Waarom willen jullie Ruby spreken?'

'Dat is vertrouwelijk. Ze verwacht ons,' loog Dash.

'Is dat zo? Dat heeft ze me niet verteld.'

'Omdat het vertrouwelijk is,' zei Archer. 'Hebt u er bezwaar tegen dat we even rondkijken terwijl u haar gaat halen?'

'Ja, daar heb ik bezwaar tegen. En wie zei dat ik Ruby ging halen, knapperd?'

'Is er een reden waarom u dat niet zou doen?' vroeg Dash.

'Ik kan er wel tien bedenken. En ik kan de politie bellen als jullie ons lastigvallen.'

'Waarom zou je de politie lastigvallen voor zoiets onbelangrijks? We willen met Ruby praten en dan vertrekken we weer, heel eenvoudig, en we vallen niemand lastig,' zei Dash.

'Ik hoef helemaal niets te doen behalve jullie vragen te vertrekken.' Ze glimlachte alsof ze zich uitstekend vermaakte. 'Oprotten dus.'

'Maar ik weet dingen over deze gelegenheid,' zei Dash terwijl hij om zich heen keek. 'Zoals waarom de ophaalbrug op dit tijdstip naar beneden is.'

'Dat heb ik je verteld, lastpak, voor leveranties. Wil je de drank met eigen ogen zien?'

'Ik weet toevallig dat de leveranties 's ochtends worden gebracht. En via de leveranciersingang aan de zijkant.'

'Zoals ik al zei, hebben we de brug naar beneden gelaten voor de bezoekers van onze artiesten. Ze mogen toch bezoek ontvangen, nietwaar?'

'Natuurlijk. Maar daar mogen ze niet voor worden betaald, als u begrijpt wat ik bedoel.'

'Ik begrijp absoluut niet waar u het over hebt.'

'Is Ruby misschien bezig met dat waarvan u niet begrijpt waar ik het over heb?'

Ze klemde haar lippen op elkaar en zei verontwaardigd: 'Prostitutie is illegaal, meneer Dash!'

'Heel veel dingen zijn illegaal en alleen dat al is de reden dat sommige mensen ze juist willen doen. Op de parkeerplaats staan ook patrouillewagens, dus ik neem aan dat die agenten dat ook doen.'

Dawson werd nijdig. 'Ruby is een goede meid.' Ze haalde een verchroomde sigarettenkoker onder haar boezem vandaan en Archer stak haar sigaret aan toen ze hem daar met haar blik om vroeg. Ze inhaleerde de rook diep. 'Jullie willen echt alleen met haar praten?'

'Klopt.'

Ze streek met een hand over Dash' gezicht. 'Je zou toch niet tegen me liegen, wel? Ik hou niet van mannen die tegen me liegen. En omdat de meesten dat wel doen, heb ik de pest aan de meeste mannen.'

'Ik zou het niet in mijn hoofd halen tegen u te liegen, juffrouw Dawson.'

Ze tikte zacht tegen zijn pafferige gezicht. 'Juist.' Ze keek naar zijn haar. 'Zit je toupetje vast genoeg? De zee hier kan behoorlijk ruig worden.'

Dash tikte tegen zijn toupetje en zei: 'Ik word nooit zeeziek.'

'Hé, zijn jullie gewapend?'

'En als dat zo was?'

'Ik vraag het gewoon.'

'Goed zo. Nieuwsgierigheid is goed, nietwaar Archer?'

'Kom dan maar mee, heren. Kijk uit waar je loopt, want de rommel van gisteravond is nog niet opgeruimd. Verbaast het jullie dat ik dat spul zelf met geen vinger aanraak?' Ze keek naar Archer toen ze dit zei en nam hem van top tot teen op op een manier die Archer het gevoel gaf dat ze hem met haar blik helemaal had uitgekleed.

'Niets van u zou me kunnen verbazen, juffrouw Dawson,' zei Archer.

'Spieren én hersens. En dat terwijl ik bijna alle hoop had opgegeven.'

24

Ze liepen door een lange gang en gingen daarna drie trappen op die waren bekleed met dikke vloerbedekking. Ze kwamen langs een emmer vol zand onder een opgerolde brandslang. Archer zag dat de emmer vol peuken zat. Als dit gebouw in brand vloog, zou het zand waarschijnlijk ook gaan branden.

'Ruik ik joints of is mijn reukvermogen naar de maan?' vroeg Dash.

'Marihuana is illegaal, meneer Dash,' zei Dawson.

'Klopt, net als prostitutie. En zeg maar Willie; we zijn nu vrienden.'

Aan het einde van de gang moesten ze nog een trap op, waarna ze op de bovenste verdieping van de Midnight Moods waren.

'Alleen de beste kamer in het huis voor de jongedame, zie ik,' zei Dash. 'Duidelijk de hoogste zitplaatsen. Kan vanaf hier het thuishonk niet zien.'

'In deze situatie werk je je naar beneden, niet omhoog, Willie,' zei Dawson. Ze nam hen mee naar een gehavende, zwartgeverfde deur. Op een kaartje in een koperen houder stond: RUBY FRASER.

Dawson klopte en riep: 'Ruby, ben je aangekleed? Twee speurders willen met je praten. Een is oud en mollig en heeft een toupet, de andere is lang en zou de concurrentie aankunnen met Clark Gable. Ik laat het aan jou over om te beslissen op wie je je inspanningen wilt concentreren.'

Ze hoorden voetstappen naderen – aarzelend, misschien angstig, dacht Archer. De deur ging open en daar stond ze. Ze leek wel een model van Conover, heel groot met lange ledematen, soepel, met een fris en onschuldig gezicht en blauwpaarse ogen. Ze was gekleed in een zijden pyjama, een jasje en een broek die een paar centimeter te kort was zodat haar lange lichte voeten met donkerroodgelakte nagels zichtbaar waren. Ze was misschien twintig, misschien nog niet eens.

Ze keek van Dawson, naar Dash, naar Archer. Liet haar blik op hem rusten terwijl haar lippen iets omhoogkrulden. 'Ja?' Haar stem was verrassend laag, vond Archer.

'Deze heren willen met je praten, Ruby. Het zijn privédetectives.'

Archer had verwacht dat hun komst haar wel van haar stuk zou brengen, maar haar glimlach werd breder. Maar toen hij aandachtiger naar haar ogen keek, zag hij dat ze een onnatuurlijke apathische blik had – als een patroonhuls zonder kogel erin.

Ze opende de deur verder, stapte achteruit en gebaarde dat ze binnen mochten komen.

Dawson zei: 'Dan laat ik jullie alleen,' waarna ze wegliep.

'Ik ben Ruby Fraser.' Ze stak haar hand uit.

'Dat weten we, daarom zijn we hier.' Dash schudde haar hand en zei tegen Archer: 'Pak je schrijfblok en pen, Archer. Ik weet zeker dat Ruby ons heel veel te vertellen heeft.'

Archer deed wat Dash had gezegd en keek om zich heen. Ze waren in een kleine kamer met een lichtblauwe slaapbank aan de ene en een elektrische kachel aan de andere kant. Bij een andere muur was een ingebouwd ontbijthoekje. Op een zijtafel stond een kleine zwarte Emerson-radio die heel zacht stond, alsof ze het volume net omlaag had gedraaid. Naast de tafel bevond zich een staande asbak met een brandende peuk erop en op de vloer een kleine ventilator die zacht zoemde en de lucht van de ene kant naar de andere blies, als een kat die heel traag met zijn staart zwaaide.

'Hoe kom je aan eten in deze tent?' Dash nam plaats in een met chintz beklede stoel, de enige stoel in de kamer.

'Heb nog een kamer met een kleine koelbox en een kookplaatje, en een tafel en twee stoelen. In de kamer daarnaast zijn een opklapbed en een kast. Maar meestal ga ik naar beneden om te eten. Het eten is niet slecht, of eigenlijk best goed.'

'Wc?'

'Verderop in de gang. We douchen om beurten, ik en drie andere meisjes.'

'Goed om te weten,' zei Dash. 'Ga op de slaapbank zitten, dan gaan we even met elkaar praten.'

Dat deed ze, en Archer stond tegen de muur geleund met zijn schrijfblok en pen. De vrouw was rustig, geduldig en onaangedaan – alles wat ze niet had mogen zijn in hun aanwezigheid. In de kamer rook het ook naar iets anders dan de sigaretten. Hij keek naar haar kleren. De pyjama was gespikkeld en leek op een mannenpyjama, breed in de schouders en smal in de heupen. Hij vroeg zich af hoe ze eraan kwam. Niet van Kemper; de pyjama was te kort voor hem.

'Wat doe je hier, Ruby?' vroeg Dash.

'Ik zing en dans en doe parodieën. Ook werk ik samen met Ralph Jeffries. Hij is goed en leert me de kneepjes van het vak. Voor de oorlog deed hij aan vaudeville. Kent u hem?'

Dash schudde zijn hoofd. 'Waar kom je vandaan?'

'Illinois.'

'Chicago?'

'Nooit in Chicago geweest. Ik zeg meestal dat ik uit Peoria kom, dat was de dichtstbijzijnde grote stad van mijn geboorteplaats. Maar daar ben ik ook nog nooit geweest.'

'Waarom ben je hiernaartoe gekomen?'

'Was op zoek naar iets anders dan Peoria.'

Het viel Archer op dat ze haar hand voor haar mond hield als ze iets zei. Toen ze haar hand weghaalde, zag hij een onregelmatig en onverzorgd geel gebit. Hij vroeg: 'Bent u hier al lang, juffrouw Fraser?'

'Zeg maar Ruby. Lang genoeg om mijn vak te leren, zo noemen ze het. Daarna ga ik naar Hollywood. Ik wil filmster worden. Zodra ik mijn gebit heb opgelapt; ik ben aan het sparen.' Nu opende ze haar mond zodat ze het konden zien.

'Hollywood, hè?' zei Archer. 'Dat gaat rond als de griep, lijkt het wel.'

'Douglas Kemper?' vroeg Dash.

'Wat is er met hem?'

'Je kent hem dus?'

'Hij komt hier vrij regelmatig. Ze hebben hier een kaartclub en daar is hij lid van.'

'Kaartclub?' vroeg Archer.

Dash zei: 'In Californië is gokken in een casino verboden, net als in Nevada, Archer. Vroeger hadden ze gokboten iets buiten de driemijlszone, dus iets verder dan vijf kilometer, maar die zijn vóór de oorlog verboden door procureur-generaal Earl Warren, tegenwoordig onze zeer gewaardeerde gouverneur. Nu wordt er alleen nog gekaart in de kaartclubs, tenzij je van paardenraces houdt, die ook zijn toegestaan.'

'Maar kaarten is toch ook gokken?'

'Daarbij speel je niet tegen het Huis. De spelers nemen het tegen elkaar op.'

'Hoe verdient het Huis dan geld?'

'Met verschillende vergoedingen. Spelers betalen voor hun stoel en voor elk rondje, dat soort dingen. Het Huis zorgt voor de ruimte, de dealer, de kassier. Ze verdienen daar goed mee en de clubs zijn heel populair. De club hier doet het uitstekend; hoe meer spelers, hoe meer geld je verdient.'

Fraser zei: 'Meneer Kemper is getrouwd met een heel belangrijke dame, heb ik gehoord. Hij is erg aardig.'

'Hoezo aardig, voor jou, bedoel je?' vroeg Dash.

Ze pakte haar sigaret, nam een trek en keek beide mannen aan. 'Wie wil dat weten?'

'Ik, om te beginnen. En misschien mevrouw Kemper, die heel belangrijke dame.'

Ze keek opgelucht. 'Zij hoeft zich nergens zorgen om te maken. Hij is een perfecte heer.'

'Je hebt dus geen idee wie beweert dat Kemper en jij veel meer zijn dan vrienden?'

Ze keek hem met een felle blik aan. 'Wat probeert u te suggereren, meneer? Wie zegt dat?'

'Meneer Kemper heeft een chantagebrief ontvangen en daar speel jij een belangrijke rol in.'

'Nou, daar weet ik niets van. Lieve help!'

'Dus als iemand het vroeg zou je zeggen dat er niets aan de hand is?'

'Dat zeg ik tegen u en zou ik tegen iedereen zeggen die het vraagt.'

'Ik wil dat je me vertelt dat je de waarheid spreekt.'

'Dat doe ik. Ik ben nog nooit naar bed geweest met meneer Kemper. Dat zweer ik bij God.'

'Oké. Archer, heb je dat?'

Archer knikte. 'Jawel. Dat zweer ik bij God.'

'Oké, we komen terug met een beëdigde verklaring die je moet ondertekenen. Weet je wat een beëdigde verklaring is?'

Ze schudde haar hoofd.

'Dat is een document waarin je de waarheid vertelt en dan ondertekent, om het officieel te maken. En als je daarna je verhaal wijzigt, kan dat tegen je worden gebruikt.'

'Waarom zou iemand het dan willen ondertekenen?'

'Het kan je ook helpen, maar alleen als je de waarheid vertelt. En aangezien je dat doet, is er geen probleem, wel?' zei Archer.

Ze antwoordde niet, maar keek Archer aan met een blik alsof hij het enige was wat haar nog scheidde van de dodencellen.

Dash stond op. 'Nog één vraag: hoeveel verdien je hier?'

'Honderd dollar per week, inclusief kost en inwoning. Meer dan ik ooit heb verdiend. Hoezo?'

'Gewoon basisinformatie, Ruby. Meer niet.'

'Ik snap het niet.'

'Begrijp ik. Je bent niet van plan de stad binnenkort te verlaten?'

Ze keek hem aan als een kip die naar een vos kijkt. 'Niet dat ik weet. Moet dat?'

'Niet voordat je van me hebt gehoord, nee. Maar als ik zeg dat je moet vertrekken, Ruby, moet je er snel vandoor gaan.'

'U maakt me bang.'

'Goed. Dan ben ik dus duidelijk. Misschien komen we terug om naar je show te kijken. Hoe laat begin je?'

'Precies om tien uur.'

'Dan moet ik eerst een dutje doen. Gedraag je, Ruby, we lossen dit wel op.'

Toen ze weer beneden waren, belde Dash vanaf de receptie van de Midnight Moods naar Connie Morrison. Daarna wachtte hij een paar minuten tot ze hem terugbelde met een antwoord.

Terwijl ze wegreden vroeg Archer: 'Geloof je haar?'

'Dat weet ik niet zeker. Waar ik wel van overtuigd ben, is dat ze drugs gebruikt.'

Archer vroeg geschrokken: 'Hoe weet je dat?'

'Ogen liegen niet. Als ik naar haar kijk, zou ik zeggen opium. Denk niet dat ze al heroïne heeft gebruikt. Hoop dat ze dat ook nooit zal doen. Dat is het verschil tussen beschoten worden met een .22 en een bazooka.'

'Waar gaan we nu naartoe?'

'Naar het volgende stukje van de puzzel, Archer.'

'Mevrouw Kemper?'

Dash keek hem vol bewondering aan. 'Misschien word je toch nog een goede speurder.'

25

Archer reed terug naar de stad en daarna de bergen in over een weg die zigzaggend omhoogliep. Ze passeerden ravijnen met afgronden die tussen de rotsen lagen als haarvaten in het lichaam. Toen ze bij een hoogvlakte kwamen en het terrein om hen heen zo plat als een koekenpan werd, stuurde Dash hem naar twee indrukwekkende gietijzeren hekken waarop als ze gesloten waren de hoofdletter A te zien was. De hekken hingen aan twee enorme stenen pilaren. Met de oceaan links en de uitlopers van de Santa Ynez Mountains rechts, reed de Delahaye over een bochtige, met lichte keitjes verharde weg.

Er stonden heel veel bomen, als een gigantisch marcherend leger. Langs de weg stonden vijftien meter hoge eiken en aan hun wirwar van takken hingen slierten Spaans mos als de sluiers van blozende bruiden.

Dit botanische spektakel hield aan tot voorbij een bocht waar de bomen verder van de weg af stonden. Archer zag het groenste en breedste gazon dat hij ooit had gezien en dat naar een soort schiereiland leidde. Daarop stond een langwerpig gebouw van twee verdiepingen, opgetrokken uit hoekige kalkstenen, ronde grijze en bruine stenen en andere architectonisch interessante elementen. In de voorgevel zagen ze een zee van openslaande deuren met in het midden twee gigantische gietijzeren deuren die de hoofdingang vormden. Aan weerszijden van deze deuren hingen brandende gaslampen die bijna even groot waren als Archers bovenlichaam, maar vergeleken met de deuren toch klein leken.

Verschillend gekleurde en weelderig groeiende soorten klimop bedekten een groot deel van de benedenverdieping. Verspreid over het terrein zagen ze goed onderhouden kleurrijke bloemperken, groene heggen en veel in vorm gesnoeide struiken in potten of gewoon in de grond. Het was een idyllisch tafereel – dankzij geld, en waarschijnlijk heel veel geld, plus een heleboel zware arbeid.

Toen ze over de lange oprijlaan voor het huis reden, ving Archer een glimp op van het terrein erachter met een schitterend uitzicht op de Stille Oceaan. Aan de ene kant lag een tennisbaan met een door zeildoek beschaduwd terras en aan de andere kant een ovaal zwembad met donkerblauw water. Een lange stenen muur begrensde de achterzijde van het terrein dat waarschijnlijk eindigde in een afgrond. De Stille Oceaan lag bijna driehonderd meter lager alsof die privé-eigendom was.

Daarna zag Archer een grote schuur met een metalen dak. Er kwamen net twee mannen in denim werkkleding uit. Een derde man liep achter een kruiwagen vol snoeihout en een vierde man met een tuinslang waste een donkerblauwe Triumph Roadster waarvan de kap dicht was. Weer een andere man was bezig met de motor van een groene John Deere-trekker die naast de schuur stond.

Archer stopte op de verharde parkeerplaats naast een rood-zwarte Bentley, waarvan het chauffeursdeel geen kap had. Daarnaast stond een zilver met zwarte Rolls-Royce Phantom.

Dash stapte uit en zei: 'Hé, nu bevindt je auto zich in goed gezelschap.'

'Dat zou ik ook zeggen. Leuk optrekje hebben de Kempers.'

'Heb je de A op de hekken dan niet gezien? Sawyer Armstrong heeft dit huis laten bouwen als huwelijkscadeau voor zijn dochter, maar hij kon het niet laten daar zijn "naam" op te zetten.' Dash snoof de zeelucht op, die opsteeg alsof hij met de snellift omhoog was gekomen. 'Ruik je dat, Archer?'

'Ja. Vis.'

'Je hebt vast nog nooit zo'n groot huis gezien.'

'Toch wel.'

'Ga weg, man, je houdt me voor de gek!'

'Het huis in Poca City dat ik heb gezien was groter dan dit, maar niet veel. Het was trouwens ook nep, net als de mensen die er woonden. Hoe dat hier zit, weet ik nog niet.'

'Duurt niet lang meer. Maar ik zou Beth Kemper geen nepperd noemen.'

'Hoe weet je dat ze ons wil ontvangen?'

'Ik heb vanuit de Midnight Moods Connie gebeld en haar een afspraak laten maken. Ze belde terug om die te bevestigen. Daar wachtte ik op.'

Ze liepen naar de reusachtige dubbele voordeur. Ook die was voorzien van de letter A, maar hier had elke deur zijn eigen letter.

Archer zei: 'Tjonge, deze man wil graag dat iedereen weet wie dit huis heeft gebouwd.'

Dash zei: 'Duidt volgens mij op onzekerheid, maar ik kan me vergissen.' Hij drukte op de belknop.

Ergens in de verte klonk de bel, maar gedempt.

Ongeveer twintig seconden later hoorden ze voetstappen aankomen.

De deur werd geopend door een Chinese man in een kort wit smokingjasje, een zwarte broek met een grijze streep over de zijnaad van de pijpen en een vlinderstrikje in dezelfde kleur als de broek. Zijn huid was verweerd en hij had drie moedervlekken die als een rij mieren over zijn voorhoofd marcheerden. Zijn korte, achterovergekamde haar was grijs aan de slapen, als bij de beste karakteracteurs in films. Hij had een lange, spits toelopende snor die eindigde in een dun sikje. Aan zijn gezicht was zijn leeftijd moeilijk te schatten; Archer dacht ergens tussen de veertig en de zestig.

'Willie Dash en Archer voor mevrouw Kemper. We worden verwacht.'

'Mag ik uw legitimatie zien alstublieft?'

'O, ben jij zo'n soort butler? Oké, vriend, kijk maar eens goed.' Dash gaf hem zijn identiteitsbewijs.

De man bleef er zo lang naar kijken dat hij alle informatie die erop stond drie keer had kunnen kopiëren. Hij gaf het terug en gebaarde dat ze binnen mochten komen. Hij sloot de deur, waarna ze achter hem aan door een marmeren gang liepen. In het midden van de zo te zien kilometerslange gang lag een zacht oosters tapijt. Aan de muren hingen zoveel schilderijen dat Archer had kunnen denken dat hij per ongeluk een museum binnen was gelopen. Ze kwamen langs grote kamers die allemaal waren ingericht met de juiste hoeveelheid meubels en niet meer. De dominante kleuren waren wit, grijs en lichtblauw. Archer kon zien dat dit kleurenschema goed paste bij de Californische zon die door alle ramen en openslaande deuren die ook aan de achterkant van het huis aanwezig waren naar binnen scheen.

Binnen was het even stil als in een graftombe en bijna even vrolijk, dacht Archer terwijl hij naast Dash door het huis liep. Zelfs met al het moois hier kon hij zich niet voorstellen dat hij hier zou wonen.

De man bleef staan voor twee halfronde deuren van walnoothout die glommen van de was en klopte op een ervan.

'Binnen,' zei iemand binnen.

Archer vond dat de stem verveeld en vreugdeloos klonk, als een mes dat iemand buiten had laten liggen om te roesten. Hij zette zich schrap voor de ontmoeting met Beth Armstrong Kemper.

26

De man opende de deur en stapte opzij zodat ze naar binnen konden. Dat deden ze, waarna hij de deur achter hen sloot.

Archer hoorde zijn zachte voetstappen verdwijnen en keek om zich heen. Hij hoefde geen geweldige privédetective te zijn om te zien dat dit de bibliotheek was. De eerste en enige noodzakelijke aanwijzing zouden de drie wanden zijn die volledig bedekt waren met planken die vol stonden met boeken. De vloerbedekking was wit met een subtiel patroon van oranje en groenblauwe golfjes, waardoor hij het gevoel had dat hij op een trampoline stond. De meubels waren groot en smaakvol en goed verdeeld over de grote ruimte. Boven een stenen open haard was een schoorsteenmantel bestaande uit een, door houtworm aangetaste, zwartgeblakerde en verweerde balk waarvan iemand een boot had kunnen maken waarna er dan toch nog hout zou overblijven. Hoewel het buiten warm was, was het hier heerlijk koel. In de haard brandde een klein vuur en ervoor stonden twee kameelharen leunstoelen. Een van de stoelen was bezet.

Toen Beth Kemper opstond en zich naar hen omdraaide hapte Archer naar adem en liet hij bijna zijn schrijfblok en pen vallen die hij uit zijn zak had gehaald. Ze was niet de knapste vrouw of de vrouw met het mooiste lichaam die hij ooit had gezien. Toch wist hij niet zeker of hij ooit in het gezelschap was geweest van een lieflijker vrouw – hoewel hij nu even niet kon zeggen wat het verschil was. Het was gewoon een gevoel, een overweldigend gevoel.

Ze was lang en slank, en ze had blond haar waarvan de kleur niet uit een flesje kwam. Het bedekte haar schouders, zoals een schaduwboom de ondergrond. Haar huid was niet even licht als haar haar. Die had een gezonde gloed net als haar ogen die korenblauw waren, maar vergroot leken door iets in de vrouw zelf waardoor het zachte korenblauw veranderde in elektrisch geladen saffieren.

Ze had klassieke trekken, in die zin dat haar gezicht geen foutje had of bekritiseerd kon worden. De bolling van haar wangen, de kaaklijn, de smalle kaarsrechte neus, de ondiepe oogkassen, het hoge voorhoofd zonder een spoortje van een rimpel of lijn – alles leek gevormd door de trefzekere hand van een beeldhouwer die streefde naar perfectie, volgens de meeste mensen tenminste.

Ze was eenvoudig gekleed in een lavendelkleurige jurk die vanaf haar middel recht naar beneden viel, met een wit biesje langs de hals en de onderkant van de halflange mouwen, en de zoom reikte net tot aan haar knieën. Ze droeg een ketting van kleine parels, een gegraveerd platina horloge en witte pumps van een eenvoudig, elegant ontwerp. Haar verlovings- en trouwring hadden een koninklijke allure, vond Archer.

Beth Kemper had de vermoeide blik van een vrouw die andere mensen het liefst alleen op haar eigen voorwaarden tolereerde, maar daar nooit de kans voor had gehad, dacht Archer. Hij schatte haar niet veel ouder dan hijzelf, dus hoogstens dertig. 'Heren,' zei ze, met een stem die kabbelde als een beekje, maar hij meende dat ze alleen maar een bepaald effect wilde bereiken.

'Mevrouw Kemper, ik ben Willie Dash. Misschien herinnert u zich mij nog; onze paden hebben elkaar tijdens bepaalde gelegenheden gekruist. Dit is mijn compagnon, Archer.'

Kemper keek amper naar Dash. 'Is Archer uw achternaam of uw voornaam?'

Heel even kon Archer zich dat niet herinneren. Hij draaide zijn hoed in zijn handen rond, iets wat hij deed als hij nerveus was, en zei: 'Archer is mijn achternaam.'

'En uw voornaam?'

'Aloysius.'

Ze knikte tevreden en gebaarde naar de twee stoelen terwijl zij met haar rug naar het vuur bleef staan. 'Ja, meneer Dash, ik herinner me u wel. U en mijn vader kennen elkaar al heel lang.'

Nadat ze waren gaan zitten zei Dash: 'We kennen elkaar inderdaad al heel lang.'

'Voor zover iemand mijn vader echt kent.'

'Ja, mevrouw, ik begrijp wat u bedoelt. Hij en ik hebben elkaar een paar keer in de haren gezeten en ik kan niet zeggen dat ik hem nu beter begrijp dan vroeger.'

'Dan hebben u en ik iets gemeen.'

'Ja, mevrouw.'

'Wilt u misschien iets drinken? Het is nog een beetje vroeg, maar ik heb wel iets in huis, misschien beïnvloedt dat uw besluit.'

Toen pas zag Archer de bar, een stukje bij de open haard vandaan en voor dezelfde muur.

'Dan graag een pure bourbon,' zei Dash die zijn blik over de rijen flessen liet dwalen.

Ze knikte en keek naar Archer met opgetrokken wenkbrauwen die lijnrecht en veel donkerder waren dan haar haar. De combinatie van die beide kleuren had om de een of andere reden een zeer verontrustend effect op hem. Alsof hij naar twee vrouwen keek in plaats van slechts één. 'En u, meneer Archer?'

'Hetzelfde als u. En zeg maar gewoon Archer.'

Ze knikte, liep naar de bar en maakte hun drankjes klaar. Haar bewegingen waren sierlijk en efficiënt, dacht Archer terwijl zij inschonk, afmat en mixte. Die bar zou wel heel veel actie meemaken, dacht hij.

Hij keek naar een andere tafel waar veel ingelijste foto's op stonden. Hij stond op om ze te bekijken. Ze waren allemaal opgedragen aan Beth of aan Douglas, maar niet een aan hen allebei. Er was een foto van de vicepresident, en een andere met de opdracht 'Hartelijke groeten, Earl Warren'. Daarna keek hij naar een andere foto. 'U kent Jimmy Stewart?'

Ze draaide zich om en keek hem aan. 'Mijn man kende hem. Ze hebben tijdens de oorlog samen gevlogen.'

'Is uw man piloot?'

'Ja, dat was hij tenminste.' Ze overhandigde Dash zijn bourbon en niets anders in een glas van geslepen kristal. Daarna gaf ze Archer zijn glas. 'Een Dry Manhattan, meneer Archer.'

'U houdt dus niet van zoete vermout?'

Ze leek onder de indruk. 'Ik hou van een man die verstand heeft van cocktails. Ik vind dat een onmisbaar talent. En nee, ik hou helemaal niet van zoetigheid.'

Archer wist niet hoe hij dit moest opvatten, zodat hij weer ging zitten en zweeg.

Ze keek naar zijn schrijfblok en pen die hij op de tafel had gelegd. 'Het moet wel ernstig zijn als u van plan bent alles wat ik zeg vast te leggen.'

'Gewoon standaardprocedure,' zei Dash.

Ze ging weer voor de haard staan en keek op de beide mannen neer, met haar glas losjes langs haar zij. Ze wachtte kennelijk tot zij een slok namen.

Dash nam een slok en glimlachte. 'Goede bourbon.'

'Uit Kentucky. Daar hebben ze voor het eerst whiskey gedistilleerd tot wat wij bourbon noemen. In een county met dezelfde naam.'

'Dat wist ik niet,' zei Dash, met een taxerende blik.

Archer nam een slok van zijn Manhattan. 'Lekker. Dank u wel.'

Dash keek haar aandachtig aan. 'Hoorde dat u onlangs ziek was. Blindedarmontsteking. U ziet er nu prima uit.'

'Hoe weet u dat?'

Dash keek naar Archer en zei toen: 'Myron O'Donnell zit in hetzelfde gebouw als ik. Hij vertelde toevallig dat hij u heeft geopereerd.'

'Hij was ook de arts van mijn moeder en hij heeft jaren geleden na een auto-ongeluk mijn vaders leven gered. Daarom ben ik ook bij hem. Hij is een uitstekende chirurg.' Haar blik verhardde nu. 'Goed, kom nu maar ter zake.'

'Weet u waarom we hier zijn?' vroeg Dash.

'In algemene zin wel.' Ze nam een slokje en zette haar glas op een onderlegger op de hardhouten schoorsteenmantel. 'Maar voelt u zich alstublieft vrij om me meer bijzonderheden te geven.' Ze pakte een sigarettenkoker van een zijtafel, klikte hem open en haalde er een sigaret uit. Daarna stopte ze die in een ivoren houder die ze ook uit de koker haalde en ze stak hem aan met een platina aansteker die naast de koker had gelegen. Ze legde ze allebei precies op dezelfde plek terug.

Een zorgvuldige, weloverwogen vrouw, dacht Archer. Die ervan houdt dat dingen precies zo gaan en niet anders – de dingen die zij kan controleren tenminste. Hij schreef deze indruk op.

Ze blies rook uit, pakte haar glas en nam nog een slok.

Dash zei: 'Iets hiervan is misschien vervelend om te horen.'

'Veel waarmee ik moet dealen is vervelend, meneer Dash. En

mensen zoals u en uw compagnon worden niet ingeschakeld bij zaken die niet vervelend zijn, nietwaar?'

'Ik ben blij dat u de situatie begrijpt.'

Ze nam nog een trekje en een slok. 'Ik zal het zelfs nog beter begrijpen als u me de bijzonderheden vertelt.'

Archer nam nog een slok en keek weer om zich heen, deze keer iets onopvallender. *Alles hier is voor de show.* Hij keek naar Kemper. *Misschien inclusief deze vrouw.* Dat schreef hij niet op, dat was niet nodig.

Dash vertelde haar alles, stukje bij beetje, herhaalde wat haar man hun eerder had verteld, inclusief zijn ontkenning dat hij een relatie met Ruby Fraser had.

Kemper luisterde en dronk haar glas leeg. Daarna draaide ze zich om en liep naar de bar alsof ze nog een glas wilde inschenken, maar ze leek zich te bedenken. Dat was het enige moment van besluiteloosheid dat Archer bij haar had gezien. En door de glimp die hij had opgevangen dacht hij dat het mogelijk was dat ze inderdaad menselijk kon zijn, en dat er echt bloed door haar aderen stroomde.

Ze draaide zich weer om om hen aan te kijken en bleef voor het vuur staan dat voor Archers gevoel nu ietwat metaforisch was. Ze nam plaats op het met leer beklede stootkussen rondom de open haard.

'Hebt u met uw man gesproken over deze... kwestie?' vroeg Dash.

Ze nam even de tijd om nog een trekje te nemen en gooide de sigaret zonder de houder in het vuur. Behendig rolde ze de ivoren houder tussen haar duim en wijsvinger rond. 'Niet echt, nee. Douglas stelt zich verkiesbaar als burgemeester, zoals u vast wel weet.'

'Waardoor de zaak zelfs nog gevoeliger ligt, en de timing verdacht is.'

De korenbloemblauwe ogen keken hem aan met een verbazingwekkende ernst. 'Meneer Dash, u bent niet dom, neem ik aan?'

'Mijn ergste vijanden zouden me van veel kunnen beschuldigen, en dan zouden ze gelijk hebben, maar dat ik dom zou zijn hoort daar niet bij. Ik heb te veel gezien van het leven en daardoor ook genoeg geleden. Dan verdwijnt je domheid wel, in elk geval bij mij.'

'Suggereer dan niet dat de timing van de verkiezing deze beschuldiging vulgair maakt.'

'Nou, dat is een duur woord,' zei Dash.

'En het enige woord dat me te binnen schiet dat van toepassing is op de situatie.'

'Dan gelooft u dat uw man een affaire had met Ruby Fraser?'

Haar boze blik verdween snel. 'Ik... Dat weet ik niet. Ik hoop van niet, maar...'

'Hebt u het hem gevraagd?'

'Nee, dat niet.' Ze keek naar haar schoenen en zei zacht: 'Misschien wilde ik zijn antwoord niet horen.'

'Zijn politieke tegenstanders zouden hier graag van profiteren.'

'Het is vrijwel zeker dat Alfred Drake dit weet, of in elk geval zijn compagnons, wat in de politiek een onbelangrijk onderscheid is.'

'Ik was vergeten dat uw vader hier ook burgemeester is geweest en zich ooit verkiesbaar heeft gesteld als gouverneur van Sacramento.'

Even klemde ze haar lippen op elkaar. Archer wist niet zeker of ze een glimlach verbeet of niet.

Ze zei: 'Hij won de burgemeestersverkiezing met een verpletterende meerderheid en leed een verpletterende nederlaag bij de gouverneursverkiezing.'

'Is daar een les uit te trekken?' vroeg Archer.

Ze keek hem aan en zei met een geamuseerde blik: 'Roem en invloed zijn beide vaak onbestendig en van beperkte duur.'

'Voor uw vader was dat verlies waarschijnlijk zwaar,' zei Dash.

'Klopt, alleen al omdat dat de enige keer was dat hij ooit verloor.'

'Maar Drake zou achter deze chantagepoging kunnen zitten.'

'Misschien, misschien ook niet. Ik heb geen idee, eerlijk gezegd. Ik heb altijd gedacht dat Alfred Drake een eerlijke man was. Maar dat denk ik van veel mensen en ik heb het wel vaker mis gehad.'

'Als hij de chanteur is, zouden we dat tegen hem kunnen gebruiken,' zei Dash.

'Niemand verwacht dat Drake wint, zelfs niet als deze beschuldiging bekend wordt.'

Archer zei: 'Waarom zou uw man ons dan inhuren om deze zaak te onderzoeken als dat geen invloed heeft op de uitkomst van de verkiezing?'

Ze keek hem aan met een blik die Archer ergens tussen zijn maag en zijn hart raakte. Haar dunne tong gleed over haar lichte, glanzende en volle lippen. 'Een uitstekende vraag waar ik geen goed antwoord op heb. Hebt u hem dat gevraagd?'

Dash zei: 'Het is niet mijn gewoonte mijn cliënten te ontmoedigen om me in te huren. En ter verdediging kan ik zeggen dat we toen nog niet wisten hoe de zaak ervoor stond. Maar wat u zei, geeft me wel te denken.'

Archer zei: 'U kent Alfred Drake dus?'

'Ik ging altijd naar hem toe voor mijn gebit.' Ze glimlachte. 'Hij is namelijk orthodontist en een goede ook. Ik vind dat hij fantastisch werk heeft geleverd door een paar kiezen te trekken en een beugel te plaatsen om de tanden die overbleven recht te zetten. Toen ik klein was had ik een verschrikkelijk slecht gebit. Mijn vader gaf de hoop dat ik een maatschappelijk leven zou hebben bijna op, domweg vanwege de gruwelijke staat van mijn gebit. Maar mijn moeder maakte daar een einde aan en nam me mee naar Drake.'

'Ik kan me amper voorstellen dat iemand het eens was met uw vaders inschatting,' zei Archer.

Met die opmerking verdiende hij niet opnieuw een dankbare glimlach. Haar blik werd kil. 'In veel opzichten was zijn inschatting helemaal juist, aangezien alle mensen oppervlakkig zijn, hier tenminste. Maar u kunt daar niets van weten, dus houdt uw mening alstublieft voor u.'

Archer hief een hand ter instemming en verontschuldiging.

Ook hiermee scoorde hij geen punten bij de vrouw. 'U geeft zich heel snel over, meneer Archer. Ik hoop dat u in uw werk minder bang bent. Zo niet, dan zal mijn man zeker te veel betalen.'

Ze richtte haar aandacht op Dash, alsof ze Archers aanwezigheid niet langer belangrijk vond. 'Is er nog iets of kunt u me nu relatief gezien met rust laten?'

'Niet als u iets anders kunt bedenken wat van belang kan zijn voor ons onderzoek.'

'Als dat zo was, zou ik het u waarschijnlijk niet vertellen.'

'U wilt uw man hier dus niet mee helpen?'

'Als Douglas dit zelf op zijn geweten heeft, mag hij zichzelf er ook weer uit redden.'

'Neem me niet kwalijk dat ik dit vraag, maar kijkt uw man graag naar andere vrouwen?'

'Welke man doet dat niet?' was haar antwoord.

'Goed, dit was het voorlopig, mevrouw. Dank u wel voor uw tijd.'

Ze boog opzij en drukte op een knopje op de muur. Vijf seconden later kwam dezelfde man binnen om hen uit te laten.

Vlak voordat ze de bibliotheek verlieten stopte Archer zijn schrijfblok en pen weg en keek naar Kemper.

Ze ving zijn blik en vroeg hooghartig: 'Is er iets, meneer Archer?'

'Nu kunt u dat tweede glas wel nemen. Dat smaakt nu misschien beter.'

'O, waarom dan wel?' vroeg ze ongeïnteresseerd.

'U hebt uw hart kunnen luchten en bent niet over uw woorden gestruikeld. Als ik mijn hoed niet vasthad, zou ik vol waardering applaudisseren.'

27

Toen Archer en Dash naar de Delahaye liepen kwam de man die de Triumph had staan wassen naar hen toe.

De man veegde zijn handen af aan een witte handdoek. Hij was een jaar of vijfendertig, had een gespierd lichaam, een knap gezicht met dunne lippen, een zwart snorretje, een dreigende blik en een kort sigaartje in zijn mondhoek. Hij was gekleed in een wit T-shirt, had de pijpen van zijn donkerbruine rijbroek in zijn leren veterlaarzen gestoken en droeg een zwarte chauffeurspet.

Generaal George Patton zou trots zijn geweest op de kledingkeus van deze man, dacht Archer. Het enige wat er nog aan ontbrak waren de beide Colts met een met parels ingelegde kolf.

'Aardige auto,' zei de man, met zijn blik op de Delahaye.

'Die van u ook,' zei Archer, en hij wees naar de Phantom en de Bentley. 'En ik zag dat u de Triumph waste. Heb in Engeland in zo'n auto gereden.'

De man trok aan zijn sigaartje en knikte. 'Ik ben daar ook geweest, 101st Airborne. Ik ben Adam Stover.'

'U bent dus uit uitstekende vliegtuigen gesprongen,' zei Dash grijnzend.

'Ik was Eighth Army,' zei Archer. 'De naam is Archer, dat is Willie Dash.'

Stover keek Archer onderzoekend aan. 'Eighth Army? Dan hebt u uw portie wel gehad qua doden en bijna gedood worden.'

'Wij allemaal, denk ik.'

'Op bezoek geweest bij mevrouw Kemper?'

Dash zei: 'Ja, voor persoonlijke zaken.'

Archer zei: 'Leuk huis.'

Stover lachte. 'Zo kun je het ook zien. Zij hebben meer geld dan God.'

'Hoe bent u hier verzeild geraakt?'

'Ik kom uit Bay Town. Kwam terug na de oorlog. Heb verstand van auto's. Zodoende dus.' Hij keek naar het huis en toen naar Dash. 'Heb uw billboards in de stad gezien, meneer Dash. U bent een privéspeurder.'

'Dat ben ik, net als Archer hier.'

'Hebben ze hier dan problemen?'

'Zoals u al zei zijn we privéspeurders, dus meer kan ik niet zeggen, meneer Stover.'

Stover tikte tegen de klep van zijn pet en liep weg.

Vlak voordat Archer in de auto stapte keek hij naar een van de dubbele deuren en zag dat Beth Kemper naar hem stond te kijken, zich omdraaide en wegliep.

Ze vertrokken en reden door het dubbele hek. Vanaf de oceaan dreven flarden zeemist naar het land die eerst de lager gelegen ravijnen binnendrongen en daarna als rook in de spleten van de heuvels kropen. Het was harder gaan waaien en het zag ernaar uit alsof het zou gaan regenen terwijl de temperatuur daalde.

'Ik kan me voorstellen dat het vrij gevaarlijk kan zijn om hier naar boven of naar beneden te rijden als de zeemist opkomt,' zei Archer.

'Het is altijd gevaarlijk om hier naar boven of naar beneden te rijden, en dan heb ik het niet per se over het weer.'

'Waar gaan we nu naartoe, Willie?'

'Terug naar het kantoor. Ik moet nadenken.'

Archer keek op zijn horloge. 'Voor mij is het nog vroeg. Zal ik in mijn eentje een beetje gaan speuren?'

'Hoe stel je je dat precies voor?'

'Ik zou nog wel een keer met Ruby Fraser willen spreken. Ze heeft meer te vertellen dan ze deed. Ik kan teruggaan om naar haar show te kijken en na afloop met haar te praten. Ik kan mijn vriendin meenemen, die is op zoek naar werk.'

'Ruby wíl misschien niet opnieuw met je praten, Archer.'

'Misschien wel als er een andere vrouw bij is. Laat mij dit maar gewoon doen, Willie. Je zult me op een bepaald moment echt moeten vertrouwen.'

'Klopt, alleen weet ik niet of dat moment voor mij al is aangebroken, Archer. We kennen elkaar net.'

'Ik zal de zaak niet verkloten en alleen luisteren.'

Dash wreef over zijn maag en zijn gezicht vertrok van de pijn.

'Mankeer je daar iets?' vroeg Archer.

'Ik mankeer iets op veel plaatsen. Dat is jouw probleem niet.'

'Nu zijn vrouw gelooft dat hij misschien een affaire heeft, wat moeten we dan met die chantagekwestie doen? Want zoals zijn vrouw al zei, is het heel goed mogelijk dat Kemper de verkiezing wint, met of zonder affaire.'

'Het gaat niet om die verkiezing, Archer. Iemand pleegt een misdaad en die moet daarvoor worden bestraft.'

'Nu praat je net als meneer Shaw.'

Dash sloeg zijn blik neer. 'Ik ben heel lang politieagent geweest en dat blijf je eigenlijk altijd. Maar gezien het feit dat jij een ex-gevangene bent, praat ik misschien tegen dovemansoren.'

'Ik heb normen en waarden, Willie, misschien meer dan je denkt.'

'En ik mag nooit vergeten dat ik voor de cliënt werk, niet voor de geblinddoekte dame met de weegschaal van het recht.'

'Dat zal soms wel moeilijk zijn.'

'Als het ooit niet langer moeilijk is, moet ik snel ander werk zoeken.'

'Ik zet je dus af bij het kantoor?'

'Ja, en hou je blik op de weg, anders gaan we heel ergens anders naartoe en storten we van deze berg af.'

Nadat Archer Dash bij het kantoor had afgezet, keerde hij de Delahaye en reed terug naar het pension. In de gang kwam hij Madame Genevieve tegen.

Ze keek hem aan, met opgetrokken wenkbrauwen en een knikje naar het plafond.

'Is er een probleem?' vroeg hij.

'Uw vriendin is bijzonder veeleisend.'

'Vertel me iets wat ik niet weet.' Hij rende de trap op en klopte op Callahans deur.

'Wie is daar?'

'Archer.'

'Kom binnen.'

'Ben je aangekleed?'

'Als dat zo was, had ik niet gezegd dat je binnen mocht komen.'

Zelfs Archer moest hierom glimlachen. Hij deed haar kamerdeur open, liep naar binnen en deed de deur weer dicht. Met zijn hoed in zijn handen liep hij naar het bed waar Callahan op lag.

Ze droeg dezelfde lichte strakke kamerjas als die ochtend.

'Drukke dag gehad?' vroeg hij terwijl hij haar onderzoekend aankeek.

Ze rekte zich uit als een kat, gaapte en bewoog zich een beetje, waardoor de kamerjas tot een fascinerende hoogte omhoogkroop. 'Ja, ik ben doodmoe gewoon door mezelf te zijn.'

Archer keek naar de vloer en zei: 'Madame Genevieve zegt dat je een lastpost bent.'

'Als je een lastpost bent doordat je om heet water en een handdoek vraagt, dan klopt dat.' Ze ging rechtop zitten met haar rug tegen het kussen, haalde een sigaret uit haar koker en stak hem aan.

Archer stak ook een sigaret op en ging op haar bed zitten.

'Mijn sigaretten waren op. Weet je hoeveel ze rekenen voor een pakje Camel? Een kwart dollar! In Reno achttien cent. Wat is zo bijzonder aan dit stadje?'

'Misschien betaal je een opslag voor de oceaan.'

'Ja hoor, vast. O ja, heb je die baan?'

Archer knikte. 'Ben al met een zaak bezig.'

'Waarom ben je hier dan?'

'Wil je nog steeds solliciteren naar een baan in de Midnight Moods?'

'Ja, inderdaad. Schijnt de enige tent in de stad te zijn.'

'Hoe weet je dat?'

'Ik heb hier niet de hele dag op jou liggen wachten, Archer.' Ze zwaaide haar benen over de rand van het bed, zodat ze naast elkaar zaten.

Hij rook haar parfum en zag dat ze haar ene blote been over het andere sloeg. Hij sloot zijn ogen en dacht aan alle nare dingen die hem waren overkomen. Dat was bijna genoeg, daardoor maakte hij een kleine kans.

'Ik was daar vandaag omdat de zaak waar ik aan werk iets te maken heeft met een van de meisjes die daar optreden. Ik wil er vanavond weer naartoe en ben dus teruggekomen om te vragen of je vanavond met me mee wilt, dan kun je kijken of je daar aan de slag kunt. Zoals je al zei is dat de enige tent in de stad. En misschien kun je er dan bij zijn als ik weer met haar praat, want misschien voelt ze zich meer op haar gemak als er een andere vrouw bij is.'

Ze wreef met haar tenen langs zijn broekspijp. 'Je hebt beloofd me mee uit eten te nemen.'

'Haar show begint pas om tien uur, dus kunnen we er na het diner naartoe. En ik trakteer. Ik heb een betaalde baan en nu heb ik ook een paar aanwijzingen die ik moet natrekken. Dus, hoe zit het? Ga je mee?'

'Natuurlijk ga ik mee, Archer.'

'Geweldig.' Hij stond op.

'Hé, moet je er meteen weer vandoor?' Ze keek naar haar bed. 'Ik ben een beetje eh... eenzaam.'

'Kan echt niet, Liberty. Ik moet aan het werk.'

Ze keek hem berustend aan. 'Je vat dit privédetectivegedoe wel heel serieus op, Archer.'

'Een andere manier is er niet.' Hij tikte tegen zijn hoed en verliet de kamer, terwijl hij zich afvroeg waar hij de kracht vandaan haalde om dat te doen.

28

Archer ging terug naar het kantoor van Dash.

Morrison vertelde hem dat Dash bijna meteen nadat Archer hem had afgezet weer was vertrokken.

'Waar woont hij? In de buurt?'

'Als hij je dat niet heeft verteld, denk ik niet dat ik je dat moet vertellen.'

'Oké, is er bericht van Kemper? We zouden een lijst krijgen met mensen die we moesten natrekken.'

'Nee, niets.'

'Heb je Kempers adres voor me? Dan kan ik ernaartoe en de lijst ophalen.'

Morrison keek hem aan.

'Willie weet dat ik in mijn eentje wat onderzoek doe.'

'Dat weet ik, dat heeft hij me verteld. Hij zei dat hij je begon te vertrouwen.' Ze zweeg even, schreef iets op een stukje papier en gaf dat aan hem. 'Kempers adres.'

'Gaat het wel goed met hem?' Archer nam het papier van haar aan en voegde eraan toe: 'Hij lijkt pijn te hebben.'

'Maagzweer. Hij moet gewoon af en toe rusten en opletten wat hij eet.' Morrison opende haar bureaulade en haalde er een zwartleren etui uit. 'Alsjeblieft.'

'Wat is dat?'

'Je licentie. Is twintig minuten geleden gebracht.'

Archer vroeg verbaasd: 'Hoef ik dan niets te ondertekenen?'

'Ik heb alles voor je geregeld.'

Archer opende het etui en keek naar de geprinte kaart waar zijn naam en andere informatie op stond. 'Aloysius Archer, bevoegd privédetective in de stad Bay Town onder leiding van Willie Dash, Very Private Investigations, Incorporated.'

'De kosten hiervoor worden ingehouden op je salaris.'
'Hoeveel is mijn salaris?'
'Heeft Willie dat niet met je besproken?'
'Nee, maar ik heb het wel gevraagd.'
'Dan zal ik dat aan hem moeten overlaten.'
'Hij zei dat ik zelf een vergunning moest aanvragen, omdat de wet misschien gaat veranderen en dit misschien niet voldoende is.'
'Als hij dat heeft gezegd, zou ik het maar geloven.'
'Hij zei dat ik vijf mensen moet vinden die voor me instaan. Hij zei dat jij een van die vijf zou zijn.'
'Prima, Archer, wat je maar nodig hebt.'
'Vind je dat zomaar goed?'
'Als Willie zegt dat ik dat kan ondertekenen, vind ik dat voldoende.'
Archer liet haar alleen en bekeek terwijl hij door de gang liep het adres. Kempers kantoor was aan Idaho Avenue. Archer nam de lift naar beneden die werd bediend door Earl; de man was bij lange na niet zo spraakzaam als eerder, maar zat gewoon op zijn stoeltje de krant te lezen.
Archer reed naar een Rexall-drogisterij en kocht een kaart van Bay Town en omgeving. Terwijl hij met een kop koffie aan de bar zat, bestudeerde hij de kaart.
Het meisje dat hier de frisdrank verkocht, droeg een roze stofjas en een roze petje. Ze vroeg: 'Zoekt u een specifiek adres, meneer?'
'Idaho Avenue?'
'In het rijke gedeelte van de stad,' zei het meisje.
'Echt waar?'
Ze had krullend rood haar, een mager lichaam, een gezicht vol sproeten en een dopneusje dat amper groot genoeg was voor haar beide neusgaten. Ze wees met haar lange wijsvinger een plek op de opengeslagen kaart aan. 'Wij zijn hier, oké?'
'Juist.'
'En Sawyer Ave loopt precies door het midden van de stad. Alles aan de kant van de berg is het arbeidersdeel, grotendeels tenminste. Alles aan de oceaankant is het rijke deel, behalve Sawyer's Wharf natuurlijk. En Idaho Ave is hier.' Ze wees een andere plek aan.
'Het uitzicht op het water is dus geliefd?'

'Ik neem aan dat rijke mensen alles krijgen wat ze willen,' zei ze dapper.

'Hoe zit het dan met de heuvels? Dat is niet aan de oceaankant.'

'Ja, daar wonen de mensen die écht rijk zijn. Weet je, daar heb je niet alleen uitzicht op de oceaan, maar kun je ook op alle andere mensen neerkijken.' Ze lachte om haar eigen grapje.

'Zoals de Kempers, bedoel je?'

Haar sproeten leken groter te worden toen hij die naam noemde. 'Ken je hen?'

'Ik heb ze vandaag ontmoet, man en vrouw.'

Ze keek hem onderzoekend aan en zette haar roze pet recht. 'De ouwe Armstrong en zijn familie hebben dit stadje echt opgebouwd.'

'Zijn schoonzoon, Douglas Kemper, stelt zich verkiesbaar als burgemeester.'

Ze haalde haar schouders op. 'Daar weet ik niets van. Ik heb meer met films dan met politiek.'

Archer zag het filmtijdschrift onder de bar achter haar. 'Weet je iets over Kemper?'

'Hij heeft heel veel bedrijven. Mijn vader en moeder werken voor hem, net als mijn twee broers.'

Dat vond Archer interessant. 'Wat voor bedrijven?'

'Hij bouwt bijvoorbeeld huizen en flatgebouwen. Mijn pa werkt als timmerman voor dat bedrijf; heel veel mensen verhuizen hiernaartoe en die moeten ergens wonen. Hij heeft ook een wijngaard, iets ten noorden van hier. Mijn oudere broer werkt daar; hij maakt de vaten en werkt in de wijngaarden. Verder is Kemper eigenaar van een countryclub die alleen toegankelijk is voor leden, de Winward. Die staat anderhalve kilometer verder naar het noorden, aan het water. Ze hebben een jachthaven en mensen hebben hun boten daar liggen. Mijn middelste broer werkt daar als parkeerhulp. Hij zegt dat het echt mooi is. En Kemper is de eigenaar van het Mayport Hotel, vlak bij de Idaho Ave. Mijn moeder werkt daar als kamermeisje. Dat is waarschijnlijk het mooiste hotel van de stad.'

'Zo te horen houden de Kempers zich alleen met het mooiste van alles bezig.' Hij gaf haar een dollar fooi.

Haar vingers sloten zich om het bankbiljet en ze keek hem glimlachend aan. 'Bedankt, meneer.'

Archer vertrok, startte de Delahaye en reed in de richting van Idaho Avenue. Hij keek naar de kaart op de stoel naast hem. Er was weinig verkeer en hij dacht dat hij er in nog geen twintig minuten kon zijn. Bay Town was een bruisende stad, dat kon Archer wel zien. Hij zag mensen te voet en op de fiets, in auto's en in de goudkleurige trolleys waarop Bay Town werd aangeprezen als HET PARADIJS. De mensen leken dat serieus op te vatten; ze hadden zich mooi uitgedost, waren aan het shoppen en aan het werk en liepen tevreden en glimlachend rond met hun aankopen.

Archer passeerde verschillende dansgelegenheden, twee gebouwen die zichzelf aanprezen als kaartclub en een benzinestation waar behulpzame geüniformeerde medewerkers tankten, ruiten wasten en glimmende metalen autootjes weggaven aan kleine jongetjes die op de achterbank op en neer sprongen. Op een groen plein was een markt waar in tuinbroeken geklede boeren hun waren vanaf de laadbak van oude pick-ups te koop aanboden aan kritische klanten. Er was een nieuw uitziende bioscoop waar *The Fountainhead* met Gary Cooper en Patricia Neal draaide.

Hierbeneden was de mist opgelost en de zon was warm, maar de lucht was nog steeds vochtig en dus kil. Archer keek naar de heuvels waar de Kempers woonden en zag dat er over de westkant van de heuvels een stevige wind waaide die de bladeren van de vele bomen in beweging bracht. En daarboven kropen nog steeds zilveren slierten zeemist in de rotsspleten als de handen van een dief in een zak. Links zag hij de rustige, glinsterende oceaan, naar vis duikende meeuwen en boten die naar of uit de haven voeren. In de baai lagen wel honderd boten in allerlei soorten en maten die op en neer deinden op het ritme van de Stille Oceaan. Een DC-4 van Western Airlines vloog op een hoogte van ongeveer driehonderd meter boven het water, terwijl de vier propellers van het vliegtuig exact gelijk ronddraaiden.

Archer had in de Tweede Wereldoorlog met de militaire uitvoering van de DC-4 gevlogen. Daardoor dacht hij terug aan een beangstigende vlucht in dichte mist die eindigde met een noodlanding die niet iedereen had overleefd. Aangezien het oorlog was, gingen degenen die het overleefden door met vechten alsof er niets was gebeurd dat zelfs maar een klein beetje verontrustend was. Daarna had Archer niet graag meer gevlogen.

Hij kruiste Sawyer Avenue en reed in de richting van de oceaan. Toen zag hij zelf wat het meisje had bedoeld. Zelfs de honden hier leken gezonder, net als de bloemen, de bomen en de struiken. En op de trottoirs lag zelfs geen stukje papier of ander afval. De mensen droegen mooiere kleren. De auto's die voorbijreden waren duurder; pick-ups en gedeukte oude Fords waren vervangen door Coupe de Villes, Eldorado's en verchroomde Buick Roadmasters die groot genoeg leken om erin te wonen. De etalages waren chiquer en duidelijk gericht op een rijke clientèle. Aan de andere kant van Sawyer was Archer langs een schoonheidssalon gekomen: armoedig, met twee gebarsten plastic stoelen, een vieze ruit en twee oude vrouwen in hun peignoir die hun haar lieten verven in een kleur die hij niet meteen had herkend. Aan deze welvarender kant van Sawyer was hij al langs vier schoonheidssalons gekomen en elke was mooier dan de vorige. Iedere welvarend uitziende cliënt werd bij de deur begroet met een glimlach, een handdruk en veel gevlei.

Op een bepaald moment moest Archer langzamer rijden en even later stond hij stil voor een winkel die bontjassen verkocht. Door de etalageruit zag hij een medewerkster in een lange lichtgroene jurk en zilverkleurige schoenen die een oudere vrouw en zo te zien haar kleindochter van in de twintig hielp, terwijl een lange jonge vrouw een enkellange nertsmantel showde. Oma en kleindochter leken opgewonden door het vooruitzicht dat ze de overblijfselen van dode dieren zelf konden aantrekken.

Daarna passeerde hij het Mayport Hotel dat eigendom was van Kemper. Het had zes verdiepingen, hoge ramen en twee zuilen voor de ingang, plus een portier met een hoge hoed op zijn hoofd en zogenaamde militaire onderscheidingstekens op zijn uniform. Op een smetteloze brede donkerrode markies stond in mooie zwierige letters de naam van het hotel. De taxistandplaats voor het hotel deed goede zaken. Een eiken draaideur helemaal links nodigde mensen uit in de Mayport Bar en Lounge voor een glaasje, livemuziek en amusement – dat stond tenminste op het bord. Door een van de ramen zag Archer vrouwen met een stijlvolle hoed en lange handschoenen in de grote eetzaal die zo te zien genoten van een verfijnde high tea.

Hij reed door en sloeg eerst links af en daarna rechts af naar Idaho

Avenue. Het was een keurige straat, overschaduwd en koel dankzij het bladerdek van de rij bomen. Hier hield het asfalt op, want deze straat was verhard met keitjes, waar de Delahaye onaangenaam overheen hobbelde. Op de kruising stond een geüniformeerde politieagent met witte handschoenen het verkeer te regelen. Archer wachtte tot de agent met een scherp gebaar duidelijk maakte dat hij mocht doorrijden.

Aan de andere kant van Sawyer Avenue had hij zes patrouillewagens zien rijden, maar aan deze kant niet één. Alsof rijke mensen geen misdaden plegen, dacht Archer. Maar hij wist ook dat rijke mensen dat niet openlijk deden met een vuurwapen, een mes of een vuist, zoals een arbeider zou doen. Zij deden dat in het geheim, vier stappen verwijderd van de feitelijke misdaad, en niemand kwam achter hen aan omdat zij zich de beste advocaten konden permitteren, alle rechters kenden, geld schonken aan de liefdadigheid en een goed gebit hadden.

Hij parkeerde voor een zandstenen gebouw van tien verdiepingen dat al even verzorgd en chic was als de straat. Op de goudkleurige muurplaat op de gevel stond: HET KEMPER GEBOUW. Archer vermoedde dat Kemper zijn ontelbare bedrijven vanuit dit gebouw leidde en de rest waarschijnlijk aan anderen verhuurde.

De receptioniste vroeg zijn naam en zijn bestemming, belde met haar platte schakelbord Douglas Kempers kantoor op de bovenste verdieping. Daarna zei ze dat hij welkom was en noemde hem het suitenummer.

Op het bord in de lobby zag hij dat het hele gebouw was verhuurd aan bedrijven met indrukwekkend klinkende namen. Hij verdrong zijn angst voor kleine ruimtes en nam de automatische lift naar de bovenste verdieping. Deze keer was het iets gemakkelijker om zijn fobie te negeren, want de lift bestond bijna helemaal uit glazen ruiten in metalen kozijnen. Hij dacht dat Earl uit Dash' gebouw helemaal gek zou worden als hij de hele dag in dit ding naar boven en naar beneden moest. Hij dacht ook dat je als het donker was misschien verontrustende weerspiegelingen zou zien. Zelf zat hij er bijvoorbeeld echt niet op te wachten om op een hoogte van dertig meter waanvoorstellingen te zien.

Hoewel, die bestonden waarschijnlijk ook op straatniveau.

29

Twee reflecterende glazen deuren in platinakleurige kozijnen vormden de entree van Kemper Enterprises. Aan weerszijden stonden twee grote ficussen, elk in een loodzware stenen pot met een leeuwenreliëf op de zijkant. Aangezien er geen daglicht naar binnen viel, vroeg Archer zich af hoe deze prachtige planten in leven bleven, maar toen hij ze aanraakte en eraan rook begreep hij dat het kunstplanten waren.

Hij opende een van de deuren en liep naar binnen. Daar besefte hij dat deze tussenruimte nep was: hier was niets en niemand – alleen vier zwartgeverfde muren met in een hoek een kapstok, zonder hoeden en jassen.

De deur voor hem was van zwaar eiken en hij merkte dat die op slot zat. Hij zag de zoemer en de intercom, dus belde hij aan en bereidde zich erop voor dat hij zijn stem moest gebruiken.

Een vrouw vroeg: 'Ja?'

'Aloysius Archer voor meneer Kemper of meneer Wilson Sheen.'

'Hebt u een afspraak?'

'Nee, maar ze zullen me wel verwachten. We hebben elkaar vanochtend gesproken in het kantoor van Willie Dash.'

'O,' zei de vrouw, waarna Archer hoorde wat hij had verwacht te zullen horen: de zoemer die aangaf dat de deur werd geopend.

Hij pakte de deurknop, trok de deur open en stapte een Hollywood-wereld binnen – op het eerste gezicht tenminste. Hoewel zijn mening op het tweede gezicht niet echt veranderde.

Het vertrek leek wel een grot en zo sterk verlicht dat Archer zijn ogen dichtkneep nu hij vanuit de donkere hal en een nog donkerder tussenruimte dit felverlichte vertrek binnenstapte. Zijn pupillen trokken samen en zijn hoofd bonsde even. De panoramaramen lieten zoveel licht van de ondergaande Californische zon binnen als menselijkerwijs mogelijk was. Hier was geen gordijn te bekennen.

Er stonden zes identieke bureaus naast elkaar. Erachter stond op een verhoging één bureau, twee keer zo groot als de andere. Op het lage niveau zaten zes vrouwen. Ze leken allemaal in de twintig, schoongeboend, professioneel gekleed, efficiënt, serieus, slim, ambitieus en platinablond helemaal tot aan de middenscheiding op hun hoofd. Ze zouden een zesling kunnen zijn, tot en met hun beenmerg. Draagbare typemachines klikten en klakten, telefoons rinkelden en een aandelenmarkttape stond te ratelen op een lage walnoothouten tafel met houtsnijwerk en beloofde pech of geluk, afhankelijk van iemands positie op Wall Street. Er hing een gestreste sfeer die Archer moeilijk kon bevatten. Deze vrouwen leken in een ander tempo te leven dan de rest van de mensheid.

Aangezien er geen hoeden aan de kapstok hadden gehangen, nam hij aan dat zij hun hoedje in hun bureaulade bewaarden.

De muren waren bekleed met bruine leren tegeltjes van vijf bij vijf centimeter. Aan de muren hingen schilderijen met zeegezichten, landschappen en bergen, maar ook met andere onderwerpen die Archer nooit eerder had gezien. Een marmeren standbeeld van een naakte vrouw met kind stond in een hoek. Echte planten in stenen potten lieten de planten in de hal minuscuul lijken. Er hingen enorme kroonluchters, elk met zeker duizend geslepen kristallen die eruitzagen alsof het onmogelijk was ze schoon te maken en zelfs nog onmogelijker ze aan het plafond te hangen. En dat plafond! Het bestond uit koperkleurige metalen platen die waren behandeld met zuur, waardoor er blauwe, zwarte, bruine en groenblauwe strepen op zaten. Het leek op iets wat je in Europa had kunnen aantreffen voordat de oorlog zijn tol eiste.

Het tapijt onder zijn voeten zakte vijf centimeter in onder zijn gewicht, en ondanks dat dacht Archer niet dat hij de vloer helemaal raakte. Naar Archers smaak was er te veel hout overal, als een overmaat aan make-up bij een ouder wordende filmster; door de poging elke smet te verdoezelen verdween alles wat authentiek was.

Vergeleken met dit alles zag Willie Dash' kantoor eruit als een pand in een krottenwijk tijdens de Depressie met huizen van karton en alle hoop verdwenen. Toch realiseerde Archer zich dat hij de voorkeur gaf aan Dash' eenvoudige kantoor boven deze overdreven ruimte.

Achter het grote bureau op de verhoging zat een volkomen ander type. Ze was in de dertig, lang en goedgevormd, en zo bruin in deze zee van platina dat ze wel een verdwaalde pup leek. Haar gezicht straalde intelligentie uit en haar wenkbrauwen, die even donker waren als haar haar, fungeerden als antennes die alles zouden ontdekken voordat het een probleem werd. Ze was helemaal in het zwart gekleed, alleen de hoge witte kraag en de rand van de lange manchetten van haar jurk waren wit. Haar haar was dik en golvend, en sierde haar hoofd als een tiara. Aan beide kanten van haar bureau lagen stapels dossiers en in het midden, naast een opengeslagen agenda, stond een telefoon. Ze had geen typemachine, waaruit Archer boven op haar verhoogde positie achter de zes dames opmaakte dat zij de baas was van deze kleine dynastie. En in tegenstelling tot de bedrijvigheid om haar heen straalde deze dame een rustige kalmte uit, als het oog van een orkaan.

Opeens schraapte ze haar keel. Een van de platina's stond gehoorzaam op alsof ze een verbaal bevel had gegeven en liep naar Archer toe om hem te begroeten. Ze was gekleed in een bruin op maat gemaakt broekpak met donkere pumps, een witte blouse, een gele anjer in haar knoopsgat en een puntje geel in haar borstzakje, en een aardekleurige stropdas. Ze zag eruit alsof ze op het punt stond op de cover te verschijnen van een tijdschrift voor uitstekend geklede vrouwelijke professionals die rond 1950 de leiding van de wereld wilden overnemen. 'Meneer Archer?' vroeg ze.

'De enige echte.'

Het efficiënte gezicht straalde even en de lippen zagen eruit alsof ze een glimlach konden vormen, maar toen was dat moment ook alweer voorbij en had ze haar masker weer opgezet. 'Juffrouw Darling kan u nu ontvangen.'

'Maar ik heb niet gevraagd naar juffrouw Darling.'

'Ja, komt u alstublieft mee.'

Archer kwam die kant op en werd naar de verhoging gebracht en achtergelaten naast de brunette alias juffrouw Darling, waarna de platinablonde terugkeerde naar haar fraaie niche en opnieuw de aanval op haar typemachine opende.

Darling bekeek hem van top tot teen en zag misschien dingen die

Archer zelf niet waren opgevallen. Hij speelde met zijn hoed en zei: 'Ik ben hier om Kemper of Sheen te spreken.'

'Ja, dat hoorde ik. Ga zitten, het kan wel even duren voordat u meneer Kemper of meneer Sheen kunt spreken.'

'Ik hoef ze maar een minuut te zien.'

'Dat zeggen ze allemaal. Ziet u die stoel daar? Neemt u plaats, dan zien we wel wat er gebeurt.'

'En als u ze gewoon even belt?'

'U bent op dit moment de twaalfde op de "bellijst".'

'Waar zijn de andere elf dan?'

'Die hebben het opgegeven. Laten we maar eens kijken hoeveel uithoudingsvermogen u hebt.'

'Kunt u een goed woordje voor me doen?'

'Kunt u me een reden geven waarom ik dat zou doen?'

'Ik zal als een gehoorzame jongen een sigaret opsteken en er een bedenken.'

Deze zin leek haar te bevallen, ook al gebaarde ze dat hij moest verdwijnen.

Hij ging in de aangewezen stoel zitten, een leren monster van een honkbalhandschoen die eruitzag alsof hij zich om Archer heen kon vouwen en hem dood kon knijpen, maar zich uiteindelijk met zijn eigen zaakjes bemoeide. Archer trok een verchroomde staande asbak naar zich toe, stak een Lucky op en tikte de as erin terwijl hij nog een keer aandachtig om zich heen keek. Hij raakte nu zelfs nog meer onder de indruk van de organisatie en de overduidelijke efficiëntie. De platina's werkten als mieren op een heuvel, liepen soms om de een of andere reden naar Darling, lieten haar een vel papier zien, fluisterden iets of in één geval schreven ze iets voor haar op terwijl ze ondertussen ongerust naar Archer keken. Darling controleerde alles, terwijl haar wenkbrauwen als breinaalden bewogen en tikten. Ze nam vastberaden besluiten en zette de vrouwen daarna weer aan het werk.

Hij stond uiteindelijk op en slenterde naar een grote kaart van de omgeving op een houten statief met rode punaises erop. Toen hij de informatieve tekst las, zag hij dat dit de lopende projecten van Kemper betrof – en dat waren er nogal wat. Hij zag dat de platina's af en toe naar hem keken, en Darling één keer. Elke keer glimlachte hij, waardoor iedereen snel en met grote ogen weer aan het werk ging, behalve Darling. Zij knikte en ging ontspannen door met wat ze aan het doen was.

Ten slotte ging de deur open en kwam Wilson Sheen binnen, even slordig gekleed als eerder, terwijl de voorkant van zijn overhemd bijna uit zijn broek hing. Vergeleken met de zee efficiënte vrouwelijkheid voor zich leek hij even misplaatst als een eunuch in een bordeel. Hij keek naar Darling die in Archers richting knikte. Volgens Archers horloge waren er twee uur verstreken en was het al bijna tijd voor het diner, maar geen van de dames had haar tasje of hoedje gepakt. Ze werkten door, als gehoorzame bijen voor hun koningin.

'Deze kant op, Archer,' zei Sheen kortaf.

Archer stond op, drukte zijn sigaret uit en liep naar de verhoging van Darling die zei: 'U kon dus geen reden bedenken, neem ik aan.'

'U bent gewoon uiterst intimiderend, juffrouw Darling. Daardoor is het me niet gelukt.'

Deze zin leek haar nog meer te bevallen dan de eerste. Ze glimlachte zelfs, zodat hij een rij gelijkmatig witte tanden zag die volgens hem even echt waren als de ficussen.

Het volgende vertrek dat Archer binnenliep viel niet echt tegen na het vorige. De grote ruimte was comfortabel ingericht, had enorme ramen en gordijnen die nu helemaal open waren om het afnemende licht binnen te laten.

'Hoe heeft uw grizzlybeerbewaakster u laten weten dat ik hier was?' vroeg Archer. 'Ze heeft haar bureau niet verlaten en de telefoon niet gebruikt.'

'Zij en ik kunnen gedachten lezen.'

'In dat geval heb ik nu misschien een groot probleem met haar.'

'Er is iets waardoor ik denk dat u altijd problemen hebt, Archer.'

'Nogal een onderneming die jullie hier hebben. Het lijkt alsof die vrouwen met de snelheid van het licht werken.'

'Daar betalen we hen ook voor.' Sheen keek naar een dossier op zijn bureau, een geval uit de victoriaanse tijd dat zich in Buckingham Palace thuis zou hebben gevoeld.

'U zou ze misschien een zonnebril moeten geven. Het is daar zo licht dat het pijn doet aan de ogen.'

'Ach, zo vallen ze tenminste niet in slaap. Bovendien bevordert versterkt zonlicht de productiviteit.'

'Tenzij je ondertussen blind wordt. En volgens mij hebt u de zon niet nodig zolang u juffrouw Darling hebt.'

Sheen ging zitten en vroeg kortaf: 'Wat kan ik voor u doen?'

Archer zag een deur die uitkwam op de buitenhal en waardoor Sheen kennelijk in en uit kon gaan zonder door het andere kantoor te hoeven. De deur in de achterwand leidde ongetwijfeld naar Kempers heiligdom. Archer dacht niet dat hij daar zou worden binnengelaten. Hij had de uitdaging aangenomen, maar het zag ernaar uit dat hij de finish niet zou bereiken. Hij stelde zich voor dat Kemper, als de hoogste baas, ten minste twee ontsnappingsroutes had om te verdwijnen zonder zijn ondergeschikten, platina of niet, tegen te komen.

Archer zei: 'De lijst? De lijst met de namen van de mensen die misschien achter de chantage zitten? Die zou bij ons kantoor worden afgegeven, maar dat is niet gebeurd.'

'Juist ja, de lijst.' Hij opende een lade en rommelde erin, terwijl hij Archer aankeek.

'Kan me niet voorstellen waarom u in die richting zoekt,' zei Archer.

'Wat ik graag wil weten, is wat jullie tot nu toe hebben gedaan. En waar is Dash?'

'Die denkt na.'

'En u doet zijn boodschappen?'

'Ja, hierna ga ik sardientjes, crackers en een fles Old Forester kopen. Misschien wilt u mee om ons gezelschap te houden.'

Sheen ramde de lade dicht zonder dat hij er iets uit had gehaald. 'Wij betalen jullie rekening, Archer, ik zit dus niet op grapjes te wachten. Daar heb ik geen tijd of belangstelling voor.'

'Ach, ik zou de laatste twee uur van mijn leven graag terugkrijgen, maar dat zal wel ijdele hoop zijn.'

'We hebben het druk hier.'

'Ja, ik heb de kaart gezien. En, de lijst?'

'Wat hebben jullie gedaan nadat we elkaar eerder spraken? Geef me een verslag.'

'Zou ik niet met uw baas moeten praten?'

Sheens ogen schoten vuur. 'Ik ben meneer Kempers bevoegde vertegenwoordiger, voor alles.'

'Voor alles? Dat is nogal wat. Als ik u was, zou ik al die verantwoordelijkheid misschien niet willen dragen. Maar om uw vraag te beantwoorden, we hebben Ruby Fraser een bezoekje gebracht.'

Sheen ging rechtop zitten en klemde zijn hand om de rand van zijn bureau. 'Wát hebben jullie gedaan?'

'Ze ontkent dat er een affaire is geweest en ook dat ze meneer Kemper chanteert. Ze kan natuurlijk liegen en doet dat waarschijnlijk ook.'

'Maar als ze het ontkent, is dat goed voor ons.'

'Ja hoor, waarom niet.'

'U klinkt niet overtuigd.'

'Zij ook niet, als u begrijpt wat ik bedoel.'

'Wat nog meer?' vroeg Sheen terwijl hij met zijn vingers op zijn bureau trommelde.

'We zijn de bergen in gereden en hebben met mevrouw Kemper gepraat. Vindt u haar ook zo gevoelig, of lag dat aan mij?'

'Zijn jullie gek geworden? Douglas zal woedend zijn.'

'Weet u, ik weet niet zeker of mevrouw Kemper Ruby Frasers mening deelt dat Ruby Fraser niet door haar echtgenoot wordt genaaid.'

'U bent grof!' snauwde hij.

'Maar?'

'Maar niets, u bent grof en vulgair. Wat zei Beth nog meer?'

'Ze weet er niets van en was ook niet geïnteresseerd.'

Sheen knikte. 'Dat is dus goed.'

'Oké, de lijst?'

Sheen haalde een opgevouwen vel papier uit zijn zak en gaf dat aan Archer.

Archer vouwde het papier open en keek naar de lijst namen. 'Dit zat dus de hele tijd al in uw zak.'

'Is er nog iets?' vroeg Sheen nors.

'Ja, wanneer houden de vrouwen daar het voor gezien? Het begint laat te worden.'

'Hoezo hebt u daar in vredesnaam iets mee te maken?'

'Dat is niet zo, maar het lijkt alsof zij dat ook niet weten. En als ze dat tempo aanhouden zijn ze morgenochtend dood.'

Sheen wees naar de andere deur. 'U kunt daardoor vertrekken.'

'Nee, bedankt. Ik kies er altijd voor openlijk te arriveren en te vertrekken. Dat vind ik veiliger.' Archer stopte het papier in zijn zak en vertrok.

Toen hij Darling passeerde, keek ze hem aan en vroeg: 'Goede bespreking?'

'De beste. Ik maak er misschien wel een gewoonte van. Wanneer houden jullie hier op met werken?'

'Als ik het zeg.'

'Juist. Oké, kom me een keer opzoeken. Ik woon in Porter Street. Dan kunnen we samen wat drinken. De naam is Archer, voor het geval u het was vergeten.'

'Porter Street?' zei ze met een opgetrokken wenkbrauw.

'Ja, dat is aan de ándere kant van Sawyer Avenue. Steek de grens een keer over. We bijten niet, ik niet tenminste.'

'Ik betwijfel of we ooit samen iets zullen drinken, maar ik zal er geen moeite mee hebben uw naam te onthouden.'

'O, waarom niet?'

Ze grijnsde. 'U ziet er niet slecht uit.'

'Dan drinken we misschien tóch een keer iets samen.'

'Wat is uw voornaam?'

'Aloysius. En de jouwe?'

'Weet je, Aloysius, de mijne is Wilma.'

'Wilma Darling, klinkt goed.'

'Archer, verdwijn nu het nog kan.'

Hij keek haar glimlachend aan, tikte tegen zijn hoed, knipoogde tegen de rij platina's en kreeg van de helft een glimlach terug. Dat beschouwde hij als zijn beste kans sinds Reno.

30

Restaurant Burbanks zat in een bakstenen gebouw met een overkapping voor de ingang en er waren parkeerhulpen met een wit jasje en witte handschoenen aan, gaslantaarns die flakkerend brandden en een parkeerplaats vol dure auto's. Het was na zevenen en het restaurant zat vol welvarende inwoners van Bay Town in alle glorie.

'Dit ziet er goed uit. Weet je zeker dat je je dit kunt veroorloven?' Callahan keek om zich heen in de foyer.

'Maak je geen zorgen. Vergeet niet dat ik nu een baan heb.' Hij haalde zijn PD-licentie tevoorschijn en gaf hem aan haar.

'Jeetje, Archer, dat ziet er heel officieel en zo uit.'

'Hé, als je voor me moet instaan en een document moet ondertekenen waarin je verklaart dat ik volgens jou wel oké ben, zou je dat dan doen?'

Ze gaf hem zijn licentie terug. 'Waarom moet ik dat voor je doen?'

'Dat moet kennelijk gebeuren als je als eerlijke PD je kost wilt verdienen in Californië.'

'Maar ik dacht dat je al een vergunning had. Dat staat toch op die kaart?'

Hij stopte hem weer in zijn zak. 'Het is een beetje ingewikkeld, Liberty.'

'Alles is bij jou een beetje ingewikkeld.'

'Moet je horen wie dat zegt.'

'Ja hoor, natuurlijk wil ik dat wel doen. Dan kun jij misschien een goed woordje voor me doen bij Warner Brothers,' zei ze snel. 'Kom, laten we maar gaan eten. Ik sterf van de honger.'

Ze liepen arm in arm naar de eetzaal waar ze werden opgevangen door de gastvrouw.

De vrouw droeg een witte zijdeachtige jurk die haar ene schouder vrijliet en de andere bijna. Haar decolleté was zo prominent aanwezig dat zelfs Callahan van haar stuk leek. De glanzende gastvrouw gleed door de zee van tafels als een sirene naar een vastgelopen schip en bracht hen naar een privéhoekje met een ingebouwde bank. Ze zette hen naast elkaar zodat ze uitzicht hadden op de andere gasten. Toen ze zich bukte en de menu's voor hen neerlegde, gunde ze Archer nog een blik op haar boezem. Ze fluisterde met een Brits arbeidersaccent: 'U lijkt me een man die er niet van houdt om met zijn rug naar andere mensen te zitten. Heb ik gelijk, baas?'

Archer bedankte haar met een knikje, waarna ze parmantig wegliep naar haar volgende slachtoffers.

Archer keek naar de dranken op de menukaart en toen naar Callahan.

Ze was gekleed in een lichtblauwe polyester rok, een witte blouse, een jasje met zwarte biesjes en lange handschoenen. Een hoedje met voile aan de rand en zwarte tien centimeter hoge hakken met transparante kousen completeerden haar outfit. Iedere man in de eetzaal had naar haar gekeken, zelfs mannen die tegenover andere vrouwen zaten.

'Wat wil je drinken?' vroeg Archer.

'Champagnecocktail, om mee te beginnen.'

'Vergeet niet dat we vanavond moeten werken.'

'Je denkt toch zeker niet dat een champagnecocktail me de das omdoet, Archer? Waar ben je geweest sinds we elkaar hebben ontmoet?'

De serveerster kwam naar hen toe en Archer bestelde de champagnecocktail voor Callahan en een martini voor zichzelf. 'Wel met zilveruitjes, maar geen olijven,' zei hij.

Ze pakten allebei een sigaret en staken die op, waarna ze de as in de kom op hun tafel tikten.

'Hoe heb je deze tent gevonden?' vroeg ze.

'Keek gewoon aan de westkant van Sawyer Avenue en toen zag ik dit. Leek op schieten op vissen in een ton.'

'Praat je in code of zo?'

'Of zo.'

Hun drankjes werden gebracht en ze toostten op Archers nieuwe baan.

'Hoe ging het vanmiddag? Heb je de zaak al opgelost?'

'Niet echt. Als ik zover ben, ben jij de tweede die het hoort, meteen na Willie Dash, tenzij hij er het eerst is.'

'Wat voor iemand is hij? Denk je dat je veel zult leren?'

'De man is goed, kent de stad en de mensen die hier wonen. Grotendeels.'

'Wat betekent dat?'

'Dat betekent grotendeels.' Hij bekeek de menukaart. 'Wat ziet er goed uit?'

'Bestel jij maar voor mij, Archer.'

Hij keek haar aan. 'Echt? Waarom?'

'Ik ben niet gewend aan chique restaurants zoals dit. In Reno aten we gewoon troep.'

'Denk je soms dat ík hieraan gewend ben?'

'Nee, ik bedoel, dat weet ik niet. Maar je kunt zien dat de mensen hier iemand zijn, ze hebben klasse. De mannen hebben waarschijnlijk allemaal op de universiteit gezeten om iets te leren en de vrouwen om een echtgenoot te vinden.'

Archer keek naar haar; dit was de eerste keer dat ze liet merken dat ze onzeker was. Hij gaf een klopje op haar hand. 'Jij bent even goed als al deze mensen, Liberty. Je moet niet denken dat dat niet zo is.'

'Natuurlijk, Archer, en ik ben de koningin van Engeland.'

'Waar komt dit opeens vandaan? Voordat we hier naar binnen stapten, had ik nooit gedacht dat je ook maar een heel klein beetje aan jezelf twijfelde of dat het je ook maar iets kon schelen hoe anderen over je denken.'

'Dat zegt iets over je opmerkingsgave.'

'Misschien wel.'

Ze bestelden allebei de forel die sappig en mals was. En ze kregen pilavrijst en een groene groente die ze geen van beiden herkenden. Maar het was goed, hoewel iets te zout. Hun cocktails werden gevolgd door een fles wijn, aanbevolen door een kleine man met een vlinderdasje en een kurkentrekker aan een ketting. De fles kostte drie dollar, wat bij Callahan bijna een beroerte veroorzaakte en wat Archer amuseerde.

Archer bekeek het etiket. Er stond een silhouet op van een vrouw die Archer bekend voorkwam. De wijn heette BK. Op de achterkant van de fles stond de naam van de wijngaard die de wijn had gemaakt. 'Kemper Enterprises. BK betekent vast Beth Kemper.' Archer vertelde wie dit was en wat ze onderzochten. 'Haar man heeft een wijngaard en heeft deze wijn naar haar vernoemd.'

'Dat was lief, vind je niet? Ik kan me voorstellen dat hij haar een vermogen moet betalen nu hij haar heeft bedrogen.'

'Zou kunnen. Hoewel ik je dat waarschijnlijk niet had mogen vertellen, mondje dicht dus.'

Ze keek hem aan. 'Jeetje, wat is dat je waard, Archer?'

'Zie je, jij eist steeds meer geld en ik blijf me terugtrekken. Maar ik wil niet dat je teleurgesteld wordt. Omdat je zo'n hoge dunk van me hebt en zo.'

'Je wordt eerlijk gezegd steeds grappiger, dat meen ik echt.'

Toen ze klaar waren met eten kregen ze de Delahaye terug. Ze reden de stad uit naar de Midnight Moods, maar het was nu echt donker en koud genoeg om met de kap dicht te rijden.

'Geen bergen, toch?' zei Callahan.

'Echt niet. Wat zit daarin?' vroeg hij.

Eerder had ze een stevig koffertje op de zitting tussen hen in gezet. 'Spullen die ik nodig heb tijdens mijn sollicitatie, Archer.'

'Oké.'

Veertig minuten later waren ze bij de Midnight Moods. Het zag er nu totaal anders uit dan eerder die dag. De parkeerplaats stond bomvol, de voorgevel van het gebouw werd verlicht door neonlicht en schijnwerpers, en het geluid binnen was zelfs op de parkeerplaats te horen.

'Jeetje, wat een doodse toestand,' zei Callahan sarcastisch.

Archer vond een plekje helemaal achteraan op de parkeerplaats. Nadat Callahan haar koffertje had gepakt, liepen ze naar binnen en keken om zich heen.

Mabel Dawson, nu gekleed in een zwarte lovertjesjurk met bijpassende schoenen, verwelkomde hen bij de ingang.

'Aha, de puppy is terug,' zei ze tegen Archer. Met een aandachtige blik op Callahan vroeg ze: 'En wie is je vriendin?'

'Liberty Callahan,' zei Callahan, terwijl ze haar gehandschoende hand uitstak. 'Archer zei dat jullie misschien op zoek zijn naar nieuwe meisjes.'

'Is dat zo, Archer?'

'Vers bloed,' zei Archer. 'Kan geen kwaad eens te kijken.'

Ze keek weer naar Callahan, nog onderzoekender deze keer. 'Wat is je act?'

'Zingen, dansen, acteren, parodiëren. Je kunt het zo gek niet bedenken of ik kan het.'

Dawson klemde haar lippen op elkaar en trok haar neus op alsof ze een vieze geur rook. 'Je lijkt me té zeker van jezelf.'

Callahan zette een hand op haar heup en draaide opzij. 'En jij lijkt me iemand die mij, als ik het hier niet red, met alle plezier een trap onder mijn bijzonder fraaie derrière zal geven.'

Dawson stak een sigaret op, blies een grote rookwolk naar Archer en keek door de rook heen naar Callahan. 'Natuurlijk, ik zal eens kijken wat je kunt. Maar als je de baan krijgt, geen drank of drugs onder werktijd. Als je hier bent, werk je voor ons. Je krijgt een salaris. Fooien zijn voor jou. Alles wat je in je eigen tijd kunt verdienen, is ook voor jou.'

'Dat liedje ken ik.'

Dawson keek naar het koffertje. 'Je werkkleren? Wij hebben zelf kleding.'

'Maar in deze zie ik eruit zoals ik wil.'

Dawson blies nog een rookwolk naar Archer. 'Je weet ze wel te vinden, Archer. Waar is je tweelingbroer trouwens?'

'Die denkt na.'

'Juist.' Ze keek naar Callahan. 'Goed, ga mee naar de kleedkamer, dan kan ik je je passen laten zien. Oké?'

'Heb je daar nu dan tijd voor? Je lijkt het druk te hebben.'

'Ik kan een aap leren om mensen bij de deur te begroeten. En dat zeg ik niet zomaar, dat heb ik gedaan. Shirley!' riep ze.

Een kleine jonge vrouw met een bos rood haar stoof uit een verborgen nis als een muis die door een kat achterna wordt gezeten en bleef onderdanig voor haar bazin staan. 'Ja, juffrouw Dawson?'

'Neem Archer hier mee, serveer hem een drankje van het huis en geef hem een stoel voor de volgende show. Ik wacht hier tot je terug bent en dan ben jij het volgende halfuur de gastvrouw.' Ze keek naar Callahan en vroeg liefjes: 'Genoeg tijd voor je, liefje, of kom je langzaam op gang?'

'Dat is wel genoeg,' zei Callahan.

'Waar kom je vandaan?'
'Reno.'
'Casino's?'
'Zoiets.'
'Nou, als je "zoiets" voor me optreedt, krijg je inderdáád een schop onder je schattige kontje en ben ik degene die die schop uitdeelt.'
'Als we maar weten waar we staan,' antwoordde Callahan.
Dawson zei: 'Maak je geen zorgen, Archer, ik breng haar over een halfuur terug, hoe dan ook.'
Voordat Shirley hem meenam, vroeg Archer gespannen aan Callahan: 'Hé, vind je dit oké?'
Ze glimlachte. 'Ik vind dit niet alleen oké, Archer, ik heb er echt zin in.'

31

Shirley bestelde een gin-tonic voor Archer en gaf hem een stoel op de achterste rij van een groot theater waar de danseressen al bezig waren. Ze paradeerden op de muziek van een kleine vleugel die aan één kant van het podium stond. De pianist droeg een zwarte smoking, had een pompadoerkapsel en een snor met gekrulde punten. Zijn handen gleden over de toetsen als schaatsen over het ijs. Hij keek naar de meisjes die op het podium tegelijkertijd hun benen omhoogzwaaiden. Het leek alsof hij de muziek aanpaste aan het dansen in plaats van andersom. Alle meisjes waren lang en hadden lange ledematen, waardoor Archer vond dat ze veel op Callahan leken. Hij vroeg zich af of de concurrentie hier misschien sterker was dan in Reno. En hij vroeg zich af hoe haar auditie verliep.

Het thema was vaderlandslievend, de schaarse outfits waren rood, wit en blauw met spikkels en de hoge hoeden waren Uncle Sam-vintage. Hun benen waren gehuld in visnetkousen, de schoenen waren zilverkleurig en fonkelden als diamanten, en iedere man op de voorste rij kreeg een beter zicht met elke zwaai met de lange benen en de rokjes van de danseressen die daardoor omhoogvlogen. Alles inbegrepen bij de toegangsprijs.

Achtentwintig minuten verstreken. Archer keek op zijn horloge en begon zich een beetje zorgen te maken, aangezien Callahan niet terugkwam. Had ze écht een schop onder haar kont gekregen?

Maar toen, om een uur of tien, ging het doek open. Archer verstijfde en ging rechtop zitten toen Callahan het podium op kwam terwijl de zee danseressen het podium verliet. Ze droeg de outfit waarin Archer haar voor het eerst had gezien in Café De Dansende Vogels, maar dan zonder de grote veer. Alle ogen in het huis waren op haar gericht, ook die van Archer.

Ze liep naar de pianist, zei iets tegen hem, bladerde snel door zijn bladmuziek en tikte met haar vinger op een vel.

Daarna ging ze met haar rug naar de piano staan, pakte de rand met beide handen vast en gleed er soepel op. Ze sloeg haar benen over elkaar en knikte naar de pianist, waarop hij enthousiast op de toetsen begon te slaan, misschien al even geïntrigeerd als alle andere aanwezigen door deze nieuwe ontwikkeling.

Toen Callahan begon te zingen kreeg Archer kippenvel op zijn armen. Dit lied kende hij heel goed: 'That Old Black Magic'.

Archer had Glenn Miller en zijn band dit lied horen uitvoeren toen hij in 1944 in Londen was, nadat hij genoeg Duitsers had gedood om ieder mens ziek van de oorlog te maken. Aan het einde van dat jaar zou Miller met een vliegtuig neerstorten in het Kanaal en sterven, maar die avond kon de man niets verkeerd doen. Archer had die avond ook kippenvel gekregen door dit lied, maar niet zoals Callahans vertolking dat nu veroorzaakte.

Halverwege het lied gleed ze van de piano af en liep over het podium alsof ze dat en het publiek beheerste. Toen het lied bijna afgelopen was, keek ze omhoog waardoor haar lange, fraai gebogen hals zichtbaar werd en hield de laatste noot opvallend lang aan. Daarna liet ze die prachtig uitsterven in haar keel, als een onweersbui die overgaat in een zachte motregen. Het bleef heel lang stil, maar toen begon het publiek te juichen. De mensen sprongen als één man op en begonnen luid te applaudisseren. Hoeden en bloemen en geld werden op het podium gegooid, net als waarschijnlijk een paar visitekaartjes en misschien zelfs een of twee verlovingsringen. Callahan raapte een roos met een lange steel op, drukte die tegen haar boezem en gaf het publiek een kushandje terwijl ze het podium verliet alsof dat van haar was. En op dat moment, wist Archer, was dat ook zo.

Hij voelde dat iemand aan zijn arm trok. Het was Shirley.

'Deze kant op,' fluisterde ze.

Shirley nam hem mee backstage, waar Callahan een glas champagne dronk en Dawson naar haar keek alsof ze een stapel bankbiljetten was met Dawsons naam erop.

Dawson keek Archer aan toen hij naar haar toe liep. 'Oké, ze zegt dat jij haar agent bent. Hoeveel gaat ze me kosten?'

Archer keek naar Callahan die haar glas leegdronk en het naast de roos met de lange steel neerzette. Ze trok haar geëpileerde wenkbrauwen op en zei: 'Hoe zit het, Archer? Wat ben ik waard voor een tent als deze?'

Hij aarzelde niet. 'Tweehonderdvijftig per week. En ze is op maandag en dinsdag vrij. Na zes maanden bekijken we je boeken om te zien welk deel van de winst ze verdient omdat ze nieuwe klanten heeft getrokken.'

'Je bent gek!' snauwde Dawson. 'Zoveel verdienen sommige Hollywood-acteurs.'

'Heb je het publiek hier gezien?' zei Archer. 'Want ik dus wel. Je zult een grotere zaal nodig hebben of in die zaal meer stoelen moeten plaatsen als je haar fulltime laat optreden. En als de taart groter wordt, is dat goed voor iedereen.'

Callahan leek onder de indruk, maar zei niets.

Dawson keek naar Archer, pakte de fles champagne die stond te koelen in een ijsemmer en nam gewoon een slok uit de fles. Ze wees naar Callahan. 'Ik wil dat je komende vrijdag begint. Zorg dat je hier om een uur of vijf bent. Op vrijdag en in het weekend is het natuurlijk altijd erg druk. Dan hebben we nog genoeg tijd om een paar posters en billboards op te hangen. Je bent een echte professional, dus hoeven we niet zoveel voor te bereiden. Verdomme, je zou hetzelfde kunnen doen als vanavond en dan krijg je weer een staande ovatie. Je kunt een snelle repetitie doen met de volledige band. En we kunnen een paar songs uitkiezen. Misschien willen we er een paar dansjes aan toevoegen, niet erg ingewikkeld, maar ik zag hoe natuurlijk je overkomt op het podium, zodat het heel gemakkelijk zal lijken. Dan maak je je grote debuut.'

'Wat komt er op de billboards te staan?' vroeg Archer.

'Ik denk niet dat er veel op moet staan. Misschien alleen haar foto. Ik heb Barry, onze fotograaf, een paar foto's van Liberty laten maken. Die kunnen we vergroten en op de billboards zetten.'

'Wat vind je van iets als "Als u van Liberty-obligaties hield, zult u zeker van deze Liberty houden"?' opperde Archer.

'Dat bevalt me wel, Archer, dat is een pakkende tekst,' zei Dawson. Daarna vroeg ze aan Callahan: 'Wat vind je ervan?'

'Ik heb geen auto om hiernaartoe te komen.'

'Dat is geen probleem, want al onze artiesten wonen hier. We zullen je een mooi appartement geven.'
'Dat vind ik goed,' zei Callahan.
Archer zei: 'Maar mooier dan dat van Ruby Fraser. En niet helemaal bovenin.'
'Oké, oké.'
'Met een eigen badkamer,' zei Archer.
'Die heb ík niet eens.'
Archer zei niets.
'Oké, oké,' zei Dawson weer. Ze keek Callahan aan. 'Als je niet zo verdomd veel talent had, schopte ik jullie er allebei uit.'
Archer keek Callahan aan. 'En? Jij moet het zeggen, baas.'
'Zorg dat het contract wordt opgesteld en dan zijn we akkoord,' zei Callahan.
Dawson gaf Callahan een hand. 'Met het geld dat we jou betalen is dit een fulltimebaan. Vanaf vrijdag begin je elke dag precies om vijf uur.' En met een blik op Archer voegde ze eraan toe: 'Behalve op maandag en dinsdag. Je begint met de repetitie, dan eet je en doe je je optreden. Dat behelst ook wat freelancen en het publiek bespelen, foto's laten maken, een hand geven, dat soort dingen. Je doet vier tot vijf officiële sets per avond. Maar je werkt tot wij zeggen dat je kunt stoppen, en dat is meestal rond een uur of twee. Begrepen?'
'Zeker.'
Dawson keek haar vol bewondering aan. 'Ik moet toegeven dat ik dacht dat je op je bek zou gaan tijdens je auditie.' Ze keek Archer aan en zei: 'Ze zong "Boogie Woogie Bugle Boy" voor me. Volgens mij zou Patty Andrews jaloers zijn geweest.'
'Dat is een heel populair nummer, Archer, en het is mijn werk,' zei Callahan. Haar gezicht was rood door haar succes en Archer moest toegeven dat dit haar goed stond.
'Zozo, wat heeft al deze drukte te betekenen? Iets goeds, hoop ik?' vroeg een grote man die in de deuropening stond.
Archer zag dat Dawsons glimlach verdween, net als haar zelfverzekerde blik. Ze zette een stap achteruit en sloeg haar blik neer. 'Hallo, meneer Armstrong, ik wist niet dat u hier vanavond zou zijn.'
Sawyer Armstrong had een indrukwekkende lengte, 1 meter 95. Hij was groot en dun, had lang grijs haar en een grijze baard die zijn

magere gezicht omlijstte. Zijn lange kromme neus kwam bijna tot aan zijn bovenlip. Hij droeg een slappe bruinleren hoed, een donkere spijkerbroek, een wit vest met eronder een blauw overhemd en een bruin corduroy jasje met groene elleboogstukken. Hij had een verweerde zongebruinde huid en zijn gezicht zag eruit alsof het door een getalenteerde beeldhouwer met precisie-instrumenten was gehouwen. Zijn ogen waren blauwe vuurstenen omringd door een glanzende witte zee. Hij lijkt wel een beetje op Walt Whitman, dacht Archer, maar alleen als Whitman geen gedichten zou hebben geschreven maar kelen had doorgesneden.

Armstrong stak zijn hand uit naar Archer. 'Ik ben Sawyer Armstrong. Volgens mij hebt u mijn schoonzoon gesproken, meneer Archer.'

Terwijl Archer Armstrong een hand gaf, keek hij naar de beide mannen achter hem. Het waren forse mannen, gekleed in een krijtstreeppak, waarvan het voorpand opbolde, waarschijnlijk door een groot wapen. 'Aangenaam u te ontmoeten, meneer Armstrong. Ik heb veel over u gehoord.'

'Dat geloof ik graag, Archer. Je hebt mijn dochter ook gesproken, hoorde ik.'

'Uw gehoor is dus echt goed,' zei Callahan, waardoor ze Armstrongs aandacht op zichzelf richtte.

'En u bent?'

'Liberty Callahan. Ik ben Archers béste vriendin. We zijn samen naar deze stad gekomen. Juffrouw Dawson heeft me net aangenomen om hier te werken.'

'Is dat zo?' zei Armstrong, terwijl Dawson met een angstige blik opkeek.

Archer zag dit bezorgd aan. Hij had nog nooit iemand zo snel zien veranderen als deze vrouw, en daar moest wel een goede reden voor zijn.

Met een bedeesde klank in haar stem zei ze: 'Dat klopt inderdaad, meneer Armstrong. Ze is heel goed. Ik denk dat ze erg veel publiek zal trekken.'

Armstrong keek even onderzoekend naar Callahan, maar vroeg daarna aan Archer: 'En hoe gaat het met Willie Dash?'

'Uitstekend.'

Armstrong stak zijn magere hand met lange vingers uit en pakte Archer bij de arm. 'Laten we even kletsen, Archer. Ik heb hier een privévertrek.'

'Wil je gezelschap, Archer?' vroeg Callahan snel en met een ongeruste blik.

Armstrong antwoordde: 'Het spijt me, Liberty. Misschien een andere keer.'

Archer zei: 'Ik zie je straks in de bar, om te toosten op je nieuwe carrière.'

Callahan keek hem aan met een halve glimlach, die even snel van haar gezicht verdween als een blok cement dat uit een boot wordt gegooid. 'Ja hoor, oké.' Ze keek naar de twee mannen achter Armstrong die naar voren stapten.

Beide mannen waren even groot als Armstrong, maar veel forser gebouwd en hun gezicht had eigenlijk niets menselijks. 'Als je daar niet snel bent, kom ik je zoeken,' zei ze.

Armstrong zei: 'Kom mee, Archer.'

De beide spierbundels stapten meteen naar voren en begeleidden Archer naar buiten.

Armstrong keek naar de twee vrouwen en zei: 'Mabel, wij spreken elkaar straks.'

'Ja, meneer.'

Hij keek naar Callahan die zelfverzekerd terugkeek. Daarna liep hij zonder nog iets te zeggen achter de anderen aan.

32

Het privévertrek was klein en donker, en bevond zich in de diepste diepten van het gebouw waar, nam Archer aan, alleen de ratten loerden. Hij voelde zich nu zelf een rat in het nauw, en het kale peertje aan het plafond stelde hem niet bepaald gerust.

Een van de mannen, op een teken van Armstrong, fouilleerde hem, vond de .38, pakte het wapen van hem af en legde het op een tafel buiten Archers bereik, waarna de andere man Archer in een stoel duwde.

Armstrong nam plaats in de enige andere stoel in het vertrek, die tegenover Archer stond. Hij keek naar het wapen. 'Loop je nu al gewapend rond? Heb je het gevoel dat dat noodzakelijk is? Zijn we zo gevaarlijk in Bay Town?'

Archer keek naar de mannen. 'Wat hebben zij dan, onder hun colbert? Lolly's?'

Armstrong haalde een vloeitje en tabak uit een buideltje dat hij uit de zak van zijn colbert had gehaald, draaide handig een dunne sigaret en stak hem aan met een lucifer die hij langs de tafel aanstreek. 'De beste tabak in Mississippi,' zei hij sussend, waarna hij een trek nam en de rook weer uitblies. 'Laat die maandelijks leveren. Je zou het eens moeten proberen.'

'Is er iets waar u met me over wilde praten? Of word ik geacht naar u te kijken terwijl u rookt?'

Deze opmerking bezorgde hem een keiharde vuistslag tegen de zijkant van zijn hoofd van een van Armstrongs mannen, waardoor Archer uit zijn stoel viel. De andere man hees hem overeind en duwde hem weer in de stoel.

Armstrong maakte een klokkend geluid. 'Tony is soms overdreven loyaal aan me, Archer, maar dat kan ik hem amper kwalijk nemen. Je weet toch wat loyaliteit is, of niet soms?'

'Als het me wordt uitgelegd.' Archer wreef over zijn gezicht. Er trok een felle pijn van zijn hoofd naar zijn tenen, en door het rinkelende geluid in zijn oren was het onmogelijk zijn versnelde hartslag te horen.

'Nou, ik kan je die uitleg wel geven.' Armstrong leunde iets naar voren. 'Ten eerste, loyaliteit begint thuis. Ik heb een dochter die ik aanbid en een schoonzoon die ik respecteer.'

'Loyaliteit, oké, goed om te weten. Zijn we nu klaar?'

De tweede vuistslag raakte Archer tegen de andere kant van zijn hoofd en hij viel opnieuw van zijn stoel, kreunend. Toen Tony hem van de grond wilde oprapen, stompte Archer hem in de maag met een gerichte uppercut, waardoor de man dubbelklapte, achteruit wankelde en alles uitbraakte wat in zijn maag zat, wat als een roze plasje op de vloer belandde. De andere man pakte Archer bij de nek, tilde hem van de grond en duwde hem terug in de stoel. Tony herstelde zich en gaf Archer twee stompen tegen de zijkant van zijn hals terwijl de andere man hem vasthield.

'Genoeg!' brulde Armstrong, waarna de mannen Archer loslieten en hijgend achteruit stapten. 'Archer, als je doodgeslagen wilt worden moet je gewoon doorgaan, maar dat lijkt me niet verstandig.'

Archer bedwong de neiging over te geven. De pijn straalde nog steeds uit vanaf zijn hoofd, nu naar zijn maag en weer terug. Met veel moeite slaagde hij erin rechtop te gaan zitten. Hij haalde een zakdoek uit zijn zak en depte zijn mond. Hij bukte zich, raapte zijn hoed van de vloer en zette hem op. 'Wat heb ik met dat alles te maken?'

'Jij onderzoekt de beschuldigingen tegen Douglas?'

'Op zijn verzoek. Waardoor ik me afvraag waarom ik door die twee gorilla's word afgetuigd.'

'Wat mij gelukkig zal maken, Archer, is dat jullie mijn dochter nóóit meer ondervragen. Jullie hádden haar niet eens mogen ondervragen. Zij heeft niets te maken met waar haar man bij betrokken kan zijn. Begrijp je?'

'Oké. Ja.'

'En die Ruby Fraser?'

'Wat is er met haar?'

'Heeft ze een affaire met Douglas?'

'Hij zegt van niet. En zij zegt hetzelfde.'

'En wat zeg jij?'

'Ik weet het niet. Maar als ik u mijn mening geef, word ik dan weer te pakken genomen? Zo ja, dan lieg ik liever.'

Tony haalde met zijn vuist uit naar Archer, maar Archer ontweek hem, stond op, draaide een kwartslag en gaf de man een keiharde kaakstomp. Tony wankelde achteruit en viel tegen de muur. Zijn ogen draaiden weg en hij gleed bewusteloos en met zijn benen gespreid langs de muur naar beneden. Zijn broekspijpen gingen iets omhoog zodat de bovenkant van zijn bleke, behaarde enkels zichtbaar werd.

De andere man haalde een .45 tevoorschijn, een zwart automatisch wapen met rechthoekige loop, en richtte dat op Archers rechteroog.

Armstrong zei: 'Stop dat ding weg, Hank, en geef Tony een slok uit je zakflacon om hem bij te brengen, tenzij je hem weg wilt dragen.'

Terwijl Hank dit deed, keek Armstrong Archer aan. 'Je hebt een behoorlijke stootkracht. Goed om te weten.'

Archer liet hem de boksbeugel zien die hij tegelijk met zijn zakdoek uit zijn zak had gehaald. 'Ja, best wel.'

'Maar terug naar het onderwerp. Je mening?'

'Ik heb het nog niet voldoende onderzocht om een mening te hebben. We zijn pas vandaag met het onderzoek begonnen. Maar als u een halfbakken mening wilt, zou ik zeggen dat er enige waarheid in zit.'

'Maar die waarheid hoeft niet openbaar te worden?'

'Wij zijn ingehuurd door uw schoonzoon. Volgens mij moet hij ons verslag krijgen en niemand anders. Dus beschouw ik dat niet als een probleem voor hem en zijn verkiezingscampagne.'

'Dat weet ik niet. Maar dit weet ik wel, Archer. Bay Town is een bedrieglijk stadje met geheimen. Dat zul je snel genoeg ontdekken.' Hij zweeg even. 'Als je het zo lang volhoudt.'

'Ik heb de oorlog overleefd, dus dit zal ook wel lukken.'

Armstrong schudde zijn hoofd. 'Oorlogen zijn duidelijk. Dan is het jij tegen de mannen in het andere uniform. Er zijn geen nuances, er is geen enkele noodzaak om je af te vragen wat je moet doen. Hier ligt dat volkomen anders. Dit is een schaakwedstrijd zonder foutenmarge.'

'Tja, als u het zo zegt kan ik me voorstellen dat het zo is. Bedankt.'

'Wat ben je nu van plan te doen?'

'Doorgaan met het onderzoek.'

'En welke richting gaat dat op?'

'Ik heb van Wilson Sheen een lijst gekregen met mensen met wie ik ga praten.'

'Mag ik die lijst zien?'

'En als ik weiger?'

'Ik kan je verzekeren dat al onze belangen overeenkomen, Archer.' Hij keek naar Tony die weer bij bewustzijn was gekomen na twee slokken die Hank uit de zakflacon in zijn keel had gegoten. 'Maar ik kan je niet garanderen dat Tony daar niet zo baalt dat je hem met die boksbeugel bewusteloos hebt geslagen dat hij geen drastische dingen overweegt. Ik kan me vergissen, maar daar durf ik jóúw leven niet onder te verwedden. Jij wel?'

Archer haalde de lijst tevoorschijn en gaf die aan hem.

Armstrong zette een montuurloze bril op en las de namen. 'Interessant.' Hij gaf het papier terug en zette zijn bril af. 'Ik zal nu heel duidelijk zijn, Archer. We staan op een tweesprong. Bay Town heeft een onbeperkt potentieel, maar dat geldt voor heel veel steden. Als wij deze kans niet grijpen, zullen andere steden dat doen. En wat houden wij dan over? Niet veel.'

'Wat wilt u dat ik doe, meneer Armstrong? Ik neem aan dat u me hier mee naartoe hebt genomen om me instructies te geven.'

'Luister naar je instinct, Archer. Doe je werk. Maak je onderzoek af.'

'En als dat negatief uitpakt voor uw schoonzoon?'

'Ik vind deze stad belangrijker dan familie.'

'Na al uw mooie woorden over loyaliteit?'

'De ultieme loyaliteit is de belangen van velen boven die van jezelf stellen, en dat is inclusief je familie. Als je iets leert van deze pijnlijke toestand dan zou het dat moeten zijn.'

'Het is mogelijk dat die man uw geliefde dochter bedriegt. Hoezo accepteert u dat?'

'Ik zie geen reden die vraag te beantwoorden en dat doe ik dus ook niet.' Hij leunde naar achteren, zette zijn hoed af zodat zijn verwarde dikke grijze haar zichtbaar werd en streek er met zijn hand doorheen. 'Ik weet dat jullie al een cliënt hebben, maar ik zal jullie ook betalen om het spoor naar de waarheid te volgen, waar die ook mag liggen.' Hij zette zijn hoed op, haalde zijn portefeuille tevoorschijn en pakte daar een stapeltje bankbiljetten uit. 'Hoeveel?'

'Dat kunt u met Willie bespreken. Ik weet echter niet of het mogelijk is dat we twee cliënten hebben voor dezelfde zaak.'

Armstrong stopte zijn portefeuille weg, maar bood Archer een biljet van vijftig dollar aan. 'Ik zál dit opnemen met Willie. Maar neem dit geld aan voor je verschillende verwondingen. Ik bied mijn verontschuldigingen aan als je echt pijn hebt.'

Archer maakte geen aanstalten het geld aan te nemen. 'Ik wacht op bericht van Willie.' Hij keek naar Tony. 'En die knaap slaat niet zo hard dat het vijftig dollar waard is.'

Deze opmerking bezorgde hem een moordzuchtige blik van Tony.

Armstrong stopte het bankbiljet in zijn zak. 'Ik mag je wel, Archer. Ik weet niet precies waarom, maar het is wel zo. Maar mijn mening is veranderlijk.' Zijn gezicht betrok, hij stond op en verliet het vertrek.

Tony en Hank keken nog even met een vuile blik naar Archer, alsof ze overwogen hem te vermoorden en zich afvroegen wat ze met het lijk zouden doen. Uiteindelijk liepen ze achter hun baas aan.

Archer pakte zijn pistool en holsterde het weer. Hij stond langzaam op, rekte zich uit en klemde zijn kaken op elkaar toen hij werd overmand door een pijngolf. Heel voorzichtig zette hij zijn hoed op, alsof het gewicht ervan te veel was voor zijn gewonde hoofd. Hij vroeg zich af of hij een schedelfractuur had en of hij, als hij vanavond naar bed ging, morgenochtend wel weer wakker zou worden. Langzaam verliet hij het vertrek en ging naar boven, naar het licht van de echte wereld en weg van de ratten.

Maar misschien liep hij er juist wel naartoe.

33

'Jezus, Archer, hebben zij dit gedaan?' vroeg Callahan toen ze de paarsblauwe kneuzingen in Archers hals en gezicht zag.

Hij dronk zijn whiskey met citroensap en suiker en ging met zijn tong over zijn tanden om te controleren of hij ze allemaal nog had; de uitkomst was onzeker. Hij zette het glas op de bar. 'Nee, ik ben van het dak van dit gebouw gevallen en landde op iemands vuist. En toen heb ik dat nog drie keer herhaald.'

'Maar waaróm hebben ze je mishandeld?'

'Ik denk niet dat ik daar een goed antwoord op heb. Hij ook niet, volgens mij.'

'Armstrong, bedoel je?'

Archer knikte en maakte de serveerster duidelijk dat hij nog een glas wilde. Dit glas dronk hij langzaam leeg.

'Doet het erg pijn?'

'Alleen als ik knipper.' Hij wreef over de zijkant van zijn lichaam die dik begon te worden. Tony was goed, hij wist precies waar hij moest slaan om iemand pijn te doen. Archer riep de serveerster en vroeg om wat in een doek gewikkeld ijs.

Ze zei: 'U ziet er niet goed uit, meneer. Hebt u een ongeluk gehad?'

'Het kwam niet per ongeluk, als je dat soms bedoelt.'

Toen ze het kompres bracht, drukte hij dat afwisselend tegen zijn gezicht en zijn hals en zijn zij.

'Helpt dat?' vroeg Callahan.

'Dat zal ik je volgende week vertellen.'

Callahan zei: 'Ik weet niet zeker of ik wel wil werken voor een man die mijn vriend mishandelt.'

'Bedankt dat je me op het niveau van een vriend plaatst. Wat is het volgende niveau?'

'Archer, je weet wel wat ik bedoel.'

'Ja hoor. We zijn vrienden, altijd al geweest, zal altijd zo blijven.'

'Wil je dat ik je masseer waar het pijn doet?'

'Nu niet overdrijven met dat vriendschapsgedoe, Liberty. Straks haal jíj je nog iets in je hoofd en dan haal ík me iets in mijn hoofd, en dan vermoorden we elkaar om al die ideeën.'

Ze schoof haar kruk dichterbij en zei: 'Ik kan niet geloven dat ik die baan echt heb.'

Hij keek haar vol ongeloof aan. 'Zo gedroeg je je anders niet. Je leek heel zeker van jezelf, alsof je daar geen moment aan twijfelde zodra Dawson je zag optreden.'

'Toch deed ik gewoon alsof. Dat doe ik om mezelf op te peppen. Vanbinnen was ik één brok zenuwen.'

'Goed om dat van je te weten. Misschien ga ik dat ook wel doen.'

'Wil je al terug naar de stad?'

'Nog niet. Je vergeet waarom we hiernaartoe zijn gegaan.'

'Waarom dan?'

'Om met Ruby Fraser te praten.' Hij keek op zijn horloge. 'We hebben haar optreden gemist, dus misschien is ze nu in haar appartement. Ik weet waar ze woont, kom mee.' Hij stond op en wankelde een beetje.

Ze pakte hem vast. 'Weet je zeker dat je dit aankunt?'

'Nee, maar ik doe het toch, want volgens Sawyer Armstrong krijg ik misschien geen tweede kans.'

'Maar waarom is die klojo van een Willie hier niet om je te helpen? Wat een hufter!'

'Hij is geen hufter. Hij voelt zich ook niet goed.' Hij legde het kompres op de bar. 'Kom nu maar mee.'

Ze liepen de trap op naar de bovenste verdieping, die op dit tijdstip verlaten was.

'Waarom moet ze hier helemaal boven wonen?' vroeg Callahan.

'Hier wonen de onderhulpjes. Volgens Mabel Dawson werken de meisjes hier zich niet omhoog, maar naar beneden.'

'Zeg, wat denk je, verwachten ze misschien dat ik hier ook ga wonen?'

'Nee, jij krijgt een paleis met je eigen badkamer op de begane grond, weet je nog?'

'O ja. Zeg, hoe komt het dat je zo goed kunt onderhandelen?'

'Ik wist wat Ruby Fraser hier verdient. Dat bedrag heb ik verdubbeld en daar ook nog eens vijftig procent bovenop gedaan, als extraatje, plus een beter onderkomen.'

'Nou, je bent niet alleen slim, maar ook goed geschoold.'

'Ik heb op college een voorbereidingscursus recht gevolgd en in de zomer zelfs voor een advocaat gewerkt. Bovendien heb ik van heel dichtbij ervaring met het recht.'

'Je wilde dus advocaat worden.'

Hij stak een Lucky op en blies de rook uit. 'Ik wás een soort advocaat, in Poca City.'

'Wat deed je daar dan?'

'Voorkomen dat ik werd opgehangen.'

'Dat is grappig, Archer.'

'Toen was het helemaal niet grappig.'

Archer liep voor haar uit door de gang naar Frasers deur. Hij klopte aan, maar niemand reageerde.

'Ze is er kennelijk niet,' zei Callahan. 'Misschien moest ze nog een keer optreden. Zoals Dawson zei: ze gaan door met optreden tot een uur of twee.'

Archer klopte harder. 'Ruby, ik ben het, Archer. We moeten praten.'

Nog steeds geen antwoord.

Hij zei: 'We kunnen kijken of ze beneden is en daarna wat rondvragen. Misschien moet ze nog een keer optreden, zoals je zei. Maar ik wil wel even een berichtje achterlaten in haar appartement.'

Hij voelde aan de deur. Die zat niet op slot. Hij duwde de deur open en liep naar binnen.

Callahan liep nerveus achter hem aan. 'Archer, volgens mij moeten we dit niet doen.'

'Het is wel goed.' Archer deed een tafellamp aan en haalde zijn schrijfblok en pen tevoorschijn, maar ontdekte dat de punt tijdens de schermutseling met Hank en Tony af was gebroken. 'Kijk even in de keuken of je een pen of zo kunt vinden. Dan kijk ik in de slaapkamer.'

Archer liep de kleine slaapkamer in en zag dat het bed wel was opgemaakt, maar dat er overal kleren en schoenen lagen. Hij vond een pen in het nachtkastje naast de Bijbel en had zich net omgedraaid om te vertrekken toen Callahan als een tsunami naar binnen stormde. Ze was lijkbleek en zag eruit alsof ze moest overgeven.

'Wat is er?' vroeg hij op scherpe toon.

Ze stapte opzij, wees met één hand naar links en drukte haar andere hand tegen haar maag. 'Daar!' zei ze met een doodsbange klank in haar stem.

Archer rende langs haar heen de keuken in.

Het vertrek werd verlicht door een plafondlamp. Maar Archer kon genoeg zien.

Ruby Fraser had zich al helemaal verkleed, waarschijnlijk voor haar grote show van deze avond. Ze zat in een stoel die tegen de muur was geschoven, met haar hoofd iets achterover, haar lange benen gespreid voor zich en haar wijd open ogen op Archer gericht. Toch kon ze hem niet zien.

Ruby Fraser kon helemaal niets meer zien.

Hij liep voorzichtig naar voren en bukte zich om beter te kunnen zien hoe ze was gedood. Dat was niet moeilijk. Haar keel was zo hardhandig doorgesneden dat hij door de opening wit bot kon zien. De snee verdween aan beide zijden van haar hals en liep helemaal door tot bijna aan haar ruggengraat. Nog vijftien centimeter en ze was onthoofd.

Ze was niet hier vermoord. Er zat geen bloed op de grond, tafel of muren, hoewel de voorkant van haar jurk wel vol bloed zat en de witte stof donkerrood was.

Hij voelde haar pols. Die was ijskoud. Hij keek op zijn horloge. Het was tien voor twaalf. Als ze om tien uur had opgetreden en haar optreden een halfuur had geduurd, hoe was het dan mogelijk dat ze amper een uur later was vermoord, verplaatst en ijskoud was? Hij tilde haar arm op. Die bewoog soepel. Hij legde de arm precies zo terug.

'Niet doen, Archer. Raak haar niet aan, dat is… niet juist.'

Hij draaide zich om en zag dat Callahan vanuit de deuropening versuft naar de dode vrouw keek.

'Ze was heel knap,' zei Callahan schor. 'En heel jong.'

'Ja, dat was ze.' Archer liep een paar stappen achteruit.

'Arm kind. Wie kan dit hebben gedaan?'

'Wat ik wil weten, is hoe het mogelijk is dat iemand hier een dode vrouw naartoe brengt zonder dat iemand het ziet. Hier ligt geen bloed, dus is ze ergens anders vermoord.'

Callahan leek nog steeds op het punt te staan over te geven. 'Wat doen we nu? De politie bellen?'

'Vlak bij de hoofdingang is een telefooncel. Daar bel ik ze wel.'

'Ga je de politie vertellen wie je bent?'

'Mijn gevoel zegt ja, maar mijn overlevingsinstinct zegt nee.'

'Ik kies altijd voor overleven.'

'Laten we verdwijnen, voordat iemand ons ziet.' Archer keek achterom naar Fraser en zei zacht: 'Het spijt me, Ruby. Niemand verdient het om zo te sterven.'

Voordat ze vertrokken haalde Archer een zakdoek tevoorschijn en wreef over alle plekken die hij had aangeraakt, ook de deurknoppen.

'Wat doe je?' vroeg Callahan.

'Onze vingerafdrukken verwijderen.'

'Waarom?'

'Omdat ze je in Californië naar de gaskamer kunnen sturen, daarom.'

34

Archer stapte de telefooncel in, stopte een muntje in het apparaat, bedekte de hoorn met zijn zakdoek en draaide het telefoonnummer van de politie dat hij had gevonden in het telefoonboek dat aan een ketting bungelde. Toen iemand opnam vertelde hij over de dode vrouw in de Midnight Moods, en ook in welke kamer ze lag. Hij hing op, stopte zijn zakdoek weg en verliet de telefooncel, bleek en met veel pijn als gevolg van het pak slaag dat hij had gehad.

Callahan stond naast de telefooncel en vroeg: 'En?'

'Er komt zo een patrouillewagen aan.'

'Waar zijn wij dan? Allang weg, hoop ik.'

'Wacht even, ik wil iets controleren.'

'Wat?'

'Iets over het tijdpad dat me al een poosje stoort.'

Ze liepen naar Mabel Dawsons kantoor.

Dawson zat aan haar bureau te schrijven. Ze keek op en zei: 'Ik heb het contract nog niet klaar, Archer. Morgen spreek ik onze advocaat, dus je moet nog even geduld hebben. En we geven geen voorschot op welk contract ook, als je dat soms denkt.'

'Nee, daar gaat het niet om. Ik wil Ruby Fraser spreken. Weet jij waar ze kan zijn? Ik heb haar gezocht, maar niemand heeft haar gezien.'

Ze legde haar pen neer en fronste. 'Nu begin ik echt ongerust te worden. Ze kwam vanavond niet opdagen voor haar optreden.'

'O?'

'Dat weet je.'

Hij keek naar Callahan en vroeg: 'Hoe zou ik dat moeten weten?'

Dawson wreef over haar voorhoofd. 'O, neem me niet kwalijk, natuurlijk weet je dat niet. Ik dacht van wel, omdat Liberty Ruby verving. Daarom liet ik haar vanavond optreden. Ik bedoel, waarom had ik dat anders gedaan, denk je?'

'Wacht eens even, bedoel je dat Liberty zong in plááts van Ruby?'

'Ja. Dat was het enige wat ik kon bedenken. Ik had niemand anders die goed genoeg was om haar te vervangen. Ruby heeft uitstekende stembanden, maar ze kunnen niet tippen aan die van Liberty. Dus zei ik tegen Liberty dat ze het podium op moest en even met Michael, de pianist, moest overleggen over een lied dat ze kende. Wat ze dus deed.'

'Ik dacht dat je me liet optreden om me te testen,' zei Callahan.

'Ja, dat ook natuurlijk, maar het voornaamste was dat ik een zangeres nodig had om Ruby te vervangen.'

'Heeft iemand al in haar appartement gekeken?' vroeg Archer, beroerd doordat Dawson het over Frasers stembanden had gehad.

'Ja, voordat ik besloot Liberty in te zetten.'

'Hoe laat?'

'Vlak nadat Liberty klaar was met haar auditie kreeg ik een berichtje van de toneelmeester dat Ruby niet was verschenen voor haar warming-up. Daarom besloot ik haar te zoeken en ging allereerst naar haar appartement. De deur zat op slot, maar ik heb een sleutel. Ik dacht dat ze misschien ziek was of zich had verslapen of zo. Ik ben naar binnen gegaan, maar er was niemand.'

Archer keek opnieuw naar Callahan. 'En niemand heeft haar gezien?'

'Nee. Ik dacht dat ze misschien met iemand mee was gegaan en mij in de steek had gelaten.'

'Waarom dacht je dat?' vroeg Archer op scherpe toon.

Dawson keek hem vermoeid aan. 'Zomaar, Archer.'

'Kom op, Mabel, we zijn vrienden onder elkaar.'

'Ruby houdt van mannen.'

'Van bepaalde mannen in het bijzonder?'

'Van rijke mannen.'

'Oké, dat beperkt het enigszins. Van een bepaalde man in het bijzonder?'

'Jij bent de speurder, dus dat moet je zelf maar uitzoeken.' Ze leunde naar achteren, en opeens leek ze iets te begrijpen. 'Dáárom wilden jullie haar eerder vandaag dus spreken, over een man die ze misschien ontmoette.'

'Zou kunnen. Wat is er aan de hand met Sawyer Armstrong?'

Ze keek naar zijn gewonde gezicht en zijn stijve houding. 'Misschien zou ik jou hetzelfde moeten vragen.'

'Ik begrijp dat hij dit pand heeft laten bouwen.'

'Voordat de oorlog begon.'

'Is Armstrong getrouwd?'

'Wat kan jou dat schelen?'

'Ik probeer gewoon wat informatie te vergaren. Dat doen privédetectives, weet je.'

'Zijn vrouw Eleanor is een paar jaar geleden gestorven toen het vliegtuig waar ze in zat neerstortte.'

'Ken je Beth Kemper of haar man?'

Ze lachte. 'Ik beweeg me niet in dergelijke hoge kringen.'

'Ik begrijp dat Douglas Kemper hier vaak komt om te kaarten. Misschien ook voor andere dingen?'

'Misschien heb jíj dat begrepen, maar ik niet.'

'Wat bedoel je daarmee?'

'Daarmee bedoel ik dat ik me daar niet mee bemoei. Als je nog meer vragen hebt, stel je die maar aan iemand anders.'

'Oké. Goed, als Ruby nog opduikt, zeg dan tegen haar dat ik haar wil spreken.'

Dawson keek naar Callahan. 'Kom vrijdag niet te laat, Liberty. Je moet je contract ondertekenen en we moeten dingen afspreken.'

Ze gingen naar buiten, stapten in de Delahaye en verlieten net de parkeerplaats toen ze op de eerste patrouillewagen stuitten. Op de hoofdweg kwamen ze er nog twee tegen; hun zwaailichten verlichtten de duisternis en hun sirenes overstemden het geluid van de brekende golven in de verte.

'Wat doen we nu, Archer?'

'We gaan terug naar het pension.'

'Wil je nog ergens wat drinken?'

'Nee, ik heb genoeg gehad.'

'Oké, dat begrijp ik denk ik wel. Ik vond het heel vervelend om haar zo achter te laten.'

Hij pakte haar bij de schouder. 'Denk er maar niet meer aan. En verspreek je niet als iemand je wat vraagt, Liberty. We zijn niet naar boven gegaan en we hebben niets gezien. Is dat duidelijk?'

'Echt wel, Archer, echt wel.'

'Want als de politie vragen gaat stellen en je je verspreekt, hebben we allebei een probleem, een heel groot probleem.'

De rest van de tijd zwegen ze.

35

Callahan was nog steeds van slag naar haar kamer gegaan, en Archer naar zijn eigen kamer. Hij kleedde zich uit en ging naar bed, maar kon niet slapen. Hij had het idee dat zijn ogen als hij ze sloot niet meer open zouden gaan. En zijn hele lichaam deed zelfs nog meer pijn dan eerst.

Het was bijna twee uur 's nachts, maar hij stond op, liep naar de badkamer en spatte koud water op zijn gezicht en hals. Hij ging terug naar zijn kamer, trok dezelfde kleren en schoenen aan en strikte de veters. Hij opende het raam en keek naar buiten. Zelfs aan deze kant van Sawyer Avenue kon hij het geluid van de oceaan horen, de zoute lucht ruiken en de vochtige zeemist voelen, waardoor hij het ijskoud kreeg en zijn wonden zelfs nog meer pijn deden.

Hij haalde zijn PD-licentie uit de zak van zijn colbert en keek ernaar. Hoewel de kaart er officieel en belangrijk uitzag, betekende het niets voor hem, niet echt, omdat hij niets had gedaan om dit te verdienen. Deze licentie had aan iedereen verstrekt kunnen worden, aan iedere Tom, Dick of Harry.

Of Aloysius.

Hij was privédetective, maar alleen onder leiding van Willie Dash en dat kon iedereen. Dit was net zoiets als in de auto van een ander rijden en dan beweren dat-ie van jou was.

Hij pakte zijn zakflacon en, ook al had hij tegen Callahan gezegd dat hij genoeg had gedronken, nam een paar slokken whiskey die een gloeiend spoor door zijn toch al brandende lichaam trokken. Dat voelde goed, alsof hij dit vuur zelf had aangestoken en het niet het gevolg was van de woedende aanval van iemand anders.

Hij deed het raam dicht en liep zo geluidloos mogelijk naar beneden. Hij had geen zin Callahan of iemand anders tegen te komen, maar die wens ging niet in vervulling.

In de voorkamer zat Madame Genevieve in een leunstoel. Ze was gekleed in een dikke wollen kamerjas en versleten witte pantoffels. Ze had zo te zien een hete grog in een glas met een oor. Haar haar zat grotendeels verborgen onder een ouderwetse slaapmuts en haar knokige witte enkels kwamen onder haar kamerjas uit. 'Kunt u niet slapen, meneer Archer?'

Hij leunde tegen de deurpost en schudde zijn hoofd. 'Komt misschien door de nieuwe omgeving.'

'Uw vriendin schijnt daar geen moeite mee te hebben. Toen ik net langs haar deur liep, hoorde ik gesnurk. Zacht, maar toch hoorbaar.'

'Tja, ze heeft een zware avond gehad. Wij allebei.' Archer ging in een stoel tegenover haar zitten. 'Maar waarom bent ú op? Kunt u ook niet slapen?'

'Ik hou van dit moment van de nacht. Dan is er niemand en is het stil. Ik kan nadenken. Maar ik kan ook het raam opendoen en naar het water luisteren dat tegen me praat. Ik kan het water ruiken. Ik kan me door het water laten omhelzen als door een sluier.'

'Hoeveel van die drankjes hebt u al gehad?' vroeg Archer grijnzend.

'Ik praat niet zo vanwege de alcohol, meneer Archer.'

'Waardoor dan?'

'Misschien is het de wijsheid van een oude vrouw die veel heeft meegemaakt. Te veel misschien wel.' Ze vouwde haar beide handen om het glas. 'Waarom bent u echt in Bay Town?'

'Heb een baan gevonden. Ik ben een privédetective. Werk voor Willie Dash. Kent u hem?'

'Ik heb de billboards gezien. En, bevalt het u om privédetective te zijn?'

Hij haalde zijn schouders op. 'Ik ben dat nog niet lang genoeg om dat echt te weten. Maar het heeft goede en slechte kanten.' Hij wreef over zijn nek. 'Die slechte kanten heb ik een paar uur geleden ondervonden.' Hij keek naar zijn schoenen. 'Luister, kent u Sawyer Armstrong? Of Beth en Douglas Kemper?'

'Die kent iedereen in Bay Town.'

'Maarként u hen?'

'Ik ken hen niet, niet echt.' Ze zei dit alsof ze een vieze smaak in haar mond kreeg van deze woorden.

'Probeert u me iets te vertellen? Als dat zo is, heb ik liever dat u het gewoon zegt.'

'Ik zeg helemaal niet zoiets. Ik woon hier. Ik heb hier een bedrijf dat ik moet runnen om te kunnen overleven.'

'In dit land hebben we het recht van vrije meningsuiting.'

Ze keek hem streng aan. 'Vrijheid van meningsuiting is niet echt vrij als je daarmee alles kunt verliezen wat je hebt.'

'Kunt u dat uitleggen?'

Ze schudde haar hoofd en drukte het glas tegen haar verweerde wang.

'Douglas Kemper doet mee aan de burgemeestersverkiezing,' zei Archer.

'Dat weet ik.'

'Op wie stemt u, op hem of op de tandarts tegen wie hij het opneemt, Alfred Drake?'

'Daar heb ik eerlijk gezegd nog niet echt over nagedacht. Ik vond onze laatste burgemeester goed.'

Archer spitste zijn oren. 'Wie was dat?'

'Benjamin Smalls. Hij was eerlijk. Hij was rechtvaardig.'

'Waarom heeft hij zich dan niet verkiesbaar gesteld?'

'Hij is overleden, een maand geleden. De komende verkiezing is een tussenverkiezing. De winnaar zal Smalls' termijn, die nog drie jaar duurt, afmaken.'

Archer keek haar onderzoekend aan. 'Hoe is hij gestorven?'

'Ze zeggen dat hij is verdronken in zijn badkuip.'

'Ze zéggen? U weet dat niet zeker?'

'Dat weet ik niet zeker, omdat de politie dat niet zeker weet. Niemand weet het kennelijk zeker. Het enige wat ze zeker weten is dat Benjamin Smalls dood is.'

'Het gebeurt wel vaker dat mensen in hun badkuip verdrinken.'

'Ja, misschien wel.'

'Misschien was hij oud, of dronken.'

Ze stond op, liep naar een bureau, opende een lade en haalde er een ingelijste foto uit. 'Dit is Benjamin Smalls. Hij was vijfendertig en geheelonthouder.'

Archer zag dat de foto aan haar was opgedragen en bekeek hem aandachtig. Smalls was groot, had achterovergekamd donker haar met een zijscheiding en een kuiltje in zijn kin die daardoor moeilijk te scheren zou zijn geweest. Hij leek ook vriendelijk en aardig, droeg een wit linnen pak en had een panamahoed in zijn hand. Dit was de tweede keer dat hij een foto van de man zag.

'Die foto is vorig jaar gemaakt, toen hij was herkozen.'

'Misschien overleed hij aan een beroerte of een hartaanval.'

'De politie heeft daar geen bewijs van gevonden.'

Archer haalde een Lucky tevoorschijn, stak hem aan en ving de as op in zijn hand. 'U lijkt te denken dat er meer achter zat.'

'U bent detective, dus misschien zou u dat moeten onderzoeken.'

'Volgens mij heb ik wel genoeg op mijn bordje.'

Ze haalde haar schouders op. 'Waarom wilt u meer weten over Armstrong en de Kempers?'

'Heeft iets met mijn onderzoek te maken.'

'Dan zou ik maar voorzichtig zijn als ik u was. Heel voorzichtig.'

'Dat begin ik ook te begrijpen.' Hij dacht niet dat ze in het zwakke licht de blauwe plekken op zijn gezicht en hals kon zien, maar misschien was haar zicht beter dan hij dacht. 'Ik ga denk ik even wandelen. Is het hier 's nachts veilig buiten?'

'Is het 's nachts buiten ergens veilig, meneer Archer?'

Hij tikte tegen zijn hoed en liet haar achter met haar grog en sombere zelfbeschouwing. Hij verliet het pension en liep naar Sawyer Avenue, stak onderweg een sigaret op en tastte naar het pistool in zijn riemholster. Daardoor voelde hij zich opeens stukken beter. Als hij Tony of Hank weer tegenkwam, zou hij eerst schieten en daarna geen enkele vraag stellen.

Er was niemand op straat voor zover hij kon zien. Alle winkels waren gesloten op dit tijdstip, zelfs de gelegenheden die, als ze open waren, alleen maar voorzagen in het bevredigen van de basale genoegens van de klanten. Een bijzonder smal maantje kroop achter de wolken vandaan en doopte Bay Town in een zachte gloed.

Een patrouillewagen reed langzaam op hem af. Hij tikte tegen zijn hoed voor de agent op de bijrijdersstoel die wantrouwig naar hem keek. Archer probeerde kalm te blijven, maar zijn pijnlijke lichaam verstijfde door de spanning – om een duidelijke reden.

Kan dit iets te maken hebben met Ruby Fraser? Zijn ze hier misschien om me te arresteren?

'Alles oké, vriend?' vroeg de agent terwijl hij Archer onderzoekend aankeek.

'Ja, meneer agent. Ben nieuw in de stad en kon niet slapen. Besloot maar een ommetje te maken om de buurt te verkennen.'

De agent achter het stuur leunde naar voren zodat Archer hem kon zien. 'Toch niet om de boel te verkennen voor een overval of zo?' Maar hij glimlachte om te laten zien dat hij een grapje maakte.

'Alleen de beste drankwinkels. Maar dat kan wel wachten tot de zon weer op is,' zei hij. Hij glimlachte terug, maar zijn hartslag versnelde zelfs.

Ze reden door en hij ging vlugger lopen.

Hij vroeg zich af hoeveel agenten op dit moment in de Midnight Moods zouden zijn. Misschien allemaal, op deze twee na.

Archer stak Sawyer Avenue over en liep niet naar de chique buurt met bontwinkels en high teas en Bentleys, maar naar de kade in de arbeiderswijk. Hij wilde de branding beter kunnen horen en de zoute zeelucht beter kunnen ruiken. Hij had geen idee waarom; het was gewoon zo. Misschien zou het hem helpen om niet aan de dode Ruby te denken.

Na een stevige wandeling van een kwartier was hij bij de kade. Hij had ondertussen niets en niemand gezien – geen mens en geen andere auto, ook geen patrouillewagen. Bay Town sliep kennelijk deze nacht.

Archer liep over de pier en ging uiteindelijk op een bank zitten die in de houten muur was gebouwd en uitkeek op de zee. Daar lag Hawaï, wist hij, duizenden kilometers verderop. En daarachter, nog eens duizenden kilometers verderop, lag Japan, dat ongetwijfeld zijn wonden nog likte nadat er vier jaar geleden twee bommen op waren gegooid. Archer was heel blij dat hij niet in Japan had hoeven vechten. Hij had voor de rest van zijn leven genoeg oorlog meegemaakt. Iedereen die had gezien en gedaan wat hij had gezien en gedaan, zou daar net zo over denken. En als dat niet zo was, was er iets mis met die mensen dat door niets te repareren was, behalve misschien door enorme hoeveelheden drank. Hij dacht dat Amerika niet meer zou bestaan als de drooglegging na de oorlog nog gehandhaafd was gebleven. Dan waren de Amerikanen naar Europa getrokken, waar een man op elk uur van de dag of nacht een goed glas alcohol en een vriendelijk woord van een vrouw kon krijgen.

De golfbreker die parallel aan het land liep bestond uit enorme stenen waarvan, net als bij een ijsberg, alleen het bovenste gedeelte te zien was. Hij keek naar de pier en de voor anker liggende en zacht seinende schepen, en rookte nog twee sigaretten, dronk zijn zakflacon halfleeg en luisterde naar de golven die zacht tegen de rotsen spatten.

De maan wierp langwerpige schaduwen over het water. De Stille Oceaan was vrij vlak en rustig, de lucht bewoog bijna niet en stormwolken veroorzaakten geen problemen. Misschien bleef hij hier wel zitten tot de zon opkwam en hij de havenarbeiders en vissers op weg naar hun werk kon verrassen. Hij deed zijn ogen dicht en liet zijn gedachten de vrije loop.

Een paar minuten later opende hij ze weer. Hij concentreerde zich op één ding – een constant en repeterend geluid, wat betekende dat het automatisch was. Terwijl hij bleef luisteren en kijken, kwam er een motorboot in zicht. Het licht van de schijnwerper op de boeg was op het water gericht alsof het probeerde vaste stoffen van vloeistoffen te onderscheiden. Toen de boot langs de golfbreker voer en door het mijnenveld van aangemeerde boten navigeerde, kon Archer hem beter zien: hij was ongeveer acht meter lang en er waren verschillende mensen aan boord. De boot keerde bij de pier en voer ongeveer tweehonderd meter parallel aan de pier in zuidelijke richting, tot ver voorbij de havenactiviteiten.

Eén minuut eerder was Archer al opgestaan. Hij rende die kant op, bleef staan en verschool zich achter een ongeveer één meter hoge muur. Toen zag hij dat de boot aan een kade aanmeerde.

Twee mannen stapten van boord en bonden de touwen van de boot aan de kikkers. Toen werd het boeglicht gedoofd en gingen meer mensen van boord. Archer zag dat ze naar het deel van de kade liepen naast het stuk waar hij zich verborgen hield. Hij liet zich verder zakken, keek opzij en zag twee geparkeerde auto's.

Toen de mannen bijna bij de auto's waren, kwam er een andere auto over de havenweg aan, sloeg af en stopte op de parkeerplaats. In het licht van de koplampen kon Archer de groep die van de boot kwam goed zien.

De lange Sawyer Armstrong was duidelijk zichtbaar, net als Tony en Hank. Er waren drie andere mannen bij die Archer niet herkende.

De auto stopte, maar het licht bleef aan. Iemand die Archer ook kende stapte uit.

Beth Kemper liep snel naar haar vader toe en ze hadden een kort en kennelijk verhit gesprek. Aan hun lichaamstaal te zien tenminste, want Archer kon het niet horen. Het korte gesprek eindigde toen Armstrong en zijn groep in de twee auto's stapten en wegreden.

Kemper bleef alleen achter.

Archer zag de vlam toen de vrouw een sigaret aanstak en tegen haar auto leunde die hij nu herkende als de kleine Triumph Roadster-cabriolet die hij bij het huis van de Kempers had gezien. De vrouw tuurde naar de oceaan en rookte, terwijl Archer naar haar bleef kijken en zich afvroeg wat hij moest doen. Ergens wilde hij naar haar toe gaan en vragen wat er aan de hand was. Maar zijn professionele instinct, voor zover aanwezig, zei hem dat dat fout zou zijn, om verschillende redenen. Als hij dat deed en zij haar vader vertelde dat Archer hen midden in de nacht in een boot had zien aankomen, kon hij zich voorstellen dat hij bezoek zou krijgen van Tony en Hank – en dat dat dan de laatste keer zou zijn dat hij van wie dan ook bezoek kreeg. Dan kon zijn laatste rustplaats zomaar dezelfde oceaan zijn als waar Beth Kemper nu naar stond te staren, met cement om zijn voeten terwijl hij naar de bodem zonk in de wetenschap dat hij zou eindigen als plankton.

Ze liet haar opgerookte sigaret vallen, trapte hem uit met de hak van haar schoen en stapte in haar auto. Daarna reed ze langzaam weg.

Archer rende achter haar aan, ook al wist hij heel goed dat hij haar onmogelijk kon bijhouden als ze sneller ging rijden en uit het zicht verdween. Maar ze ging gelukkig niet ver. Ze reed, terwijl Archer achter haar aan rende, nog drie blokken, stopte langs het trottoir en stapte uit. Voor haar auto stonden twee motoren, waarvan één met zijspan.

Toen ze naar binnen ging, zag Archer een bord waarop stond dat het restaurant dag en nacht geopend was.

Hij wachtte een paar minuten en volgde haar.

36

Archer stond in de deuropening van het goedkope eethuisje. Op de vloer van gele keitjes lag plakkerig linoleum, de zitjes waren bekleed met glimmend rood vinyl, de tafelbladen waren slordig afgewerkt met fantasieloos formica, de muren waren lichtgroengeverfd en de krakkemikkige ventilatoren aan het plafond draaiden in het tempo van een man die nergens naartoe hoeft. Er stond een jukebox, maar die was even donker en stil als de nacht.

Beth Kemper was niet de enige klant, er waren nog drie andere klanten. Alle drie waren een jaar of twintig; ze stonden allemaal bij haar zitje en vielen haar kennelijk lastig, terwijl een opgewonden serveerster van in de veertig in de buurt stond en zo te zien niet wist wat ze moest doen.

Een van de jongemannen was groot en pafferig, had stekeltjes en zijn gespierde armen en schouders waren goed zichtbaar onder zijn T-shirt. Archer hoorde hem zeggen: 'Hé schatje, we hebben thuis wat gin. Je moet met ons mee. Kom mee, schatje, laten we ons vermaken.'

Zijn magere vriend vol acne lachte en herhaalde: 'Laten we ons vermaken, schatje.'

'Wil heel graag je tieten zien zonder iets eroverheen,' zei Stekeltjes. 'Durf te wedden dat die te gek zijn, net als jij.'

De derde man was lang en slungelachtig, had donker vet haar en droeg een versleten spijkerbroek die stijf stond van de viezigheid, versleten zwarte motorlaarzen en een bruin leren bomberjack; de bovenste helft van een groot mes stak als de kop van een cobra boven de rand van zijn achterzak uit.

Kemper zat met een uiterst verveelde blik een sigaret te roken, maar leek op te vrolijken toen ze Archer zag aankomen.

'Mevrouw Kemper?' zei Archer.

Alle mannen draaiden zich om en keken naar hem. Niet bepaald vriendelijk, maar dat verbaasde Archer niet. Geen enkele man wil toch zeker gestoord worden tijdens zijn primitieve hofmakerij?

Stekeltjes zei: 'Hé vriend, wij zijn in gesprek met de dame, dus sodemieter op.'

Archer kwam dichterbij. 'Dat is grappig, ik heb een afspraak met de "dame".'

'Rot op,' zei Mes. Hij haalde een onaangestoken sigaret uit zijn mond en stopte hem achter zijn rechteroor, alsof die beweging een duidelijk dreigement was.

Archer liep door, terwijl Kemper belangstellend naar hem bleef kijken. 'Maak dit niet zo moeilijk, jongens,' zei hij.

Stekeltjes leek dit persoonlijk op te vatten, want hij duwde Acne opzij en vroeg: 'Wie noem jij een jongen, makker?'

Archer keek om zich heen en haalde zijn schouders op. 'Zo te zien zijn wij hier de enige mannen, dus dat mag je zelf bedenken.'

Kemper lachte toen hij dit zei.

Dat maakte Stekeltjes alleen maar nog kwader. 'Ken je hem?' vroeg hij aan haar.

Ze lachte vriendelijk en wuifde de sigarettenrook bij haar vandaan. 'Niet zo goed als ik zou willen.'

Dat verwarde Stekeltjes. Hij keek naar Mes met een knikje richting Archer dat niet duidelijker had kunnen zijn.

Archer zuchtte. Als hij een tientje had gekregen voor elke keer dat hij op diezelfde onhandige manier diezelfde zwijgende dialoog had gezien, was hij nu rijk.

Mes pakte zijn mes, maar voordat hij het open kon klappen schakelde Archer hem uit met zo'n loeiharde vuistslag dat hij in het volgende zitje belandde. Daar bleef hij liggen, bewusteloos, met een bloedneus en een loszittende tand.

Stekeltjes vloekte luid en wilde uithalen met zijn vuist.

Archer schoof zijn colbertje open zodat de .38 duidelijk zichtbaar werd.

Stekeltjes verstijfde.

Archer zei: 'Wil je mijn legitimatie nu zien of wacht je liever tot ik je heb gearresteerd voor het lastigvallen van deze dame en het opjutten van je vriendje om me met een mes te bewerken?'

Acne zei angstig: 'B-ben je een... agent, meneer?'

Archer nam niet eens de moeite hem aan te kijken; hij hield zijn blik gericht op Stekeltjes en diens gebalde vuist. 'Ondertussen, tenzij jullie willen dat je ouders hun zuurverdiende geld moeten uitgeven om jullie borg te betalen, "jongens", kunnen jullie beter je vriend hier optillen, koud water in zijn gezicht gooien, op je motor springen en oprotten. Nu!'

Stekeltjes en Acne tilden hun bewusteloze vriend op en sleepten hem naar buiten. Ongeveer dertig seconden later hoorde Archer dat de motoren werden gestart. Hij liep naar de deur en zag dat Mes in de zijspan hing. Vervolgens verdwenen beide motoren in de nacht met het ego van de eigenaren tussen hun benen.

De serveerster zei: 'Jeetje, dank u wel, meneer. Die waren de hele avond al ontzettend vervelend.'

'Geen probleem. Kan ik een kop koffie krijgen? Je krijgt dorst van het wegsturen van een stelletje pubers.'

'Komt eraan. En hij is van het huis.' Ze liep weg om de koffie te halen.

Archer liep terug naar het zitje en stak zijn pijnlijke hand uit. 'Mevrouw Kemper,' zei hij weer.

Ze keek met een geïntrigeerde blik naar hem op. 'Meneer Archer, waarom komt u niet bij me zitten voor onze "afspraak"?'

Hij gleed in het zitje, nam zijn hoed af en legde die naast zich neer.

'Dat was indrukwekkend. Ik zie ook graag dat een man van zijn werk geniet.'

Ze was veel informeler gekleed dan de vorige keer. Een wijde witte broek met zwarte knopen aan de zijkant, een katoenen goud met blauw geruite blouse, een sjaaltje, een strak donkerblauw jasje en gouden oorringen in haar fraaie kleine oren.

'Het verbaast me u hier te zien,' zei Archer.

'Ik ben al even verbaasd ú hier te zien.' Ze tikte haar as in de asbak. 'Ik hoop niet dat u me bent gevolgd,' zei ze op een manier waardoor Archer meteen op zijn hoede was.

'U volgen?' zei hij, zogenaamd vol ongeloof in de hoop dat het haar argwaan wegnam. 'Uw auto staat buiten. Die herkende ik van mijn bezoek aan uw huis. Als ik u was gevolgd, had u mijn koplampen wel gezien, want er staan geen andere auto's, of u had mijn auto gehoord. Hebt u achter u een auto horen rijden?'

'Nee, dat niet.'
'Ik ben hier lopend naartoe gekomen, vanaf mijn kamer in Porter. Vroeg mijn pensionhoudster waar ik nog iets kon eten, want ik werd midden in de nacht wakker met een scheurende honger. Ze blijkt een nachtmens te zijn en zei dat ik hier naartoe moest gaan.'
'Porter Street. Waarom bent u niet in de auto gestapt?'
'Omdat ik wilde lopen en een sigaret wilde roken. En zo ver is het niet. U moest veel verder rijden. Zal wel moeilijk navigeren zijn met al die bochten in het donker en de mist.' Hij stak een sigaret op, trok de asbak naar zich toe en tikte de as erin.
Zijn koffie werd gebracht. Die was heet en lekker.
'Zo, geen notitieblok om mijn antwoorden op te schrijven?' vroeg ze plagend toen de serveerster wegliep.
'Ik ben vrij.'
'Ik kom niet bij mijn huis vandaan,' zei Kemper.
'O, waar was u dan?'
'Dat gaat u niets aan.'
'U hebt gelijk, dat is waar.'
'Ik heb mijn vader gesproken. Hebt u het nieuws gehoord?'
Hij blies de rook uit en schudde zijn hoofd. 'Welk nieuws?'
'Er is een moord gepleegd.'
Archer fronste en vroeg op scherpe toon: 'Een moord? Waar?'
'In de Midnight Moods.'
'Verdomme, daar was ik gisteravond, dus ongeveer vijf uur geleden. Was er met een vriendin die solliciteerde naar een baan. Wie is er dan vermoord?'
'Ruby Fraser.'
Archer liet zijn mond openvallen en legde zijn sigaret op de rand van de asbak. Hij sloeg met zijn handen op het tafelblad en keek, dat hoopte hij tenminste, verbaasd. 'Dé Ruby Fraser?'
'Ja, dezelfde vrouw naar wie u me gisteren vroeg.'
'Hoe is ze gestorven?'
'Dat zei mijn vader niet.'
'Wanneer is ze vermoord?'
Ze spreidde haar handen en schudde haar hoofd.
'Wie heeft haar vermoord?' drong hij aan.
'Dat weet kennelijk niemand.'

'Waar is ze precies gevonden?' Archer stelde alle vragen die hij zou hebben gesteld als hij niet had geweten wat er was gebeurd.

'Volgens mij in haar appartement.'

'Hoe komt het dat uw vader dat allemaal wist?'

Ze keek naar zijn wonden. 'Kom op, meneer Archer, doe niet alsof ik dom ben. U kwam daar mijn vader tegen, en uw gezicht kwam daar de vuisten van zijn twee helpers tegen.'

Archer wreef over zijn blauwe plekken. 'En heeft hij u verteld wat er is gebeurd?'

'Hij zei u dat u moest ophouden me lastig te vallen.'

'Laten we dan maar hopen dat hij nu niet binnenkomt. Misschien overleef ik dat niet.'

'Maak niet zulke grapjes.'

'Waarom niet? Heeft uw vader de gewoonte andere mensen dood te slaan?'

'Daar zal ik geen antwoord op geven.'

'Ik was verbaasd toen ik hoorde dat hij de eigenaar is van de Midnight Moods.'

Ze keek hem met een harde blik aan. 'Hij bezit het grootste deel van de stad, hou dus maar op met verbaasd te zijn.'

'Uw man geeft hem wel waar voor zijn geld. Een wijngaard, dat chique Mayport Hotel, een countryclub aan het water. Zijn kantoor is bijzonder efficiënt georganiseerd. Ik heb Wilma Darling ontmoet; zij had tweehonderd jaar geleden een scheepskapitein kunnen zijn. Met haar aan het roer zou er nooit sprake van muiterij zijn geweest. Ik weet niet waar hij Sheen voor nodig heeft als zij er is.'

'Weet u, dat vroeg ik me ook af.' Ze nam een slok koffie en haalde een nieuwe sigaret tevoorschijn. Archer pakte een lucifer, streek hem aan tegen de zijkant van de tafel en leunde naar haar toe om haar vuur te geven, terwijl zij haar handen lichtjes om de zijne vouwde.

Ze weken uiteen en meden elkaars blik na deze intieme en subtiele aanraking.

Archer liet de lucifer in de asbak vallen en wachtte.

'Waar is meneer Dash eigenlijk?'

'In bed hoop ik, aan het slapen. Waarom wil uw man eigenlijk burgemeester worden?'

'Hebt u hem dat gevraagd?'

'Ik vraag het u.'

'Vrees dat ik u niet kan helpen. Ik heb het hem ook niet gevraagd.'

'Misschien wil uw vader dat?'

'Waarom?'

'Als hij ervoor kan zorgen dat uw man burgemeester wordt, kan dat positief uitpakken voor zijn zakelijke belangen.'

'Ik vraag me af of mijn vader daar hulp bij nodig heeft.'

'Kende u Benjamin Smalls?' vroeg Archer opeens.

'Waarom vraagt u dat?' vroeg ze behoedzaam.

'Ik zag zijn foto op de tafel in uw bibliotheek. Die was gesigneerd: "Voor Beth, met mijn beste wensen, Ben." Die stond naast Jimmy Stewarts foto.'

'Ik kende Ben, ja.'

'Hij stierf ongeveer een maand geleden?'

'Klopt. Hij verdronk in zijn badkuip.'

'Dat zegt iedereen.'

'Wat betekent dat?'

'Dat betekent dat iedereen dat blijft zeggen.'

'U gelooft dat niet?'

'Nou ja, ik heb het niet zelf gezien.'

'U accepteert dingen niet als feit tenzij u ze zelf ziet? Dan staat u nog een moeilijke tijd te wachten.'

'Waar kende u hem van?'

'Bens vader, Andrew, was de zakenpartner van mijn vader. Hij is dood.'

'Ik dacht dat de familie Armstrong genoeg geld had om te doen wat ze wilde.'

'Andrew was senator en had dus goede connecties in Sacramento.'

'Maar hij is dood?'

'Zelfmoord gepleegd.'

'Hoe?' vroeg Archer geschrokken.

'Hij hing in zijn schuur.'

Ze sloeg haar blik neer en weigerde hem aan te kijken. Ze nam peinzend trekjes van haar sigaret. 'Nu Ruby Fraser dood is, wordt de zaak ingewikkeld voor u, nietwaar?'

Archer zei: 'Ik denk dat de zaak ingewikkeld wordt voor heel veel mensen, ook voor u.'

'Voor mij? Waarom denkt u dat?'

'Omdat uw man een affaire met haar had. Dat wist u misschien en dat noemen ze een hoofdmotief. Is de politie al bij u geweest?'

'Misschien heb ik een alibi, heb ik jullie dat niet verteld?'

'Hoe kunt u een alibi hebben als niemand weet wanneer ze is vermoord?'

'De politie heeft kennelijk een tijdpad. Ik was bij een dinertje van vijf uur 's middags tot middernacht. Ik ben vertrokken meteen nadat u en uw collega me hadden verhoord.'

'Niet meteen daarna, want u hebt zich omgekleed. U droeg eerst een jurk, geen lange broek.'

'Ik ging in mijn jurk naar dat feest. Je gaat niet in deze kleren naar een dinertje. Pas daarná heb ik deze kleren aangetrokken.'

'Heeft uw vader u over dat tijdpad verteld?'

'Ik weet niet meer wie me dat vertelde.'

'En als uw vader het wist, hóé wist hij het dan?'

'Hij heeft een directe lijn met de chief. Ze zijn oude vrienden.'

'Hoe heet hij?'

'Carl Pickett.'

'Als dat dinertje om middernacht afgelopen was, wat hebt u dan gedaan in de tijd dat u daar vertrok en hier arriveerde?'

'Ik ging ergens naartoe omdat ik van plan was naar bed te gaan, maar besloot toen dat ik nog weg wilde. Ik vind de koffie hier lekker.'

'Waar wilde u dan naar bed gaan?'

'Een plek hier in de stad; ik had die al voordat ik trouwde. Dat is mijn kleine schuilplaats.'

'Meer dan negenennegentig procent van al het zwarte geld verdwijnt daarin.'

Ze nam een trekje van haar sigaret. 'Wat hebt u een bijzonder sensationele fantasie.'

'Was u alleen toen u besloot naar bed te gaan?'

'Doe niet zo bijdehand, dat past niet bij u.'

'Ja, dat heb ik vaker gehoord.'

Ze drukte haar sigaret uit in de asbak. 'Echt fantastisch, hoor, zoals u die drie mannen hebt aangepakt. Drie tegen één!'

'Ik had ze waarschijnlijk allemaal vanaf hier zo de Stille Oceaan in kunnen slaan.' Hij drukte zijn sigaret ook uit. 'Heeft uw man een alibi voor vanavond?'

'Dat weet ik niet. Ik heb hem niet gesproken.'

'Heeft hij ook een schuilplaats in de stad?'

'Dat weet ik niet.'

Hij keek haar aan. 'Waarom pikt u het? In Californië kun je ook scheiden, volgens mij.'

'Dat is niet zo eenvoudig als u misschien denkt.'

'Als u kunt bewijzen dat hij u heeft bedrogen, mevrouw Kemper, kunt u scheiden.'

'Misschien bevalt dit leven me wel. Hij gaat zijn gang en ik ook. Wat zou een scheiding daaraan veranderen?'

'Als u het prima vindt, wie ben ik dan om dat te veroordelen?'

'Maar dat doet u toch.'

'Nee, daar heb ik het te druk voor. Bovendien zal hij toch wel bepaalde gevoelens voor u hebben.'

'Waarom zegt u dat?' vroeg ze snel. Haar gezicht verstrakte en haar blik, vond Archer, was een mengeling van hoop en hopeloosheid.

'Ik zag een fles van zijn wijn, de BK. Dat betekent Beth Kemper, ja toch?'

Haar gezicht verslapte en haar blik versomberde. 'Helaas, dat betekent "Best Kemper".'

Hij keek aandachtig naar haar en zei: 'Sorry. Mijn fout.'

'Inderdaad.' Ze stond op en keek op hem neer. 'Wilt u een lift terug naar waar u verblijft in die goeie ouwe Porter Street?'

'Uw Triumph is niet erg groot, mevrouw Kemper. Dan kon het weleens heel krap worden.'

'Zeg maar Beth. En weet je wat? Mooie dingen komen in een kleine verpakking.'

37

'Heb je altijd in Bay Town gewoond?' vroeg Archer toen Beth Kemper de Triumph startte en wegreed. Eerst had hij haar, omdat het zo'n mooie nacht was, geholpen de kap neer te laten.

Kempers haren wapperden in de wind en een paar ontsnapte strengen sloegen Archer in het gezicht. *Seringen*, dacht hij terwijl hij opzijleunde.

'Ja. Mijn vader is hier geboren. Zijn familie woont hier al vele generaties.'

'Willie Dash zei iets over de veehandel van lang geleden.'

'Mijn opa, Atticus, fokte en verkocht vee, net als zijn vader voor hem, en ga zo maar door. Toen begon hij te investeren in vastgoed, onder andere. Mijn vader nam het familiebedrijf over toen Atticus stierf. Dat is al heel lang geleden. Voordat ik werd geboren, stierf mijn opa en gingen mijn vader en Andrew Smalls samenwerken. Mijn moeder, Eleanor, is geboren en getogen in Seattle, maar toen ze een tiener was, verhuisde haar familie hiernaartoe. Zij en mijn vader hebben elkaar hier leren kennen en trouwden.'

'Ik begrijp dat ze is overleden door een vliegtuigongeluk. Was dat een passagiersvliegtuig?'

Verdrietig zei Kemper: 'Nee, het was haar eigen toestel. Ze had een vliegbrevet.'

'Een vrouwelijke piloot? Dat is heel bijzonder.'

Kemper glimlachte verdrietig. 'Ik ging altijd met haar mee. Mijn vader was veel ouder dan zij en ze was eenentwintig toen ze mij kreeg. Ik kan me niet voorstellen dat ik op die leeftijd een kind zou krijgen. Ze bood zich aan als vrijwillige piloot tijdens de Tweede Wereldoorlog, maar ze zeiden dat ze te oud was. Dat vond ze heel erg. In de jaren twintig was ze stuntvlieger, ze was echt heel goed.'

'Hoe is het ongeluk dan gebeurd?'

'Dat weten we niet. Het was een afschuwelijk ongeluk. Ze vloog in haar vliegtuig, een Stearman 75. Een voormalig militair trainingsvliegtuig. Die werden na de oorlog verkocht aan burgers, en mijn moeder kocht er een. Ze noemde hem... Elizabeth, naar mij, haar enige kind.'

'Ze moet heel veel van je hebben gehouden,' zei Archer zacht.

Ze keek hem aan alsof ze wilde zien of hij dat echt meende of niet. 'Niet meer dan ik van haar hield. Hoe dan ook, het was een tweezitter met een tweebladige propeller. Ze kon ermee doen wat ze wilde. Ik zou die dag met haar meegaan. Het was een prachtige heldere dag, maar Douglas had een lunch georganiseerd met een paar belangrijke cliënten en wilde per se dat ik erbij was. Dus ging mijn moeder alleen.' Ze ging langzamer rijden en bracht een trillende hand naar haar gezicht. 'Het is nu twee jaar geleden, dus je zou verwachten dat ik er al overheen zou zijn.'

'Het is wel goed,' zei Archer. 'Ik denk niet dat je daar ooit overheen zult komen.' Hij pakte zijn zakflacon en gaf hem aan haar. 'Voor mij werkt whiskey altijd.'

Ze nam een slok en slikte de whiskey langzaam door. Daarna gaf ze hem de flacon terug. 'Dank je. Dat werkt écht.'

Toen ze een bocht uit kwamen, konden ze de oceaan zien en ruiken. De brandingsgolven sloegen op het zand en vermaalden het in zelfs nog fijnere korrels.

'Heb jij ook leren vliegen?' vroeg hij.

'Nee, ik hou niet echt van vliegen. Ik heb eigenlijk ook alleen maar met haar gevlogen.'

'En je man? Je zei dat hij piloot was.'

'Na de oorlog zei hij dat hij nooit meer in een vliegtuig wilde stappen. Hij is neergeschoten, stortte neer in de Stille Oceaan en dreef twee weken in een reddingsboot rond voordat hij werd gered.'

'Ik heb in de oorlog ook "vliegtuigproblemen" gehad.'

'Maar met mijn moeder in de cockpit was ik nooit ongerust of gespannen. Ze deed allerlei stunts, kurkentrekkers, loopings en duiken, en dan gilde en lachte ik tegelijk. Dat was het meest stimulerende... het meest...' Ze zweeg en bloosde en keek Archer aan. 'Het is niet mijn gewoonte om maar door te bazelen tegen iemand die ik amper ken.'

'Ja, die kant van je heb ik gezien toen we elkaar voor het eerst ontmoetten. Maar dit is de tweede keer, dus ach...'

Ze glimlachte. 'Ga je ervoor zorgen dat ik mijn mening over je verander, Archer?'

'O, laten we alsjeblieft hopen dat dát niet gebeurt.'

Ze lachte.

'Maar aangezien jij geen piloot was, had je die dag niets kunnen doen om je moeder te redden, als dat je soms dwarszit. Jullie zouden allebei zijn omgekomen.'

Haar lach bleef in haar keel steken en met een felle blik naar hem snauwde ze: 'Dat weet je niet! Dat kún je helemaal niet weten. Je kunt onmogelijk...'

Hij viel haar in de rede. 'Ik heb drie jaar in Europa het "stel dat"-spel gespeeld. Stel dat ik dat geluid een seconde later had gehoord, stel dat ik iets minder goed had gericht, stel dat ik links af in plaats van rechts af was geslagen, dan zou ik dood zijn in plaats van die andere man. Dat kan ontzettend aan je vreten, dus laat dat niet toe. Afgaand op wat je over je moeder vertelde, zou ze ook niet willen dat je dat deed.'

Ze reed weer wat langzamer en keek hem aan. Deze keer had Archer het gevoel dat Beth Kemper hem voor het eerst écht zag. 'Ik... had niet verwacht dat je zo genuanceerd kon zijn, Archer.'

'Dat verwacht ik ook vrijwel nooit van mezelf. Soms komt dat helemaal uit zichzelf naar boven.'

Ze glimlachte en wreef met haar knokkels over haar ogen. Ze keek naar links, naar de oceaan. 'Ze is bijna drie kilometer buiten de kust neergestort en het wrak werd de volgende dag gevonden. Mensen hebben gezien dat het toestel een duikvlucht maakte. Ze is niet met de parachute ontsnapt, daar had ze geen tijd voor, denk ik. Daar vloog ze niet hoog genoeg voor.'

'Wat erg voor je, Beth.'

'Ik hoorde het toen we na die lunch thuiskwamen. Ik kon het niet geloven, eerst niet. Haar lichaam is nooit gevonden. Het water daar is heel diep en de onderstroom erg sterk.' Ze trapte het gaspedaal weer in. 'Vanaf dat moment leek mijn huwelijk meer een last dan een zegen.'

'Ik denk niet dat je man wilde dat je moeder iets overkwam.'

'Ze konden goed met elkaar opschieten, eerlijk gezegd. Beter dan Douglas en mijn vader.'

'Maar je man zal een heleboel aan je vader te danken hebben. Ik bedoel, voor zijn zakelijke vooruitzichten moet het goed zijn geweest dat Sawyer Armstrong zijn schoonvader is.'

'Volgens mij vindt Douglas dat hij die schuld dubbel en dwars heeft afbetaald. En dat is misschien ook wel zo.'

'Hoe lang zijn jullie getrouwd?'

'Bijna acht jaar. Ik leerde Douglas kennen toen ik studeerde. Het léék een perfecte match. We trouwden na mijn afstuderen.'

'Hebben jullie kinderen?'

'Nee, Douglas... Nee. We hebben geen plannen om een gezin te stichten.'

'Je bent nog jong voor het geval je je bedenkt.'

'Dat zal niet gebeuren.'

Ze zei niets meer en Archer kon niets meer bedenken om te zeggen, dus reden ze zwijgend door en was het enige geluid afkomstig van de motor van de Triumph. Toen ze Porter Street en het pension bereikten, stapte Archer uit. Hij tikte tegen zijn hoed en zei: 'Bedankt voor de lift.'

'Ik kom niet vaak aan deze kant van Sawyer Ave. Het is mooi.'

'Dat hoef je niet te zeggen om mij een beter gevoel te geven. Ik heb niets met deze straat.'

'Wat ga je nu doen?'

'Slapen. Daarna ga ik naar Willie Dash en zien we wel wat we dan gaan doen. Hij weet het misschien nog niet van Ruby Fraser.'

'Die chantage. Was zij daarbij betrokken?'

'Zij zei van niet, maar wie weet?'

'Maar nu ze dood is, betekent dit dan dat de bodem onder die chantage is weggevallen?'

'Dat zou je denken, maar eerlijk gezegd zegt mijn instinct me van niet.'

'Luister je naar je instinct?'

'Dat wijst me meestal in de juiste richting. En ik heb nog niets ontdekt wat beter werkt.'

'Misschien zou ík beter naar mijn instinct moeten luisteren. Welterusten, Archer.'

'Welterusten, Beth.'

Ze reed weg en hij zag de kleine Triumph snel wegrijden en haar lange haar achter haar aan wapperen, tot ze afsloeg bij een kruising en uit het zicht verdween. Misschien rijdt ze veilig terug naar haar schuilplaats aan de andere kant van Sawyer Avenue, waar ze alleen of met iemand anders naar bed zou gaan. Of misschien zou ze toch de berg op rijden en zichzelf verliezen in haar omheinde landgoed gebouwd door haar papa met de letter A overal om zich heen om zichzelf en, misschien nog belangrijker, haar man eraan te herinneren dat het niet echt van hen was.

Archer ging naar zijn kamer en schreef alles op wat hij zich van hun gesprek kon herinneren. Daarna kleedde hij zich vlug uit en stapte in bed met zijn ondergoed en sokken nog aan. Hij sliep meer dan acht uur als een blok en werd wakker toen de felle middagzon zijn kamer in scheen.

Shit.

Hij sprong uit bed, trok zijn kamerjas aan en liep naar de gemeenschappelijke badkamer aan het eind van de gang met zijn zeep, spons en scheerspullen. Het water was lauw en door de geur vroeg hij zich af of het misschien rechtstreeks uit de oceaan werd opgepompt. Hij droogde zich af, kamde zijn natte haar en schoor zich in de vochtige kleine ruimte, zodat hij de beslagen ronde spiegel steeds moest afvegen. Daarna trok hij zijn kamerjas weer aan en toen hij de deur opende, zag hij Callahan staan.

Ze droeg een dun zwart gewaad en witte donzige pantoffels en had een douchemuts, een doucheborstel en een klein leren toilettasje bij zich. 'Wauw, jij bent vroeg op, Archer,' zei ze sarcastisch.

'Kijk naar jezelf.'

Ze streek over zijn kaak. 'Je bent helemaal schoon en gladgeschoren.'

'En een beetje zoutig, ja.'

'Waar was je vannacht?'

'In bed.'

Ze gaf een zacht tikje op zijn geschoren wang. 'Lieg niet tegen me. Je bent weggegaan.'

'Hoe weet je dat?'

'Ik heb ogen en oren. En ik zag dat je midden in de nacht thuiskwam met dat lekkere stuk in die cabrio, als Assepoester die uit de pompoen wordt gezet.'

'Dat lekkere stuk is Beth Kemper, de vrouw van mijn cliënt.'

'Maar waarom was je midden in de nacht met háár op stap en niet met je cliënt?'

'Dat is een lang verhaal.'

'Kon je niet slapen?'

'Niet na wat er was gebeurd. Maar ik hoorde dat jij heerlijk hebt geslapen.'

'Dat was zo, tot ik wakker werd. Slaap je met háár, Archer?'

'Ik slaap niet met getrouwde vrouwen, zelfs niet met ongelukkig getrouwde vrouwen.'

'Dat zeg jij, vriend. En om je geheugen een beetje op te frissen: ik ben niet getrouwd en heel gelukkig.' Ze duwde hem met haar heup uit de deuropening, stapte de badkamer in en deed de deur voor zijn neus dicht.

Hij liep terug naar zijn kamer, kleedde zich zorgvuldig aan, tot en met zijn pochet. Hij stopte zijn PD-licentie in de zak van zijn colbert en de .38 in zijn riemholster en reed naar hetzelfde eethuisje bij de haven waar hij vannacht was geweest en waar ze de hele dag ontbijt serveerden. Hij bestelde koffie en twee dubbel gebakken eieren met knapperige bacon, geroosterd brood en sinaasappelsap, waar ze in Californië zoals hij wist eindeloze hoeveelheden van maakten.

Hij legde de kaart van Bay Town open op de tafel en bekeek hem aandachtig. Deze keer echter met een andere insteek: nu keek hij naar het water in plaats van naar het land.

Hij wist niet hoe ver Armstrong was geweest met die boot, maar zijn gezonde verstand vertelde hem dat dat niet heel ver kon zijn geweest. In een boot van dat formaat voeren ze heus niet naar Hawaï.

Zijn ontbijt werd gebracht, en hij at en dronk terwijl hij de kaart bestudeerde.

'Wat bent u aan het doen, meneer Archer?'

Hij draaide zich om en zag Madame Genevieve naast hem staan met een zak die ongeveer even groot was als zijn oude legerpukkel.

'Ik probeer de stad beter te leren kennen. Wat doet u hier?'

Ze hield de zak omhoog. 'Ik was in de haven om vis te kopen voor het diner en toen zag ik door het raam dat u hier zat.' Ze ging tegenover hem zitten. 'Weet u, voor twee dollar meer per dag krijgt u bij mij ontbijt en avondeten. Ik maak een beter ontbijt dan hier. En ik heb verse vis voor het avondeten, zoals ik u net vertelde.'

Hij stak een sigaret op en knikte. 'Bedankt, dat zal ik onthouden.' Hij keek naar de kaart en toen weer naar haar. 'Hoe goed kent u de omgeving eigenlijk?'

'Wat wilt u weten?'

Hij wees naar de Stille Oceaan. 'Wat is er buiten de kust waar je vrij snel met een boot kunt komen? Ik ken de noordelijke en de zuidelijke Channel Islands. Anacapa is het dichtst bij de kust, maar dat is nog altijd zo'n twintig kilometer en meer dan een uur met de boot. En naar Santa Cruz is het zeker anderhalf uur varen. De andere eilanden liggen veel verder uit de kust, tot wel honderd kilometer. Is er iets wat dichterbij ligt?'

Madame Genevieve bestudeerde de kaart even. 'Ik heb ooit iets gehoord over een eiland dat ongeveer vijf kilometer uit de kust is aangelegd, dus daar zou je afhankelijk van de omstandigheden op zee en met een snelle boot binnen vijftien of twintig minuten moeten kunnen zijn.'

Hij keek haar bevreemd aan met zijn sigaret in zijn mond. 'Wacht even, zei u een eiland dat is aangelegd?'

'In de oorlog nam het leger de Channel Islands in, maar voor bepaalde zaken was er meer ruimte nodig. Er was een heel ondiepe plek ongeveer vijf kilometer uit de kust; daar stak het land net boven de zee uit. Het leger heeft op die basis aarde aangebracht en een nieuw eiland aangelegd.'

'Van wie is dat eiland nu?'

'Nog altijd van het leger, geloof ik. Vanwaar die belangstelling?'

'Ben gewoon nieuwsgierig.'

'Dat zijn alle goede privédetectives, denk ik.'

'Dat kunnen we wel aannemen, ja.'

'Waar bent u vannacht naartoe gegaan?'

'Heb gewoon een wandeling gemaakt. Vond dit eethuisje en heb hier koffiegedronken.'

'En nu gaat u aan het werk als detective?'

'Inderdaad. Een zeer verlate detective.' Hij vouwde de kaart op en stopte hem in zijn zak. 'Tot later.' Hij legde geld op de tafel voor zijn ontbijt, tikte tegen zijn hoed en vertrok.

Ze keek hem lang na.

38

'Hé speurder, hoe gaat-ie?' vroeg Earl toen Archer de lift in stapte.

'Het gaat sneller dan ik dacht.'

'Ben je met een spannende moord bezig?' De kleine man sloot het hek en drukte op de knop voor de derde verdieping. Hij had zijn uniform wel aan, maar zijn overhemd niet dichtgeknoopt, en Archer zag dat er een halflege fles Southern Comfort achter zijn klapstoeltje stond.

'Waarom vraag je dat?'

Earl grinnikte. 'Middageditie van de *Gazette*. "Meisje vermoord in de Midnight Moods." Ben jij daarmee bezig?'

'Dat is vertrouwelijk.'

'Ja hoor, dat dacht ik al. Zorg maar dat je zelf niet te pakken wordt genomen, Archer. Gebeurt vaak, schijnt.'

'Ik zal mijn best doen.'

De lift kwam tot stilstand en Archer stapte uit. Toen hij wegliep, keek hij nog even achterom.

Earl stak zijn hoofd om de hoek van de lift alsof Archer spontaan kon ontbranden en hij dat spektakel niet wilde missen.

Connie Morrison zat aan haar bureau en keek op toen Archer het kantoor binnenkwam van Willie Dash, Very Private Investigations.

'Hé, sorry dat ik zo laat ben, Connie, ik...'

Ze viel hem in de rede. 'Willie is in zijn kantoor. Hij wil je spreken. Nu meteen.' Haar toon was een beetje streng en haar strakke knotje trok haar ogen zo ver naar achteren dat Archer niet zeker wist of ze hem boos aankeek of niet.

'Alles in orde?' vroeg Archer.

'Ga nu maar gewoon naar hem toe, Archer.'

Archer hing zijn hoed aan de haak aan de muur, knoopte zijn colbert dicht en klopte op Dash' deur.

'Binnen!'

Archer opende de deur en liep naar binnen.

Dash zat aan zijn bureau, zonder colbert en met de mouwen van zijn overhemd tot aan zijn ellebogen opgerold. Zijn zwarte toupet lag naast hem en de plukjes eigen haar stonden recht omhoog alsof hij net een elektrische schok had gekregen.

Hij zette zijn montuurloze bril af en keek Archer aan. 'Ga zitten, Archer, dan maak ik deze brief af zodat Connie hem kan versturen.'

Archer ging zitten en wachtte geduldig terwijl Dash' balpen over het papier kraste.

Toen Dash klaar was stond hij op, verliet zijn kantoor met de brief en kwam een minuut later zonder brief terug. Hij liep op kousenvoeten.

Archer keek om zich heen of hij de fles Beam zag, maar dat was niet zo. Het opklapbed was omhooggeklapt. Hij keek naar Dash' ogen en zag dat de man geen rode ogen had van de drank.

Dash ging zitten en keek Archer aan. 'Nee, ik heb hier niet geslapen en nee, ik heb geen slok gehad. En ja, ik weet dat mijn toupet eruitziet alsof er een Sherman-tank overheen is gereden. Maar hij waaide van mijn hoofd en kwam in een greppel terecht, waar een eekhoorn besloot dat het zijn nieuwste beste vriend was.'

'Goed gezien, Willie. Sherlock Holmes zou het je niet nadoen.'

Dash trok zijn bretels recht, streek zijn overhemd glad en keek op zijn horloge. 'Jij hebt een vreemd idee over een werkdag.'

'Ik weet het en het spijt me. Maar ik ben tot heel laat bezig geweest met detectivewerk.' Hij zweeg even en viel toen met de deur in huis. 'Ruby Fraser is dood.'

'Ja, heb ik gehoord.'

Archer keek stomverbaasd. 'Oké.'

'En jij en je vriendin waren gisteravond in de Midnight Moods?'

'Hoe heb je dát gehoord?'

'Ik hoor heel veel, Archer. Wat deed je daar?'

'Mijn vriendin deed auditie voor een baan. Die ze trouwens heeft gekregen. En ik ging ernaartoe om opnieuw met Ruby te praten. Ik wilde haar nog een keer aan de tand voelen. En toen ik hier gisteren terugkwam, had Connie mijn licentie klaar en zei dat ik aan het werk kon gaan, dat jij me vertrouwde. Zei ze dat zomaar, of hoe zit het?'

'Connie zegt nooit iets zomaar. Hou dus maar op met doen alsof je gekwetst bent, verman je en vertel wat je hebt gedaan nadat we gisteren uit elkaar gingen.'

Archer vertelde alles, van begin tot eind. Dat hij naar Sheen ging en de lijst met namen van hem kreeg. Dat hij met Callahan naar de Midnight Moods reed. En dat hij Fraser vond.

'Dus jullie gingen naar binnen en toen was ze daar, dood?'

'En toen belde ik de politie vanuit de lobby, zonder te vertellen wie ik was.'

'Je hebt mij, en misschien dit bureau, in gevaar gebracht, Archer.'

'Dus jij zou de politie je naam hebben verteld?'

'Dat zeg ik niet. Maar heeft iemand jou en die vrouw naar binnen of naar buiten zien gaan? Want als dat zo is, worden jullie misschien beschuldigd van moord, of op z'n minst van belemmering van een politieonderzoek.'

'Ik heb helemaal niets belemmerd. En trouwens, zonder mij hadden ze Fraser veel later gevonden dan nu.'

Dash wreef over zijn kin. 'Wat je zegt is heel logisch, alleen hebben sommige agenten geen idee wat dat is. Dus jullie vonden de dode Fraser, maar zagen niets wat erop wees dat iemand in haar appartement was geweest.'

'Klopt.'

'Oké, je belde de politie. En toen?'

'Ik ging terug naar het pension waar ik woon.'

'En toen?'

'Ik ging slapen.'

'Ik dacht dat je zei dat het laat was geworden vannacht. Verdomme, toen ik zo oud was als jij was "laat" de volgende ochtend. Maar je stond op en kwam hier pas 's middags binnenwandelen? Je hebt dus... zo'n dertien uur geslapen?'

Dash zweeg en keek Archer op zo'n manier aan dat deze wenste dat hij door Bay Town was gereden tot helemaal in de oceaan.

'Voordat je iets zegt, Archer, denk er dan aan dat je, als je tegen me liegt en ik zal het wéten als je dat doet, ontslagen bent.'

'Ik kon niet slapen, dus ging ik een wandeling maken en belandde in een eethuisje, waar ik mevrouw Kemper zag.'

'Hoe laat was dat?'

'Uur of drie.'

'Wat deed Beth Kemper om drie uur 's nachts in haar eentje in een eethuisje?'

'Een kop koffie drinken en een sigaret roken. Ze zei dat ze een huis heeft in de stad, al voordat ze trouwde. Ik denk dus niet dat ze vannacht de berg nog op is gegaan.'

'Hoe ben jij thuisgekomen? Lopend?'

'Ze gaf me een lift. Wacht, ik kijk even in mijn aantekeningen.' Hij haalde zijn schrijfblok tevoorschijn en bekeek de pagina's.

Dash keek met onwillige goedkeuring toe.

'Ze zei dat haar vader het haar had verteld over Ruby. Ik zei dat ze misschien als verdachte zou worden beschouwd, omdat Fraser misschien met haar man naar bed was geweest en de politie mogelijk zou aannemen dat ze dat wist. Maar ze zei dat ze een alibi had.'

'Wat voor alibi?' vroeg Dash op scherpe toon.

'Ze dineerde bij vrienden, van vijf uur tot middernacht. Ze wilde mij niet vertellen wie dat waren. Ze weet niet waar haar man in die tijd was. Toen ik naar zijn kantoor ging om de lijst op te halen was hij er volgens mij niet.'

'Hoe laat was het precies toen je Ruby vond?'

'Tien voor twaalf; ik heb op mijn horloge gekeken. Nog iets: Ruby's hoofd was er bijna afgesneden. Maar bij haar lichaam was nergens bloed te zien.'

'Dus is ze ergens anders vermoord. Heb je haar appartement gecontroleerd?'

'Er was nergens iets te zien. Ze is dus ergens anders vermoord en daarna naar haar appartement gebracht. Moet jij me maar eens vertellen hoe dat ongezien kon gebeuren.'

Dash verwerkte dit allemaal en keek toen naar de wonden op Archers gezicht. 'Wie heeft je mishandeld?'

'O ja, niet meer aan gedacht! Armstrongs jongens hebben dat gedaan. Hij was in de Midnight Moods en wilde ons inhuren om de waarheid achter die chantage te ontdekken. Ik zei tegen hem dat ik dat met jou zou moeten opnemen en dat we al een cliënt hadden die ons eigenlijk voor datzelfde werk betaalde. Hij vond het maar niets dat we zijn dochter hebben opgezocht en dwong me hem de lijst met verdachten te laten zien die ik van Wilson Sheen had gekregen. En misschien zei ik een paar dingen die hij niet leuk vond en toen werden er over en weer vuistslagen uitgedeeld.'

'Ten eerste, Archer, Douglas Kemper heeft ons niet ingehuurd om de waarheid te achterhalen. Ik weet niet waar hij ons wel precies voor heeft ingehuurd, maar ik weet zeker dat het niet daarom was.'

'Oké, maar ik heb Beth ook verteld dat haar man een verdachte zou zijn. Ze wist niet of hij een alibi had of niet.'

'O, dus nu is het opeens "Beth"?'

'We hebben vannacht samen een paar koppen koffie gedronken en ik heb haar gered van drie klootzakken. Ze was me dankbaar.'

'Dat geloof ik meteen. Alleen zit je niet op zo'n soort dankbaarheid te wachten. En hoe kan iemand weten of hij wel of geen alibi heeft als niemand weet wanneer die vrouw precies is vermoord?'

'Beth zei dat de politie het wist. Dat haar vader haar dat had verteld.'

'Hoe laat vertelde Sawyer Armstrong haar dat dan? Jullie vonden het lichaam om tien voor twaalf. Jij belde de politie. Die kwam eraan toen jullie ervandoor gingen. Je zei dat Beth tot middernacht bij een dinertje was. Daarna vertrok ze. Ze ging ergens naartoe en zat om drie uur 's nachts in een eethuisje. Dus wanneer heeft Armstrong haar dat verteld? En wanneer en hoe heeft hij het gehoord?'

Ondanks het risico kon Archer zichzelf er niet toe brengen Dash te vertellen dat hij Kemper en haar vader bij de haven had gezien en dat het heel goed mogelijk was dat Sawyer Armstrong zijn dochter toen het nieuws over Ruby Fraser had verteld. 'Dat weet ik niet. Misschien heeft hij haar gebeld. En ze vertelde dat hij bevriend is met Carl Pickett, de chief.'

Dash leunde naar achteren en dacht hierover na. 'Dat zou kunnen. Carl Pickett is een enorme kontlikker. Maar waarom zou hij Armstrong iets over Ruby vertellen?'

'Misschien als hij wist dat er een relatie was tussen Ruby en Douglas Kemper.'

Dash stak zijn hand uit. 'Laat mij de lijst eens zien die Wilson Sheen je heeft gegeven.'

Archer gaf hem de lijst en Dash bekeek de namen.

'Ik zie hier niets bijzonders, Archer. Lijkt meer op een poging om ons aan het werk te houden.'

'Dus zij willen ons bezighouden zodat wij niet daar kijken waar we zouden moeten kijken? Dit is een vreemd stadje.'

'En het wordt met de minuut vreemder. Kom, we gaan een wandeling maken.'

39

De zon scheen en de golven konden duidelijk worden gehoord. Zo te zien zweefde een steenarend gracieus en met een duizelingwekkende kracht boven hen, terwijl in een ander deel van de hemel een zwart-witte visarend zijn vleugels spreidde en abrupt zijn koers wijzigde richting oceaan, ongetwijfeld op zoek naar zijn lunch.

Dash had zijn toupet weer op zijn hoofd gelijmd en daarna zijn hoed opgezet. Ze liepen een hele tijd zwijgend naast elkaar. Ze staken net Sawyer Avenue over en liepen De la Guerra Street in toen de veters van een van Dash' schoenen losgingen. Dash bleef staan en bukte zich om ze weer te strikken. Er reden auto's voorbij en ze werden glimlachend begroet door vrouwen die de etalages bekeken. Een in lompen geklede bedelaar kwam met zijn hoed in de hand naar hen toe om te zien wat hij van de vrouwen kon krijgen. Wat hij kreeg was een afwijzende blik, ze schudden hun verzorgde hoofd bedekt met een hoedje en stuurden hem met een vinnig gebaar weg. Daarna liep hij zonder veel hoop naar Archer toe die hem een halve dollar gaf. De man liep glimlachend door.

'Drank, weet je,' zei Dash.

'Laten we optimistisch blijven. Misschien wat soep. Het verbaast me hem aan de rijke kant van de stad te zien.'

'Hij doet wat wij doen: het geld volgen. Heb je iets over deze stad gelezen voordat je hiernaartoe kwam, Archer?'

'Niet echt.'

'Een goede detective moet de situatie kennen, weten wie belangrijk zijn. Daarmee bedoel ik niet dat niet iedereen van belang is, maar je hebt twee soorten mensen: mensen met geld en/of macht, en mensen met geen van beide. En de mensen met geld én macht hebben één ding gemeen: zij vinden dat ze nooit genoeg hebben van beide.'

'Oké.'

'Het indianenvolk de Chumash waren hier voordat de witten kwamen en hadden overal dorpen. Dit is al honderden jaren geleden, weet je. In de achttiende eeuw kwamen de Spanjaarden hier om het gebied te koloniseren en vervolgens te versterken. Zij probeerden de Chumash over te halen in God te geloven, maar dat ging volgens mij niet helemaal goed. Maar de Spanjaarden brachten de pokken mee en daardoor zijn de Chumash bijna uitgeroeid. Dus misschien is het wel zo dat je ze als je ze niet kunt overhalen wel kunt doden. Daarna kwamen de Mexicanen die de Spanjaarden verdreven. Hun vlag hing boven deze stad, maar niet erg lang. Daarom heb je deze straatnamen hier. Zoals die waar we nu zijn, De la Guerra, en Carrillo, Torres, Alonso, Hernandez, Navarro, Gonzalez, ga zo maar door.'

'Maar niet de allerbelangrijkste naam, Sawyer,' zei Archer.

'Juist. En dat komt zo: de Mexicaanse gouverneurs wezen land toe aan belangrijke mensen hier, zoals de Armstrongs. Dat deden ze om hun loyaliteit te verkrijgen en bondgenoten van hen te maken. Toen begon hier de Rancho Period. En die rancho's werden gebruikt voor het fokken van vee. En daarna brachten ze dat vee naar slachthuizen en ging het vlees overal naartoe.'

'Beth vertelde dat haar opa, Atticus, zich daarmee bezighield en dat hij daarmee ophield en overstapte naar de vastgoedhandel. En jij vertelde me dat de Armstrongs met de veehandel stopten voordat alles in elkaar stortte. Waardoor kwam dat?'

'Door een droogteperiode, Archer, zoals nooit eerder was voorgekomen. En koeien drinken heel veel water. Bay Town, Santa Barbara en andere plaatsen in de regio werden eigendom van de Amerikanen toen John C. Frémont hier met een stel gewapende soldaten arriveerde. Toen werd een vredesverdrag ondertekend en was dit niet langer Mexicaans gebied. In de tijd van de goudkoorts was het hier ontzettend gevaarlijk. Iedere soort crimineel kwam deze kant op voordat het goud opraakte. Begin twintigste eeuw werd de Armstrong Wharf gebouwd en daardoor werd Bay Town zowel een commerciële als een toeristische stad. Vervolgens kwam de spoorlijn die ons verbond met San Fran in het noorden en de City of Angels in het zuiden. Nu is alles er klaar voor om de stad echt tot bloei te brengen.'

'Armstrong Wharf, hè?'

'Atticus Armstrong heeft die gebouwd en Sawyer heeft daar veel verbeteringen aangebracht, met nieuwe hijskranen en pakhuizen. Iedereen in de stad weet wie ze daar dankbaar voor moeten zijn.'

'Hoe verdienden ze hun geld nadat de veehandel instortte?'

'Laten we maar zeggen dat de familie Armstrong wist hoe ze de mensen hun geld afhandig moesten maken, of dat nu gebeurde door gokken, vrouwen, whiskey of de lange loop van een geweer. Daarna ontdekten ze olie en gas in de baai. Je kunt de jaknikkers daar zien pompen en de booroperaties vlak bij de pier.'

'Zijn die ook van de Armstrongs?'

'Zij hebben een vinger in elke pap, Archer.'

Archer keek naar het water en dacht aan de vorige nacht toen hij Sawyer Armstrong in de boot had gezien. 'Wat is het nut van deze geschiedenisles?'

'Als je de geschiedenis van een plaats kent, ben je niet gedoemd de fouten van anderen die voor je kwamen te herhalen, Archer.'

'En welke fouten zijn dat?'

'Denken dat je vriendschappelijke relaties kunt hebben met mensen als Beth Kemper en daar ongeschonden mee kunt wegkomen. Dat kan dus niet. En dat gebeurt dus ook niet. En ik heb je die PD-licentie niet bezorgd om je op de bodem van de oceaan te zien eindigen.' Hij keek naar Archers verwondingen. 'De volgende keer zijn het geen blauwe plekken, dan zal het iets definitievers zijn.'

Archer bleef naar het water kijken. 'Ik hoorde iets over een eiland daar dat het leger heeft aangelegd en nog altijd hun eigendom is, hoe zit dat?'

'Wie heeft je dat verteld?'

'Weet ik niet meer. Maar hoe zit dat precies?'

'Dat is een brok stenen zonder enig nut.'

'Oké. "Mevrouw Kemper" vertelde me over het vliegtuigongeluk van haar moeder.'

Dash zei, veel zachter nu: 'Ja, Eleanor Armstrong was een goede vrouw. Tragisch ongeluk.'

'Haar lichaam is nooit gevonden?'

'Het wrak wel, maar nee, zij is nooit gevonden. Daar zwemmen haaien, Archer. En andere zeemonsters die het lichaam van een mens gewoon als maaltijd beschouwen.'

'Wat was de oorzaak van dat ongeluk?'

'Sommigen zeiden dat ze hoorden dat de motor afsloeg en het vliegtuig een duikvlucht maakte. Ze had geen schijn van kans.'

'Ik neem aan dat Sawyer Armstrong daar kapot van was.'

'Ik betwijfel of die man de emoties van een gewoon mens bezit, Archer. Maar op dit moment moeten we aan een zaak werken.'

'Tja, als de lijst die Sheen ons gaf waardeloos is, wat gaan we dan doen?'

'We concentreren ons op Ruby Fraser. Wat betekent dat we een babbeltje met de politie moeten maken.'

'Met je vriend Carl Pickett?'

'Ik heb nooit gezegd dat we vrienden zijn, Archer, of wel soms?'

40

Het politiebureau van Bay Town was gevestigd in een groot crèmekleurig gebouw van één verdieping met dikke golvende terracotta dakpannen tegen de regen en genoeg gietijzeren tralies om de hoogovens in Pittsburgh aan het werk te hebben kunnen houden.

Archer zag de vier schuin ingeparkeerde patrouillewagens en de rij agenten in hun donkerblauwe uniform met borstband, de grote geholsterde revolver, de zwarte laarzen en de pet met korte klep die voor het bureau stonden. Twee motoragenten zaten schrijlings op hun Harley-Davidson en verdreven de tijd met twee jonge knappe vrouwen in een donker rokje, strakke blouse en met hoge hakken.

Binnen liep Dash voor Archer uit naar de receptiebalie. Daar zat een forse man van ruim 1 meter 90, met schouders zo breed als een deuropening en brigadierstrepen op zijn mouw. Hij maakte met een pen aantekeningen in een groot dienstrooster.

'Steve Prichard,' zei Dash. 'Lang niet gezien.'

Toen Prichard opkeek, kon Archer wel merken dat de agent dat het liefst zo had gehouden. 'Wat wil je, Dash?'

Dash glimlachte. 'Is Carl aanwezig?'

'Nee.'

Dash' glimlach werd breder. 'Helemaal niet, of alleen niet voor mij?'

'Er is een moord gepleegd, maar misschien had je dat nog niet gehoord,' gromde Prichard. Daarna keek hij naar Archer en leek niet onder de indruk. 'Nieuwe aanwinst, Willie? Deze lijkt ondervoed.'

'Hij is oké. En daarom zijn we hier dus, in verband met die moord,' zei Dash.

Prichard spitste zijn oren. 'O ja? Wat heb jij daarmee te maken?'

'Dat vertel ik liever aan Carl. Als een professionele gunst, dat begrijp je.'

'Hij is in de Midnight Moods; daar is die vrouw vermoord.'

'Goed. Dan moeten we daar maar naartoe.' Hij wees met zijn duim naar Archer. 'En dit is mijn nieuwe partner, Archer.'

'Nou en?' zei Prichard, waarna hij zijn aandacht weer aan het dienstrooster wijdde.

Archer zag op de muur achter de man twee foto's hangen. Een was van president Harry Truman, maar voor de andere moest hij de naam op het koperen plaatje eronder lezen: GOUVERNEUR EARL WARREN.

Terwijl ze het politiebureau verlieten zei Archer: 'Jemig, Willie, je hebt ze daar helemaal in je zak.'

'Laten we je auto ophalen en naar de Midnight Moods rijden.'

'Is Pickett wat vriendelijker tegen je dan Prichard was?'

'O, Steve Prichard en ik zijn goede vrienden. We kaarten één keer per week onder het genot van een drankje en een sigaar, en dan hangen we verhalen die allemaal niet waar zijn op over vrouwen met wie we naar bed zijn geweest.'

'Dan wil ik liever niet zien hoe hij iemand behandelt die hij niet mag.'

'Ik hou je voor de gek, Archer. Hij is net zo goed mijn vriend als Hitler van Roosevelt. Geldt ook voor Pickett.'

'Oké.'

'En in tegenstelling tot Armstrongs mannen slaat Big Steve op plaatsen waar niemand het kan zien. Op die manier krijgt hij meer bekentenissen los dan welke andere agent ook. En als je een kleurling of een Mexicaan bent, leef je meestal niet lang genoeg om die bekentenis te ondertekenen.'

'En daar laten ze hem mee wegkomen?'

'Mee wegkomen? Dat staat in de reglementen, Archer. Big Steve doet het alleen beter dan ieder ander. Verdomme, jongen, hebben ze je dan niets geleerd in de gevangenis?'

Onderweg naar de Midnight Moods klopte Dash tegen het portier van de Delahaye. 'Dit is echt een prachtige wagen, Archer. Word er gewoon vrolijk van, alleen al door erin te rijden.'

'Blij dat ik dat voor je kan doen. Wat hoop je te bereiken in de Midnight Moods?'

'Ik wil in Ruby's appartement zien te komen. Daarna wil ik praten met mensen die gisteravond misschien iets hebben gezien. We moeten het tijdpad verkleinen om te kunnen bepalen wie wel of geen verdachte kan zijn.'

'Ik neem aan dat ze een autopsie uitvoeren.'

'Dat doen ze zeker. Ik ken de lijkschouwer, Mortimer Wallace. Dat is een goeie kerel.'

'Is hij een arts?'

'Nee, maar hij is de eigenaar van een uitvaartonderneming en heeft ervaring met lijkschouwingen. Afgaand op wat jij me vertelde, lijkt het me niet moeilijk om de doodsoorzaak vast te stellen.'

'Maar kan hij ons ook vertellen wanneer ze stierf?'

'Binnen redelijke parameters, Archer. Niet tot op de minuut. Maar eerder op de dag hebben we met Ruby gepraat. Andere mensen zullen haar daarna nog hebben gezien. Ook als Mortimer niet heel precies kan zijn, kunnen wij het tijdpad daardoor verkleinen. Dat is de enige manier om alibi's te kunnen controleren. Hoe lang denk jij dat ze al dood was toen jullie haar vonden?'

'Ze was koud.'

'En haar armen? Begonnen die al stijf te worden?'

'Nee. Die waren zo zacht als watten.'

'Nog geen rigor mortis dus.' Hij keek naar Archer. 'Een lijk wordt helemaal stijf na het intreden van de dood. Maar het duurt even voordat dat gebeurt. Dan kun je geen arm of been buigen zonder dat-ie breekt.'

'Ik kan je vertellen dat ze toen nog niet in rigor mortis was. Bij lange na niet.'

Dash knipte met zijn vingers. 'Wacht eens even, wanneer was haar laatste optreden gisteravond?'

'O, dat vergat ik je te vertellen. Ze kwam niet opdagen, dus daarom heeft mijn vriendin gezongen.'

'Hoe laat hád ze moeten optreden?'

'Om tien uur. Mabel Dawson vertelde dat ze Ruby hebben gezocht, maar dat ze toen niet in haar appartement was. Dat was waarschijnlijk om een uur of halftien.'

'Oké. Ze was dus ergens anders en is elders vermoord.'

'Lijkt er wel op.'

'Hoe heet je vriendin ook alweer?'

'Liberty Callahan. Ze is met me meegereden vanuit Reno. Ze is zangeres en danseres. Wil actrice worden in Hollywood.'

'Zij en iedere andere vrouw. Denk je dat ze kans maakt?'

'Als iemand een kans maakt, dan zij wel.'

Bij de Midnight Moods stonden twee patrouillewagens en een Chrysler zo groot als een tank naast de hoofdingang geparkeerd.

'Die groene Chrysler Town and Country is van Pickett,' zei Dash toen ze erlangs reden. 'Kleine lul, grote auto. Ik weet uit ervaring dat dat veel accurater is dan de weersverwachting.'

'Gaat hij meestal zelf naar alle moorden?'

'Verdomme, Archer, hoeveel moorden denk je dat we hier hebben?'

'Geen idee. Ik was in een klein stadje in the middle of nowhere en daar hadden we er drie binnen een paar dagen.'

'Daar was jij niet toevallig verantwoordelijk voor, wel?'

'Slechts voor eentje, maar dat was zelfverdediging.'

Dash bleef staan en keek hem aan. 'Zo? Moet ik mijn mening over jou misschien herzien, Archer?'

'Hangt ervan af of die mening dan beter of slechter wordt.'

'Je blijft me verrassen, Archer, echt waar.'

'Is dat goed?'

'Dat laat ik je nog weten.'

Ze gingen naar binnen om een politieagent te spreken.

41

'Lieve help, moet je eens kijken wat er net van de afvalhoop is gevallen. Ik dacht dat je dood en begraven was, Willie, jongen.'

De spreker was groot, een zak slap vlees met dikke benen en een fors hoofd. Zijn zweterige donkergrijze haar hing slierterig langs zijn schedel vol zonnesproeten, die ook als kleine onregelmatige koperkleurige muntjes op zijn voorhoofd prijkten. Zijn bruine pak had de jaren dertig in redelijke staat overleefd, maar was in de tien jaren daarna even slap en irrelevant geworden als de belofte van een politicus.

'Hé hallo, Carl.' Dash nam zijn hoed af. 'Bijzonder je hier te zien.'

Carl Pickett haalde een tandenstoker uit de spleet tussen zijn voortanden en trok zijn neus op, als een hond voordat hij een hap uit je benen neemt. 'Chíéf Pickett voor jou.'

'Oké, chíéf Pickett, hoe gaat het?'

Pickett keek naar twee mannen die beter gekleed waren dan hij, maar aan de blik op hun jeugdige gezicht te zien kon van hen geen belangrijke gedachte worden verwacht. Ze stonden daar, met hun hoed naar achteren boven hun lage voorhoofd en met hun ellebogen op de balie, waar Mabel Dawson achter stond. Ze zag eruit alsof ze, wanneer ze een vuurwapen tot haar beschikking had gehad, ervoor zou zorgen dat iedereen naar de lijkschouwer zou gaan voor een laatste check.

Pickett zei: 'Jongens, dit is de indrukwekkende Willie Dash. Jullie hebben zijn billboards in de stad vast weleens gezien. Zijn haar was tien jaar geleden niet zo donker. Hij is vast in de bron der eeuwige jeugd gevallen, nietwaar Willie?' Pickett stopte de tandenstoker terug in de spleet en wachtte.

Willie keek Dawson aan en zei: 'Het spijt me oprecht voor je verlies, Mabel. Wat afschuwelijk.'

Ze snoof en sloeg haar blik neer naar een paar papieren die voor haar lagen. 'Dank je.'

Dash keek Pickett aan. 'We zijn hier om je meer te vertellen over de Fraser-moord en we willen wat rondkijken en vragen stellen. Daar heb je vast geen bezwaar tegen.'

Pickett rolde de tandenstoker uit de spleet naar de rechterkant van zijn mond en toen naar links, en ondertussen keek hij Dash strak aan alsof hij niet kon geloven dat de man had gezegd wat hij zojuist had gezegd. 'Wat jij kunt doen is je omdraaien en als de sodemieter oprotten, Dash. En neem dat jochie van je mee. Dit is geen tijd voor amateurs.'

'Moet ik dat opvatten als een afwijzing van mijn verzoek?'

'Je mag het opvatten zoals je wilt, zolang je maar oprot.'

De beide agenten vonden dit heel erg grappig en lachten daar zo lang om dat Pickett hen uiteindelijk met een blik tot zwijgen moest brengen.

Dash liep op zijn dooie gemak naar Pickett toe, als een slang die tergend langzaam naar zijn prooi glijdt. 'Een bijzonder belangrijke man in deze stad heeft mij en mijn partner ingehuurd om deze zaak te onderzoeken, chíéf Pickett. Maar maak je niet druk als je daar een probleem mee hebt. Hé Mabel, laat me je telefoon even gebruiken, ik moet iemand bellen.'

De tandenstoker bleef abrupt steken onder Picketts linkersnijtand en hij had even tijd nodig om deze nieuwe ontwikkeling te verwerken. 'Gelul,' zei hij.

'Juist. Mabel, geef hem maar aan mij, bedankt.'

Ze gaf hem de telefoon, Dash pakte de hoorn en begon uit zijn hoofd een telefoonnummer te draaien onder het toeziend oog van Pickett. Uiteindelijk, nadat Dash het vijfde cijfer had gedraaid, stak de chief zijn wijsvinger in een gat van de kiesschijf zodat die niet terug kon draaien, waardoor hij het telefoongesprek feitelijk onmogelijk maakte.

Dash keek hem aan en glimlachte. 'Dus jij kent Sawyer Armstrongs nummer ook uit je hoofd. Fascinerend.'

'Wat wil je?'

'Ik heb je mijn verzoek al verteld.'

'Wat is jouw belang in deze zaak?'

'Mijn belang is het belang van mijn cliënt.'
'Is Sawyer Armstrong echt je cliënt?'
'Je weet dat ik dat niet kan vertellen.'
'Dat heb je al gedaan, klootzak.'
'Misschien, misschien niet.'
Pickett keek Archer aan. 'Wie ben jij, verdomme?'
'Archer.'
'Is dat je naam of je beroep, lulhannes?'
'Beide, afhankelijk van de behoefte.'
Pickett leunde weer tegen de balie en keek wat vriendelijker. 'Ja, ga je gang, Willie. Ik herinner me dat je vroeger, voordat je aan de drank raakte, wist wat je deed. Het stomste wat je ooit hebt gedaan was met Connie trouwen; die heeft je ballen er afgesneden.'
Dash legde de hoorn weer op de haak. 'We zijn gescheiden.'
'Ja hoor, maar je ziet haar elke dag, heb ik gehoord.'
'Nou, fijn dat je zo goed op me past, chief. Dat waardeer ik echt.'
'Ja hoor. Ga je gang, verdomde speurder, voordat ik me bedenk.'
'Ik neem aan dat je boven uniformen hebt?'
'En eentje in burger. Zeg maar gewoon dat ik het goedvond. Je kunt mensen nog altijd bang maken, Willie, goed van je. En als het echt vervelend wordt, gooi je dat kleedje dat je draagt maar naar ze toe. Straks denken ze dat het een stinkdier is en slaan ze op de vlucht.'
'Is het lijk daar nog steeds? Het is al uren geleden gebeurd.'
'Mortimer was de stad uit en is hier nog maar net. Hou je neus dus maar dicht, heren. De dame ruikt niet erg aangenaam.'
Dash keek naar Dawson die even snikte na deze ongevoelige opmerking, en maakte met een gebaar duidelijk dat ze hen moest volgen.
Ze liepen met z'n drieën door de gang.
Dawson leek afwezig en snoot haar neus in een zakdoek. Ze was gekleed in een lange, donkerblauwe zijden jurk die heel wijd was. 'Ik kan het nog altijd niet geloven,' zei ze. 'Ik bedoel, ze was zo jong.' Ze keek opeens naar Dash. 'Maar jullie hebben hier gisteren met haar gepraat. Er is iets aan de hand. En daarom is ze vermoord, zeker?' voegde ze er met een beschuldigende klank in haar stem aan toe.
'Nou zeg, jij bent snel over je verdriet heen,' zei Archer.

Ze keek hem vuil aan. 'Ik pik geen onzin van wie dan ook, vooral niet van mannen!'

'Rustig maar, Mabel,' zei Dash sussend. 'En vertel ons wat je weet terwijl we naar boven gaan.'

'Ik wil haar niet zien, niet weer. De politie dwong me haar te identificeren. O mijn god, ik kan dat nooit...'

'Dat hoef je ook niet. Maar vertel me alles over gisteravond, oké?'

'Zoals ik Archer hier ook al heb verteld, kwam Ruby niet beneden voor haar optreden. Daarom liet ik zijn vriendin Liberty Callahan in haar plaats zingen. We hadden het kind overal gezocht. Ik bedoel echt overal, en toen...'

'Ja, wacht eens even,' zei Dash. 'Want dit is belangrijk. Wanneer was de laatste keer dat je Ruby gisteren zag?'

'Dat vroeg de politie me ook. Dat was rond acht uur. Ze kwam voor het avondeten. We hebben een aparte ruimte waar het personeel de maaltijden kan nuttigen.'

'Heb je toen met haar gepraat?'

'Nee. Ik zat met iemand te eten en was bijna klaar.'

'Vrij laat voor het diner,' zei Archer.

'Het wordt hier pas later druk. Tot negen uur zijn we niet eens voor een kwart vol. Het heet dan ook de "Midnight" Moods.'

'Hoe laat sluiten jullie?' vroeg Archer.

'Officieel sluiten we niet, maar de meesten zijn om een uur of drie wel vertrokken.'

'Nou zeg, slapen jullie hier dan nooit?' vroeg Archer.

Dash vroeg: 'Leek ze van slag? Was ze alleen?'

'Nee en ja.'

Ze liepen de trap op.

'Wanneer wist je dat er iets fout zat?'

'Toen de politie hier na middernacht arriveerde. Ze stormden naar binnen en zeiden dat ze een telefoontje hadden gekregen over een dode vrouw, Ruby Fraser.'

Dash keek niet naar Archer toen ze dit zei, en Archer hield zijn blik op een plek op het plafond gericht.

'En toen?'

'Ze vroegen me waar het lijk was. Verdomme, ik wist helemaal niets over een lijk. Dus nam ik hen mee naar boven, naar haar appartement. Toen vonden ze haar en dwongen ze mij te kijken.' Ze rilde. 'Ik weet dat er slechte mensen zijn en misschien ben ik daar in mijn leven een heleboel van tegengekomen, maar wat ze met dat arme kind hebben gedaan… dat spant de kroon.'

'Vreemde manier om dat te zeggen, maar ik snap wat je bedoelt,' zei Dash. 'En toen?'

'Toen brak de hel los. Mensen renden rond, overal was politie. En toen, zoals de chief al zei, kwam de lijkschouwer zonet hier om ons te vertellen wat we al wisten over die arme Ruby.'

'Ik heb gehoord dat Sawyer Armstrong hier gisteravond was met twee van zijn jongens.'

Dawson keek naar Archer en zijn verwondingen. 'Misschien wel, ja.'

'Hij was er,' zei Archer.

'Oké, hij was er.'

'Waarom was hij hier, behalve om Archers gezicht bont en blauw te laten slaan?' vroeg Dash.

'Hij is de eigenaar. Hij kan komen en gaan wanneer hij dat verdomme maar wil.'

'Heb je hem ooit samen met Ruby gezien?'

'Nee, nooit,' zei ze snel.

'Dus je zag Ruby om acht uur. Heb je enig idee waar ze daarna naartoe ging?' vroeg Dash.

'Nee. Ze moest om tien uur op. Normaal komt ze een halfuur eerder backstage voor de warming-up. Maar ze kwam niet opdagen en de toneelmeester bracht me hiervan op de hoogte. Ik ging naar boven naar haar appartement omdat ik dacht dat ze zich misschien had verslapen of zo, maar ze was daar niet.'

'Dus rond kwart voor tien was ze niet in haar appartement?'

'Klopt,' antwoordde Dawson.

'Toen vonden jij en de politie haar even na middernacht. Dus binnen een uur of vier veranderde ze van een levende in een dode. En binnen een uur of twee ging ze vanaf de plek waar ze werd vermoord naar haar appartement?'

'Dat klopt.'

'Heb je met iemand gesproken die haar misschien heeft gezien?'

Ze schudde haar hoofd. 'Nadat ik haar had gezien… zo… ging ik naar mijn kamer en sloeg ik een halve fles bourbon achterover. Het leek wel water.'

'Ik dacht dat je zei dat je dat spul niet aanraakte,' zei Archer.

'Ik had het over rúm, Archer. Bourbon en gin zijn prima.'

'Wat voor vragen stelde Pickett?' vroeg Dash.

'Dezelfde als jij.'

'Vreemd, hij heeft twee jonge rechercheurs die dat voor hem doen. Waarom is hij hier eigenlijk?'

'Hoe moet ik dat verdomme weten?'

'Dacht dat je alles wist wat hier gebeurt.'

Ze keek even naar Archer en zijn gewonde gezicht. 'Niet alles.'

Ze kwamen bij Frasers deur, waar een jonge geüniformeerde agent op wacht stond.

Dash haalde zijn licentie tevoorschijn. 'Chief Pickett stuurde ons naar boven om een kijkje te nemen.'

De agent leek te schrikken, maar stapte opzij. 'Oké.'

Dash zei tegen Dawson: 'Pak een stoel, Mabel, je ziet eruit alsof je die wel kunt gebruiken.'

Ze ging op een stoel vlak bij de deur zitten, terwijl Archer naar de keuken liep om opnieuw naar een dode vrouw te kijken.

42

De tweede keer was moeilijker, was Archers conclusie. Hij had gewelddadige doden gezien, in de oorlog en in de gevangenis. Na een poosje raakte je er niet echt aan gewend, maar had je wel minder tijd nodig om eroverheen te komen. Tot de volgende keer.

Maar dit was anders. Dit was een keuken met een koelkastje, een kookplaatje, een vloerkleed en een koekoeksklok aan de muur die hem niet eerder was opgevallen.

En een bijna onthoofde jonge vrouw in een stoel. Inmiddels was het lichaam al begonnen te ontbinden; het stonk en had een kleur waar niemand lang naar wilde kijken als het een mens was die die kleur had. En de stank was even erg als verwacht mocht worden. Gelukkig had iemand het raam geopend.

'Hallo, Ern,' zei Dash tegen de kleine man van eind dertig die met zijn vingers in zijn vest gehaakt voor Fraser stond. De man droeg een pak van donkerblauwe serge, had zijn stropdas losgetrokken en zijn haar, grijs en onverzorgd, piekte onder zijn bruine gleufhoed vandaan. Maar de blik in zijn groene ogen was intens en onderzoekend.

Ern keek naar Dash, stopte een sigaret in zijn mond en stak hem aan. Glimlachend vroeg hij: 'Willie, hoe ben je langs de chief gekomen? Vertel me niet dat hij een beroerte kreeg toen hij je kop zag.'

'Archer, dit hier is Ernie Prettyman, de beste rechercheur Moordzaken ten noorden van San Luis Obispo. Ernie, dit is Archer.'

Prettyman kwam naar hen toe en ze gaven elkaar een hand.

Prettyman zei: 'Dat is niet helemaal een compliment. Wat doe je hier?'

'We hebben deze vrouw gisteren gesproken in verband met een zaak.'

'Wie is de cliënt?'

'Een vooraanstaand iemand, met bepaalde problemen.'

'Meer kun je me niet vertellen?'

'Dat zou ik wel kunnen doen, maar dan raak ik mijn vergunning kwijt, en wat heeft dat voor zin?'

'Maar toch,' zei Prettyman. 'Alles wat je me kunt vertellen.'

'Het was een vertrouwelijke zaak, die we voor onze cliënt onderzochten. Maar als we iets ontdekken wat kan leiden tot haar moordenaar laat ik het je weten.'

'Meer dan dat kan ik niet vragen.'

'Pickett zou natuurlijk gewoon Big Steve sturen en het uit me slaan.'

Prettyman fronste. 'Dat doen we niet meer, Willie. Tenminste niet als ik erbij ben.'

'Je bent er niet altijd bij, Ern. Maar om je vraag te beantwoorden, Pickett zei dat ik naar boven mocht om rond te kijken.'

'Wordt zeker zwak op zijn oude dag.'

Dash zei: 'Ik weet gewoon hoe ik het moet vragen. Wat kun je ons vertellen?'

'Zoals je kunt zien, heeft iemand haar bijna onthoofd. Hier is geen bloed, dus is ze ergens anders vermoord. Maar hoe ze hier is gekomen?'

Dash keek sceptisch. 'En niemand heeft iets gezien? Het is hier vrij groot, en hier komen en gaan heel veel mensen.' Hij keek naar het raam. 'En ik denk niet dat iemand met haar over zijn schouder hier naar binnen is geklommen.'

'Klopt, maar weet je, ze is om een uur of acht voor het laatst gezien, tijdens het avondeten. Ze is na middernacht gevonden, maar degene die het meldde, deed dat om ongeveer tien of negen minuten voor twaalf. De tijdsspanne is dus beperkt. Alleen op dat tijdstip zijn de meisjes niet in hun kamers, maar zijn ze beneden bezig. Dit is de bovenste verdieping en Mabel Dawson vertelde me dat hier maar zes meisjes wonen en dat die meisjes gisteravond allemaal vanaf zes uur aan het werk waren. Zij verstrekken sigaretten en whiskey en helpen met het runnen van de kaartclub en laten zich door de mannen in hun kont knijpen om later een fooi te krijgen. Fraser was de enige zangeres-danseres die hierboven woonde. Het was dus niet ongebruikelijk dat ze voorafgaand aan haar optreden alleen op deze verdieping was.'

'Ik begreep dat de meisjes hier 's middags "vrienden" op bezoek krijgen,' zei Dash. 'Toen we hier gisteren waren, stonden er vrij veel auto's op de parkeerplaats. Er stonden zelfs een paar patrouillewagens tussen.' Hij keek Prettyman strak aan.

De man keek hem met een begrijpende blik aan. '*Que será, será.*'

'Moordwapen?'

'Nee. Maar wat er is gebruikt, was even scherp als de beledigingen van mijn vrouw.'

'Hoe lang dacht Mortimer dat ze al dood was toen hij haar onderzocht?'

'Hij denkt dat ze tussen tien uur en middernacht is vermoord.'

'Hoorde dat hij hier pas vanmiddag was.'

'Klopt. Hij was de stad uit en we verplaatsen het lichaam liever niet voordat hij is geweest. Maar hij was vrij zeker van de timing, gebaseerd op de toestand van het lichaam. En hij heeft een grondig onderzoek uitgevoerd.'

'Geen klus voor watjes,' zei Archer.

Prettyman knikte en vroeg: 'Sinds wanneer werk je samen met Willie?'

'Gisteren.'

'Dan viel je dus met je neus in de boter.'

'Getuigen?' vroeg Dash.

'Ik heb met bijna alle personeelsleden gesproken. Niemand heeft gezien dat een lichaam deze kamer in werd gedragen, dat kan ik je wel vertellen. En ik kan niemand vinden die Fraser na haar avondeten heeft gezien. Ze kan weer hiernaartoe of naar buiten zijn gegaan. Maar als ze naar buiten is gegaan, zou je denken dat een van de parkeerhulpen haar wel had opgemerkt en dat is dus niet zo. En ze had geen auto, dus had iemand haar moeten ophalen.'

'En de achteruitgang?' vroeg Archer.

'Dat is zeker mogelijk,' gaf Prettyman toe. 'Maar waarom zou ze de achteruitgang nemen?'

'Als ze iemand ontmoette en niet wilde dat iemand dat wist?' zei Dash. 'Je moet ook weten dat Sawyer Armstrong hier gisteravond was. Met twee van zijn "compagnons".'

'Ze waren hier niet toen de politie kwam, niemand heeft tenminste gemeld dat ze hier waren.'

'Dat is het gekke van meldingen,' zei Dash. 'Daar laten ze soms meer uit dan ze erin zetten. Valt je iets op als je hier om je heen kijkt?'

'Ja, ze was een sloddervos. En de koelkast was leeg. En de kookplaat ziet er niet uit alsof die ooit is gebruikt.'

'Mogen we rondkijken?'

'Ga je gang, Willie. Ik moet even naar Pickett.'

'Waarom is hij hier eigenlijk nu jij hier bent?'

'Moet je hem vragen, ook al zou ik je dat niet aanraden.'

'Dan zal ik dat maar niet doen.'

Nadat Prettyman was vertrokken, duwde Dash zijn hoed naar achteren en ging op zijn hurken voor Fraser zitten. 'Ze is nu wel in rigor mortis,' zei hij terwijl hij probeerde een van haar armen te buigen. 'Dat komt overeen met Mortimers berekening.' Hij keek aandachtiger naar de wond. 'Verdomme, wat een smerige manier om iemand te vermoorden. Eén steek in het hart zou het ook hebben gedaan. Waarom zou iemand het zo doen?'

'En hoe konden ze haar keel doorsnijden zonder dat iemand haar heeft horen gillen?'

'Kijk naar haar rechterarm, Archer. In de binnenkant van de elleboog.'

Archer liep naar Fraser toe en zag het kleine rode bultje met een gaatje in het midden. 'Iemand heeft haar ergens mee geïnjecteerd, waardoor ze bewusteloos is geraakt.' Hij keek scherp naar Dash. 'Maar je zei dat ze drugs gebruikte. Dit kan ze dus zelf hebben gedaan.'

Dash schudde zijn hoofd. 'Volgens mij snoof ze poeder. Als mensen naalden gebruiken, zie je daar sporen van. Dat is het enige, dus heeft iemand anders het gedaan. Afhankelijk van wat het was, vindt Mortimer het misschien als hij haar maag onderzoekt.'

'Denk je dat Prettyman dat rode bultje heeft gezien?'

'Het zou me verbazen als dat niet zo was, aangezien ik hem heb opgeleid.'

Archers mond viel open van verbazing. 'Hij was privédetective voordat hij agent werd?'

'Drie jaar. Ik heb hem opgeleid een paar jaar nadat ik hier kwam. Hij vertrok en ging bij de politie toen ik er even tussenuit moest. Daarom is hij zo aardig tegen me.'

'Waarom ging je ertussenuit?'

'Gaat je niets aan.' Dash liep rond en nam alle grote en kleine bijzonderheden in zich op.

'Heb een vraag,' zei Archer.

'Zeg op.'

'Waarom zie ik hier nergens vingerafdrukpoeder?'

'Dat is waar ook, je zei dat Irving Shaw je iets over vingerafdrukken vertelde.'

'Er zit geen enkele vingerafdruk op de deurknop binnen of buiten. Hier ook niet, al zou je denken dat de moordenaar de tafel, de stoel of iets anders kan hebben aangeraakt. Prettyman lijkt procedures erg belangrijk te vinden, maar hier heeft hij met geen woord over gerept.'

'Ern is een goede man die zijn baan wil houden.'

'Is dat bedoeld als antwoord?'

'Dat mag je zelf uitzoeken. Moet je me nog iets vertellen?'

'Ja, gisteravond vertelde Dawson me dat Ruby van mannen hield. Van rijke mannen. Ze dacht dat ze er misschien met een rijke man vandoor was gegaan.'

'Zullen we haar dat dan maar gaan vragen?'

43

Dawson zat niet meer op de overloop toen ze daar kwamen, dus gingen ze naar beneden. Pickett was gelukkig niet meer in de receptie toen ze naar Dawsons kantoor liepen.

Ze zat aan haar bureau met een fles gin voor zich. Ze staarde ernaar alsof Jezus weer op aarde was gekomen en keek op toen ze binnenkwamen. 'Verdomme, kunnen jullie me niet even met rust laten?' jammerde ze.

Dash ging in de stoel tegenover haar zitten. 'Ruby hield dus van rijke mannen?'

Dawson schonk drie vingers gin in. Met haar blik op Archer gericht, draaide ze de dop langzaam weer op de fles. Daarna schonk ze er een heel klein beetje tonic bij, likte langs haar lippen en vroeg: 'Welke jonge vrouw doet dat niet?'

'Speel geen spelletje met me, Mabel. Ik probeer een moordenaar te vinden.'

'Hoe zou ik daar iets van moeten weten?'

'Volgens mij weet je veel meer dan je vertelt.'

Ze slaakte zo'n diepe zucht dat Archer bijna dacht dat ze haar laatste adem uitblies. Ze stak een Camel op en blies de rook naar Dash, die gewoon bleef zitten en het als een spons opzoog.

'Jullie privédetectives zijn allemaal hetzelfde, zeuren, zeuren en nog eens zeuren. Let op mijn woorden, in een ander leven kom je terug als de schoonmoeder van de een of andere arme donder.'

'Dat is eigenlijk een uitstekende beschrijving. En, rijke mannen?'

Ze tikte de as van haar sigaret, nam nog een grote slok en drukte het glas tegen haar voorhoofd alsof ze de laatste drank via absorptie kon opnemen.

'Vertel me wie je cliënt is.'

Dash aarzelde niet. 'Dat weet je al.'

'Hoe dan?'

'We waren hier gisteren en hebben met zoveel woorden aan Ruby verteld wie het was. En het kan niet zo zijn dat je dat niet van haar hebt gehoord, want zodra we weg waren ging je even met haar praten, nietwaar? Ik bedoel, je zei toch dat dat je werk was, de meisjes?'

Ze nam nog een trekje en keek Dash vermoeid aan. 'Ik weet wat je denkt en misschien ook wat je wilt dat ik zeg, maar ik heb Douglas Kemper nog nooit met Ruby gezien, echt nog nooit. Ze was niet van zijn niveau. Ze was een kind uit Kansas of Missouri of een van die plaatsen met meer koeien dan mensen.'

'Maar heeft ze je verteld dat we vragen stelden over Kemper?'

'Ze... Ik bedoel, ja... Dat deed ze.'

'Bedankt voor de bevestiging. En ze vertelde ons dat ze uit Illinois kwam, maar daar hebben ze ook koeien, dus oké. Wat nog meer?'

'Ze was knap, had een goede stem en was er vrij goed in om in komische sketches het domme meisje te spelen. Dat was alles. Ze was niet een soort tweede Carole Lombard, geloof me. Ze had niet de hersens of ambitie om hoger op de maatschappelijke ladder te klimmen.'

'Wij hebben wat anders gehoord, in elk geval over haar en Kemper.'

'Dan heb je het verkeerd gehoord, voor zover ik weet tenminste.'

'Hoe zit het als zijn vrouw denkt dat hij haar misschien heeft bedrogen met Ruby?' vroeg Dash.

'Dan weet zij misschien iets wat ik niet weet. Maar als ze er niet voor kan zorgen dat haar man gelukkig blijft, dan is dat haar probleem, niet het mijne.'

'Kun je iemand bedenken die Ruby kwaad zou willen doen?' vroeg Archer.

'We krijgen hier allerlei lieden, dronkaards, slapjanussen, grote mannen, kleine mannen, slappe mannen en vooral mannen die een veel te hoge dunk hebben van zichzelf. Maar voor zover ik weet krijgen we hier geen mannen die het leuk vinden om een meisje te onthoofden en ik hoop dat we die nooit krijgen ook.'

'Nou, je hebt er ten minste één,' zei Archer, wat hem een blik van Dash opleverde.

'Hád Ruby een relatie met een man, al dan niet rijk?' vroeg Dash.

'Eerlijk gezegd had ze geen speciaal iemand. Dat kan ook niet goed als je hier werkt, toch? Bij het werk hoort dat je álle mannen het gevoel geeft dat ze speciaal zijn en dat is moeilijk als je gek bent op iemand. Dat ontneemt je je eh... genereuze instelling.'

'Ik dacht dat ze op het podium optrad, niet dat ze met de mannen naar bed ging,' zei Dash.

'En misschien gaf ze één man het gevoel dat hij speciaal was en toen niet meer en beviel hem dat niet,' zei Archer.

'Nou, ik heb geen idee wie dat zou kunnen zijn. Maar als jullie me nu willen excuseren, ik moet even stevig aan de drank.'

Buiten in de zon keek Dash om zich heen en zei: 'Ik weet nog dat dit vroeger gewoon een braakliggende akker was.'

'Het zal wel winst opleveren voor Sawyer Armstrong.'

'Hij is altijd al in staat geweest om geld te verdienen.'

'Je zei dat je hem al heel lang kent.'

'Te lang, denk ik soms. Met hem ben je de ene minuut dikke vrienden en de volgende grote vijanden.'

Archer wreef over zijn gewonde gezicht. 'Gisteravond had ik dat algauw door.'

'Hij was gewoon aan het rondsnuffelen om te zien of iemand iets van waarde had laten vallen, Archer. Maak het niet groter dan het is.'

'Het beviel hem echt niet dat we zijn dochter hebben ondervraagd.'

'Dat geloof ik meteen, vooral omdat zij denkt dat haar pa zo schuldig is als maar kan.'

'En dat zou Kempers verkiezing tot burgemeester onmogelijk kunnen maken, bedoel je?'

'Zeker, ik kan me voorstellen dat Armstrong zo denkt.'

'Nu Ruby dood is, denk je dat de kranten er lucht van krijgen?'

'Ik vermoed dat degene die Ruby heeft vermoord dat hoopt.'

'Nogmaals, om Kempers kansen om burgemeester te worden te torpederen?'

'Misschien.'

'Zo te horen ben je daar niet zeker van.'

'We werken nog maar één dag aan deze zaak. Ik ben verdomme nergens zeker van, behalve dat Mabel Dawson meer weet dan ze vertelt. Laten we om het gebouw heen lopen.'

Het terrein achter de Midnight Moods bestond uit hoog- en laaggelegen terrassen, verharde binnenplaatsen, open ruimtes en privézitjes omheind door heggen met tafels, stoelen, banken en staande parasols op een voet om de zon tegen te houden. Op het hoogste terras stond een grote fontein waaruit water als een kabbelende waterval in een serie stenen potten stroomde en uitmondde in een met stenen beklede vuurpot, waarna het water weer naar boven werd gepompt. Op dit uur van de dag waren hier niet veel gasten, maar een paar personeelsleden maakten de meubels schoon of vulden de voorraad aan van een grote verrijdbare bar onder een enorme tent.

Dash zei: 'Ik zie minimaal twee ingangen naar het bovenste terras, maar er zijn er vast meer. Vooral personeelsingangen vallen niet altijd op, en dat is ook de bedoeling. De leveranciersingang is aan de linkerkant.'

Ze liepen naar een broodmagere man met kort grijs haar en een vlekkerige huid. Hij droeg een donkere lange broek en een overhemd met witte boord, en was bezig met het afnemen van het meubilair.

Dash liet zijn licentie zien en vroeg: 'Kan iemand die hier werkt naar buiten zonder gezien te worden?'

De man wees naar een verhard pad rechts van het bovenste terras dat langs een rij groene heggen liep. 'We gebruiken die ingang altijd. De baas wil niet dat het personeel de hoofdingang neemt, dat mogen alleen de gastvrouwen, de obers en serveersters. Wij, het uitschot, moeten als het maar even kan onzichtbaar zijn. We zijn kennelijk niet goed genoeg om door de "gasten" hier gezien te mogen worden.' Hij haalde een sigaret van achter zijn oor vandaan en stak die op, waarna hij grijnsde en zijn gebit vol gaten zichtbaar werd. Hij rook naar sigarettenrook, knoflook en zweet. 'Jullie zijn hier in verband met die meid, Ruby. Haar keel was doorgesneden, zei iemand.'

'Kende je haar?'

De man schudde zijn hoofd en nam trekjes van zijn sigaret. 'Kijk naar me. Zo'n meid zou een man als ik geen minuut van haar tijd geven.'

'Je wist dus wel wie ze was?'

'Tuurlijk. Heb haar wel gezien.'

'En maakte het feit dat ze jou geen minuut van haar tijd zou geven je kwaad?' vroeg Dash.

De glimlach van de man verdween en zijn huid kreeg een vaalgrijze kleur. 'Moet je horen, ik heb niets te maken met wat haar is overkomen. Ik werk 's avonds niet eens. Ik was thuis met moeder de vrouw.'

'Naam?'
'Tom, Tom Boswell.'
'Adres?'
'Ocean Way 14.'
'Woon je aan het water?' vroeg Archer terwijl hij dit opschreef en daarna naar de eenvoudige kleren van de man keek.
Dash zei: 'De straatnamen in Bay Town zijn vreemd, Archer, en niet op de manier die je zou verwachten. Ocean Way is even dicht bij de oceaan als de aarde dicht bij de zon is.'
'Dat is waar,' zei Boswell. 'En de achterbuurt van deze stad bevindt zich aan het einde van een straat die Tuxedo Boulevard heet.'
'Ken je iemand die misschien ruzie had met Ruby?' vroeg Dash.
Boswell schudde zijn hoofd. 'Nee. Ik ken niemand die haar kent. Ik werk meestal hier buiten, niet binnen.'
'Je zou dus niet weten of ze vijanden had of vriendjes?'
'Nee, meneer.'
'Heb je ooit iemand met haar zien praten?'
'Nee, meneer.'
Een jongen met een pet op kwam naar hen toe gerend, zwaaiend met een papiertje. 'Meneer Dash?'
Dash knikte. 'Dat ben ik, knul.'
De jongen gaf hem het papiertje. 'Dit is voor u.' Daarna draaide hij zich om en rende weg.
Dash vouwde het papiertje open en las wat erop stond. 'Oké, Archer, we zijn ontboden door de koning.'
'De koning? Ik dacht dat we een democratie waren, geen koninkrijk.'
'Over een paar jaar zul je van mening veranderen. Je moet gewoon nog even wennen.'
Terwijl ze wegliepen vroeg Archer: 'Sawyer Armstrong?'
'Wie anders? Luister, als zijn mannen je weer aanvallen, moet je niet kwaad worden. Deze ontmoeting zou weleens zeer informatief kunnen zijn voor ons onderzoek.'
'Wat moet ik volgens jou doen als ze me wél aanvallen?'
'Verdomme, ik ken Tony en Hank. Jij bent jonger en in een veel betere conditie dan zij, Archer. Je moet gewoon harder rennen dan die klootzakken.'

44

Liberty Callahan zou tijdens deze rit door de bergen een hartaanval hebben gekregen, dacht Archer toen hij de Delahaye door de kronkelige weg vol haarspeldbochten en stijgingen en dalingen stuurde, allemaal op aanwijzing van Dash. Ze reden over een weg die parallel liep aan de weg waar het landgoed van Kemper aan lag. Sawyer Armstrong had zijn huis zelfs nog hoger in de bergen laten bouwen.

Toen het land eindelijk vlakker werd en ze een bocht uit kwamen zag Archer een huis. 'Is dat het?'

'Dat is Armstrongs huis, dat klopt.'

'Nu ik het huis heb gezien dat hij voor zijn dochter heeft gebouwd, had ik verwacht dat dat van hem eruit zou zien als de Taj Mahal.'

'Nee hoor, dit is een boerderij; hij kweekt hier olijven. Weet niet of hij daar veel mee verdient, dat is ook niet nodig, maar de man is daar kennelijk helemaal weg van.'

Hoewel het huis ongeveer half zo groot was als dat van zijn dochter, leek het toch nog erg groot. Het was van baksteen en bekleed met rode ceder. Voor het huis was een aangelegde landschapstuin met bloembedden, grote inheemse bomen en struiken. Een grindpad liep naar de voorveranda met een dertig meter brede overkapping van golfplaten, waar het vol stond met comfortabele schommelstoelen en gestoffeerde stoelen. Boven de meeste ramen aan de westkant hingen gestreepte markiezen. Archer kon wel zien dat die goed van pas zouden komen als de zon onderging, aangezien de kracht van de zon op deze hoogte en in deze hoek heel sterk zou zijn.

Het formaat van het huis was al indrukwekkend, maar Archer zag achter het huis ook nog een stuk of zes bijgebouwen, allemaal van rode ceder met een dak van houten dakspanen of golfplaten. Op dit deel van het terrein stonden keurig opgestelde landbouwwerktuigen. Paarden en koeien stonden in aparte weilanden. Hij zag mannen rondlopen met verschillende gereedschappen, of ze bestuurden machines waarmee ze het land konden bewerken of konden oogsten. Daar weer achter was een eindeloze vlakte vol olijfbomen. Het land leek helemaal door te lopen tot aan de uitlopers van de Santa Ynez Mountains. Archer zag heel veel mensen in de olijfgaarden lopen met manden en ladders. 'Zijn ze de olijven aan het oogsten?'

'Ja,' antwoordde Dash. 'Dat is zwaar werk, want ze moeten met de hand worden geplukt. Armstrong heeft hier nu ongeveer honderd plukkers, de lui die je daar ziet – overwegend migranten uit Mexico. Hij betaalt ze niet veel, maar wel veel meer dan ze thuis kunnen verdienen. Ze wonen in een paar van die barakken die je hier ziet staan. Hij geeft ze ook te eten, voordat hij ze weer terugstuurt over de grens.'

'Olijven doen het hier dus goed?'

'Ja, maar het kan heel lastig zijn. Ze hebben vaak en onregelmatig water nodig.'

'Maar je kunt geen zout water gebruiken?'

'Nee. Armstrong heeft me een keer verteld dat het zout de wortels verbrandt en dat de chemische verbindingen die daardoor ontstaan giftig kunnen zijn voor het blad.'

Archer keek naar de zee van groene, gezonde olijfbomen. 'Waar haalt hij het zoete water dan vandaan?'

'Californië heeft een ingewikkelde relatie met water, Archer. Citrustelers hebben heel veel water nodig, de steden hebben elke dag miljoenen liters water nodig en boeren hebben water nodig voor hun gewassen en vee. Er zijn pijpleidingen en greppels en waterhoudende grondlagen en een aantal stuwdammen en stuwmeren; daarin wordt het water verzameld dat afkomstig is van het winterse sneeuwdek in de Sierras, de Cascades en de Rockies. En de mensen vechten erom. Sommigen leiden het om, anderen stelen het gewoon van hun buur of vechten het uit voor de rechter. Wat Armstrong betreft, hij heeft me nooit verteld waar hij het vandaan haalt.'

Ze reden naar het huis, stopten en stapten uit.

'Wat wil hij met ons bespreken, denk je?' vroeg Archer.

'Ik vermoed iets over zijn dochter en schoonzoon.'

'En over Ruby Fraser?'

'Misschien. Dat zullen we zo weten.'

Een vrouw van Mexicaanse afkomst deed de deur open. Ze was

gezet en gereserveerd, en informeel gekleed in een spijkerbroek met opgerolde pijpen en een gekleurd flanellen overhemd en een bijpassende bandana. Ze vertelde dat ze meneer Armstrongs huishoudster was en dat ze haar moesten volgen.

Dat deden ze. Op de vloeren lag glanzend hout en de muren waren gestuukt. Binnen was het veel koeler dan buiten, zodat Archer aannam dat de muren dik waren. Dit huis was veel minder formeel ingericht dan het huis van de Kempers. Ze liepen het hele huis door en daarna naar buiten naar de achterveranda die al even enorm was als die aan de voorkant.

Aan een ronde tafel aan een van de uiteinden zat Sawyer Armstrong. Hij droeg een reflecterende zonnebril, ook al scheen de zon niet in zijn ogen. Hij had net de punt van een dikke sigaar geknipt, stak hem aan en trok eraan. Armstrong droeg een gebleekte spijkerbroek, een wit overhemd en een donkergroen corduroy vest. Op de tafel lag een strohoed met een olijfgroene band, en zijn dikke, wilde haar hing bijna tot op zijn schouders. Hij droeg versleten laarzen aan zijn grote voeten en hij had zijn benen voor zich uitgestrekt. Drie glazen en een karaf met zo te zien sangria stonden op de tafel.

Tot Archers grote verbazing zat ook Beth Kemper aan tafel, naast haar vader. Armstrong wenkte hen.

Dash en Archer liepen naar hen toe, gingen zitten en namen hun hoed af, waarna de huishoudster weer verdween.

Armstrong schonk drie glazen vol en deelde ze uit. 'Er gaat niets boven een zoet Spaans drankje in de middag.' Hij zette zijn zonnebril af en stopte die in een zak van zijn vest.

Archer keek Beth Kemper aan. 'Wil jij niet?'

Ze ontweek zijn blik. 'Ik krijg migraine van sangria. Mijn vader wil dat ik het leer waarderen, maar dat is nog niet gelukt.'

'Wat moet je leren waarderen, de migraine of de sangria?' vroeg Archer.

Armstrong zei: 'Zo is het wel genoeg met het geklets over niets.'

'Ik vind het prima,' zei Dash. Hij haalde een pakje sigaretten tevoorschijn, stak er een op en nam een trekje. 'Jij wilde ons spreken, Armstrong. Wij zijn hier.' Hij wees naar Archer en zei: 'Maar voordat we beginnen, nog even dit. Het was helemaal niet nodig dat jouw jongens mijn compagnon zo te pakken namen. Dat getuigt niet van klasse.'

Archer keek naar Kemper, maar ze liet niets blijken. Ze deed hem denken aan een bloem in volle bloei die helemaal was verwelkt doordat iemand er gif op had gestrooid.

Armstrong knikte. 'Ja, Willie, daar ben ik het mee eens. En ik heb een hartig woordje met ze gesproken.'

'Prima. Oké, Archer vertelde me dat je ons wilde inhuren. Zijn we daarom hier?'

'Gedeeltelijk wel, ja,' zei Armstrong nadat hij een slok sangria had genomen. 'Maar dat is het niet alleen. Er is een meisje vermoord in mijn bedrijf, de Midnight Moods.'

'Pickett zit zelf op die zaak, wat volgens mij betekent dat je hem persoonlijk hebt gebeld. Anders was hij liever in zijn kantoor bezig met dat schatje van een secretaresse van hem te neuken.' Dash keek naar Kemper. 'Sorry, mevrouw Kemper, dat ontglipte me gewoon.'

Ze glimlachte even en sloeg haar blik neer.

'Je hebt geen hoge dunk van Carl, hè?' zei Armstrong.

'Ik hou van deskundigheid en eerlijkheid, en zo je wilt ook van integriteit, en volgens mij heeft Carl dat allemaal niet. Hij denkt natuurlijk net zo over mij, alleen heeft hij ongelijk en heb ik gelijk. Ik vertel je niets wat ik hem niet ook al heb verteld.'

'Juist,' zei Armstrong vaag.

'Goed, we doen dus onderzoek naar de moord op Ruby Fraser,' zei Dash. 'We hadden al met haar gepraat omdat zij betrokken was bij de zaak waar we voor je schoonzoon aan werken.'

'Je bedoelt omdat ze elkaar "zagen"? Zoals ik Archer ook al heb verteld, is dat iets wat mijn dochter hier zelf wel kan afhandelen. Hoewel ik betwijfel of Beth het veel kan schelen wat Douglas doet met zijn tijd.'

Archer keek opnieuw naar Kemper.

Ze beantwoordde eindelijk zijn blik en zei: 'Ik geloof dat ik deze heren mijn mening daarover heel duidelijk heb gemaakt.'

Haar vader klopte even op haar arm. 'En daar heb je natuurlijk alle recht toe, Beth. Misschien herinner je je nog dat ik je ten zeerste heb afgeraden met deze man te trouwen, maar je hebt de koppigheid van je moeder geërfd en deed het toch. En nu zit je in deze positie.'

Archer zag dat haar wangen rood werden. Ze leek kwaad, maar zei niets.

Dash zei: 'Hoe dan ook, het is wel duidelijk dat iemand probeerde Kemper te chanteren en hem daardoor te dwingen zich terug te trekken uit de verkiezing. Daar heeft die iemand Fraser bij gebruikt, en nu is ze dood.'

Armstrong ging iets meer rechtop zitten en dronk zijn glas leeg. 'Ik hoop niet dat je suggereert dat Douglas iets met de moord op dat meisje te maken heeft. Ik kan niet zeggen dat ik die man graag mag, vooral niet na de manier waarop hij mijn dochter heeft behandeld, maar moord? Dat is belachelijk.'

Archer keek weer naar Kemper, maar haar blik was ondoorgrondelijk. Deze bedrukte vrouw leek in niets op de levendige, gevatte vrouw uit het eethuisje.

'Ik suggereer helemaal niets,' zei Dash. 'Ik zeg alleen dat hij een duidelijk motief had om haar te lozen. En hij hoefde het niet zelf te doen. Er zijn mannen die dat voor het juiste bedrag wel voor hem willen doen.' Hij keek naar Kemper. 'Nogmaals, neem me niet kwalijk. Ik had geen idee dat u hier zou zijn, maar dit zijn dingen die we móéten bespreken. Als u wilt vertrekken, is het daar nu misschien het juiste moment voor.'

Archer zag dat ze besluiteloos was, maar Armstrong legde een grote hand op haar schouder. 'Beth is sterk. Ze kan dit wel aan, Willie. Ja toch zeker, lieve schat?'

Kemper keek naar Archer en zei toen: 'Ik vind het prima, meneer Dash, ga alstublieft door.'

'Goed dan, mevrouw, als u het zeker weet.'

Armstrong zei: 'Ik ben het volkomen oneens met die theorie, Willie. Want nu ze dood is, zullen de mensen aannemen dat Douglas daar inderdáád iets mee te maken heeft. En hoewel overspel niet bepaald iets positiefs is voor een politicus, is moord nog veel erger. Zie je dan niet dat dit een poging is de verkiezing in het voordeel van Alfred Drake te beslechten?'

'Dus jij denkt echt dat Drake haar heeft laten vermoorden?' vroeg Dash, elk nieuw woord vele malen sarcastischer uitsprekend dan het voorgaande.

'Nee, maar iedere politicus heeft mensen die hem steunen. Drake ook.'

'En wie zijn die mensen?'

Armstrong leunde naar voren en keek hem doordringend aan. 'Je zou je moeten verdiepen in die rijke mannen uit Vegas, en maffiosi uit New York die zich willen vestigen in Bay Town, Santa Barbara, Frisco, L.A. en San Diego. Er ís nu eenmaal drugshandel, Willie, en die is heel lucratief voor de maffia. Heel veel drugs komen over de grens en via het water. Die lui overspoelen dit land en tot nu toe is er niets wat hen tegenhoudt.'

'Heb je dat toevallig ook tegen Carl Pickett gezegd? Want hij heeft niet eens één politieboot op het water. Misschien vindt hij het wel prettig dat dit spul het land binnenkomt, misschien levert hem dat wel iets op. Misschien is dat de reden dat hij van het salaris als politieman dure Chryslers en eindeloze hoeveelheden tandenstokers kan kopen.'

Armstrong leunde achterover en vroeg verbaasd: 'Beschuldig je de baas van de politie ervan dat hij zich laat omkopen?'

'Nee hoor. Ik denk dat hij uitgleed en op straat viel en er toen zomaar een heleboel geld in zijn zak terechtkwam. Maar als je hem vertelt dat ik dat zei zal ik het ontkennen.'

Armstrong wuifde dit weg. 'Op dit moment vind ik Pickett niet belangrijk, maar deze verkiezing wel en ik wil niet dat de kansen van mijn schoonzoon naar z'n mallemoer gaan omdat iemand probeert hem erin te luizen.'

'Die schoonzoon die u niet echt mag?' vroeg Archer.

Armstrong keek hem aan. 'Ik hoef die man niet aardig te vinden om achter zijn beleid te staan. Douglas zal een goede burgemeester zijn en, nog belangrijker, hij is de man die we op dit moment nodig hebben. Ik beschouw Alfred Drake als een socialist en misschien zelfs als een communist. Hij zou een ramp betekenen voor deze stad.'

'Je zei tegen Archer dat je wilt dat wij de waarheid achterhalen, wat die ook was. Dat klonk niet alsof het voor jou iets uitmaakte, Armstrong, maar nu lijkt het alsof dat wel zo is. Dus hoe zit het? Dat zou ik graag willen weten voordat ik besluit of ik je opdracht wil aannemen.'

Armstrong glimlachte en keek naar zijn dochter. 'Ik was vergeten hoe goed Willie kan schaken, Beth. Ik denk dat hij een van mijn pionnen en een van mijn paarden heeft geslagen en nu zijn zinnen op mijn koningin heeft gezet.'

'Is dat een soort antwoord?' vroeg Dash.

'Ga op zoek naar de waarheid, Willie. En het kan me inderdáád iets schelen, maar ik heb vertrouwen in de uitkomst van je onderzoek. Is dat een antwoord op je vraag?'

'Ik zal er wel genoegen mee moeten nemen, want ik betwijfel of je duidelijker zult worden.' Dash nam een slok sangria en trok zijn neus op.

'Vind je het niet lekker?' vroeg Armstrong.

'Ik hou niet echt van punch. Zodra je alcohol vermengt met iets zoets, dan hoef ik het niet meer. Drank hoort te branden, het hoort een man het gevoel te geven dat-ie leeft. Anders drink je gewoon iets wat je een uur later kunt uitpissen. Goed, je hebt de lijst bekeken die we van Kemper hebben gekregen. Heb je iets gezien wat veelbelovend is?'

'Ik ben geen detective.'

'Oké, wat zegt je instinct dan?'

'Volgens mij is die lijst waardeloos.'

'Interessant.' Dash ging staan en zette zijn hoed op, net als Archer. 'Goed, hoe laat hebben jij en je jongens de Midnight Moods gisteravond verlaten?'

'Meteen na ons samenzijn met Archer. Vraag maar na bij de parkeerhulp als je me niet gelooft.'

'Oké, ga ik doen. Weet je nog wie het was?'

'Een man in het uniform van een parkeerhulp gefixeerd op fooien en vrouwen die in hun eentje vertrekken.'

'Bedankt, die beschrijving is op zo ongeveer iedereen van toepassing. Maar het is een begin.'

'Wat hebt u een fantastisch huis gebouwd voor de Kempers!' zei Archer, terwijl hij naar Beth Kemper keek.

'Ik heb het gebouwd voor mijn dochter.' Armstrong sloeg beschermend zijn arm om haar heen. 'Douglas woont daar toevallig ook.'

'Maar je steunt je schoonzoon bij de burgemeestersverkiezing,' zei Dash.

'Je hoeft niet van je bondgenoten te houden, Willie. Je hoeft ze alleen maar te gebruiken.'

45

Toen ze eindelijk terug waren bij het kantoor ging de zon al bijna onder en doopte het donkere water van de oceaan roze en goud.

Archer vroeg: 'Vond jij het niet vreemd wat daar gebeurde? Beth Kemper was zichzelf niet.'

'Haar vader neemt zijn hele omgeving in beslag.'

Dash stapte uit en zei: 'Ik moet wat dingen doen, Archer. Tot morgenochtend, en dan wel op tijd. Maar ik wil dat je het volgende gaat doen.' Hij leunde door het geopende raam naar binnen en zei tegen Archer: 'Jij gaat vanavond terug naar de Midnight Moods, legt je oor te luisteren en kijkt goed om je heen. Ga weer naar Ruby's appartement, misschien valt je dan iets op. Praat met mensen. Ik kan bijna niet geloven dat niemand gisteravond iets heeft gezien.'

'Zal ik doen, Willie. Is Connie al weg, denk je? Ik wil nog even naar boven.'

Dash keek op zijn horloge en haalde een sleutelring met drie sleutels uit zijn zak. Hij haalde er een af en gaf die aan Archer. 'Verlies hem niet.'

Archer keek Dash na toen deze wegliep, maar hij wist niet waarnaartoe. Hij ging naar binnen en zag dat de lift leeg was. Earl is dus ook al naar huis, dacht hij.

Hij liep de trap op naar boven en deed de deur van Willie Dash, Very Private Investigations, van het slot.

Connie was inderdaad al weg. Hij deed de deur weer dicht, liep naar zijn kantoor en keek om zich heen.

Klein, leeg, sjofel zelfs, muf. *Maar mijn kantoor.*

Hij glimlachte en was een uur bezig met schoonmaken en alles op z'n plek zetten. Hij had bijna het gevoel dat hij weer in de gevangenis was waar kleine taken zoals deze – opruimen, schoonmaken – hem hielpen de dag door te komen, en de dag daarna, en de dag daarna. Toen hij klaar was, keek hij door het raam naar buiten en zag twee mannen die vier verdiepingen lager door de steeg liepen, een sigaret rookten en een fles deelden.

Archer vertrok, reed terug naar het pension en klopte op Callahans deur.

'Ja?' riep ze.

'Ik ben het, Archer.'

Hij hoorde voetstappen naderen. Toen ze de deur opende, realiseerde hij zich dat hij teleurgesteld was omdat ze zoveel kleren aanhad.

'Wat is er?' vroeg ze, met haar hand op haar heup en een hooghartige blik.

'Zin om een hapje te eten?'

'Nee, ik heb geen honger. Hebben jullie al ontdekt wie dat meisje heeft vermoord?'

'We zijn ermee bezig, Liberty. Maar ik wilde vragen of je iets voor me wilt doen.'

'Dan kun je beter binnenkomen. Het zou vernederend voor je zijn als ik je in het openbaar afwijs.'

Ze ging op het bed zitten en hij leunde tegen de muur. Ze had een paar outfits op het bed gelegd en een paar andere aan haken aan de muur gehangen. 'Bekijk je je hele garderobe?'

'Ja. Wat Dawson voor me had, werkte gewoon niet. Gelukkig heb ik een paar dingen meegenomen die wel goed zijn.'

'Meer dan een paar. Heb je er zin in?'

'Het is Hollywood niet, maar het is wel goed. Wat moet ik voor je doen?'

'Ik vroeg me af of je, als je in de Midnight Moods begint, je ogen en oren open kunt houden en mij wilt vertellen wát je hebt gezien en gehoord.'

'Je bedoelt of ik voor je wil spioneren?'

'Ja, zo kun je het ook noemen.'

'Volgens mij is dat de enige manier, Archer.'

'Misschien helpt het ons te ontdekken wie die vrouw heeft vermoord.'

Callahans harde blik werd zachter toen hij dat zei. Ze begon aan een van haar nagels te pulken. 'Wie dat ook heeft gedaan, had haar niet op die manier hoeven te vermoorden. Het was niet nodig haar... dat aan te doen.'

Archer ging naast haar op het bed zitten. 'Als je zo lief tegen me doet, ga ik nog denken dat iemand de echte Liberty heeft ontvoerd en jou hier heeft achtergelaten.'

'Wat meisjes zoals ik moeten doen, Archer, wat meisjes zoals Ruby Fraser doen, is moeilijk. We moeten duizend dingen tegelijk doen – de meeste zijn waardeloos en bijna allemaal hebben ze iets met mannen te maken. Ondertussen jagen we onze dromen na, of in elk geval dat wat we dénken dat we met ons leven willen doen. En anders dan mannen kunnen we honderd dingen goed doen en één ding verkeerd en dan is onze droom voorbij. Dat belast je, daardoor word je... heel voorzichtig, ben je niet bereid om...'

'Iemand te vertrouwen. Ook mannen zoals ik niet.'

Ze raakte zijn gezicht aan. 'Doet het nog pijn?'

'Niet als je er zo overheen wrijft. Voelt wel goed, eerlijk gezegd.'

'Ik zal je spion zijn, Archer. En je moet me er vrijdag naartoe brengen zodat ik mijn contract kan ondertekenen.'

'Oké, maar je moet voorzichtig zijn. Er is iets niet in orde met de Midnight Moods.'

'Er is iets niet in orde met de wereld.'

Hij vertrok zodat ze kon doorgaan met het uitkiezen van haar outfits en at snel een hapje in een eethuis aan de overkant. Hij spoelde de biefstuk met paprika en ui en brood zo hard als beton weg met een biertje.

Daarna liep hij wat rond. Hij genoot van de dalende temperatuur en het zachte briesje vanaf het water. De zeemist bouwde zich op in de rotsspleten en dreef naar de paleizen erboven. Archer dacht ondertussen na over Beth Kemper en haalde het beeld van haar weer terug in zijn herinnering. Het eerste woord dat bij hem opkwam was 'breekbaar' en dat verbaasde hem, omdat ze helemaal niet breekbaar leek. Maar hij vroeg zich af wat haar breekpunt was en vermoedde dat hij dat op een bepaald moment zou gaan zien.

Hij had nog wat tijd over voordat hij naar de Midnight Moods zou gaan. Daarom liep hij terug naar het pension om de Delahaye op te halen. Hij reed naar de haven en zag dat de boot waar Armstrong en de anderen de vorige avond mee hadden gevaren nog steeds aangemeerd lag.

Hij ging op zoek en vond het kantoor van de havenmeester. De man had een grijze baard, droeg een coltrui met een dikke wambuis en een kapiteinspet. Hij leek wel een wandelende advertentie voor het leven van een zeeman; uit de vorige eeuw dan. Hij haalde zijn bruyèrepijp tussen zijn tanden vol tabaksvlekken vandaan en keek op naar Archer. Zijn kantoor was niet veel groter dan een telefooncel. Aan de muur achter hem hing een nautische kaart van de haven, compleet met dieptemarkeringen, de exacte contouren van de kust en de zeebodem, plus navigatiehulpen en -gevaren. Ernaast hing een foto van een pin-up die veel op Callahan leek en ongeveer evenveel been liet zien.

Archer wees door het raam naar de boot. 'Dat is een prachtige boot. Is die van een privépersoon of kan hij gehuurd worden?'

De man zei: 'Dat is de boot van Sawyer Armstrong.'

'Sawyer Armstrong?' vroeg Archer, alsof hij niet wist wie dat was.

'Ja, dat is de rijkste man hier in de buurt. Heeft een groot huis hoog in de bergen. Teelt olijven. Maar hij bezit het grootste deel van Bay Town.'

'O ja, volgens mij heb ik weleens iets over hem gehoord. Maar ik ben hier net komen wonen.' Archer stak een Lucky Strike op en keek naar de boot. 'Waar varen de mensen hier naartoe? Zijn hier eilanden en zo?'

'Zeker. De Channel Islands.'

'De Channel Islands? Kun je daar snel komen?'

'Dat hangt ervan af wat je snel noemt, jongeman, en dat hangt af van welk eiland. Acht stuks vormen samen wat een archipel wordt genoemd. Gaat van San Miguel in het noorden tot San Clemente aan de zuidkant. Santa Cruz en Anacapa liggen het dichtstbij, maar toch kost het nog ruim een uur om er te komen.'

'Zijn die eilanden bewoond?'

'Eigenlijk alleen Santa Catalina. De andere zijn onbewoond of er wonen maar een paar mensen. Vroeger woonden er indianen op de Channel Islands; de Chumash op de noordelijke en de Tongva op de zuidelijke eilanden. Maar toen kwamen de Spanjaarden en die joegen hen weg. Nu heeft een rijke vent op Catalina een stad gebouwd, als een toeristische bestemming, zeg maar. Avalon heet het. Maar hij ging failliet en toen deden een paar andere mannen een poging en zij bleven bouwen. Toen was er een brand en kregen ze financiële problemen, zodat ze het aan andere investeerders moesten verkopen. Vervolgens kocht die kauwgumman, Wrigley, alles op. Heeft daar miljoenen uitgegeven, heb ik gehoord. Catalina Casino is echt populair.'

Archer blies een grote rookwolk uit. 'Casino? Ik dacht dat casino's verboden waren in Californië.'

De man grinnikte. 'Daar wordt niet gegokt. "Casino" is Italiaans en betekent "verzamelplaats", dat heeft iemand me tenminste verteld. Hoe dan ook, Wrigley was eigenaar van de Chicago Cubs. Dat team ging daar vroeger heen voor de voorjaarstraining. Ik ben daar lang geleden een keer naartoe geweest om naar ze te kijken. Heel leuk. Toen stierf Meneer Kauwgum en zijn zoon nam het over en bleef doorgaan met bouwen. Toen kwam het leger dat in de oorlog alles overnam. Op sommige eilanden doen ze nog altijd oefeningen en zo.'

'Hoe ver is dat?'

'Catalina maakt deel uit van de Southern Channel Islands. Per boot ben je ongeveer een uur onderweg vanuit Long Beach. Vanaf hier veel langer, dan is het een hele dagtrip.'

'Ik hoorde dat er nog een eiland is, veel dichterbij. Een soort kunstmatig eiland dat het leger heeft aangelegd.'

De zeeman keek hem wantrouwig aan en tikte met het rokende uiteinde van zijn pijp op zijn bureau. 'Je hebt heel veel gehoord voor iemand die nog maar net in de stad is.'

'Ik hou mijn ogen en oren graag open. Is het waar?'

'Het leger deed allerlei dingen in de oorlog. We weten niet alles, en volgens mij zullen we ook nooit alles weten. Strikt geheim, weet u?'

Archer keek naar de zeemanskleding van de man. 'U bent er dus nog nooit geweest? Had gedacht dat u al deze wateren wel had bevaren.'

'Geen enkele reden om die kant op te gaan.'

'Kan ik ernaartoe, gewoon om te kijken of het er is?'

'Waarom zou u dat willen doen?'

'Ik probeer graag nieuwe dingen.'

De man haalde zijn schouders op. 'Weet u hoe u een boot moet besturen?'

'Jazeker. Heeft het leger me geleerd.'

'Vreemd dat het leger iemand zoiets leert.'

'Het zou u verbazen hoeveel water je tegenkomt in het leger.'

'Het ligt precies ten westen vanaf mijn stoel, 270 graden op je kompas. Vijf kilometer. Ongeveer vijftien tot twintig minuten onder normale vaaromstandigheden. Gewoonlijk is het water niet wild, dat is pas veel verder uit de kust zo.'

'U noemt de exacte locatie, betekent dit dat er dus een eiland is?' vroeg Archer.

'Heb nooit gezegd dat het niet zo was, jongeman.'

'Maar u bent er nooit geweest?'

De man beet op zijn pijp en zweeg.

'Dus het eiland is nog altijd van het leger? Krijg ik problemen als ik daarnaartoe ga?'

'Misschien. Maar misschien is het niet het leger waar u problemen mee krijgt.'

'Met wie dan wel?'

'Kan ik u niet echt vertellen, jongeman, want dat weet ik niet. En ik wíl het ook niet weten.'

Archer bleef de man aankijken, maar deze hield zijn mond stijf dicht. Archer keek naar de donker wordende lucht. 'Kan ik morgenvroeg een boot huren? Zodra het licht wordt?'

'Tuurlijk. Een man vlak bij de haven verhuurt ze. Als u die kant op loopt, ziet u zijn bord. Hij is eerlijk, zo eerlijk als een man maar zijn kan. Hij gaat om zes uur open. Vijf dollar is het dagtarief, voor acht uur of acht minuten, dat maakt niet uit. En dat is inclusief brandstof.'

'Bedankt.'

'Oké.'

Archer liep weg en toen hij achteromkeek zag hij dat de man was opgestaan en hem nakeek.

Misschien heb je zojuist een heel grote fout gemaakt.

Maar misschien was er een manier om dat te omzeilen.

Archer versnelde zijn pas.

46

De man die boten verhuurde wilde net sluiten toen Archer bij hem kwam. Eerst wilde hij Archer geen boot meer verhuren zo laat op de dag, maar toen Archer met een biljet van tien dollar zwaaide en zei dat hij niet verder wilde dan vijf kilometer uit de kust, nam de man het geld aan en zei: 'Oké, jongeman, meer hem als je terugkomt netjes op dezelfde plek aan, want ik blijf niet op je wachten.'

Nadat Archer de noodzakelijke papieren had ingevuld, bracht de man hem naar de boot en gaf hem een set sleutels en een waterkaart van de omgeving. Onderweg ondervroeg hij Archer over zijn zeemanschap en was tevreden. 'Zelfs vijf kilometer uit de kust kan het weer snel omslaan, dus blijf op je hoede. En gebruik de boordlichten. Er zijn ook vaargeulen, die staan op de kaart. Je wilt niet worden overvaren door een tanker.'

'Juist, bedankt.'

'Wat is er trouwens zo speciaal vijf kilometer uit de kust? Daar is alleen maar water. Anacapa ligt veel verder.'

'Wil alleen een tip over een visplek checken.'

De man vroeg sceptisch: 'Ja hoor. Je bent toch geen smokkelaar, wel?'

Archer klopte op zijn zakken. 'Nou, als ik dat ben, is mijn smokkelwaar wel heel klein.'

De lak was zo kort geleden aangebracht en rook zo sterk dat Archer het gevoel kreeg dat híj gelakt was toen hij aan boord stapte van de slanke zes meter lange Chris-Craft Barrelback, waar de Amerikaanse vlag aan een stok op de achtersteven wapperde. Hij borg zijn hoed op, startte de motor, draaide de schakelaar om voor de boordlichten en stuurde de boot naar het westen. Toen hij sneller ging varen werd de wind krachtiger, net als de oceaan, met als gevolg dat hij na een kleine kilometer tegen dertig centimeter hoge golven op voer.

Archer duwde de hendel nog iets verder naar voren, maar de zware houten boot had geen enkel probleem met de golven. Archer hield het kompas in de gaten en keek bij het licht van de zaklamp die in een houder op het dashboard geklemd zat ook even naar de geplastificeerde kaart die de man hem had meegegeven. Het eiland waar hij naartoe voer, stond niet op deze kaart.

Nadat hij zijn route had gecontroleerd, borg hij de kaart op. Hij bleef naar het kompas kijken en hield steeds 271 graden aan. Hij voer met een snelheid van 24 knopen en schatte dat hij over een kleine tien minuten bij het eiland zou zijn. Hij keek van links naar rechts en ook achterom, gewoon voor de zekerheid. Op ongeveer achthonderd meter van het eiland werd de zee wilder en om dat te compenseren nam hij een beetje gas terug. Hij stuurde de boeg met een hoek van 45 graden tegen de aankomende golven in om hun kracht te halveren. De maan scheen en het zicht was goed. Tot nu toe verliep alles prima – hij klopte het af op het houten dashboard.

Tijdens zijn training in 1942 had hij in deze zelfde wateren motorboten leren besturen. In die tijd werkte het leger samen met de marine, en de verwachting was dat in de toekomst landingen met amfibievoertuigen gemaakt moesten worden. Archer bezat dus de vaardigheden die daar noodzakelijk voor waren, maar had nooit verwacht dat die zoveel jaren later van pas zouden komen, en ook nog eens in Amerikaanse wateren. Hij had in veel woestere zeeën gevaren dan nu, maar zoals de botenverhuurder al had gezegd, kon de situatie snel veranderen als het weer omsloeg.

Archer ging langzamer varen toen hij een donkere massa uit de Stille Oceaan zag oprijzen. Hij draaide het zoeklicht dat aan de zijkant van de boot was bevestigd, net als de schijnwerper op een patrouillewagen, en bescheen de contouren van het eiland waar hij naartoe voer. Hij koerste naar het noorden en voer parallel aan de lange zijde van het eiland, terwijl hij een ruwe berekening maakte van de omvang en de afmetingen. Terug op het beginpunt nam hij nog meer gas terug en richtte de boeg naar een reusachtige kade die hij eerder in zijn zoeklicht had gezien. Een kleine kilometer verderop was een tweede, maar kleinere kade. Hij pakte snel twee stootkussens en bevestigde deze op de haken op de dolboord aan de kant van de kade om te voorkomen dat de boot tegen de houten steiger werd gedrukt.

Archer maakte een bocht, draaide het roer snel richting de kade en zette de motor af. Hij sprong uit de boot toen de achtersteven naar het land zwaaide en bond de boot vlug vast. Hij pakte zijn hoed en de zaklamp, verliet de kade en stapte het eiland op.

Archer keek om zich heen en scheen met de zaklamp naar links en naar rechts. Hij vroeg zich ook af waarom, als het leger dit stuk land nog altijd in bezit had, er hier niemand was die hem vertelde dat hij zich op verboden terrein bevond.

Hij liep naar het westen en scheen met zijn zaklamp op de grond. Het land was redelijk vlak, maar meer naar het midden toe werd het eiland zo'n twaalf meter hoger, wat logisch was als bescherming tegen eventuele overstromingen. Hier hadden gebouwen gestaan, grote zelfs, als de resterende fundamenten iets over hun omvang zeiden. Net als een archeoloog kon hij zich door wat was overgebleven een ruw beeld vormen van wat hier was geweest. Hij zag afgedankte kabels, stapels gebruikt hout, stukken beton en een leeg krat met het woord RADAR op de zijkant. Er lagen oude banden, de restanten van een verbrande Jeep in de modder, lege dozen waar blikken voedsel in hadden gezeten, een witte zeemanspet, een lege munitiegordel voor een machinegeweer en een olievat van 200 liter met de tekst: EIGENDOM AMERIKAANSE MARINE. Iets verderop zag hij het verroeste onderstel van een Mark VI-tank op een ronddraaiend platform. Hij had deze wapens gezien tijdens zijn training op de Channel Islands; ze konden ronddraaien en vijandelijke vliegtuigen en schepen aanvallen.

In het licht van zijn zaklamp zag hij iets interessants. Hij liep ernaartoe en knielde naast een gat in de grond waar een houten paal naast stond. Op de paal stonden cijfers en letters, maar hij wist niet wat ze betekenden. Precies hetzelfde zag hij op verschillende andere plaatsen, allemaal op het hoger gelegen deel van het eiland.

Even later zag hij een andere paal in de grond waarop stond: LANCET GROEP – LANDMETERS EN ARCHITECTEN, BAY TOWN. Op de paal stond geen telefoonnummer of andere informatie, maar hij noteerde de naam in zijn schrijfblok.

Archer liep snel door tot hij aan de andere kant van het eiland het water bereikte. Hij had zijn passen geteld en berekend dat het eiland ongeveer vijf kilometer breed was. Eerder had hij al berekend dat het twee keer zo lang was. Het was dus vijf bij tien kilometer, oftewel vijftig vierkante kilometer. Niet veel land, maar zeker groot genoeg om er iets mee te doen, zoals de marine kennelijk had gedaan. En het was een wonder dat ingenieurs van slechts een ondiepe plek in de oceaan een eiland hadden gemaakt. En zoals hij uit ervaring wist, kon de grote kade hier de grootste torpedobootjagers van de marine aan.

Verderop zag hij een vage langwerpige vorm. Archer had even tijd nodig om te bepalen wat het was. Een golfbreker.

Dat was logisch als je hier, zo ver van het vasteland, schepen wilde laten aanleggen.

Hij keek omhoog toen hij boven zich de knipperlichten van een vliegtuig zag. De hoek van het vliegtuig gaf aan dat het toestel misschien aan de kust was opgestegen. Het vloog naar het westen, mogelijk naar Hawaï, dacht hij. Hij kon horen dat het een viermotorig toestel was en al die pk's nodig had om die afstand te overbruggen.

Langzaam liep hij terug naar de boot, een beetje teleurgesteld. Hij had niet echt veel bereikt, en het had hem tien dollar gekost. Archer versnelde zijn pas toen hij veel verderop in het westen boven de oceaan een bliksemschicht zag. Er kwam onweer aan.

Hij sprong in de boot, startte de motor, maakte de touwen los en verliet de kade. Hij voer naar het oosten, gaf gas en voelde de wind in zijn rug. Opeens daalde de luchtdruk, het waarschuwingssignaal van de natuur voor aankomend slecht weer.

Archer duwde de hendel verder naar voren en dankzij de sterke motor van de Chris-Craft ploegde de boot door de steeds hogere golven. Het onweer achtervolgde Archer helemaal tot aan het vasteland van Californië en hij hoorde het donderen. Hij meerde de boot aan op zijn oude plek, bond hem vast, legde de sleutel onder de stoel zoals de man hem had opgedragen en liep snel terug naar de Delahaye. Hij deed de kap en de ramen omhoog, een paar seconden voordat de regen met bakken uit de hemel kwam. Hij stapte in en bleef in de auto zitten met de motor uit en staarde naar de zee. Vijf kilometer uit de kust lag een eiland. En hij wist vrijwel zeker dat Sawyer Armstrong en die andere mannen daar waren geweest. Nu was de vraag waarom.

47

Het begon net druk te worden in de Midnight Moods toen Archer zijn auto bij de hoofdingang aan de parkeerhulp gaf. De wrede moord op een van de personeelsleden had kennelijk geen invloed op de zaken. Mensen wilden nog steeds drinken, dansen, gokken en naar knappe jonge meisjes kijken die hun benen in de lucht zwaaiden en vrolijk zongen.

De regen was opgehouden, maar het miezerde nog wel. Ook was het zeker tien graden kouder dan voor het onweer.

De baas van de parkeerhulpen zat bij het sleutelbureau. De man droeg een pet en een militairachtig uniform met knopen. Hij was in de vijftig, had dunner wordend grijs haar en een lange snor. Op zijn lippen en nagels zaten gele nicotinevlekken. Hij was zo'n 1 meter 67 lang en was minstens tien kilo te zwaar voor die lengte.

Archer liep naar hem toe en liet zijn PD-licentie en een foto zien.

De man bleef lang naar de foto staren, maar door de tic in zijn rechteroog vond Archer het moeilijk om alleen al naar hem te kijken. 'Oké, wat wil je?' vroeg de man.

'Ken je Sawyer Armstrong?'

'Nee, nooit van gehoord,' zei de man met een stem die droop van het sarcasme. 'Wacht, is dat niet de eigenaar van deze tent?'

'Je kunt je natuurlijk van de domme houden, maar dan duurt ons gesprek alleen maar nog langer dan je zou willen.'

'De politie is hier al geweest, speurder. Ik heb met hen gepraat, maar ik hoef niet met jou te praten. Rot dus maar op.'

'We werken samen met chief Pickett aan deze zaak, dus misschien wil je je mening nog herzien, vriend, tenzij je een ritje naar het centrum wilt maken onder escorte van een paar van zijn mannen, als je begrijpt wat ik bedoel.'

Langzaam verdween de neerbuigende glimlach van het gezicht

van de man. 'Oké, rustig maar, wat wil je weten?'

Archer stopte zijn licentie weer weg en vroeg: 'Heb je enig idee hoe laat Armstrong gisteravond is vertrokken? Hij was hier met twee van zijn "compagnons". Eigenlijk waren het gorilla's met een stropdas om, maar minder knap.'

'Ja, die ken ik wel. Hank en Tony. Geen stel dat je tegen je in wilt nemen.'

'Dat lesje heb ik hier gisteren wel geleerd. Je hebt ze dus gezien?'

'Ja. Ik heb meneer Armstrongs auto zelf opgehaald; een Cadillac ongeveer zo lang als mijn huis. Hij stapte achterin, Hank reed en Tony zat naast hem. Tony zag eruit alsof hij was uitgegleden en met zijn gezicht op iets hards was gevallen.'

'Ja, dat klopt. Hoe laat was dat?'

'O, volgens mij rond elf uur, iets ervoor of erna.'

'Hoeveel minuten ervoor of erna?'

'Hé, wat denk je dat ik ben, vriend, een Timex? Het was een uur of elf. Ze stapten in en reden weg.'

'Kende je het meisje dat is vermoord, Ruby Fraser?'

'Alleen van gezicht.'

'Heb je haar ooit met een man gezien?'

'Dat is min of meer de bedoeling in de Midnight Moods, nietwaar?'

'Ze was een zangeres, niet zo'n meisje dat sigaretten en sterkedrank verkoopt of een meisje van plezier.'

Met een minachtende blik zei hij: 'Neem me niet kwalijk, hoor, het was niet mijn bedoeling kwaad te spreken over de doden. Nee, ik weet zeker dat ze een heilige was.'

'Dus, heb je haar ooit met een man gezien?'

'Misschien.'

'Ken je Douglas Kemper?'

'Zeker, hij is hier nu aan het kaarten.'

'Heb je hem weleens samen met Ruby gezien?'

'Nee. Waar wil je naartoe, man?'

'Kennelijk nergens. Bedankt voor niets, man.'

Archer liep de ophaalbrug over, gaf zijn hoed af en bestelde een wodka-martini die er goed in ging na zijn eilandexpeditie per boot.

Hij werd naar de kaartkamer gestuurd door een meisje dat sigaretten verkocht en haar best deed hem een pakje Camel te verkopen.

'Ik rook alleen Lucky Strikes,' zei hij.

Ze bekeek hem van top tot teen en zei met een hese stem: 'Je ziet er niet uit alsof je zoveel geluk nodig hebt, knapperd.'

'Verdomme, kom ik eindelijk een vrouw tegen die dat doorheeft en dan moet ik weg.' Hij gaf haar een kwart dollar en pakte een pakje Lucky's van haar dienblad.

Een jongen in uniform opende de deur van de kaartkamer en Archer liep naar binnen.

Het was een groot vertrek van ongeveer twaalf bij twaalf meter waar tafels stonden met eromheen stoelen waarvan de rugleuningen elkaar bijna raakten. Binnen waren alleen mannen; Archer wist niet of dat voorschrift was of niet. De heren droegen allemaal een duur pak of een kostbare smoking. Ze rookten een sigaar, namen slokjes uit glazen waar zo te zien cognac in zat en leken zeer tevreden met hun bevoorrechte positie in het leven. Op een hoge kruk in het midden van elke tafel zat een man met een kleurrijk vest, mouwophouders en een groene kleppet die de kaartschudmachine bewaakte waaruit de speelkaarten kwamen die werden uitgedeeld.

Archer zag Kemper vrijwel meteen. Hij zat op een stoel achter vijf kaarten en een stapel fiches, samen met vier andere mannen die klonen van hem leken, maar zonder de onverschilligheid die Kemper uitstraalde. Sheen zat er niet bij.

Archer liep door het vertrek, nam nog een laatste slok van zijn drankje en bleef naast Kemper staan die net een full house op tafel legde – drie koningen, twee tienen – en de fiches in de pot oppakte, tot grote ergernis van de andere mannen.

Kemper keek op en legde zijn havanna in een asbak. 'Archer, toch?' Hij keek om zich heen. 'Waar is Willie?'

'Hij hield het voor gezien vandaag, maar ik ben meer een nachtbraker.' Hij bukte zich en fluisterde: 'Ik wil u een paar vragen stellen en u even bijpraten, als u daar belang bij hebt.'

Kemper keek naar de andere spelers en glimlachte. 'Oké, mannen, het spijt me voor jullie, maar ik neem mijn fiches mee en ga naar huis. Spelen jullie maar verder om de paar dollars die jullie nog overhebben. En bedank me later maar.' Hij keek naar de dealer en wees naar zijn fiches.

De man knikte. 'Ja, meneer Kemper. Ik regel het wel.'

'Hou vijftig voor jezelf, voor de moeite, Harry.'

'Dank u wel, meneer.'

Kemper stond op en Archer liep achter hem aan het vertrek uit naar een van de bars in de grote hal die de begane grond in tweeën deelde. Archer bestelde nog een martini en Kemper een stinger.

'Laten we een stukje lopen,' zei Kemper. 'Ik wil liever geen mensen om me heen als ik vragen beantwoord en word bijgepraat.'

Hij nam Archer mee naar buiten, over het achterterras naar een overdekt terras. Ze liepen naar een gietijzeren tafel met stoelen met oranje-wit gestreepte kussens en gingen zitten. De borrelende waterval die Archer tijdens zijn eerdere wandeling had gezien, stroomde verder over het terras en mondde uit in de sissende vuurpot. Het effect was leuk, dacht Archer, als je een oppervlakkig type was.

'Geef me eerst die update, Archer,' beval Kemper.

Archer nam een slok van zijn martini, gewoon omdat hij daar zin in had, en pas daarna vertelde hij wat er tot dan toe was gebeurd, ook over de gehouden interviews, de genomen stappen en de ontdekte informatie. Dat was allemaal routine en noodzakelijk, maar toch wilde Archer het gewoon achter de rug hebben zodat hij kon doorgaan met iets wat belangrijk was.

Kemper luisterde naar dit alles, pakte een havanna, knipte de punt eraf, stak hem aan en trok er peinzend aan tot de sigaar echt brandde. Hij leunde naar achteren, nam een slokje van zijn stinger en zei: 'Wilson heeft me hier al iets van verteld. Goed, het bevalt me niet dat je met Beth hebt gepraat. Ik had jullie gezegd dat ik niet wilde dat ze iets over deze ellende te weten zou komen.'

'Ze zou het toch te horen krijgen, of u dat nu wilde of niet. Ze kon het beter van ons vernemen dan van de een of andere klojo.'

Kemper keek hem aan, maar reageerde hier niet op. 'Goed, nu over die Fraser.'

'Wat is er met haar?'

'Heb je enig idee wie haar kan hebben vermoord?'

'Nog niet. Heeft de politie met u gepraat?'

'Met mij? Waarom zouden ze met mij praten?'

Archer had er genoeg van. Hij zette zijn glas neer en nam rustig de tijd om een sigaret uit zijn nieuwe pakje Lucky's op te steken. Hij zwaaide met de lucifer om hem te doven en legde hem in de asbak. 'Luister, ik werk misschien nog maar net voor Willie, maar ik ben niet achterlijk. En voor zover ik weet heeft niemand mijn hersens verwijderd. Dus waarom houden we niet gewoon op met deze onzin en gaan we het over essentiële zaken hebben? Namelijk dat u een sterk motief had om de dame te vermoorden en dat betekent dat de politie, zelfs de incompetente agenten in dit stadje, op een bepaald moment met u zal willen praten.'

'Je bent hier nog niet lang genoeg om te weten of ze incompetent zijn.'

'Ik ben een snelle leerling en dat was niet zo moeilijk.'

'Maar zij weten niets over de poging mij te chanteren.'

'Er is geen enkele garantie dat dat ook zo blijft. En het feit dat u ons hebt ingehuurd om die zaak te onderzoeken? Denkt u soms dat we zonder dat iemand het merkt kunnen rondsnuffelen? Dus waarom vertelt u me niet wat uw alibi is, zodat we kunnen zien of dat ermee door kan.'

'Je houding bevalt me niet, Archer. Over het algemeen praten mensen niet op die manier tegen me.'

'Tja, over het algemeen worden de meeste mannen met wie ik spreek niet beschuldigd van een affaire met een vrouw die uiteindelijk wordt vermoord.'

'Ik heb je verteld dat ik géén affaire had.'

'En daar blijft u bij?'

'Ja!'

'Weet u wat uw vrouw denkt?'

Hij nam een slokje van zijn stinger en zei toen: 'Dat weet ik, in het algemeen.'

'Tja, heel specifiek denk ik niet dat ze uw kant van het verhaal gelooft. Weet u, ze hóópt waarschijnlijk dat u haar niet hebt bedrogen, maar meer dan dat is het niet, hoop. Dus als de politie haar ondervraagt en zij vertelt wat ze écht denkt, zullen de agenten naar u toe komen en dan zijn we weer terug bij de vraag: hebt u een alibi?'

'Waarom zouden ze naar haar toe gaan?'

'Ik neem aan dat u me niet als een achterlijke zool beschouwt en echt een antwoord wilt. Dus dan is dit mijn antwoord en luister goed: uw vrouw heeft ook een motief om Ruby te vermoorden en dat motief is een van de oudste die er bestaat: zij dacht dat u seks had met die vrouw. Maar zij heeft kennelijk een alibi: ze dineerde met vrienden van vijf uur 's middags tot middernacht.'

Zijn gezicht betrok. 'Juist. Hoe laat is dat meisje vermoord?'

'Rond tien uur.'

Kemper kneep zijn ogen tot spleetjes. Hij dronk zijn glas sneller leeg dan verstandig was en keek rond tot hij een serveerster zag bij wie hij een nieuwe stinger kon bestellen.

Ze kwam snel naar hen toe, bukte zich zodat haar decolleté zichtbaar werd, knipperde verleidelijk met haar blauwe ogen en zei nadat hij zijn bestelling had opgegeven: 'Komt er meteen aan, meneer Kemper.'

Ze liep snel weg, kennelijk blij met het vooruitzicht dat ze de man een glas cognac met crème de menthe mocht brengen.

Archer, die aandachtig had zitten kijken, keek Kemper aan en vroeg: 'Dringen alle meisjes zich zo aan u op?'

Kemper zwaaide met zijn havanna alsof het een toverstokje was dat Archer en al zijn problemen zou laten verdwijnen. 'Ik ben jong, ik ben rijk, ik heb goede connecties.'

'En u ziet er goed uit,' zei Archer op vlakke toon. 'Ik zeg het maar even, voor het geval u zelf te bescheiden bent om dat te benoemen.'

'Je bent een betere prater dan ik eerst dacht, Archer. Ik ben ook getrouwd met de liefste en rijkste vrouw in de stad. Het is dus logisch dat sommige meisjes hier me een uitdaging vinden. Maar kunnen zij me zover krijgen dat ik mijn huwelijksbeloftes verbreek?'

'En, kunnen ze dat?'

'Ik ben een man, Archer. Ik beweer niet dat ik in dat opzicht beter ben dan ik ben.'

'Prima. Oké, nu hopelijk voor de laatste keer: hebt u een alibi voor het tijdstip waarop Fraser is vermoord?'

'Ik was in gezelschap van Wilson Sheen. We hebben op kantoor gedineerd en daarna moesten we naar een bespreking over de verkiezingscampagne. Ik ben pas ver na elf uur vertrokken.'

'Was iemand anders daar getuige van?'

'Nee, maar is Sheen niet voldoende?'

'U moet maar hopen dat hij dat is. En daarna?'

'Wat maakt dat uit? Je zei dat ze om een uur of tien stierf.'
'Gewoon om mijn nieuwsgierigheid te bevredigen.'
'Ik ben naar huis gegaan.'
'Heeft iemand u daar gezien? De Chinese butler misschien? Adam Stover, de chauffeur?'
'Nee.'
'En uw vrouw?'
'Je zei zelf dat ze naar een dinertje was.'
'Maar later, toen u naar bed ging?'
'We hebben aparte slaapkamers.'
'Waarom?'
'Gaat je verdomme niets aan.'
'Oké, dus u hebt haar helemaal niet gezien? Of haar auto?'
'Nee. Misschien is ze wel in de stad gebleven, geen idee.'
'Waar dan?'
'Ze heeft een appartement in het Occidental Building. Aan Sawyer.' Hij grijnsde. 'Natuurlijk. Ze kan niet ontsnappen aan haar papa, wel? Dat is vlak bij de kruising met Carrillo Avenue. Dat appartement had ze al voordat we trouwden.'
Archer tikte zijn as van zijn sigaret. 'Geen geweldig huwelijk dus?'
'Het gaat best goed.'
'Volgens mij bent u het deel van de trouwbelofte "tot de dood ons scheidt" vergeten.'
'Je kunt beter nog geen ontslag nemen, Archer. Je bent geen goeie komiek.'
'Kom op, meneer Kemper, zo slecht was die opmerking niet. Hebben jullie ooit overwogen kinderen te nemen? Dat kan weleens verschil maken.'
'Dank je voor je huwelijksadvies, Archer. Maar hou dat in de toekomst maar voor jezelf.'
De serveerster bracht Kempers stinger en zette het glas voor hem neer. Alsof ze hem de kroonjuwelen overhandigde, dacht Archer. 'Ik hoop dat u het lekker vindt, meneer Kemper. En als u íéts van me nodig hebt, hoeft u het maar te zeggen en wordt het geregeld. En ik bedoel álles.'
Echt wel, dacht Archer. Hij verwachtte bijna dat ze een striptease zou uitvoeren.

Kemper bedankte haar met een blik, waarna ze met een brede glimlach wegliep.

Archer stond op. 'Goed, dan laat ik u nu alleen met uw drankje en die kruiperige serveerster.'

'Ik heb die vrouw niet vermoord, Archer. Echt niet.'

'Blij dat te horen.'

'Is dat zo?'

'U bent de cliënt. Het is niet mijn werk u in de gevangenis te laten belanden.'

'Is dat zo? Volgens mij ben je idealistischer.'

'Vroeger misschien, nu niet meer echt.'

Archer liep weer naar binnen, want hij was nog niet klaar. Maar toen gebeurde er iets waardoor hij van gedachten veranderde. Of eigenlijk gebeurde er niet één maar meer dingen.

Bay Town was kennelijk een stad waar je plannen sneller veranderden dan de secondewijzer van een klok versprong.

48

Wilma Darling kwam het damestoilet uit en liep door de gang.

Archer dook een andere gang in en keek daarna om de hoek om te zien waar ze naartoe ging. Ze had haar handschoenen weer aan en dreef haar naaldhakken in het tapijt als Amerikaanse bajonetten in een nazi. Het intrigeerde Archer dat ze zo doelbewust ergens naartoe liep. Haar jurk was donkerrood en zat op alle belangrijke plaatsen strak. Ze had iets met haar haar gedaan waardoor het er nog chiquer uitzag en bij elke stap op haar schouders danste. Haar make-up was onberispelijk en aan haar vastbesloten blik te zien was ze op jacht naar iets.

Toen kwam Wilson Sheen, haar prooi, haar tegemoet. Hij droeg een wit smokingjasje, een zwart vlinderstrikje en een donkere pantalon. Archer vond dat hij hierdoor op de hoofdkelner van een luxueus hotel leek. Het korte jasje flatteerde zijn brede, veel te zware lichaam niet, maar Darling leek daar geen probleem mee te hebben. Ze liep snel naar hem toe, drukte haar lippen op de zijne en sloeg haar lange armen om zijn brede middel, terwijl hij als een moeder die een baby een boertje wil laten doen op haar lange elegante rug klopte.

Toen ze hem losliet, bleek dat haar aanval zichtbare sporen op Sheens gezicht had achtergelaten. Hij veegde de donkerrode vlekken, even rood als haar jurk, er met zijn zakdoek af. Hij keek eerst ongemakkelijk, maar uiterst vergenoegd toen een paar mannen voorbijliepen en de universele gebaren maakten van mannen met succes met hun jacht op vrouwen: de domme grijns van een schooljongen, de opgestoken duim en het likken met de tong om de lippen als een dorstige hond.

Gearmd liepen ze de trap op – de Midnight Moods had kennelijk geen lift – op een discrete afstand gevolgd door Archer. Ze gingen naar de bovenste verdieping en liepen in de richting van Frasers oude appartement. Archer volgde hen, maar met zijn hoofd gebogen en klaar om zich zo nodig snel om te draaien, hoewel een paar stellen hier onderweg leken naar hetzelfde nirwana als Sheen en Darling.

Tot zijn verbazing gingen ze naar het appartement naast dat van Fraser, en Darling deed de deur achter hen dicht. Toen Archer er snel naartoe liep, hoorde hij dat de deur op slot werd gedaan.

Hij keek naar de deur van Frasers oude appartement en besloot dat hij wel een kans kon wagen. Gelukkig zat die deur niet op slot, dus ging hij naar binnen en sloot de deur snel achter zich. Het lijk was gelukkig verdwenen. Archer haalde een waterglas uit de keuken en nam dat mee naar de slaapkamer die volgens hem grensde aan de slaapkamer van het appartement ernaast. Hij drukte het glas tegen de muur en zijn oor tegen de bodem van het glas.

Hij hoorde gemompel, een zware ademhaling en flarden van een gesprek die hij niet kon verstaan. Iets tikte luid tegen iets anders. Toen gelach. Toen gekreun. Toen klonk het alsof twee mensen zich zo snel mogelijk uitkleedden. Daarna ging een radio aan en hoorde hij luide muziek. Toen krakende bedveren, en daarna kraakten ze in een ritmisch tempo. En hoewel hij begreep wat het was, hielp hem dat toch niet verder met zijn onderzoek.

Archer keek om zich heen en vroeg zich af wat hij zou doen, maar opeens zag hij in het plafond een luikje aan een scharnier met een kort trektouw eraan. Hij pakte een stoel, ging erop staan, greep het touw vast en trok het luik naar beneden. Er was geen vlizotrap die hij naar beneden kon trekken, dus greep hij beide zijkanten van de opening vast en hees zichzelf omhoog. Er lagen planken op de vloerbalken en er lag een ketting met aan het uiteinde een gloeilamp. Hij trok aan de ketting en het licht ging aan, waardoor de duisternis redelijk werd verlicht.

Hij kroop geluidloos in de richting van het andere appartement en stopte toen hij dacht dat hij daar was. Onderweg zag hij een paar dingen die misschien goede aanwijzingen waren. Maar die zouden moeten wachten.

Hij zag een identiek luik in het plafond van het volgende appartement. In de hoop dat de luide muziek de geluiden die hij mogelijk maakte zou overstemmen, besloot hij het risico te nemen. Heel langzaam duwde hij het luik naar beneden, ongeveer tien centimeter, zodat hij in de kamer kon kijken.

Darling zat op handen en knieën op het bed. Ze was naakt, op haar jarretelgordel en dunne kousen na.

Sheen was helemaal naakt, zodat Archer kon zien dat de man even dik was als hij leek wanneer hij kleren droeg, misschien zelfs wel dikker. Zijn huid was bleek; zijn borst, schouders en rug waren even behaard als die van een holenmens, maar zonder een grammetje spieren. Hij stond achter Darling en hield haar strakke billen stevig vast.

Archer vond het gênant om naar hen te kijken en wendde zijn blik af. Het liefst wilde hij het luik weer sluiten, terugkruipen naar Frasers oude appartement en op de vlucht slaan. Maar toen vroeg hij zich af: wat zou Willie Dash doen? En het was niet zo dat hij uit pure belangstelling naar hen keek, zei hij tegen zichzelf. Hij was bezig met een onderzoek. En wat hij zag leek niet erg logisch. En daarom kreeg hij argwaan.

Toen Archer weer naar het stel keek, zag hij dat Sheens bewegingen langzamer werden en de man harder begon te hijgen. Darling kwam iets omhoog, zodat Archer haar gezicht kon zien. En nu was hij zelfs nog geïntrigeerder en verbaasder.

Haar blik was een mix van verveling en afkeer. De vrouw was daar dus niet omdat ze van Sheen hield of hem aantrekkelijk vond. Nu was de vraag: waarom was ze dan hier?

Weer wendde Archer zijn blik af, maar hij hield het luik open zodat hij hen kon horen.

Toen Sheen opnieuw vermoeid leek te raken, gaf ze stevige tegendruk, kreunde luider en vertelde hem dat hij groter, harder, sterker en potenter was dan welke man ook. Ze leek wel een stuurman die de roeiers aanmoedigde om sneller te roeien. Sheen, hierdoor opgejut, gehoorzaamde haar, maar hij stond zo wankel op zijn benen dat hij tegen het nachtkastje viel, zodat een halfvol glas en een bijbel op de grond vielen.

Hierdoor aangemoedigd kwam de kwabbige man klaar en viel over haar heen, zodat hij Darling met zijn enorme gewicht bijna plette. Nu was haar blik een mix van ergernis en opluchting. Archer zag dat ze zich onder hem vandaan wriemelde. Daarna draaide ze zich om, glimlachte en gaf een klopje op zijn wang. 'O mijn god, Wilson. Ik zal zeker een week niet normaal kunnen lopen.' Hij streek over haar wang, glimlachte en viel prompt in slaap.

Ze stond snel op, kleedde zich vlug aan en liep naar de deur zonder de moeite te nemen een laken over hem heen te leggen. Ze keek nog even met een blik vol walging achterom naar de slapende man.

Archer sloot het luik en ging snel terug naar Frasers appartement. Toen hij de deur opende, kon hij nog net Darlings rug zien toen ze door de gang liep. De naad van haar kousen zat verdraaid, maar de rest leek op z'n plek te zitten.

Archer liep achter haar aan en volgde haar naar de begane grond. Ze liep naar de garderobe, vroeg het meisje om haar hoedje – een klein rond geval in de kleur van haar jurk met een kleine zwarte voile. Terwijl ze daarmee bezig was, zag Archer de serveerster die hem en Kemper eerder had bediend en stelde haar een paar vragen. Nadat ze die had beantwoord, gaf hij haar een dollar om haar te bedanken. Ze stopte hem in haar blouse, keek Archer aan en zei: 'Weet u, ik ben om één uur vrij, voor het geval ú belangstelling hebt.'

'Bedankt, maar ik heb andere plannen.'

'Jezus, ik kan vanavond geen enkele man krijgen!'

Archer liep snel naar de garderobe om zijn hoed op te halen, terwijl Darling daar net haar eigen hoedje opzette. 'Wat grappig dat ik jou hier zie,' zei hij tegen haar.

Darling draaide zich snel om. 'Archer?'

'Ik dacht dat deze tent vooral voor mannen bedoeld was.'

Haar blik ging onwillekeurig naar boven, helemaal, dacht Archer, naar de kamer waar Sheen nu vredig lag te slapen na waarschijnlijk de beste seks van zijn leven.

Ze bloosde heel lief en keek hem aan. 'Ik had een afspraak met een kennis. En ik kom hier soms om wat te drinken.'

'O, nou, dan laat ik je maar je gang gaan.'

'Nee. Ik bedoel, ik heb mijn kennis al ontmoet en we zijn helemaal... klaar.'

'Oké. Zullen we nu dat drankje dan nemen waar we het laatst over hadden?'

'Wat? O eh... goed dan. Wat kan het schelen.'

'Dat wil ik graag horen van een vrouw: wat kan het schelen.'

Hij werd beloond doordat ze opnieuw bloosde.

Ze haalden hun drankjes: hij een bier en zij een gin-tonic. Hij nam haar mee naar het achterterras en ze gingen in dezelfde stoelen zitten waar hij en Kemper hadden gezeten.

'En, was die kennis een van de vrouwen van het kantoor?' vroeg hij.

'Eh... ja, Sally. We hebben wat gedronken.'

'Vind je het leuk om voor meneer Kemper te werken?'

'Het is een baan en de arbeidsvoorwaarden bevallen me.'

'Maar je zult wel meer tijd met Wilson Sheen doorbrengen.'

Ze keek hem scherp aan, om te kijken of er meer achter zijn woorden zat.

Maar Archer was hierop voorbereid en liet niets merken. 'Ik bedoel, daarom heeft hij Sheen immers? Om dingen voor hem te regelen.'

'Ja, dat klopt. Ik heb vaker met meneer Sheen te maken.' Ze haalde een sigaret uit een pakje Pall Mall en hij gaf haar vuur. Haar hand trilde. Ze nam een trekje en vroeg: 'Waarom had jij een afspraak met hem?'

'Had iets met Kempers campagne te maken. We helpen hem daarmee.'

Spottend zei ze: 'Als hij verdomme geen tandarts kan verslaan, verdient hij het niet te winnen.'

'Juist. Dus je komt hier vaak?'

'Eén of soms twee keer per week. Om iets te drinken, zoals ik al vertelde.'

'Heb je weleens een jonge vrouw ontmoet die Ruby Fraser heet?'

'Is dat de vrouw die hier is vermoord? Dat las ik in de krant.'

'Klopt. Kende je haar?'

Ze tikte de as iets te hard in de asbak. Als een peuter die met zijn speeltje tegen de muur slaat voordat hij helemaal uitzinnig wordt. 'Nee, nee, dat niet.'

'Ik heb eerder met Kemper gepraat. Hij was hier en we zaten aan deze tafel.'

Ze keek hem met grote ogen belangstellend aan. 'Echt? Waar hebben jullie het over gehad?'

'Gewoon over zaken. Hij vertelde dat Wilson Sheen hier ook was.

Heb je hem gezien? Ik dacht dat ik hem zojuist zag. Ik wilde ook met hem praten.'

'Meneer Sheen? Nee, die heb ik niet gezien. Als hij hier was, is hij misschien alweer vertrokken. Ik heb gemerkt dat hij... snel moe wordt.'

Archer zag dat het haar moeite kostte niet te glimlachen.

Uiteindelijk wendde ze haar blik af en dronk haar gin-tonic bijna helemaal op.

'O, wat jammer. Hoe gaat het met de zaken?'

'We hebben het erg druk. Meneer Kemper heeft veel zakelijke belangen.'

'Ken je zijn vrouw?'

'Ik heb haar weleens gezien.'

'Ze is heel knap.'

'Weet je, Archer, je hoort de vrouw in je gezelschap complimentjes te geven.'

Hij grinnikte. 'Sorry. Maar ik hoef je echt niet te vertellen dat je een stuk bent.'

'Dat is beter. En ik heb er wél behoefte aan dat jij me dat vertelt.'

'Oké, je bent echt een stuk. Je viel tussen de andere vrouwen in het kantoor op als een flamingo in de woestijn.'

'Dit is de eerste keer dat ik ben vergeleken met een flamingo, maar ik accepteer het. Zelfs vergeleken met vrouwen die jonger zijn dan ik, Archer?'

'Zelfs dan.'

Ze keek langs hem heen en haar blik bleef op iets rusten.

Toen Archer zich omdraaide om te kijken zag hij alleen een serveerster die een garnalencocktail op de tafel zette voor een oude man met een vrouw die half zo oud was als hij.

'Ken je ze?' vroeg Archer.

'Hij is een cliënt van meneer Kemper. Is eigenaar van een terrein dat Kemper probeert te ontwikkelen. Zijn vrouw zou niet kunnen waarderen wat hij nu doet.'

'Kan ik me voorstellen.'

'Waarom wil je eigenlijk met Sheen praten?'

'Maakt deel uit van het onderzoek. Als we dit ophebben, ga ik hem zoeken. Hij moet hier ergens zijn. Ik zal hem vinden.'

Ze keek hem zo doordringend aan dat Archer voelde dat deze keer zíjn wangen begonnen te branden.

'Waarom gaan we er niet vandoor, Archer? Mijn huis is hier maar twintig minuten vandaan.'

'En Sheen dan?'

'Kom morgen maar naar kantoor, dán kun je wel met hem praten. Hij is daar elke dag en deze keer zal ik je niet laten wachten.'

'Wat gaan we dan doen bij jou thuis?'

Ze keek hem aan met een blik die maar één mogelijkheid openliet. 'Als ik niets kan bedenken en als jij niets kunt bedenken, dan is er iets heel erg mis.'

'Ik heb een auto.'

'Goed, want ik niet.'

'Vind je het erg als ik je onderweg een paar vragen stel?'

'Nee hoor, als we uiteindelijk maar daar belanden waar we echt naartoe willen.'

49

'Is dit jouw auto? Echt?' vroeg ze toen de parkeerhulp hem voorreed.

Archer gaf de jongen een kwart dollar en hield het portier voor haar open. 'Ja, echt waar.'

'Moet ik niet aan de andere kant instappen?'

'De Britten doen het anders dan wij.'

'Dan is dit dus een Britse auto?'

'Nee, Frans, maar dat is een lang verhaal en niet erg opwindend.'

'Vertel, hoe kom je hieraan?'

'Gewonnen met pokeren in Reno.'

'Wauw, dan zul je wel heel goed zijn. Maar misschien kom ik daar nog wel achter.'

Hij keek haar glimlachend aan. 'Weet je, op je werk ben je een totaal andere vrouw.'

'Iedereen moet op zijn werk iemand zijn die hij niet is en ik ben geen uitzondering. Ik ben een vrouw die in haar vrije tijd van een pleziertje houdt. De goeie ouwe Wilma wordt heel saai van alleen maar werken en geen pleziertjes.'

'Oké.'

'Goed, wat wilde je allemaal vragen?'

'Heb je Kemper ooit gezien als jij in de Midnight Moods was? Ik hoorde dat hij een vaste klant is.'

'Ik zie hem weleens. Hij kaart. In de kaartruimte mogen alleen mannen naar binnen.'

'Ja, dat zag ik. Waarom?'

'Omdat ze niet van vrouwen willen verliezen, daarom.'

'Heb je hem ooit samen met Ruby Fraser gezien?'

'Hoe zou ik dat moeten weten? Ik weet niet hoe ze eruitzag.'

Archer beschreef haar.

'Maar dat slaat op de helft van alle vrouwen die daar werken.'

'Ja, misschien wel.'
'Vanwaar je belangstelling voor haar en meneer Kemper?'
'Maakt deel uit van de zaken die ik met hem doe.'
'Denk je dat hij met haar rotzooide? Hij is getrouwd.'
'Rotzooit hij weleens met jou?'
Ze schudde haar hoofd. 'Eerlijk gezegd, Archer, denk ik dat hij van zijn vrouw houdt.'
'Jij bent de eerste die dat zegt, en dan tel ik hem én zijn vrouw mee.'
'Sommige vrouwen op het werk hebben echt hun best gedaan die man te verleiden, maar ze kregen allemaal nul op het rekest.'
'En Sheen?'
'Wat is er met hem?'
'Hebben jij of de andere vrouwen ooit geprobeerd hem te verleiden?'
'Een paar van de andere vrouwen misschien, maar ik hou niet van bakken, Archer.'
'Wat betekent dat?' vroeg hij met een verbaasde blik.
'Ik hou er niet van om deeg aan te raken.' Haar hese lach was zo spontaan dat Archer wel mee móést lachen. 'Hé, volgens mij ben jij zo'n man die altijd een zakflacon bij zich heeft en ik heb dringend een borrel nodig.'
Hij haalde de flacon tevoorschijn en gaf hem aan haar.
Ze nam een grote slok, draaide de dop er weer op, gaf hem terug en vertelde hoe hij moest rijden.
Haar huis was een huis van één verdieping aan de rand van Bay Town in een rustige, met bomen begroeide wijk met allemaal identieke huizen. Het huis had duidelijk Spaanse invloeden: gestuukte muren, gietijzeren traliewerk dat begon te roesten door de zoute lucht en vlekken maakte op het stucwerk, en een schuin dak met terracotta dakpannen. De voordeur was van donker eiken en had zwarte metalen versieringen.
Ze deed de deur van het slot en ging naar binnen.
Archer liep achter haar aan. 'Leuk huis.' Hij zag comfortabele zachte zitmeubels, een kleurrijk oosters tapijt, een mahoniehouten bar met daarop kristallen glazen en keurige rijen flessen, maar ook een cocktailshaker en maatbekers die veelgebruikt leken.
Ze legde haar hoed en tasje op de salontafel, draaide zich om en

keek hem aan, terwijl ze met haar vingers over het riempje om haar middel streek. 'Ik ga me even opfrissen. Pak maar iets te drinken. In die beker zitten sigaretten.'

'Bedankt. Wat kan ik voor jou inschenken?'

'O, we bedenken wel iets als ik terugkom.' Ze verliet de kamer en een minuut later hoorde hij de douche stromen.

Eigenlijk was Archer het liefst vertrokken. Hij onderzocht een zaak die iets te maken had met de man voor wie Darling werkte. Hij had gezien dat ze seks had met de compagnon van deze man om redenen die Archer niet kende. Professioneel gezien, dacht hij, was het beter als hij nu gewoon vertrok.

Maar dat deed hij niet. Want hij wilde te weten komen waarom ze met die man naar bed was geweest. Archer maakte zichzelf tenminste wijs dat dat de enige reden was.

Hij schonk voor zichzelf een pure bourbon in, stak een sigaret op en liep door de kamer. Hij keek naar Darlings tas en nam even de tijd om de inhoud te bekijken – hij begon een echte detective te worden. Er zat een geldklem in met twintig dollar voor noodgevallen, het pakje Pall Mall, een kleine halfvolle tinnen zakflacon, een aansteker met een D erin gegraveerd en een paar lege ivoren doosjes. En een nikkelen .22 Derringer met een eiken kolf, geladen met vier patronen. Er was onlangs niet mee geschoten, als Archers neus in orde was.

Toen hij hoorde dat de douchekraan werd dichtgedraaid, stopte hij alles terug in haar tasje en legde dat op precies dezelfde plek terug. Hij liep naar het raam en zag een straatlantaarn die fel brandde, maar het licht probeerde tevergeefs door de aankomende zeemist te dringen. Deze plek herinnerde Archer aan Londen; op sommige dagen kon je geen hand voor ogen zien.

Hij stond nog steeds naar buiten te kijken toen ze de kamer binnenkwam.

Darling droeg een kamerjas die zelfs nog doorzichtiger was dan Archers gedachten op dat moment. Ze kwam blootsvoets naar hem toe, als een leeuwin naar een leeuw, en er bestond geen twijfel wie zou zegevieren.

'Je frist je beter op dan iedereen die ik ken,' zei hij.

Ze pakte zijn glas uit zijn hand en zette het neer. Ze haalde de sigaret tussen zijn lippen vandaan, nam een diepe trek, bukte zich en drukte hem uit in de asbak.

'Volgens mij ben je niet iemand die om de hete brij heen draait.'

'Het leven is kort, dus heb ik geen tijd te verliezen.'

'Je bent jong.'

'We zijn allemaal jong, Archer, tot we niet meer zijn dan een foto aan de muur zodat iemand zich ons herinnert.' Ze sloeg haar armen om hem heen en drukte haar lichaam en haar lippen tegen de zijne.

'Zodra ik je in het kantoor zag, Archer, begon ik aan je te denken.' Ze maakte zich even van hem los en keek hem aan. 'Je lijkt een man die een vrouw goed behandelt.'

'Ik probeer iedereen goed te behandelen.'

'Kus je me nog terug of moet ik een bestelling plaatsen?'

'Weet je, ik onderzoek een zaak.'

'Je mag míj onderzoeken, zoveel als je wilt.'

'We zouden dit misschien niet moeten doen.'

Ze kuste hem zo stevig dat hij de gin én de Lucky proefde; een aardse combinatie. Ze pakte zijn hand en nam hem mee de kamer uit, naar haar slaapkamer, en Archer had het gevoel dat hij hier niets tegen kon doen.

Darling liet haar kamerjas op de grond vallen. Hoewel hij haar naakt had gezien met Sheen, benam de aanblik van haar lichaam hem toch de adem, vooral van zo dichtbij. En toen was de mogelijkheid om weg te lopen vervlogen. Wat had Kemper ook alweer gezegd? *'Ik ben een man, Archer. Ik beweer niet dat ik in dat opzicht beter ben dan ik ben.'*

God sta me bij, dacht Archer.

Ze hielp hem met uitkleden en vervolgens glipten ze samen in bed.

Daarna waren ze twintig minuten fanatiek aan het vrijen op een manier die Archer niet goed begreep, laat staan achteraf kon beredeneren. Het was niet zijn gewoonte om het bed in te duiken met een vrouw die hij amper kende, hoewel dit niet de eerste keer was dat hij dat deed. Maar Darling nam vanaf het allereerste begin de leiding en liet de controle geen moment aan hem over. Hij was geen onschuldig lam op het gebied van seks, maar op dit gebied bevond deze vrouw zich duidelijk een paar niveaus hoger dan hij. Archer had het gevoel dat hij werd overreden door een vrachtwagen, op de best mogelijke manier, zelfs toen ze haar nagels in zijn rug sloeg en daarmee een spoor trok tot aan zijn billen.

Na afloop lagen ze samen op het laken dat doorweekt was van hun zweet.

Ze haalde nog steeds snel adem en rilde toen ze zijn borst streelde en buiten adem vroeg: 'Lieve help, Archer. Hoe lang is het geleden dat je met een vrouw hebt gevreeën?'

'Te lang kennelijk. En trouwens, je hebt een paar bewegingen geïntroduceerd die nieuw voor me waren.'

'Kijk, dat krijg je als je naar bed gaat met een "volwassen" vrouw.'

'Ja hoor, ik zou eerder zeggen een volwassen boskat.'

Ze ging rechtop zitten en speelde met zijn borstharen terwijl ze hem aandachtig bestudeerde. 'Als ik je vannacht hier laat slapen, denk je dat je dan voor het ontbijt nog in staat bent voor een herhaling? Ze zeggen dat fysieke inspanning de eetlust verhoogt. En ik zet geweldige koffie.'

'Ik hou van koffie. Heel veel zelfs.'

Ze tikte hem speels op zijn wang en gaf hem een tongzoen. Ze trok zich terug en fluisterde in zijn oor: 'Die van mij is tot en met de laatste druppel verrukkelijk, schatje.'

Ze sliepen diep en toen ze de volgende ochtend vroeg wakker werden, ging Darling boven op hem liggen en begonnen ze aan de tweede ronde. Nadat ze nog een uur hadden geslapen, maakte ze voor hem een kop koffie en twee gebakken eieren op geroosterd brood.

Hij stapte onder de douche en toen hij terugkwam, zag hij dat ze naakt zijn kleren stond te strijken. Hij kleedde zich aan en gaf haar met zijn hand om haar blote middel geslagen een kus en vroeg zich net af of het een goed idee was om weer naar bed te gaan voor een extra ronde toen haar telefoon ging.

En op dat moment veranderde alles in de wereld.

50

Archer en Dash waren in de Delahaye onderweg naar de Midnight Moods. Archer had Dash vanuit Darlings huis gebeld en hem verteld over het telefoontje dat Darling eerder die ochtend had gekregen. Daarna was hij naar het kantoor gereden.

Dash vroeg: 'Wie heeft het lichaam gevonden?'

'Douglas Kemper zei tegen Wilma Darling dat een dienstmeisje Wilson Sheen dood vond in een appartement in de Midnight Moods.'

'Welk appartement?'

'Als ik moest raden, in het appartement naast dat van Fraser.'

'Als je moest raden?'

'Ik zal je even bijpraten.' Archer vertelde Dash alles over de vorige avond, ook over zijn gesprek met Kemper, en dat hij Sheen en Darling samen in bed had gezien. 'En in de kruipruimte op die zolder vond ik een paar bloedvlekken.'

'Dus zó hebben ze haar lichaam verplaatst,' zei Dash nadenkend. 'Vanuit die kamer, omhoog naar de zolder en weer naar beneden in Frasers kamer. Waarom heeft de politie die mogelijkheid niet gezien? Waarom heb ík dat niet gezien? Ik zal wel blind worden op mijn oude dag.'

'Ja, maar ik heb het de eerste keer ook niet gezien. En wie bedenkt nu dat iemand een lijk via de zolder verplaatst?'

'Maar goed, in de kamer waar Fraser is vermoord ligt nu dus waarschijnlijk een andere dode. Zei Kemper hoe Sheen is vermoord?'

'Nee.'

'En jij was bij Wilma Darling toen Kemper belde?'

'Ja.'

'Zei ze ook hoe hij klonk?'

'Buiten zichzelf, zei ze. Denk je dat Pickett ook naar deze moord komt?'

'Voor negen uur kan Carl zijn gebit niet vinden.'

Toen ze bij de Midnight Moods aankwamen, zagen ze niet alleen overal patrouillewagens staan, maar ook de auto van de lijkschouwer.

Rechercheur Ernie Prettyman stond voor het appartement waar Sheen was gevonden.

'Hoe heb je het zo snel gehoord, Willie?' vroeg Prettyman verbaasd. 'Ik ben hier zelf nog maar een uur.'

'Van een vriend van een vriend,' zei Dash. 'Kunnen we het lichaam zien?'

Prettyman nam hen mee naar de kamer waar Wilson Sheen op zijn buik lag, gedeeltelijk onder een laken.

'Hoe is hij vermoord?' vroeg Dash.

Prettyman tilde het laken op, zodat een brede bloederige wond in het midden van zijn rug zichtbaar werd. 'Mes in zijn hart. Snel, stil en efficiënt.'

'Was hij hier alleen?' vroeg Dash.

'Het is duidelijk dat hij hier met iemand was geweest.'

'Met een vrouw, bedoel je?'

'Ja.'

Dash zei: 'Archer heeft ontdekt op welke manier Frasers lichaam van hier naar daar is verplaatst.'

Archer liep voor hen uit naar het appartement ernaast en wees Prettyman op het luik in het plafond. 'De zolder loopt door naar het appartement hiernaast waar Sheen is vermoord. Ik zag daarboven bloedvlekken die van Fraser kunnen zijn. Haar appartement is helemaal achter in deze gang, dus dat andere appartement is het enige naast dat van haar.'

Prettyman keek eerst naar de deur en daarna naar Dash en Archer. 'Jij hebt dit gisteravond ontdekt?'

'Ja.'

'Hoe laat?'

'Uur of tien.'

'De lijkschouwer denkt dat Sheen rond elf uur is vermoord.' Prettyman keek weer naar Dash en daarna naar Archer. 'Wel interessant dat jij hier rond die tijd was, in het appartement ernaast. Sterker nog, in de ruimte boven de kamer waar de moord is gepleegd.'

Ze liepen terug naar het appartement waar Sheen lag.

Dash zei: 'Oké, Ern, je hebt alle recht vragen te stellen en Archer de duimschroeven aan te draaien omdat hij hier rond die tijd was. Maar hij heeft geen enkel motief om Sheen te vermoorden. We werken voor zijn baas.'

'Motieven zijn vreemde dingen, Willie. Die kunnen zomaar veranderen als je de zaken vanuit een ander perspectief bekijkt.' Hij zweeg even. 'Ik weet zeker dat je nog weet dat je dat tegen míj hebt gezegd.'

'Dat herinner ik me nog en je hebt gelijk. Maar Archer zal de stad niet verlaten, dat beloof ik je. Dus zal hij in de buurt zijn om eventuele andere vragen van jou te beantwoorden. Maar ik gok erop dat de man die Sheen heeft vermoord nu niet in deze kamer is.'

Ern knikte langzaam. 'Oké, maar ik moet mijn werk doen.'

'Ja, dat is zo.' Dash keek naar Archer en vroeg toen: 'Is dit appartement aan iemand toegewezen, nu of in het recente verleden?'

'Mabel Dawson vertelde dat de laatste bewoner een vaudevilleartiest was, Guy Parnell, maar dat de man ongeveer een week geleden is vertrokken. Sinds die tijd is hier niemand meer geweest.' Prettyman keek naar Archer. 'Jij hebt hier dus niemand gezien toen je hierboven rondkeek?'

'Ern, kom op zeg, wat denk je?' zei Dash, waardoor Archer hem aankeek en bewust vermeed Prettyman aan te kijken. 'Wat we moeten doen, is de relatie tussen Fraser en Sheen vinden.'

'Als die er al is,' zei Prettyman.

'Wij doen dit werk allebei al een tijdje. Twee doden die uit dezelfde kamer komen? Natuurlijk is er een relatie.'

'Is er een kans dat je me nu vertelt wie je cliënt is?'

'Die kans is ongeveer even groot als gisteren. Luister, Archer en ik moeten weg. De zaken ontwikkelen zich nu snel en ik hou er niet van om achterop te raken.'

'Oké, maar denk erom, Archer mag de stad niet verlaten.'

Dash en Archer liepen snel de trap af en gingen naar buiten.

'Wat deed je daar in vredesnaam?' vroeg Archer. 'Je hebt gewoon gelogen tegen de politie.'

'In ons werk moet je een evenwicht zien te vinden, Archer. En als je nadenkt over wat ik heb gezegd, zul je tot de conclusie komen dat ik dit lastige probleem op de best mogelijke manier heb aangepakt.

Ern is een goeie vent, maar hij werkt volgens het boekje en dat betekent dat hij alles wat wij hem zeggen meteen doorvertelt aan Carl Pickett. En op dit moment wil ik niet dat Carl weet wat wij weten.'

'Juist.'

'Eén ding dat Wilma Darling heeft gezegd verbaast me,' zei Dash.

'Eén ding maar? Dan ben je een betere man dan ik.'

'Ze zei dat ze echt denkt dat Kemper van zijn vrouw houdt.'

Archer keek geïntrigeerd. 'Ja. En ik geloofde haar toen ze dat zei. En toen ik met haar man sprak, tja...'

'Tja wat?'

Archer zei: 'Sommige mannen zijn echte rokkenjagers, en andere mannen willen dat anderen dénken dat ze dat zijn. Volgens mij hoort Kemper bij die laatste groep. Hij doet gewoon te erg zijn best, maar pakt nooit door. Ik heb gepraat met de serveerster die Kemper en mij gisteravond bediende, want ik kon duidelijk zien dat hij haar had kunnen hebben voor de prijs van een cola. Ze vertelde me dat Kemper haar toen ze zijn lege glas kwam halen niet eens had gevraagd hoe laat ze vrij was.'

'Ik vraag me af wanneer hij echt is weggegaan. En wat hij deed tussen het moment waarop hij jou verliet en dat waarop hij vertrok.'

'Welk motief kan hij hebben gehad om zijn tweede man en campagnemanager te vermoorden?' vroeg Archer.

'Op dit moment ben ik niet alleen op zoek naar motieven, maar ook naar verbanden. Als je dat doet, worden de motieven negen van de tien keer heel duidelijk.'

Ze stapten in de Delahaye en reden naar de stad.

'Zet me maar af bij mijn garage. Ik kan mijn auto vandaag ophalen. Daarna wil ik dat je naar Wilma Darling gaat en kijkt of je kunt ontdekken wie haar opdracht heeft gegeven om gisteravond seks te hebben met Sheen. Bel naar kantoor als je iets weet.'

'Oké. Wat ga jij doen, behalve je auto ophalen?'

Dash zei: 'Het probleem oplossen, dat is zeg maar het werk van een PD.'

51

Nadat Archer Dash had afgezet reed hij naar Kempers kantoor, maar op de deur hing een briefje met de tekst: WEGENS ONVOORZIENE OMSTANDIGHEDEN VOOR ONBEPAALDE TIJD GESLOTEN.

Ja, ik neem aan dat je een moord wel onvoorzien kunt noemen, voor iedereen behalve voor degene die hem heeft gepleegd.

Archer ging naar een Rexall, dronk een kop koffie aan de bar en rookte een sigaret terwijl hij nadacht. Daarna stapte hij weer in de Delahaye en reed naar Darlings huis. Onder de carport stond een nieuwe bruine tweedeurs Ford-coupé die Archer daar de vorige avond niet had gezien. Maar misschien stond hij er toen ook niet.

Hij liep naar de voordeur en klopte aan. Het duurde even, maar na een tijdje hoorde hij voetstappen.

'Ja,' zei Darling met een gekwelde stem achter de dichte deur.

'Ik ben het, Archer.'

'Ga weg!'

'Volgens mij meen je dat niet.'

'Dat meen ik verdomme wel!'

'Ik moet met je praten, Wilma.'

'Waarom?'

'Omdat het feit dat Sheen is vermoord jou ook aangaat.'

'Ik weet niet…'

'Ik weet dat je gisteravond seks met hem had, Wilma. En ik weet dat hij nog leefde toen je hem verliet. Maar wat ik me afvraag, is wie je daartoe heeft aangezet. Want diegene wil misschien nog een paar losse eindjes aan elkaar knopen… Als je begrijpt wat ik bedoel.'

De deur ging langzaam open en ze stond in de deuropening in een dikke witte katoenen badjas die helemaal tot aan haar blote voeten reikte. Haar gezicht was niet opgemaakt, haar haar was een warboel, en Archer vond haar nu mooier dan de vorige nacht.

'Kom binnen,' zei ze kortaf.

Hij ging in een stoel zitten terwijl zij tegenover hem plaatsnam. Archer zag een asbak vol peuken en een bijna lege karaf met iets erin. 'Gaat het? Je ziet er niet goed uit.'

'Nee, het gaat niet. En hoezo zei je dat je wist dat Sheen en ik...'

'Ik zag jullie samen dat appartement binnengaan. En ik ben goed in het luisteren door sleutelgaten.'

'Klootzak die je bent! Vieze, gluiperige...' Ze pakte de karaf en wilde die naar hem toe gooien, maar hij was te snel voor haar en griste hem uit haar hand.

Hij zette de karaf buiten haar bereik en zei: 'Rustig aan, Wilma. Dat is mijn werk. Sheen is dood. We moeten dit uitzoeken. Dat is ook in jouw eigen belang. Ik weet dat je je dat realiseert.'

Ze haalde een tissue uit haar zak en depte haar ogen. 'Wat ik weet, is dat dit verdomme een nachtmerrie voor me is.'

'Voor Sheen was het ook niet zo goed.'

Ze snoot haar neus in de zakdoek. 'Wil je wat drinken?'

'Nee, niet nodig. En het is nog een beetje vroeg voor me.'

'Maak dan maar een martini zonder olijven voor me klaar en bedenk een uitweg uit deze hel.'

Hij maakte haar drankje klaar, gaf haar het glas en ging weer zitten. 'Vertel me over gisteravond.'

'Wat wil je weten?'

'Wie zei dat je met Sheen moest slapen?'

'Hoe weet je dat iemand dat deed?'

'Kom op, Wilma, ik probeer je te helpen. Ik weet dat je geen seks met die vent wilde hebben. Iemand heeft je dat opgedragen. Wie?'

Ze keek hem met een ellendige blik aan. 'Dat weet ik niet, Archer. Ik weet echt niet wie het was.' Ze was zo gestrest dat ze haar glas leegdronk, opstond, een Camel uit de sigarettenbeker haalde en die aanstak.

'Hoezo weet je dat niet?'

Ze draaide zich om en keek hem strak aan. 'Ik ben geen hoer, Archer.'

'Wilma, niemand zegt dat je dat bent. En ik zou wel de laatste zijn die dat beweert.'

Ze ging op de armleuning van zijn stoel zitten. Ze nam nog een trekje van haar Camel, keek omhoog en blies de rook naar het plafond. 'Ik... In mijn brievenbus vond ik gisteren een envelop zonder afzender met daarin duizend dollar en een briefje waarin stond dat ik gisteravond in de Midnight Moods met Sheen naar bed moest. Duizend dollar, Archer! Dat is meer dan ik in een jaar verdien met mijn werk voor Kemper.'

'Dan word je volgens mij onderbetaald. Maar waarom heb je het gedaan? Waarom heb je het geld niet gewoon gehouden?'

'Omdat in dat briefje stond dat ik er spijt van zou krijgen als ik het geld hield en dat niet deed.'

'Het was dus een dreigement?'

'Luister, ik wilde het niet doen, maar ik wilde ook geen problemen. En ik wist niet aan wie ik het geld terug moest geven. En wat zou er met mij gebeuren als ik het op de veranda of in mijn brievenbus achterliet en iemand anders het meenam? Dan had ik geen geld én dan dacht die persoon toch dat ik hem had bedrogen.' Ze stond op en begon weer heen en weer te lopen. 'Dus... dus deed ik het. Ik belde Wilson op en maakte een afspraak met hem in de Midnight Moods.'

'Ik zag dat je hem in de gang om de hals vloog. Ik dacht dat je hem met je kussen zou verstikken.'

Ze streek met een trillende hand over haar gezicht. 'God, ik kan niet geloven dat ik het echt heb gedaan... Ik werd er beroerd van.'

'Dat geloof ik graag.'

Ze bleef staan en keek hem aan. 'Wat moet je wel van me denken.'

'Je deed het voor het geld, omdat je geen keus had. Als een man dat doet, is hij zo trots als een aap omdat hij wordt betaald om plezier te hebben. Als een vrouw hetzelfde doet wordt ze erom veroordeeld. Dat heb ik eigenlijk nooit begrepen. Ik veroordeel je niet, Wilma. Daar heb ik geen recht toe.'

Ze ging weer naast hem zitten. 'Waar maken ze mannen zoals jij, Archer? Daar zou ik wel een dozijn van willen kopen.'

'Stond in dat briefje naar welk appartement je gisteravond moest gaan?'

'Ja. Er stond in dat dat leegstond, niet afgesloten was en niemand ons daar zou storen.'

'Weet je dat Ruby Fraser in het appartement ernaast is gevonden?'

'O mijn god!' Ze pakte zijn arm. 'Luister, Archer, ik zweer dat hij nog leefde toen ik hem verliet. Hij sliep en zaagde een heel bos om, echt waar.'

'Ik weet het, Wilma.'

Ze leek opgelucht, maar keek hem toen argwanend aan. 'Dat weet je allemaal doordat je aan het sleutelgat luisterde?'

'Ik ben opgeleid door een paar van de beste sleutelgatluisteraars ter wereld.'

'Wat moet ik nu doen?'

'Ik zou je graag naar het politiebureau brengen waar je een verklaring zou kunnen afleggen, alleen vertrouw ik chief Pickett niet.'

'Denk je echt dat ik in gevaar verkeer?'

'Ja. Degene die jou dat briefje heeft gestuurd, heeft je gebruikt om Sheen in de val te lokken. Maar wat ik niet begrijp, is hoe ze wisten dat hij in slaap zou vallen. Hij had net zo goed samen met jou kunnen vertrekken.'

Darling zei nadenkend: 'Toen we naar boven gingen liep hij te gapen.'

Archer knipte met zijn vingers. 'Iemand heeft iets in zijn drankje gedaan. Zei hij waar hij was voor zijn afspraak met jou?'

'Ja, hij had iets gedronken in de bar.'

'Vertelde hij met wie?'

'Nee, dat niet. Misschien met Kemper. Jij zei dat hij daar gisteravond ook was.'

'Andere mensen moeten jou en Sheen samen hebben gezien. Het verbaast me dat de politie nog niet bij je is geweest.'

'Dat gebeurt waarschijnlijk nog. En wat moet ik hun vertellen? Die gaan mijn verhaal echt niet geloven. Ze zullen denken dat ik hem heb vermoord. Shit!'

Archer had nog nooit iemand zo ellendig gezien. 'We bedenken wel iets, Wilma. Maar er zullen niet veel mensen zijn die zomaar duizend dollar op tafel kunnen leggen, dus dat beperkt het aantal verdachten.'

Ze keek op. 'Maar waarom zou iemand Wilson uit de weg willen ruimen? Waarom is dat zo belangrijk?'

'Hij was Kempers campagnemanager. Misschien verkleint deze moord Kempers kansen om gekozen te worden.'

'Maar als ze dat echt wilden doen waarom hebben ze Kemper dan niet vermoord? Dan wisten ze zeker dat hij niet zou winnen.'

'Hoe lang werk je al voor Kemper?'

'Zeven jaar. Hier zijn niet veel kantoorbanen voor een vrouw waarbij je niet hoeft schoon te maken of koffie moet zetten. Ik ben begonnen waar die andere vrouwen nu zijn en heb mezelf opgewerkt. Dat lijkt misschien niet veel voor jou, maar voor mij betekent het heel veel.'

'Wie wil niet dat Kemper burgemeester wordt?'

'Iedereen die voor Alfred Drake is, neem ik aan.'

'Waarom wil Drake burgemeester worden?'

Ze haalde haar schouders op. 'Hij zat in de gemeenteraad, dus hij heeft wat ervaring.'

'Ik heb gehoord dat Drake misschien wordt gesteund door mannen met heel veel geld. Lui uit Vegas, maffiosi zelfs. Denk je dat dat mogelijk is?'

'Verdomme, Archer, in deze wereld is alles mogelijk.'

Archer zei: 'Kemper heeft het kantoor gesloten. En het is vrijdag, dus je bent het weekend ook vrij. Kun je ergens naartoe waar je veilig bent?'

Ze nam nerveus trekjes van haar sigaret. 'Vroeger reed ik weleens naar Ventura en logeerde dan ergens aan het water. Daar zou ik naartoe kunnen gaan.'

'Doe dat dan. Is die bruine coupé van jou?'

'Ja.'

'Oké, ga nu maar pakken en vertrek. En geef me het adres, gewoon voor het geval dat.'

'Gewoon voor het geval wat?'

'Gewoon voor het geval dat ik je moet komen redden.'

'Archer, dit is ernstig. Hou op met je grapjes.'

'Ik ben heel ernstig, Wilma. En die kleine Derringer in je tasje? Die moet je ook meenemen.'

52

Archers volgende bestemming was de gemeentelijke bibliotheek.

Hij was al een tijdje niet meer in een bibliotheek geweest, maar als hij ernaartoe ging was daar altijd een goede reden voor. Vroeger wilde hij dan gewoon een goed boek halen om te lezen, maar deze keer wilde hij informatie zoeken die kon helpen bij het oplossen van twee moorden. Hij praatte met de bibliothecaresse, een oudere vrouw met een kromme rug, en met veel kennis en enthousiasme. Ze bracht Archer naar een stelling en hielp hem te vinden wat hij zocht. Hij ging aan een tafel zitten met boeken over de Californische wetgeving en begon te lezen. Hij bleef daar zeven uur. Hij maakte een heleboel aantekeningen, zette de boeken terug, bedankte de vrouw en vertrok.

Zijn volgende bestemming was het gemeentehuis dat, zo ontdekte hij, natuurlijk aan Sawyer Avenue was gevestigd.

Het was een gebouw van baksteen en pleisterwerk van drie verdiepingen met drie imitatieklokkentorens, het alomtegenwoordige rode pannendak en zware, ronde deuropeningen. Hij liep naar het kantoor van de secretaris, waar een strenge vrouw van in de veertig bijzonder behulpzaam bleek nadat hij haar zijn PD-licentie had laten zien. Ze leek het zelfs opwindend te vinden dat ze mocht meehelpen met een 'zeer geheim onderzoek'. Ze haalde alle dossiers en registers op waar hij om vroeg, ook al had hij niet meer dan een vaag idee van waar hij naar op zoek was.

Archer was een uur bezig met het systematisch doornemen van alle stukken, trok dingen na en moest daardoor nog meer dossiers opvragen. Hij maakte heel veel aantekeningen en dacht na over wat hij had ontdekt. Toen hij klaar was, bracht hij alles terug naar de vrouw en bedankte haar voor haar hulp.

'Hebt u uw antwoorden gekregen?'

'Ja, en meer vragen.'

'Ach, is dat niet altijd zo?'

Archer reed naar het water, maar ging niet terug naar het hokje van de havenmeester. In plaats daarvan ging hij weer naar de botenverhuurder die, zoals Archer tijdens zijn eerste bezoek had ontdekt, Reggie McKenzie heette. Hij vroeg Archer hoe zijn boottochtje was geweest.

'De zee was een beetje wild toen ik terugvoer, maar de boot lag uitstekend op het water.'

McKenzie glimlachte en trok aan zijn bruyèrepijp die hij tussen zijn tanden geklemd had. 'Chris-Craft weet hoe ze een boot moeten bouwen, dat is zeker. Verdomme, met die boot zou ik overal naartoe gaan zonder me ooit zorgen te maken.'

Archer keek naar het water. 'Zo'n vijf kilometer buiten de kust botste ik bijna op een enorme rotsformatie, maar die stond niet op de kaart.'

McKenzie schudde zijn hoofd en zei met een kwade blik: 'Hoe vaak ik dat al tegen de mensen hier hebt gezegd, hè?'

'Wat is dat?'

'Van de marine. Niet veel mensen weten wat daar het nut van is, maar er gaan ook niet veel mensen naartoe.'

'Ik was er vrij dichtbij, maar heb daar niets en niemand gezien.'

'Dat klopt. De marine is daar een maand of zes geleden vertrokken. De oorlog is allang afgelopen, dus wat ze daar doen is ook afgelopen, lijkt me.'

'Ik zag een reusachtige kade op dat eiland. Groot genoeg voor een torpedobootjager.'

'Daar heb je gelijk in.' McKenzie haalde de pijp uit zijn mond en wees ermee naar de zee. 'Daar lag een strook land net onder de waterlijn. Heel gevaarlijk voor schepen, dat kan ik je wel vertellen. Moest worden gemarkeerd en zo. Maar goed, de marine bracht er nog meer aarde en stenen en cement naartoe dan je ooit bij elkaar hebt gezien. Daarmee bouwden ze verder op wat er al was tot het boven het water uitstak. Even stevig als het land waar we nu op staan en zo hoog dat je niet bang hoeft te zijn dat het overstroomt, tenzij er een orkaan of zo komt. Ik zat hier en zag dat daar elke dag vrachtschepen naartoe voeren. Maar in die tijd deed het leger wel meer uitzonderlijke dingen. Hoorde dat ze het Pentagon in minder dan twee jaar hebben gebouwd.'

'Maar waarom deden ze dat? Ik dacht dat ze alle Channel Islands hadden ingenomen.'

'Ik zal je vertellen wat ik van een paar militairen die hier kwamen heb gehoord.' Hij ging weer zitten met zijn waxcoat stevig om zich heen tegen de hevige zeewind, terwijl Archer tegen de deurpost leunde. 'Goed. In 1942, volgens mij tenminste, voer een Japanse onderzeeboot tot aan de kust hier en opende het vuur met zijn dekkanon en torpedo's. Richtte behoorlijk veel schade aan. Hoorde later dat een andere onderzeeboot hetzelfde deed aan de kust van Santa Barbara vlak bij de Ellwood Oil Fields; ze raakten een paar brandstoftanks en meer van dat soort dingen. Niemand werd gedood gelukkig, maar iedereen was wel doodsbang.' McKenzie zweeg even terwijl hij zijn pijp weer vulde en aanstak. 'Maar goed, het duurde zo lang voordat de marine er was, dat die Japanse onderzeeboten allang weg waren. Weet je, Anacapa Island was het dichtstbij en verdomme toch te ver weg. Dus kreeg de marine nieuwe bevelen. Ze gingen op zoek en vonden dat stukje land vlak bij de waterlijn, hier zo'n vijf kilometer vandaan, en bouwden wat zij noemden een *rapid response*-basis. Met kades die groot genoeg waren voor motortorpedoboten en zelfs torpedobootjagers, zoals je al zei. Ze plaatsten daar radar, legden mijnenvelden voor die onderzeeboten, hadden observatietorens en god mag weten wat nog meer. Ze hadden zelfs een *runway* voor vliegtuigen. En ik heb ook gezien dat ze er een groot kanon naartoe brachten.'

Archer dacht aan de overblijfselen van de Mark VI-tank en knikte. 'Juist. Wat gebeurde er toen?'

'Het bleef gedurende de hele oorlog operationeel. Hield de Jappen bij onze kust vandaan, dat kan ik je wel vertellen. Zag weleens dat daar geschoten werd, zodat de hemel oplichtte. Ging er een keer met een boot naartoe en werd bijna overvaren door een torpedobootjager. Laatste keer dat ik dat deed. Toen, zoals ik al zei, zo'n zes maanden geleden haalden ze alles weg. Er gingen schepen naartoe en ze hebben dat eiland zo ongeveer volledig ontmanteld. Ik voer er met mijn boot naartoe om ernaar te kijken. Heel interessant.'

'Van wie is het nu?'

'Kijk, dat is een goede vraag, jongeman!' McKenzie werd helemaal enthousiast. 'Maar ik kan je wel vertellen dat sommige mensen daar de afgelopen maanden naartoe zijn gevaren.'

'Welke mensen?'

'Ja, dat weet ik dus niet zeker.' McKenzie keek opeens verbaasd.

'Wat is er?' vroeg Archer die dat had gezien.

'Weet je, ik had er niet echt over nagedacht, maar je vraag zette me aan het denken.'

'Waarover?'

'We hadden een burgemeester, een goede, Ben Smalls.'

Archer probeerde zijn blik neutraal te houden. 'Ja, volgens mij heb ik iets over hem gehoord. Had hij geen ongeluk in zijn huis?'

'Hij verdronk in zijn badkuip, de arme man. Hij was een goede burgemeester. Een aardige, beleefde jongeman.'

Archer vroeg met een rustige stem: 'Maar waarom dacht u opeens aan hem?'

'Weet je, hij huurde een boot van me, ongeveer twee maanden geleden. Nee, dat neem ik terug. Het was op de verjaardag van mijn vrouw, dus was het zes weken geleden. Maar goed, hij ging naar dat eiland.'

'Hoe weet u dat?'

'Omdat hij me vroeg hoe hij daar moest komen.' McKenzie keek Archer aan. 'Hé, maar ging jij daar gisteravond ook niet naartoe? Ik vraag het maar even, want je visverhaal klonk niet erg overtuigend.'

'Zoals ik al zei, voer ik er bijna tegenaan. Maar zoals u weet, staat het niet op de kaart die u me gaf.'

De argwanende blik van de man verdween. 'O ja, dat is zo.'

'Zei Smalls iets tegen u toen hij hier terugkwam?'

'Nee, maar hij leek niet blij. Ik weet nog dat ik dacht: waar windt hij zich zo over op? Maar goed, een paar weken later is hij dood en begraven. Zet je aan het denken, weet je.' Hij knipte met zijn vingers. 'We kunnen allemaal zomaar doodgaan. Moeten genieten van elke dag die we krijgen, echt waar.'

'Juist. Nou, ik hoop dat u geniet van de rest van deze dag.'

Archer ging terug naar het pension en kwam Callahan tegen op de trap.

'Waar ben jij verdomme geweest? Straks kom ik te laat.'

'Te laat? Waarvoor?'

Ze tikte ongeduldig met haar hak. 'Het is vrijdag, Archer. Je zou me naar de Midnight Moods brengen zodat ik mijn contract kan ondertekenen. En dan moet ik beginnen met de repetities.'

'Verdomme, dat is waar ook! Oké, ik ben er klaar voor. Heb je alles bij je?'

'Ik ben over vijf minuten beneden en dan kun je maar beter zo hard rijden als je kunt.'

'Wauw, Archer, moet je kijken!' zei Callahan.

Onderweg naar de Midnight Moods zagen ze een billboard met haar foto erop en de tekst: ALS U VAN LIBERTY-OBLIGATIES HIELD, ZULT U OOK VAN HAAR HOUDEN. KOM NAAR LIBERTY CALLAHANS DEBUUT IN DE MIDNIGHT MOODS, VRIJDAGAVOND OM TIEN UUR PRECIES.

'Het staat er nog maar net, want toen ik hier vanochtend langsreed heb ik het niet gezien.'

Ze keek hem aan. 'Ze hebben jouw idee gebruikt.'

'Je bent beroemd,' zei Archer. 'Vergeet me alsjeblieft niet onderweg naar de top.'

'Doe niet zo gek... wie je ook bent.' Ze gaf een tikje op zijn arm, maar bleef naar het billboard kijken.

Archer ging langzamer rijden zodat ze langer naar zichzelf kon kijken en keek lachend naar de vrouw die naar haar eigen foto keek.

Ze stopten bij de Midnight Moods, waar het vrij rustig was op dit moment van de dag. Later vanavond zou het anders zijn, als heel veel mensen hiernaartoe zouden komen om naar de vrouw te kijken die naast hem zat.

Op de zijgevel van het gebouw stond Callahan, zeven meter hoog.

'Dat was er vanochtend ook nog niet. Ze behandelen je echt als een ster.'

'Dan zal ik ze laten zien dat ik het waard ben.'

'Je bent er dus klaar voor?'

'Ik ben er al heel lang klaar voor, Archer.'

Ze gingen naar Dawson die in haar kantoor was, waar Callahan haar contract ondertekende. Callahan liet Dawson haar outfits zien en de beide vrouwen kozen voor een kort en soepel mouwloos jurkje met een franje aan de zoom.

'Krijgt je agent daar zijn tien procent of hoe zit het?' vroeg Dawson.

Callahan keek verbaasd naar Archer, maar deze maakte een afwerend gebaar met zijn handen en zei: 'Het was een vriendendienst, ik wil geen commissie.'

'Oké. Dan kunnen we nu gaan repeteren. Later komt hier een meisje voor je haar en make-up. De toneelmeester zal je soundcheck doen en ervoor zorgen dat de akoestiek goed is. Ik weet niet of je daarvan op de hoogte bent, maar we vragen in het theater vijf dollar entree voor de mensen die je willen zien en horen.'

'Hoe gaat de verkoop?' vroeg Archer.

'We zijn uitverkocht,' zei Dawson. 'Nu hoop ik dat er ook mensen komen.'

'Waarom zouden ze niet?' vroeg Callahan.

Dawson keek nerveus naar Archer en zei: 'We hadden hier vannacht wat problemen, maar ik denk dat het wel goed komt. Vond je het billboard dat we hebben geplaatst mooi?' vroeg ze snel, want ze had Callahans verbaasde blik natuurlijk al gezien. 'En die op het gebouw?'

'O ja, die zijn geweldig. Ik heb mezelf nog nooit zo groot gezien.'

'Waar is haar appartement?' vroeg Archer.

'Kom maar mee.'

Het appartement was op de eerste verdieping, bijna helemaal achter in de gang.

'Wat vind je ervan?' vroeg Dawson.

Het was een vierkamerappartement met een volwaardige keuken, een slaapkamer, een badkamer en een volledig gemeubileerde zitkamer.

'Dit is fantastisch!' Callahan keek opgetogen om zich heen.

'Kan ook niet anders, dit is het beste appartement dat we hebben.' Ze keek Archer aan en vroeg: 'Kan het ermee door?'

'Als Liberty het oké vindt, vind ik het ook oké.'

'O, halleluja! Goed, dan gaan we nu repeteren, jongedame.'

Een paar minuten later liep Archer door de grote bar en bleef staan toen iemand aan zijn mouw trok en zei: 'Ga zitten.'

Hij keek omlaag en zag dat Willie Dash in een leunstoel zat met een kop koffie in zijn hand.

Archer ging tegenover hem zitten. 'Wat doe jij hier? Ik dacht dat je je auto ging halen en daarna het probleem wilde oplossen.'

'Hoe lang duurt het denk je om een auto op te halen? En als privédetective moet je altijd terug naar de plaats delict. En ik bén bezig met het oplossen van het probleem, in deze stoel. Maar wat doe jij hier?'

'Ik heb mijn vriendin Liberty hiernaartoe gebracht. Ze begint vanavond met haar werk hier.'

'Is zij die vrouw op die billboards?'

'Inderdaad.'

Dash trok een wenkbrauw op. 'Heb jij even mazzel.'

'Zo zit het niet tussen ons.'

'Dat zeggen ze allemaal. Heb je Wilma Darling al gesproken?'

Archer vertelde hem over hun gesprek.

'Ze is nu dus onderweg naar Ventura,' zei Dash peinzend, waarna hij een paar slokjes van zijn koffie nam.

'Is dat een probleem?'

'Dat weet ik niet, Archer. Ik begrijp dit nog niet helemaal. Het is een complexe zaak.'

Archer had Dash niets verteld over zijn bezoek aan het eiland en ook niets over zijn gesprek met Reggie McKenzie, maar hij wilde wel iets anders met Dash bespreken. 'De enige reden dat hier een burgemeestersverkiezing is, is dus dat de vorige burgemeester stierf in zijn badkuip. Is het mogelijk dat hij is vermoord?'

Dash keek hem ernstig aan. 'Natuurlijk is Ben Smalls vermoord, Archer.'

Archer leunde achterover, een beetje verbaasd over de emotionele reactie van de man. 'Maar je hebt daar niets mee gedaan. De politie heeft kennelijk geen enkele conclusie getrokken.'

'Ik ben geen politieman, maar een privédetective, dus wat kón ik daarmee doen? Maar je moet het zo zien: afhankelijk van wie de verkiezing wint, zullen in deze stad dingen gebeuren die voordeel voor iemand opleveren.'

'Jij denkt dus dat de moorden verband houden met die verkiezing?'

'Ze houden allebei verband met Douglas Kemper, dus ik denk van wel.'

'Wat vind jij van Armstrongs vermoeden dat de maffia en die lui uit Vegas er iets mee te maken hebben?'

'Waarom zouden die hiernaartoe willen komen? Zoals Armstrong al zei: die kunnen met dezelfde moeite Frisco en L.A. en Santa Barbara in bezit nemen. En dat zijn allemaal grotere steden dan Bay Town.'

'Zoals jij al opmerkte: jij denkt dat Pickett corrupt is. Hij is als een soort laaghangend fruit, wanneer ze hem in hun zak hebben.'

Dash knikte langzaam. 'Dat is een goede deductie, Archer. Heel goed. Pickett is misschien wel het middelpunt en maakt de weg vrij voor die mannen.'

'Hun kandidaat is dus Drake, de tandarts. Waarom?'

'Misschien moeten we een praatje maken met Drake.'

'Ken je hem?'

'O ja. Heel slim, maar een klootzak, Archer. Aan de buitenkant ongeveer even aantrekkelijk als een vuilniszak. Kemper zou hem met een overweldigende meerderheid verslaan, als hij mag blijven meedoen.'

'Als Kemper uitvalt, kan iemand anders zich dan verkiesbaar stellen?'

'De deadline was vorige week. Het is Kemper tegen Drake, of we het nu leuk vinden of niet.' Dash keek op zijn horloge. 'Drake zal nu waarschijnlijk wel thuis zijn. Laten we de tandenfee dus maar een bezoek brengen.'

53

Alfred Drakes huis was een groot witgeverfd bakstenen gebouw van twee verdiepingen. Vanuit het huis had je uitzicht op de oceaan, doordat het op een verhoogd stuk land stond. Het perceel was rijkelijk begroeid en groen, en stond vol palmbomen, eiken en zo ongeveer elke inheemse plantensoort.

'Verdomme, hoe duur is het wel niet om in deze stad je gebit te laten repareren?' vroeg Archer. Hij stopte voor de door zuilen geschraagde veranda die over de hele breedte van het huis liep, waar een enorm smaragdgroen gazon voor lag.

'Een tijdje was Drake de enige goede tandarts in de stad en hij heeft toen veel geld verdiend. Dat geld heeft hij goed geïnvesteerd en hij heeft hier ook een paar vastgoedprojecten gedaan. Hij is een slimme vent, zoals ik al zei. Ik hoorde dat zijn vader in New York in het vastgoed zat en een klein vermogen heeft verdiend, dat Drake heeft geërfd. Hij heeft dit huis een jaar of vijf geleden laten bouwen.'

Archer keek hem van opzij aan. 'Waarom denk ik dat je Drake al eerder hebt nagetrokken?'

'Maar Archer, dat is vertrouwelijk,' zei Dash grijnzend. 'Een paar jaar geleden wond een man zich ontzettend op over een deal die hij met Drake had gesloten. Hij dacht dat Drake hem had bedrogen. Bleek dat mijn cliënt degene was die dat bedrog had gepleegd en mij had ingehuurd om Drake te dwingen snel te schikken. Maar Drake hield voet bij stuk en daar heb ik altijd respect voor gehad.'

Een zwarte vrouw in een dienstbode-uniform deed de deur open en vertelde hun dat Drake bij het zwembad was. Ze nam Dash' kaartje aan en liet hen wachten, terwijl zij, zoals ze het noemde, ging kijken of meneer Drake op dit moment bezoek wilde ontvangen.

Nadat ze was vertrokken zei Archer: 'Ik dacht dat we op bezoek gingen bij een tandarts, niet bij de president.'

'Hij probeert inderdaad vaak indruk te maken,' zei Dash. 'Wat dat betreft is hij net zoals de meeste politici.'

'Juist. Zijn er eigenlijk wel éérlijke politici?'

'Zeker. Meestal zijn ze gedurende de eerste zes maanden allemaal eerlijk. Pas daarna maken ze zichzelf wijs dat ze niets verkeerds kunnen doen en dat alles wat ze zeggen waar is. Maar het enige waar ze zich allemaal echt druk over maken is dat ze worden herkozen.'

'Franklin Roosevelt was best goed.'

'Die was al rijk. Niemand kon hem iets maken.'

Archer keek hem twijfelend aan. 'Jij zegt dus dat alleen rijke mensen onomkoopbaar zijn?'

'Verdomme nee! Die zijn het meest corrupt van allemaal. Maar FDR was anders. Hij was rijk, maar hij had dat geld geërfd, en hij kreeg polio. Daardoor bezag hij de wereld in een ander licht, volgens mij tenminste. Hij begreep de benarde positie van de werkende klasse zoals niemand anders sinds Teddy Roosevelt. Heel jammer dat we niet meer Roosevelts paraat hebben.'

Het dienstmeisje kwam terug, nam hen zwijgend mee naar het achterterras en verdween.

Alfred Drake was lang en mager en had een ingevallen borstkas. Hij had nog maar weinig haar op zijn hoofd en probeerde dat misschien te compenseren met een van de grootste snorren die Archer buiten carnavalstijd ooit had gezien. Hij droeg een witte badjas van badstof waar zijn dunne bleke benen onderuit staken. Hoewel het een kille avond was, was aan zijn vochtige snor en de natte voetafdrukken rondom het zwembad te zien dat hij al een duik had genomen. Hij droeg sandalen waardoor zijn kortgeknipte teennagels zichtbaar waren. In zijn hand had hij een glas martini met drie olijven aan een prikker en hij zat aan een tafel met in het midden de stok van een witte parasol. Hij staarde naar de oceaan en liet niet blijken dat hij wist dat ze er waren.

'Drake?' zei Dash.

Zonder naar hen te kijken wees Drake naar twee lege stoelen aan de tafel.

Toen ze dichterbij kwamen kon Archer zien dat de bodem van het zwembad was ingelegd met zeegroene tegels in de vorm van een grote galopperende hengst. Het terrein achter het huis was al even verzorgd als dat ervoor. In de verte zag Archer een gespierde jongeman die met ontblote borst een grote kuil groef. Naast hem stond een flinke struik die waarschijnlijk wachtte tot hij werd geplant.

Of Drake echt naar de oceaan keek of naar de jongeman wist Archer niet en hij schatte de kans in op fiftyfifty.

Nadat ze waren gaan zitten en hun hoed op de tafel hadden gelegd zei Drake: 'En?' Hij had zich nog altijd niet omgedraaid om naar hen te kijken en leek ook niet van plan hun iets te drinken aan te bieden.

Archer pakte zijn schrijfblok en hield zijn pen in de aanslag.

'Dit is Archer, mijn nieuwe compagnon,' zei Dash.

'Moet ik soms applaudisseren of wil je ter zake komen?'

'Hopelijk neem je me niets kwalijk na de zaak waar ik aan werkte en waar jij bij betrokken was.'

'Je was professioneel en eerlijk, Willie,' was Drakes verrassende antwoord – voor Archer tenminste, die zich nog steeds verbaasde over de vijandige houding van de man. Drake zei: 'Jouw cliënt was geen van beide. Ik waardeer het dat je hem dwong zich terug te trekken toen je begreep wat de waarheid was.'

'Bedankt voor je begrip. Goed, we wilden met je over de komende verkiezing praten.'

Drake draaide zijn stoel zodat hij hen kon aankijken. 'Hoezo heb jij daar iets mee te maken?'

Voordat Dash die vraag kon beantwoorden, kwam er een Perzische kat aan die op Drakes schoot sprong. De man aaide het dier afwezig terwijl hij op het antwoord wachtte.

'Er zijn onlangs twee mensen vermoord.'

'Wat heeft dat met mij te maken?' vroeg Drake bot.

'Kende je hen?'

'Als je me vertelt wie het zijn, kan ik je vraag misschien beantwoorden.'

'Dat weet je niet?' vroeg Dash sceptisch.

'Vertel het maar.'

'Ruby Fraser. Zij werkte als zangeres in de Midnight Moods.'

'Daar ben ik nog nooit geweest. Dat is niet echt mijn ding, als je begrijpt wat ik bedoel.'

'Je kende haar dus niet?'

'Ik dacht dat ik dat net zei.'

'Het andere slachtoffer was Wilson Sheen.'

Drake kromp even in elkaar, waardoor de kat begon te sissen. 'Ik kende hem. We waren geen vrienden of zo, maar ik kende hem via de gebruikelijke maatschappelijke kringen. En ook door de verkiezing, want hij leidt, of hij leidde Kempers campagne.'

'Kun je een reden bedenken waarom iemand hem zou willen vermoorden?' vroeg Dash.

'Ik heb je net verteld dat ik die man niet echt kende. Hij zal wel vijanden hebben gehad, maar wie heeft die niet?'

'Hoe gaat het met de campagne?' vroeg Dash.

'Ik weet zeker dat je de advertenties in de krant hebt gezien en de spotjes op de radio hebt gehoord. En de billboards hebt gezien waarop Kemper peinzend in de verte staart, of naar de toekomst, of naar de billen van een vrouw, wie weet? Hoe dan ook, die zijn overal. En hij bezit een hotel en een countryclub en een wijngaard, en hij heeft een prachtig huis en een knappe vrouw. Kijk naar mij en naar Kemper. Je fysieke verschijning zou geen verschil mogen maken, maar dat doet het echt wel. Dat kun je aan iedere vrouw vragen. Hij heeft die verkiezing in zijn zak.'

'Vrouwen kiezen misschien gewoon om bepaalde zaken, niet om iemands kaaklijn,' zei Archer.

'Dat dacht ik vroeger ook,' zei Drake gespannen. 'Maar nu niet meer.'

'Waarom stelt u zich eigenlijk verkiesbaar als burgemeester?' vroeg Archer.

Drake keek Archer onderzoekend aan.

De blik van de man beviel Archer helemaal niet en hij keek onwillekeurig naar de jongeman die met ontbloot bovenlichaam de struik in het pas gegraven gat zette.

'O, dus je wilt mijn verkiezingstoespraak horen?'

'Ja hoor, waarom niet?' zei Dash.

Drake nam een grote, bijna wellustige slok van zijn martini. Daarna zette hij het glas neer en kauwde op een van de olijven. 'Bay Town is een stad van rijke en arme mensen. Ik ben een van de rijken. Zeker, ik heb hard gewerkt, maar mijn ouders hebben me een uitstekende opleiding laten volgen en ik heb geld van hen geërfd. Dus toen ik hier vanaf de oostkust naartoe kwam, was ik op veel punten in het voordeel. Maar dat gezegd hebbende, iedereen zou gelijke kansen moeten hebben en dat is hier niet zo. Denk bijvoorbeeld aan Sawyer Armstrong.' Drake keek naar Dash, misschien om te zien wat hij vond van deze uitdagende verklaring.

'Oké, waarom?' vroeg Dash.

'Zijn oorspronkelijke rijkdom bestond uit het familievermogen. Niemand kan zeggen dat hij niet ambitieus is en zo, maar hij had een enorme voorsprong doordat de Armstrongs deze stad al bijna een eeuw in bezit hebben. Ze bezitten het leeuwendeel van de rijkdom en laten de kruimels over aan zo ongeveer ieder ander. Wat ik wil bereiken is het volgende. Betere arbeidsomstandigheden voor de armen. Meer geld voor opleiding en gezondheidszorg. We zien kinderen die de school niet afmaken en het werk van volwassenen doen en dat kan niemand iets schelen. We behandelen de Mexicanen die de grens oversteken om onze groenten en fruit te plukken niet eens als mensen. Dat is fout. Dat moet veranderen.' Hij zweeg en keek bedachtzaam naar zijn zwembad. 'Maar uiteindelijk zouden mensen als de Armstrongs me moeten bedanken voor mijn mening.'

'Waarom?' vroeg Archer.

'Omdat er veel meer armen zijn dan rijken. Maar de armen zullen dit niet heel lang meer accepteren en dan zullen ze de muren neerhalen van de huizen van de elite en het resultaat zal niet fraai zijn. Ik beschouw mezelf als lid van die groep. Ik vraag de Armstrongs van deze wereld niet om hun rijkdom op te geven. Wat ik vraag is dat anderen de kans krijgen hun eigen rijkdom te verwerven door een eerlijke beloning voor hun werk. Op dit moment is het systeem verrot en een lachertje voor de Amerikaanse droom.'

'Je praat nu echt net als FDR,' zei Dash met een blik naar Archer.

'Goed, ga dus maar stemmen,' zei Drake.

'Kende u Ben Smalls?' vroeg Archer.

Als Drake zich al verbaasde over deze vraag dan liet hij dat niet blijken. 'Ja. Hij was een vriend, een goede vriend. We leerden elkaar kennen toen we samen in de gemeenteraad zaten. En toen Ben burgemeester werd, werkten we samen aan projecten. De verkiezingstoespraak die ik net gaf? Veel daarvan is afkomstig uit gesprekken die ik met Ben voerde. Hij dacht er net zo over. Dat hij nu dood is, is een groot gemis.'

'Ik hoorde dat zijn vader de zakenpartner was van Sawyer Armstrong,' zei Archer.

'Andrew Smalls was een goede man.'

'Maar hij pleegde zelfmoord,' zei Archer.

Drake boog zijn hoofd. 'Ja. Dat... was niets voor Andrew.'

'Denkt u dat de dood van zijn zoon gewoon een ongeluk was?' vroeg Archer.

Drake pakte zijn glas weer, nam een slok en zette het neer. Daarna drukte hij de mouw van zijn badjas tegen zijn vochtige lippen. 'Dat zegt de politie.'

'Er zijn mensen die denken dat hij misschien is vermoord,' zei Dash.

'Ach, je hebt nu eenmaal geen invloed op wat mensen denken,' antwoordde Drake.

'Je legt je dus gewoon neer bij de dood van je vriend?' vroeg Dash.

'Wat wil je dan dat ik eraan doe?' snauwde Drake.

Archer zei: 'Nou ja, als burgemeester kunt u daar misschien iets aan doen, want zo te zien heeft de politie zijn dood niet echt onderzocht.'

Drake glimlachte even, de treurigste glimlach die Archer ooit had gezien. Drake zei: 'Misschien zou ik dat kunnen doen, in een ideale wereld. Als je zo'n wereld vindt, hoor ik het graag.'

'Kun je ons verder niets vertellen wat nuttig kan zijn voor ons onderzoek?' vroeg Dash.

'Neem me niet kwalijk, maar wie is jullie cliënt eigenlijk?'

'Dat is vertrouwelijk.'

'Echt? Bay Town is nog altijd klein genoeg voor roddels, hoor. En volgens de roddels die ik heb gehoord, werken jullie voor mijn tegenstander.'

'En als ik je nu eens vertel dat het achterhalen van de waarheid nog belangrijker is?'

'Dan denk ik dat je straks gaat proberen de Golden Gate Bridge aan me te verkopen.'

Dash grijnsde. 'Weet je, om heel eerlijk te zijn, heb ik Archer hier net verteld dat je een klootzak bent die geen enkele kans maakt Kemper te verslaan.'

'Ze hebben me wel ergere dingen verweten.'

'Maar nu zie ik je in een ander licht. En dat is een veel mooier plaatje.'

'Doe niet zo neerbuigend, Willie.'

'Dat was niet de bedoeling, Alfred, en dat weet je best.'

Drake keek even naar Dash' serieuze blik. 'Goed dan. Ik wens jullie succes met je onderzoek, zelfs als dat Kemper wél helpt om mij te verslaan.'

'Misschien helpt dat, misschien ook niet,' zei Dash. 'Maar je zult altijd een verdomd goede tandarts zijn.'

Drake grinnikte. 'Misschien zie ik jou nu ook in een ander licht, Willie. Wie had dat gedacht?'

Dash stond op, net als Archer die vroeg: 'U denkt dus echt dat u geen kans maakt tegen Kemper?'

'Ík maak geen kans. We zullen gewoon moeten afwachten, niet-waar? Er zijn wel vreemdere dingen gebeurd.'

Ze vertrokken, terwijl hij zijn kat aaide en naar de oceaan keek.

54

'Hij lijkt me niet iemand die samenwerkt met schurken uit Vegas,' zei Dash toen ze terugreden naar de stad.

'Hij lijkt zelfs een goeie vent die mensen belangrijk vindt.'

'Zoals hij de jonge knaap die die struik plantte belangrijk vond?' zei Dash.

'Dacht wel dat je dat was opgevallen. Wordt er op die manier over hem gekletst?'

'Niet serieus. En bij een man als Drake moet je dan met keiharde bewijzen komen, anders sleept hij je voor de rechter.'

'Maar je noemde hem de "tandenfee". Of zoek ik daar nu te veel achter?'

Dash keek opeens heel ernstig. 'Dat soort gedrag is illegaal, Archer, dat valt onder sodomie en seksuele perversie. Daarvoor kun je heel lang de gevangenis in gaan en je wordt geregistreerd als zedendelinquent.'

'Echt?'

Dash leek niet op zijn gemak. 'Verdomme, sommige privédetectives zijn hun hele carrière bezig met gaten boren in muren en foto's maken van mensen die zulke dingen doen.'

'Waarom?'

'Omdat ze worden ingehuurd door buren, ontstemde familieleden of mensen die zichzelf beschouwen als hoeders van "deugdzaamheid". Mensen zijn de gevangenis in gegaan waar ze vaak stierven of ze werden gesteriliseerd om hen te "genezen". Wat maakt het uit of iemand anders is? Leef en laat leven.'

'Had niet verwacht dat je zo sympathiek tegenover zulke dingen zou staan, Willie.'

Dash keek naar buiten. 'Ach, ik zie er denk ik wel uit als een ouwe dikke klojo met alle vooroordelen die daarbij horen.' Hij klopte op zijn borst. 'Maar mijn rikketik zit daar niet alleen om mijn bloed rond te pompen, Archer. In het grote boek staat toch dat je van je buurman moet houden?'

'In het boek dat ik lees wel.'

'Nou dan.' Hij zweeg en streek met zijn vingers over de autoruit.

'Heb je dat soort werk weleens gedaan, mensen bespioneren?'

Dash knikte langzaam. 'Ongeveer een jaar. En toen had ik er genoeg van.'

'Waardoor kwam dat?'

'Gaat je niets aan.'

'Oké. Maar ik hoop dat ik in de korte tijd dat we samenwerken al heb bewezen dat je me kunt vertrouwen.'

'Ik vertrouw andere mensen niet snel, Archer.'

'Ik wel, denk je?'

'Heb je je flacon bij je?'

Archer gaf hem de flacon en Dash nam een slok, draaide de dop er weer op en gaf hem terug aan Archer. Hij ontspande zich en streek zijn stropdas glad.

'Op een dag komt een dame binnen en huurt me in om haar neef van vijftien te bespioneren. Ze vertelde me dat ze gewoon wist dat hij zich te buiten ging aan onzedelijk gedrag. Maar toen ze haar vermoedens uitsprak tegenover haar zus wilde die er niets van weten. Zei dat ze bewijs nodig had, dus kwam ze bij mij. Later besefte ik dat dat mens haar zus gewoon haatte en dat joch wilde gebruiken om haar te pakken te nemen. Maar ze betaalde me geld dat ik echt nodig had, dus trok ik mijn trukendoos open en ging aan het werk. Ik volgde de jongen naar zo'n leegstaand gebouw dat bekendstond als een veilige plek voor mannen die "zo" waren. Ik sloop naar binnen, verkende de boel en ontdekte waar hij was. Ik boorde een gat in de muur en maakte foto's van hem en een andere knul. Die foto's gaf ik aan mijn cliënte die ze meteen overhandigde aan de moeder van die jongen.'

'En toen?'

'De vader en moeder waren woedend op die jongen.'

'Dat moet wel zwaar zijn geweest voor de jongen.'

'Was het daar maar bij gebleven, Archer. Want weet je, de cliënte wilde meer bewijzen.'

'Waarom?'

'Ze vertelde me dat haar zus niet "voldoende" geschrokken was van het perverse gedrag van haar zoon. Ze wilde dat ik terugging en zelfs nog meer vuil opgroef. Later hoorde ik dat ze het haar zus gewoon onder de neus wilde wrijven.'

'Wat deed je toen?'

'Ik ging met mijn camera terug naar het gat dat ik had gemaakt en... toen ik door dat gat keek zag ik dat hij aan de plafondlamp hing. Ik rende naar binnen, sneed hem los en probeerde hem te reanimeren, maar hij was al dood, Archer. Nog maar vijftien en hij was dood.'

'Jezus!'

'Ja, daarna heb ik heel veel met Jezus gepraat – nadat ik genoeg whiskey had gedronken om Drakes zwembad mee te vullen. Het heeft me een jaar gekost om weer te kunnen werken. Was bijna alles kwijtgeraakt wat ik had. En weet je wat?'

'Wat?'

'Ik kwam er veel gemakkelijker van af dan die knul.'

'Wat erg voor je, Willie.'

'Je hoeft geen medelijden met me te hebben,' snauwde Dash. 'Het was mijn eigen schuld. Die jongen kon er niets aan doen.'

Ze zwegen allebei. Dash keek naar buiten en Archer bleef naar de weg staren.

Uiteindelijk vroeg Archer: 'Ben je er daarom een tijdje tussenuit geweest?'

Dash keek hem aan. 'Heb je je ooit zo voor jezelf geschaamd dat je niet eens naar je eigen spiegelbeeld kon kijken?'

Archer schudde langzaam zijn hoofd. 'Nee.'

'Goed. Ik hoop dat je dat ook nooit zult meemaken.'

Ze reden terug naar kantoor, namen de lift naar boven en gingen in Dash' kantoor zitten.

Dash schonk voor hen allebei twee vingers Beam in, ging tegenover Archer zitten en zei: 'Oké, jij begon over elkaar vertrouwen, dus laten we het daar eens over hebben.'

Archer nam een slok van de Beam en zei vermoeid: 'Oké.'

'Wanneer wilde je me vertellen dat je vragen hebt gesteld over dat eiland, Archer?'

Archer zette zijn glas neer en leunde achterover in zijn stoel. 'Ik héb je over dat eiland verteld, maar jij wilde het niet horen. Daarom dacht ik dat ik het maar voor me moest houden. Voorlopig.'

'Oké, maar voorlopig is voorbij.'

'Hoe weet je het? Volgde je me?'

'Als ik dat deed, zou je het nooit weten. Reggie McKenzie is een vriend van me. Hij is een ouwe dronkaard, maar hij is oké als hij niet drinkt. Hij heeft je de hele geschiedenis over die rots verteld. Je bent ook naar de bibliotheek gegaan en hebt daar heel veel materiaal doorgenomen. Sharon Aster heeft je daar geholpen. Aardige meid, maar te intellectueel voor mensen zoals ik. Daarna ging je naar het stadhuis waar je hetzelfde deed. Linda, de gemeentesecretaris, is ook een vriendin van me.'

'Je hebt veel vrienden.'

'Dat is geen toeval. De meeste PD's maken vrienden. De goede PD's tenminste.'

'Hoe heb je dat allemaal zo snel ontdekt?'

'Ik ben je gewoon gevolgd, Archer.'

'Je volgde me dus toch.'

'Ik heb nooit gezegd dat ik dat niet deed. Bibliotheek, gemeentehuis, McKenzie, terug naar je pension om je vriendin op te halen en toen naar de Midnight Moods. Ik had net mijn kop koffie gekregen en wachtte tot je verscheen.'

'Je zei dat je je auto wilde halen en wat wilde nadenken.'

'Ik héb mijn auto gehaald en die gebruikt om je te volgen. En ik héb nagedacht, en wel over jou.'

Archer zei met een waarderende glimlach: 'Meneer Shaw zei al dat je de beste was, Willie. En hij had gelijk.'

'Ik heb geen kritiek op je, Archer. Ja, je had het over dat eiland, en ja, ik wilde het niet horen. En je deed wat ik zou hebben gedaan, je bent in je eentje op je intuïtie afgegaan. Dus laten we elkaar vertellen wat we hebben ontdekt.'

Archer pakte zijn schrijfblok. 'In de kadastrale registers in het gemeentehuis zag ik dat de federale overheid het eiland zes maanden geleden heeft verkocht aan het bedrijf Stearman Enterprises. Ook al was het federaal eigendom dacht ik dat Bay Town daar toch gegevens van moest hebben omdat Stearman hier zijn kantoor heeft. De man die volgens de documenten namens Stearman handelde...'

'... was Douglas Kemper,' zei Dash.

'Klopt. Hoe weet je dat? Dat heb ik niet tegen de gemeentesecretaris gezegd.'

'Knappe koppen, Archer. Maar goed, in de bibliotheek heb je bepaalde wetten en voorschriften bekeken.'

Archer keek weer op zijn schrijfblok. 'Tot vijf kilometer uit de kust zijn alle waterrechten eigendom van de Staat. Dat is belangrijk voor de visrechten en dergelijke. De federale overheid is de baas over het gebied vijfendertig kilometer uit de kust.'

'En alles verder dan dat zijn internationale wateren,' zei Dash.

'Maar in 1947 heeft het hooggerechtshof bepaald dat de federale overheid eigenaar is van de hele zeebodem voor de Californische kust, zelfs binnen vijf kilometer. De Staat is alleen de baas over het water.'

'Het hooggerechtshof? Hoe kwam je op het idee dat te checken?'

'Toen ik naar college ging, wilde ik advocaat worden. Dat ging niet door, maar ik heb wel een tijdje rechten gestudeerd en daarna voor een advocaat gewerkt. Ik heb veel geleerd.'

'En dit heeft betrekking op het eiland?'

'Inderdaad. Toen de marine er klaar mee was en vertrok, kreeg de federale overheid de rechten op het eiland terug. Toen kwam Stearman die deze rechten kocht. Ik denk dat die wet eigenlijk betrekking had op de olie- en gasrechten, omdat je in de zeebodem moet boren om daarbij te komen.'

'Dat is zo. Maar wat heeft de burgemeester daarmee te maken?'

'Dat heb ik niet kunnen ontdekken. Ik bedoel, als de gouverneur geen macht heeft over dat eiland, waarom zou een burgemeester dat dan wel hebben?' Archer zweeg en herinnerde zich iets uit een gesprek. 'Maar je vriend Reggie McKenzie vertelde me iets interessants. Hij zei dat Ben Smalls ongeveer twee weken voor zijn dood een boot huurde en naar dat eiland ging. McKenzie zei dat hij niet blij keek toen hij terugkwam.'

'Fascinerend,' zei Dash, terwijl zijn hersens kennelijk op volle toeren draaiden.

'Beth vertelde me dat zijn vader Andrew zichzelf in zijn schuur had opgehangen.'

'Dat klopt. Ik vroeg me al af hoe jij dat wist toen je dat tegen Drake zei.'

'Ik heb ook een boot gehuurd en ben daarmee naar het eiland gegaan. Het is groter dan je zou denken en maar vijftien minuten varen. Daar is iets aan de gang. Ik zag palen in de grond en een bordje waarop stond: LANCET GROEP – LANDMETERS EN ARCHITECTEN, BAY TOWN.'

Dash wreef over zijn wang. 'Er wordt daar dus een gebouw neergezet.'

'Inderdaad. En er is nog iets.' Archer keek de man zenuwachtig aan.

'Is dat het iets wat je me nog niet hebt verteld?'

'Die avond toen ik Beth Kemper zag? Toen was ik in de haven. Ik zag even voor drie uur een boot die naar de kust voer. Dat was Armstrongs boot en hij en Hank en Tony en een paar andere mannen zaten erin. Ik weet zeker dat ze op dat eiland waren geweest. Daardoor begon ik aan zoiets te denken. Beth Kemper reed de parkeerplaats op toen de mannen naar hun auto's liepen, stopte en stapte uit. Zij en haar vader hadden een verhitte discussie. Ik volgde haar naar dat eethuisje.'

'En dat heb je me niet eerder verteld omdat...?'

'Ik geen goed antwoord heb.'

'Als je dit meteen had geflikt, Archer, was je nu op zoek naar een andere baan. Maar nu weet ik dat je de intuïtie en het instinct hebt. En ik heb jou ook niet alles verteld, dus krijg ik nu een koekje van eigen deeg. Goed, laten we dit opnieuw bekijken. Armstrong ging naar het eiland. Kempers naam staat op de documenten van het bedrijf dat het eiland kocht. Vijftien minuten uit de kust is heel prettig om mensen heen en weer te brengen die alleen een paar uur willen blijven en niet de hele nacht.'

'Maar wat voor soort plaats is dat dan?'

'We wachten nog even, daarna zoeken we dat uit.'

55

'De fijne kneepjes van het speurdersvak, Archer,' zei Dash zacht terwijl hij een leren etuitje uit zijn zak haalde en opende, zodat een keurig gerangschikt setje instrumenten zichtbaar werd. Ze stonden bij de achterdeur van het kantoor van de Lancet Groep, twee blokken van Sawyer Avenue. Het was een onopvallend bakstenen gebouw van twee verdiepingen. Als dit het toppunt van de ontwerpkunsten van deze firma was, dacht Archer, kon hij beter ergens anders naartoe gaan als hij ooit op zoek was naar inspirerende architectuur.

Dash stopte twee verschillende pinnetjes in het bovenste slot en ging aan het werk. Na twintig seconden hoorde Archer een klikje. Daarna stopte Dash een van de pinnetjes in het onderste slot en deed hetzelfde. Vervolgens borg hij de instrumenten op, draaide de deurknop om en opende de deur van het onverlichte gebouw.

Binnen fluisterde Dash tegen Archer: 'Een oude agent maakt 's nachts zijn ronde door deze gebouwen. Hij is zo ongeveer doof en blind, maar heeft wel een vuurwapen. Hij zal nooit met opzet raak schieten, maar misschien wel per ongeluk. Daarom kunnen we geen licht aandoen.'

Archer knikte.

Ze liepen op de tast langs de muren tot ze bij een deur kwamen. Ze gingen naar binnen en bekeken het vertrek waarin ze zich bevonden. Door de brede ramen scheen het licht van de maan en een lantaarnpaal naar binnen zodat ze redelijk zicht hadden. Ze doorzochten de vertrekken op de benedenverdieping, vonden niets en namen de trap naar boven. Daar was geen enkel vertrek afgesloten, op één na.

Dat wekte uiteraard hun belangstelling, zodat Dash zijn etuitje weer tevoorschijn haalde. Hij had het slot snel verslagen, waarna ze naar binnen gingen.

Dit vertrek had geen ramen, dus haalde Dash een kleine zaklamp uit zijn zak en knipte hem aan. Nu hadden ze meer dan genoeg licht om te zien wat ze moesten zien.

Op een grote tafel in het midden van het vertrek stond een maquette van een aantal reusachtige gebouwen zonder dak.

'The Golden Rock,' las Dash voor van een plaatje op een van de gebouwen. Toen liet hij zijn blik zakken en keek naar een paar tekeningen die naast de maquette lagen.

'Wat betekent dat?' vroeg Archer.

'Nou, om te beginnen is de Rock de naam voor Alcatraz, maar die is zeker weten niet van goud en dit is zeker weten geen gevangenis.' Dash bekeek de gebouwen aandachtiger. 'Verdomme, Archer, dit zijn casino's.' Hij wees naar het interieur van de gebouwen, waar miniatuurmeubelstukken en -apparaten stonden. 'Kijk maar, craps- en roulettetafels en poker- en blackjacktafels. Daar is de kassier, en in die hoek staat de grootste bar ooit. En daar staan gokautomaten.'

'Ze gaan casino's op dat eiland bouwen?' vroeg Archer.

'Lijkt er wel op. Ik ben naar Vegas geweest en als dit ding op schaal is, dan is het veel groter dan alles wat ze daar ooit hebben gebouwd. Weet je nog dat ik je vertelde dat ze gokschepen voor de kust hebben verboden?' vroeg Dash.

'Ja, wat betekent dat deze gebouwen geen nut hebben, tenzij ze de wet willen overtreden.'

'Dat zou ongelofelijk moeilijk zijn, want volgens de grondwet van Californië is gokken wettelijk verboden. En ik heb je verteld dat onze nieuwe gouverneur Warren de campagne tegen gokschepen leidde toen hij procureur-generaal was. Die belangrijke rechtszaak ging over Santa Monica Bay. De vraag was toen: vanaf welk punt meet je vijf kilometer vanaf de kust? Begon je bij Santa Monica, of bij de twee verste punten vanaf de baai? Want weet je, gemeten vanaf dat laatste punt zou je in echt wild water terechtkomen, waar mensen niet tegelijk zullen gokken en kotsen.'

'Toen ik daar was, zag ik aan de westkant van het eiland een grote golfbreker, dus ik kan me voorstellen dat het water rondom het eiland grotendeels rustig is.'

'Nog een reden om het te kopen en te bebouwen.'

'Het gaat dus om heel veel geld?'

'Genoeg geld. Voordat Warren het verbood, streek ene Tony Cornero met zijn schip Rex tweehonderdduizend dollar per maand winst op. Met slechts één schip.'

'Maar gokken is nog altijd illegaal. Zoals je zelf net zei, staat dat in de grondwet van de Staat.'

'Niet zo snel, Archer. In 1948 ondertekende Truman de Knowland Bill. Die verbood niet alleen gokken in alle territoriale wateren, maar ook het vervoer van mensen naar die gokboten.'

'Oké, maar...' Archer zweeg even. 'Wacht eens, is die wet alleen van toepassing op schepen?'

'Inderdaad. Als je je bevindt op land uit de kust valt dat niet onder de jurisdictie van Californië. Er bestaat kennelijk geen geldende wet tegen het gokken daar en geen wet tegen het vervoer van mensen daarnaartoe om te gokken.'

'Maar wacht even. Als de gouverneur zo tegen gokken op schepen was, waarom zou hij het dan wel toestaan op land?'

'De marine heeft dat eiland gebouwd. En ook al hadden ze dat niet gedaan, het ligt iets meer dan vijf kilometer uit de kust en gezien de kustlijn in Bay Town is er geen discussie over vanaf welk punt de meting moet plaatsvinden. Californië heeft daar dus niets over te zeggen. Het eiland ligt in federale wateren.'

'Maar Catalina Island en de andere Channel Islands liggen zelfs nog verder uit de kust. Waarom heeft niemand geprobeerd daar te gaan gokken?'

'Omdat, hoewel het leger daar overal en nergens zit, ze officieel bij Californië horen, zodat de gouverneur de baas is over wat daar gebeurt. Er was wel een discussie over de vraag of het verdrag dat lang geleden met Mexico werd gesloten en waarin het noorden van Mexico aan de VS werd overgedragen ook op die eilanden van toepassing was, maar een paar jaar geleden heeft Mexico bevestigd dat het daar geen recht op heeft. Maar zelfs als ze zouden kunnen worden gebruikt om te gokken liggen ze veel verder weg, Archer, en in wild water. Wil je twee of drie uur over een wilde zee varen voor een spelletje craps of blackjack? En wat drinken en dan terugvaren in wild water zodat je over de reling hangt en overweegt zelfmoord te plegen omdat je zo zeeziek bent?'

'Nee, ik niet.'

'Ja, soms hangt het echt af van de kleine dingen. Dat eiland bevindt zich op de perfecte locatie om een gokparadijs te zijn. Een snelle boottocht heen en terug over relatief rustig water. Daarom waren die schepen zo populair. Maar dat eiland is zelfs nog beter, want de vloer beweegt niet als je met de dobbelsteen gooit.'

'Maar je zou toch kunnen verbieden dat iemand daar per boot naartoe wordt gebracht?'

'Raad eens wie dat in elke stad bepaalt, Archer?'

'De burgemeester?'

'Bingo! En de gemeenteraad. Wat verklaart wat er is gebeurd met Ben Smalls en waarom deze verkiezing voor sommige mensen zo belangrijk is. En Kempers countryclub ligt aan het water en heeft een jachthaven met een grote kade. Ze zouden daarvandaan boten kunnen laten varen.'

'Maar als president Truman een wet over boten heeft ondertekend, waarom zou hij dan geen wet over een eiland ondertekenen?'

'Als Kemper echt slim was, en volgens mij is hij dat, heeft hij een paar machtige mensen in D.C. omgekocht om ervoor te zorgen dat er geen Knowland Bill nummer twee komt en dat de staat Californië dit niet tot prioriteit maakt. Verdomme, Amerika krabbelt net weer overeind na een oorlog. Mensen willen plezier maken. En gokken is plezier maken. Natuurlijk zullen de meesten alles verliezen, maar ze glimlachen terwijl ze volledig worden uitgekleed. En als je met één schip tweehonderdduizend dollar per maand kunt verdienen, wat kun je dan verdienen met een stel reusachtige casino's op zo'n eiland? Voor zoveel geld zullen mensen tot heel veel bereid zijn.'

'Weet je, in de korte tijd dat ik in Reno was, heb ik gezien dat dat waar is. Casino's zijn bijzonder lucratief.'

'Je moet het geld volgen, Archer. Dat brengt je meestal daar waar je naartoe moet.'

'Dus Armstrong en Kemper zitten hier samen in?'

'Zou kunnen,' zei Dash.

'Maar wie probeert Kemper dan met chantage te dwingen zich terug te trekken?'

'Wat denk je van Drake?'

'Maar hij leek een eerlijke man met goede motieven.'

'Drake is een idealist. Hij denkt misschien dat als Kemper wint dat hetzelfde is als wanneer Armstrong weer de baas is. Hij weet dat hij de verkiezing niet op een eerlijke manier kan winnen; te veel geld en andere zaken spannen samen tegen hem. Dus vindt hij of bedenkt hij vuile was over Kemper en probeert de verkiezing op die manier te winnen zodat hij burgemeester wordt en veel goeds kan doen.'

'En de moord op Fraser en Sheen? Denk je dat Drake daarbij betrokken is?'

'Dat weet ik nog niet. En, Archer?'

'Ja?'

'Onthou dit, jongen, ook al zou je verder helemaal niets onthouden. Wat ik je net heb verteld, is een theorie en een theorie is niet de waarheid. Om de waarheid te vinden zal een speurder moeten blijven graven.'

56

Archer reed terug naar de Midnight Moods en zat in het publiek toen Callahan later die avond haar officiële debuut maakte. Om te zeggen dat ze een succes was, zou hetzelfde zijn als beweren dat de gevechten tussen de geallieerden en de asmogendheden onbeslist waren geëindigd.

Het theater was uitverkocht en Archer zag, ietwat verbaasd, dat het aantal vrouwen in het publiek ongeveer gelijk opging met het aantal mannen.

Het doek ging open en Callahan kwam op in de outfit die zij en Dawson hadden uitgekozen. Met haar lange, dramatische passen straalde ze het zelfvertrouwen uit van iemand die zich thuis voelt in de schijnwerpers. Haar glimlach leek nog meer te stralen dan de podiumverlichting. Bij de microfoon aangekomen maakte ze de pianist duidelijk dat hij mocht beginnen. Hij begon te spelen en hij had onmiskenbaar talent, maar toen Callahan haar mond opendeed en begon te zingen, lette Archer geen seconde meer op hem.

Een uur later bleef de laatste noot van haar laatste lied in de lucht hangen als de rook van een kanon na eenentwintig saluutschoten. Ze maakte een buiging, ging weer rechtop staan en liet de waardering van honderden mensen, omdat ze hen zestig minuten lang op een prettige wijze had geboeid, over zich heen komen.

Een man van in de vijftig die naast Archer zat, stootte hem met zijn elleboog aan en zei: 'Verdomme, jongen, is ze de moeite waard of niet?'

Archer glimlachte en knikte, en hij concludeerde dat Callahan precies daar was waar ze hoorde te zijn: voor een groot publiek dat ze meesleepte naar een beter leven dan de werkelijkheid ooit zou kunnen.

Toen hij zijn blik over het publiek liet dwalen, zag Archer hem zitten. Hij leunde naar voren om beter te kunnen kijken en jawel hoor, hij was het echt.

Douglas Kemper had niet lang om zijn campagnemanager getreurd. Hij zat op de voorste rij, met een sigaret en een glas in de hand, en leek gebiologeerd naar Callahan te kijken.

Na de show ging Archer backstage naar haar toe.

Ze was in haar kleine kleedkamer, waar iemand de naam LIBERTY op de deur had aangebracht. Op de grond stonden manden vol bloemen, terwijl zij voor de kaptafel zat, in de spiegel keek en haar toneelmake-up opnieuw aanbracht.

'En?' vroeg ze, terwijl ze hem in de spiegel aankeek.

'Volgens mij deed je het wel oké.'

'Nou, bezorg jezelf alsjeblieft geen hartaanval door me uitbundig te prijzen, Archer.'

'Wil je dat ik zeg dat je een ster bent? Oké, je bent een ster, Liberty. Maar ik hoef je niet te vertellen wat al die mensen je al hebben verteld. En je had evenveel vrouwen als mannen in het publiek. Ik zou zeggen dat dat iets betekent, echt waar!'

'Heb je je flacon bij je?' vroeg ze met een lieve glimlach.

Hij gaf haar zijn flacon en ze nam een slok.

'Dat was nog maar mijn eerste optreden. Ik heb nog drie sets en dan moet ik handen schudden en wat drinken met een paar belangrijke spelers hier, en de plaatselijke krant gaat me interviewen en zelfs foto's van me maken.'

'Vind je dat allemaal goed?'

'Verdomme, Archer, daar ben ik voor geboren!'

'Ja, dat denk ik ook.'

Ze stak een Camel op, blies de rook uit en draaide haar stoel zodat ze hem gewoon kon aankijken. 'Ik hoorde dat hier weer iemand is vermoord. Daar had Dawson het over, toch?'

'Wilson Sheen. Hij werkte voor Douglas Kemper.'

'Kemper, hè? Iemand vertelde me dat hij vanavond in het publiek zat.'

'Klopt. Hij zat op de voorste rij en leek zeer ingenomen met je vele talenten.'

'Rijke stinkerd, hè?'

'En getrouwd met een heel lieve vrouw, dus verwacht er niet te veel van.'

'Dus hij heeft banden met Fraser en deze Sheen. Is hij een verdachte, volgens jou?'

'Iedereen is volgens mij een verdachte, Liberty.'

'Je wilde dat ik hier je spion was. Zou ik moeten beginnen met Kemper?'

Archer aarzelde. 'Weet je, wat ik je eerder heb gevraagd, is geen goed idee. Het zou gevaarlijk kunnen zijn.'

'Ik kan gevaarlijk zijn, Archer, of ben je dat soms al vergeten?'

'Ja, jij bent gevaarlijk als iemand je bedreigt, maar deze lieden wachten daar niet op.'

'Je maakt je zorgen om me, Archer. Dat is heel ontroerend.'

'Ik maak me écht zorgen om je. Hier zijn in zeer korte tijd twee mensen vermoord.'

'Maar je moet weten dat ik me ook zorgen maak om jou, Archer. En ik heb al wat speurwerk verricht sinds ik hier ben.'

'Wat bedoel je?'

'Ik let goed op en hou mijn ogen en oren open.'

'Wat heb je ontdekt?'

'O, dus nu vind je het wel goed dat ik spioneer?'

'Liberty!'

'Oké, oké. Hoe dan ook, ik had mijn avondeten op en nam mijn kop koffie mee en vond een kamertje, gewoon om even rust te hebben en mijn zenuwen de baas te worden.'

'En?' vroeg Archer nieuwsgierig.

'Toen hoorde ik geluiden in de ruimte ernaast. En jouw naam werd genoemd.'

Archer fronste. 'Wie waren het?'

'Diezelfde twee boeven die jou eerder te pakken hebben genomen, Archer.'

'Hank en Tony? Maar hoe kon je hun stemmen dan herkennen? Je had ze daarvoor alleen maar gezien. Ze zeiden toen niets.'

'Gemakkelijk. Toen ze jouw naam noemden, ben ik naar buiten geglipt en heb ik door het sleutelgat gekeken.'

'Liberty, dat was een groot risico!'

'Mijn hele leven was een groot risico. Maar goed, ik zag ze.'

'Wat zeiden ze over me?'
'O, dat ze je gaan vermoorden.'
Archer leunde naar achteren en keek haar strak aan. 'Bedankt dat je het beste voor het laatst hebt bewaard.'
'Jij kunt wel op jezelf passen, Archer, dat heb ik gezien. En nu je gewaarschuwd bent? Nou, ik zet mijn geld op jou in plaats van op die twee klojo's.'
'Zeiden ze ook waaróm ze me willen vermoorden?'
'Ik hoorde hen zeggen dat je rondsnuffelde op een eiland?'
Archer vertelde haar over de gebouwen op de maquette die hij en Dash hadden gezien en wat die met dat eiland te maken hadden. En dat hij zo zijn twijfels had over de doodsoorzaak van Benjamin Smalls.
'Een casino dus? Klinkt logisch. En doodgaan in je badkuip, Archer? Kom op, zeg! Dat is de maffia. Ze schieten je dood met een machinegeweer of ze zetten je voeten in cement en laten je verzuipen.'
'Hoezo weet jij zoveel over die dingen?'
'Denk je soms dat de maffia Reno om de een of andere reden links heeft laten liggen?'
Archer keek haar aandachtiger aan. 'Is Max Shyner lid van de maffia?'
'Ik ben eruit gestapt, Archer. Denk maar wat je wilt. Heb je een vuurwapen?'
'Ja.'
'En je hebt je boksbeugel?'
Hij knikte en zei grijnzend: 'En ik draag ondergoed.'
'Echt? Ik niet.'
Zijn mond viel open. 'Niet nu, Liberty. Verdomme!'
Ze glimlachte preuts. 'Wat is je volgende stap?'
Hij stond op en zette zijn hoed op. 'En de kamer waar je hen kon horen praten?'
'Deze gang door, linksaf en dan rechtsaf. Tweede deur links.'
Hij tikte tegen zijn hoed. 'Je hebt fantastische benen en een fantastische stem, maar je hebt ook een fantastisch stel hersens. Laat niemand ooit beweren dat het niet zo is.'
'Jij hebt stijl, Archer, laat niemand ooit beweren dat het niet zo is.'

57

De deur stond open en de kamer was leeg, zag Archer. Hank en Tony waren er kennelijk al vandoor. Hij liep naar het terras, ging aan een tafeltje zitten, bestelde een gimlet en een schaaltje olijven en, omdat hij nog niet had gegeten, een broodje rosbief met aardappelsalade. Hij dronk en at, en zat na te denken.

Toen zei iemand: 'Je ziet er niet best uit, schatje.'

Hij keek op en zag dezelfde serveerster die hem en Kemper had bediend. 'Ik voel me prima, hoor. Zeg, heb je Kemper vanavond gezien?'

'Zoveel geluk heb ik niet gehad.'

'Heb je ooit gezien dat een andere vrouw hem aan de haak sloeg?'

'Nog nooit. En niet omdat niemand dat probeerde, want ik ben echt niet de enige, weet je?'

'Juist. Zeg, ken je Hank en Tony, die uitsmijters van Sawyer Armstrong?'

'Ja hoor.'

'Die zijn hier, hè?'

'Ze wáren hier. Zag ze ongeveer een uur geleden vertrekken.'

'Heb je ooit een poging bij hen gewaagd?'

Ze zette een hand op haar heup. 'Nou zeg, zo wanhopig ben ik nou ook weer niet. En ik heb graag een man met een beetje klasse. Ik bedoel, volgens mij kunnen die stomkoppen niet eens lezen. Ik stel wel bepaalde eisen.'

Archer gaf haar een dollar en een knipoog. 'Bedankt. En blijf hoge eisen stellen. Wie weet word je ooit de hoogste baas van General Motors.'

Ze stopte de dollar in haar blouse. 'Je bent heel grappig. Je zou vaudeville moeten proberen.'

Toen zij wegliep keek Archer op zijn horloge. Hij besloot dat het tijd was om de berg weer op te rijden. Misschien zou hij wel twee vliegen in één klap slaan.

De Bentley was verdwenen, maar de Triumph en de Phantom Rolls stonden voor het huis. De voordeur werd geopend door dezelfde bediende, maar hij keek Archer aan alsof hij hem niet eerder had gezien.

'Zijn meneer en mevrouw Kemper thuis?'

'Wie kan ik zeggen dat dit vraagt, meneer?'

'Archer. Ik was hier laatst ook, met Willie Dash?'

'Het is heel laat, meneer Archer. Ik denk dat u beter terug kunt komen...'

'Het is wel goed, Chen, ik zal meneer Archer ontvangen.' Beth Kemper stond naast haar butler. 'Kom maar mee, Archer. Je ziet eruit alsof je wel een drankje kunt gebruiken.'

En dus liep Archer achter haar aan. Hij vond het prettig om achter haar te lopen. Het beviel hem hoe ze zich bewoog, als een panter die door het struikgewas sluipt. Alleen al haar manier van lopen was inspirerend. Dat kon je niet aanleren, wist hij. Je kon het of je kon het niet. En deze vrouw kon het als de beste, en hoe! Net als Callahan.

Ze nam hem mee naar een van de kamers waar hij en Dash tijdens hun vorige bezoek langs waren gelopen – een en al marmer en wit en koud en, ondanks dat, interessant.

Hij zag een groot beeld van een naakte vrouw die over Archers rechterschouder naar iets keek. Hij wees ernaar met zijn hoed. 'Is het duurder als ze géén kleren dragen?'

Ze ging elegant op de bank zitten, met haar felrode rok die haar benen tot en met haar kuiten bedekte uitgestrekt. De blouse erboven was crèmekleurig. Ze leek een soort exotische bloem in volle bloei. 'In het echte leven meestal wel, Archer, dus waarom niet in de kunst? Maar wíl je wat drinken? Ik neem wel iets.'

'Zo te zien zit je daar heel comfortabel, zal ik dus maar wat inschenken? Wil je een Dry Manhattan?'

Ze glimlachte en maakte een vaag gebaar naar de bar. Hij nam aan dat ze in elk vertrek een bar hadden, maar ach, was dat niet precies waar iedereen van droomde?

Hij schonk in en mat af en schudde de ingrediënten. Daarna overhandigde hij haar een glas en ging tegenover haar zitten.

Ze hieven hun glas naar elkaar en namen een slokje.

Kemper vroeg: 'Wat kan ik zo laat op de avond voor je doen?'

Hij depte een beetje vermout van zijn lip. 'Je vader zal wel weer woedend op me worden.'

'Waarom?'

'Je weet dat Hank en Tony me een pak slaag gaven toen je vader hoorde dat we hier waren geweest om je te ondervragen.'

'Ik dacht dat dat allemaal vergeven en vergeten was nadat we elkaar in zijn huis hadden ontmoet.'

'Maar toen misdroeg ik me een tweede keer en gaf ik hem nog meer redenen me opnieuw een aframmeling te laten geven.'

'Wat heb je nu dan gedaan?'

'Als ik het aan jou vertel, vertel jij het aan je vader, ja toch?'

'Niet als je dat niet wilt.'

Er verscheen een glimlach op Archers gezicht. 'Kijk, dat is een goede zin, Beth. Hoewel Willie niet wil dat ik je Beth noem.'

Ze zette haar glas neer, pakte haar sigarettenkoker, tikte de sigaret op het blad van de salontafel en stak hem op. 'Waarom niet?'

'Heeft iets te maken met klassenverschillen. Jullie zitten hier hoog in de bergen en ik beneden in Porter Street bij het plebs.'

'Zo zie ik dat niet, Archer, echt niet.'

'Maar goed, je instinct klopte. Ik was je wél gevolgd naar dat eethuisje. En dat betekent dat ik jou en je vader heb gezien op de parkeerplaats bij de haven. Wat natuurlijk ook betekent dat ik hem binnen zag komen met zijn boot na zijn bezoek aan het eiland dat een bedrijf, waar de vingerafdrukken van je man op staan, onlangs van de federale overheid heeft gekocht.'

Kemper leunde naar achteren, tikte as in een asbak en nam een slok van haar Manhattan. 'Je hebt het dus druk gehad, ook al heb ik geen idee waar je het over hebt. Ik dacht dat je me zou vertellen dat je een van mijn vaders olijfbomen in brand had gestoken.'

'Dat eiland was eigendom van de federale overheid en is dat nu niet meer. Het is nu van je man.'

'Nee, dat is het verdomme niet!' Dit werd niet gezegd door Beth Kemper, maar door haar man.

Ze draaiden zich allebei om en zagen hem, met zijn hoed in de hand, in de deuropening staan. Zijn stropdas hing los, zijn overhemd was gekreukeld, zijn haar was verward en op dit moment leek hij absoluut niet op de bruisende en succesvolle man die Archer eerder had ontmoet.

Beth stond op en vroeg bezorgd: 'Douglas, gaat het wel goed met je?' Haar stem en haar blik waren oprecht bezorgd.

'Nee, Beth, het gaat niet goed met me. Echt niet, lieve schat.' Hij zweeg en keek haar aan. 'Ik... heb gewoon wat... hulp nodig.' Douglas liep naar voren.

Archer keek aandachtig naar hen.

Beth stak haar armen naar hem uit, Douglas deed hetzelfde en even later hielden ze elkaar stevig vast. Zo bleven ze zeker tien seconden staan, waarna ze elkaar loslieten.

Wilma Darling had gelijk: hij houdt van zijn vrouw.

Douglas keek naar Archer. 'Ik heb geen enkele belangstelling voor dat eiland.'

'Documenten in het stadhuis zeggen iets anders. U staat daar genoteerd als de bestuursvoorzitter.'

'Iedereen kan iemand anders opgeven.'

'Enig idee wie u kan hebben opgegeven?'

'Nee, geen idee. Hoe heet dat bedrijf?'

'Stearman Enterprises.'

De Kempers keken elkaar nerveus aan.

'Ja,' zei Archer. 'Dat was jouw moeders vliegtuig, de Stearman 75. Iemand is ironisch of heel wreed.'

Beth vroeg aan Douglas: 'Weet jij hier iets van? Ik wil de waarheid horen!'

'Nee, ik zweer het! Ik heb helemaal niets te maken met een bedrijf dat zo heet. En ik... zou het nooit zo hebben genoemd.'

'Het geld achter Alfred Drake misschien?' opperde Archer.

'Misschien,' zei Douglas aarzelend.

Archer schudde zijn hoofd. 'Fout. Er zit geen geld achter Drake, behalve zijn eigen vermogen. Hij verdrinkt in de dollars die u en uw schoonvader in deze verkiezing stoppen en weet dat hij gaat verliezen.' Hij keek Beth aan en vroeg toen aan Douglas: 'Zou u zeggen dat uw visie voor Bay Town overeenkomt met de visie die Ben Smalls had?'

'Ik zou zeggen van wel, ja. Ik weet hoe het is om rijk te zijn, maar ik weet ook hoe het is om arm te zijn.'

'Alfred Drake bewonderde hem ook, dat zegt hij tenminste.'

'Volgens mij waren ze bevriend, ja.'

Archer keek Beth aan en vroeg: 'Jij was ook bevriend met Smalls, ja toch?'

Douglas zei: 'Zijn vader was de compagnon van Sawyer. Jullie zijn samen opgegroeid en hij was bij die lunchbijeenkomst.'

'Toen mijn moeder stierf,' zei Beth, zonder hem aan te kijken. 'Maar op andere momenten zag ik hem ook, we wáren bevriend.'

'Dát is interessant,' zei Archer. 'Wil je ons vertellen wat voor "andere keren" dat waren?'

'Nee, dat wil ik niet,' zei ze verhit, wat de vraag voor Archer feitelijk al beantwoordde.

Douglas beende naar de bar en schonk voor zichzelf een pure bourbon in met ijs. Hij dronk zijn glas halfleeg voordat hij terugliep naar zijn vrouw en haar aankeek op een manier die Archer verbaasde. Hij keek niet kwaad of gekwetst of dreigend, maar berustend, hopeloos. Ze zaten stijf tegen elkaar aan in dezelfde stoel, met een van haar handen op zijn bovenbeen – een beschermend gebaar, vond Archer.

Douglas zei: 'Ik zou willen dat ik je meer kon vertellen, Archer. Maar er gebeuren dingen die niet logisch zijn.'

'Zoals Sheens dood,' zei Archer.

'Ik zou niet weten wie Wilson iets zou willen aandoen.'

'Willen jullie mijn theorie horen?'

Ze keken hem allebei aan.

'Feitelijk hebt u me die zelf verteld,' zei Archer.

Douglas fronste. 'Je zult het me moeten vertellen, Archer. Ik kan nu even niet helder nadenken.'

'Eén vraag: is de politie al bij u geweest?'

Douglas trok zijn wenkbrauwen op. 'Nee, hoewel ik ervan uitga dat dat wel zal veranderen. Maar vertel eens waarom iemand Wilson zou willen vermoorden.'

'Uw vrouw heeft een alibi voor het tijdstip waarop Ruby Fraser is vermoord. Ze dineerde bij vrienden. Dat alibi moet geverifieerd worden, en dat gaat ook gebeuren. Het probleem is, dat hebt u me verteld, dat Wilson Sheen uw énige alibi was voor het tijdstip waarop Fraser is vermoord. U dineerde toen met hem en had een bespreking met hem. Wat betekent dat u geen alibi meer hebt, want een dode man kan een ander geen alibi verschaffen.'

Douglas dronk de rest van zijn bourbon op en zakte achterover in zijn stoel. 'Juist, daar had ik niet aan gedacht.'

Beth keek hem bezorgd aan en vroeg aan Archer: 'Wat kunnen we doen?'

'Dat weet ik niet zeker. Maar ik weet wel dat je man de klos is en erin wordt geluisd.'

'Ik heb nooit iets met Ruby Fraser gehad, dat zweer ik.'

Archer keek naar Beth. Ze had tegen hem gezegd dat ze niet wist of haar man met die vrouw sliep. Maar nu was aan haar blik te zien dat ze Douglas geloofde. Ze pakte zijn hand om hem te tonen dat ze achter hem stond.

'Oké, ik geloof u,' zei Archer.

'Echt?'

'Ik heb gezien en gehoord dat andere vrouwen zich aan u opdrongen. Tevergeefs. Waarom zou dat zijn?' Hij keek Beth aan. 'Omdat hij van je houdt.'

Beth keek Douglas aan, en Archer zag dat ze allebei tranen in hun ogen hadden.

'Maar u bent nog niet buiten gevaar. Vertel me over dat eiland.'

'Ik weet helemaal niets van... Lieve help, wat is dát?'

Ze hoorden dat een deur open werd geslagen, ze hoorden geschreeuw gevolgd door heen-en-weergeroep, en rennende voetstappen die hun kant op kwamen. Archer was opgestaan, zijn hand ging naar zijn .38. De Kempers stonden ook op en keken met hun armen om elkaar heen naar de deuropening. Archer verplaatste zijn hand snel toen hij zag wie er binnenkwam.

Chief Carl Pickett en vier van zijn gezette agenten. Ze zagen er allemaal geweldig uit in hun uniform met koperen knopen en schouderstrepen, en met hun pet en een groot vuurwapen, en een onbeschaamde blik.

Archer zag dat ze allemaal opgewonden waren en begreep ook waarom. De arrestatie van een arme sloeber was geen sensatie, dat deden ze waarschijnlijk elke dag. Maar modder gooien naar de rijken, ze uit hun paleis slepen... Ja, daar ging het bloed van een man sneller van stromen.

Pickett keek naar hen, haalde grijnzend een dun sigaartje uit zijn zak en stak het aan. 'Zo, zo, zo,' zei hij.

'Wat wil je?' vroeg Douglas met een bevelende klank in zijn stem.

Pickett beende naar hem toe. 'Niet zo arrogant, Kemper. Je bent misschien wel getrouwd met de dochter van de baas, maar dat zegt mij helemaal niets.'

'Ik ben mijn eigen baas.'

'Dat zeg jij. Maar ik kom je vertellen dat we je arresteren.'

'Waarvoor?'

'Moet ik je dat echt vertellen en je vrouw van streek maken?'

'Dat moet je verdomme inderdaad!' zei Beth sissend.

'Oké. Je wordt gearresteerd voor de moord op Ruby Fraser en Wilson Sheen.'

'Waarom zou ik dat in vredesnaam hebben gedaan?'

'Je neukte met Fraser, Sheen ontdekte dat en chanteerde je daarmee. Als dat bekend wordt, zul je geen burgemeester worden.'

'Dat is absurd!' riep Beth. 'Hij sliep niet met die vrouw.'

'O nee? Hoe is het dan mogelijk dat we zijn manchetknopen in haar slaapkamer vonden? Plus een overhemd dat van hem is en waar bloed op zit, bloed dat overeenkomt met de bloedgroep van de vermoorde vrouw? Hoe is het dan mogelijk dat twee getuigen met hun hand op de Bijbel zweren dat ze hem in de nacht waarin ze stierf samen met juffrouw Fraser hebben gezien? En dat ze hen een week daarvoor samen in meneer Kempers Rolls-Royce Phantom hebben gezien?' Pickett ging naast Kemper staan en zei zacht: 'Als je met andere vrouwen wilt neuken, kun je dat beter in een onopvallende Ford doen.'

'En Sheen?' vroeg Archer.

Pickett keek hem vernietigend aan. 'Wat doe jij hier, hoe je ook maar heet? Heeft Willie te veel gezopen en stuurt hij daarom zijn hulpje als vervanger?'

'De naam is Archer. En welke bewijzen hebt u ervoor dat Kemper Sheen heeft vermoord?'

Pickett kwam zo dichtbij staan dat Archer de goedkope gin in de adem van de man kon ruiken. 'Goed, laat ik je dit vertellen, Árcher, uit de autopsie van Sheen bleek dat er genoeg barbituraten in zijn maag zaten om een paard uit te schakelen. En Sheen en Kemper zijn eerder die avond in de club gezien toen ze samen wat zaten te drinken. Een perfecte kans om iets in zijn glas te doen, later terug te komen en hem te vermoorden.'

'Je bent gek,' zei Kemper. 'Ik zat te dineren met Wilson toen Fraser werd vermoord.'

'Ja hoor, tuurlijk. Kan iemand anders dat bevestigen?'

'Nee, we waren alleen in het kantoor.'

'En hij is nu dood en kan dat dus niet bevestigen. Juist,' zei Pickett spottend. 'Wat een slappe smoes.' Hij keek naar zijn mannen. 'Neem hem mee.'

'Ik ga mijn vader bellen,' zei Beth snel. Ze gaf haar man een kus op de wang voordat hij werd geboeid en weggeleid.

Pickett zei: 'Zelfs papa zal zijn kleine prins niet uit de nesten kunnen halen, mevrouw.'

Archer dacht dat hij daar misschien weleens gelijk in kon hebben.

58

Beth en Archer bleven alleen achter.

'Dit is belachelijk,' zei Beth. 'Douglas zou nog geen vlieg kwaad doen.'

'Ze hebben hem niet gearresteerd omdat hij een vlieg kwaad zou hebben gedaan,' zei Archer.

'Mijn vader zal wel weten wat we moeten doen.' Ze liep snel de kamer uit.

Archer schonk zichzelf een whiskey-soda in en zat met zijn glas in zijn stoel toen Beth een kwartier later terugkwam.

'Mijn vader komt er zo aan. Hij is al even van streek als ik.'

'Wat kan hij doen, denk je?'

'Hij kan... iets doen. Jij gelooft toch niet dat Douglas die mensen heeft vermoord?'

'Nee, maar dat kan ik niet bewijzen.'

'Hij heeft jullie ingehuurd. Jullie móéten hem helpen.'

'Hij heeft ons ingehuurd om de waarheid te achterhalen. En daar zijn we mee bezig.'

'De waarheid zal voldoende zijn,' zei Beth gedecideerd.

'Nee, dat is echt niet genoeg. Vertel me dus maar over dat eiland.'

'Ik weet daar niets van.'

'Ik wil dat je het probeert. Jij was in de haven die nacht toen je vader terugkwam in die boot. Waarom was je daar?'

'Ik... dacht dat hij daar misschien zou zijn.'

Archer schudde zijn hoofd. 'Het was bijna drie uur 's nachts. Je reed daar echt niet naartoe omdat hij daar misschíén zou zijn.'

Ze stak weer een sigaret op en blies de rook naar het plafond. Uiteindelijk keek ze hem aan en zei: 'Ik moet wat drinken.'

'Nog een Dry Manhattan?'

'Nee, iets sterkers.'

Archer stond op, schonk vier vingers whiskey in een glas en gaf dat aan haar. 'Als dat niet sterk genoeg is, moet je naar het ziekenhuis voor wat morfine.' Hij ging weer zitten, pakte zijn eigen glas en keek naar haar terwijl zij een slok nam. 'Als je vader hiernaartoe komt, zijn die twee stomkoppen er dan ook bij?'

'Dat weet ik niet. Waarschijnlijk wel. Ze gaan meestal overal met hem naartoe.'

'Ik weet uit betrouwbare bron dat ze opdracht hebben gekregen mij te vermoorden omdat ik op dat eiland heb rondgesnuffeld.'

Ze keek op. 'Welke betrouwbare bron?'

'Betróúwbare bron.'

'Dus jij zegt dat mijn vader wil dat jij wordt vermoord omdat je op dat eiland hebt rondgesnuffeld?'

'Zeg dat nog een keer, Beth, en doe dan een beetje verbaasd. Dit klonk absoluut niet overtuigend.'

'O, dus nu ben ík betrokken bij een samenzwering tegen jou?'

Archer dronk zijn glas leeg en schudde zijn hoofd. 'Er is niet per se een samenzwering nodig als je wilt dat een man wordt gedood. Het enige wat je nodig hebt, is iemand die het doet en een wapen om het mee te doen. En ik weet dat er in deze stad van beide meer dan genoeg zijn.'

'Nou, dan kun je je maar beter uit de voeten maken voordat het doodseskader hier is.'

'Aangezien je me niets over dat eiland wilt vertellen, zal ik jóú eens iets vertellen.' Hij stak een Lucky op, boog de lucifer dubbel en gooide hem in de lege open haard. 'Casino's op dat eiland zouden meer geld opbrengen dan jouw vader ooit heeft verdiend, denk ik.'

'Casino's zijn verboden in Californië. Je mag alleen op paarden wedden en kaarten in clubs.'

'Ja, zoals de clubs waar je man graag naartoe gaat. Hij zat vanavond op de voorste rij in de Midnight Moods toen mijn vriendin Liberty Callahan optrad. Zij is hier in de omgeving de enige vrouw die ik ken die misschien even knap is als jij.'

'Toe maar, Archer, je bent wel complimenteus!'

'Mijn punt is, waarom zou je eropuit gaan voor een heerlijke biefstuk als je die thuis ook hebt?'

Ze sloeg haar blik neer en zei preuts: 'Soms is het gras elders groener. Maar casino's zijn echt verboden in deze staat. Dus vanwaar al die belangstelling voor dat eiland?'

'Dat brok steen hoort niét bij Californië. Het was eigendom van de federale overheid en is verkocht aan Stearman Enterprises. De landmeters zijn al aan het werk.'

'Welke landmeters?'

'Lancet.'

Hij zag dat ze naar adem hapte en bleek wegtrok. 'Ja, dat dacht ik al. Er is slechts één kink in de kabel die ik nog niet kan verklaren.'

'Wat is dat dan?' vroeg ze versuft.

Voordat Archer antwoord kon geven, hoorden ze voetstappen en even later kwam Sawyer Armstrong binnen, met zijn hoed in de hand en gelukkig zonder Hank en Tony.

59

Armstrongs blik dwaalde door de kamer en bleef rusten op zijn dochter. Hij liep snel naar haar toe en sloeg zijn lange armen om haar heen. 'O liefje, dit moet wel heel erg voor je zijn.'

Archer keek naar Beth Kemper. Hij had haar al eens met een bloem vergeleken, maar nu leek het alsof iemand zuur op de bloem had gegooid. Ze verwelkte alsof elke watermolecuul uit haar was geperst door de aanraking van haar vader.

Hij tilde haar kin op zodat ze hem aankeek. Hij was deze avond formeler gekleed, in een driedelig wollen pak met een gekleurde stropdas. Zijn hoed was een donkerbruine gleufhoed met een donkerrode band. En in zijn borstzakje zat een bril. 'We maken dit weer in orde, Beth,' zei hij.

Archer dacht: maar er zit wel heel veel speelruimte in deze verklaring.

Armstrongs blik viel op Archer. Langzaam liet hij zijn dochter los en keek hem aan. 'Volgens mij had ik je gewaarschuwd om bij Beth uit de buurt te blijven.'

'Het is al goed, papa,' zei Beth. 'Ik zei...'

Hij hief zijn hand, zodat ze zweeg en achteruitstapte. 'Archer? Ik wacht op een antwoord.'

'Ik heb geen vraag gehoord. Maar misschien ben ik de enige. Trouwens, waar zijn Laurel en Hardy? Op pad om oude dametjes van hun collectegeld af te helpen?'

Armstrong reageerde niet eens met een vage glimlach op deze opmerking. Hij wendde zich tot Beth en zei: 'Ik zal met Carl praten. Ik weet zeker dat dit opgehelderd kan worden.'

'Ze hebben bewijzen, dat zeggen ze tenminste,' zei Archer, met één oog gericht op Armstrong en het andere op de deuropening in afwachting van Hank en Tony. 'Nogal zware bewijzen: manchetknopen, overhemd met bloed van raad-eens-van-wie erop, verklaringen van ooggetuigen, maaginhoud van Sheen. Ik ben geen advocaat, maar zelfs een slechte officier van justitie zou daar iets mee kunnen.'

Armstrong zei: 'Jij en Willie hebben me nog geen antwoord gegeven op mijn aanbod. En ik hou niet van wachten.'

'Ik werk voor hem. Dat moet hij beslissen.'

'Vertel hem dan wat ik zei. Doe dat maar gewoon.'

'Hoe dan ook?' vroeg Archer, met een blik op Beth die naar de vloer en nergens anders naar keek.

Armstrong zei: 'Ik ga Willie en jou niet vertellen hoe jullie je werk moeten doen. Ik verwacht datzelfde van jullie.'

'Oké. Nou, dan ga ik maar eens.' Hij keek Beth aan en vroeg: 'Red je je wel?'

'Ze redt zich wel, Archer. Ik ben hier nu,' zei Armstrong.

Toen Archer in de Delahaye de berg af reed, was de hemel bezaaid met sterren en de lucht koud genoeg om hem het gevoel te geven dat hij leefde, maar ondanks dat alles voelde hij zich vanbinnen een beetje dood. De geur van eucalyptus was zo sterk dat zijn ogen traanden. Hij keek op zijn horloge en overwoog heel even om terug te gaan naar de Midnight Moods, maar besloot dat niet te doen. Hij zou teruggaan naar het kantoor, Dash bellen, hem zo nodig wakker maken en om advies vragen.

Hij stopte voor het kantoorgebouw en stapte uit. De voordeur van het gebouw was niet op slot en Archer liep door de gang naar de trap. Bij de lift bleef hij staan. De metalen liftdeur stond een beetje open, doordat die door iets tegen werd gehouden. En dat iets was een arm, met een gebogen hand aan het uiteinde.

Snel duwde Archer de deur helemaal open. Toen zag hij Earl daar liggen, met zijn gezicht opzijgedraaid. 'Earl, alles in orde? Earl?'

De ogen van de man waren gesloten en het was zo donker dat Archer niet kon zien of hij ademde of niet. Misschien had hij een hartaanval of een beroerte gehad.

Archer knielde en voelde aan Earls hals, maar het was niet nodig zijn hartslag te controleren, want toen hij zijn vingers terugtrok zat er opgedroogd bloed aan. Archer wilde de kleine man beter bekijken, tilde zijn kin iets op en zag de snee in zijn hals.

Earl was hetzelfde overkomen als Ruby Fraser. De man was koud.

Hij was al een tijdje dood, maar zijn ledematen waren nog niet stijf. Archer keek in de lift en zag in een hoek iets wat op een stapel dekens leek, maar ook een krant en de fles drank die hij eerder had gezien. Hij snoof. Uit de stapel dekens haalde hij een rauwe ui, half opgegeten, en een broodje rosbief. Verder een onderbroek en een kapotte sok.

Woonde de man hier?

Hij stapte de lift uit, liep snel naar de trap en bleef staan.

Een deur in de gang stond open. De deurkruk was verbrijzeld en er zat een lange barst in de houten deurpost waar het slot in zat.

Archer keek naar de naam op de deur.

MYRON O'DONNELL, ARTS

Archer herinnerde zich de naam, want O'Donnell was de chirurg die kortgeleden Beth Kempers blindedarm had verwijderd.

Voorzichtig duwde hij de vernielde deur open. 'Hallo? Dokter O'Donnell, alles in orde? Ik ben het, Archer van boven. Ik werk voor Willie Dash.'

Geen reactie.

Archer had het gevoel dat hij een grafkelder binnenging. Hij trok zijn pistool en liep door de receptieruimte. Hier stonden een rij stoelen met houten rugleuning en een lage tafel waar tijdschriften op lagen, onder andere een oude *Look* uit 1948 en een *Life* van augustus met Joe DiMaggio op de omslag. 'Hallo?'

Hij kwam bij een andere deur en duwde die open. Dit was kennelijk de apotheek, waar O'Donnell zijn medicijnvoorraad bewaarde. De vitrinekast was vernield, de deur stond open en de vloer lag bezaaid met potjes en pillen.

Archer verliet dit vertrek en liep verder. De volgende ruimte was O'Donnells kantoor. Dat kon Archer zien aan de diploma's die aan de muren hingen. Er stond een bureau met twee stoelen ervoor en een bureaustoel erachter.

En in de bureaustoel zat een dode man.

60

Archer rende naar de derde verdieping om te kijken of Dash misschien ook was vermoord. Toen hij de deur van het slot deed en Dash' kantoor binnenstormde, riep iemand: 'Nog één stap en je krijgt een derde oog!'

'Ik ben het, Archer.'

Dash deed een lamp aan, zodat Archer hem kon zien. Hij zat op de rand van het bed met een dodelijk uitziende .32 Colt in de hand. 'Wat doe jij hier, verdomme?'

Archer vertelde hem wat hij daar deed.

Dash kleedde zich gehaast aan en stormde zijn kantoor uit zonder de moeite te nemen zijn toupet op te doen.

Ze gingen eerst naar Earl kijken.

'Shit!' zei Dash.

Toen volgde hij Archer naar het kantoor van de arts.

Dash keek naar de dode man. 'En nog eens shit,' mompelde hij.

'Wie is dit? Dokter O'Donnell?'

Dash knikte, pakte de telefoon van de dode dokter en belde een nummer. 'Heeft Ernie Prettyman dienst? ... Ja, oké. ... Zeg hem dat Willie Dash hem wil spreken. ... Bedankt.'

Het duurde even, maar toen kwam Prettyman aan de telefoon.

Dash vertelde hem wat er was gebeurd.

'Oké, Ern, we blijven wachten,' zei Dash als reactie op iets wat Prettyman had gezegd.

Dash legde de telefoon neer en zei: 'Goed, volgens mij moet je me iets vertellen.'

'Pickett heeft Kemper gearresteerd voor de moord op Fraser en Sheen.' Archer vertelde hem welke bewijzen Pickett beweerde te hebben, dat Beth haar vader had gebeld en dat Armstrong even later was gearriveerd.

'Ik weet zeker dat Pickett veel geld heeft betaald voor die ooggetuigenverklaringen,' zei Dash. 'En van dat andere kun je als je wilt gemakkelijk bewijzen maken.'

'We kunnen het niet opnemen tegen het hele politiekorps, Willie.'

'Misschien niet. Laten we dit hier analyseren en kijken waarnaar ze echt op zoek waren.'

In de apotheek keek Dash aandachtig naar de potjes en pillen die verspreid op de grond lagen. Hij stapte achteruit en zei: 'Vertel me wat je hier ziet, Archer. Neem de tijd en denk na.'

Archer bukte zich en raapte een paar potjes en wat pillen op. Hij vergeleek een paar pillen met een paar potjes en stopte zelfs enkele pillen terug in de potjes. Hij keek op naar Dash en zei: 'Dit is in scène gezet, om het eruit te laten zien als een inbraak met medicijnen als buit.'

Dash knikte. 'Je hebt gelijk. Maar vertel me waarom je dat denkt.'

Archer liet hem twee halflege potjes en een handvol pillen zien. 'Dit is morfine. En dit zijn amfetamines. Op straat een klein vermogen waard.'

'Klopt.'

'Maar als je de pillen die op de grond liggen vergelijkt met de ruimte die nog in die potjes is, klopt dat wel ongeveer. Ze hebben helemaal geen verdovende middelen meegenomen.'

'Bovendien hadden ze die kast helemaal niet open hoeven te breken, want de sleutel zit in het slot. Dat hebben die stomkoppen kennelijk niet gezien, want anders hadden ze die wel meegenomen.'

'Kende je O'Donnell?'

Dash knikte. 'Hij was een goede man. Een goede arts.'

'Ik snap niet waarom iemand hem zou willen vermoorden?'

'Dat is dus waarom ze het een mysterie noemen, Archer.'

'We wachten hier dus op Prettyman?'

'Nu ik weet dat Pickett Kemper heeft gearresteerd, weet ik vrijwel zeker dat Ern hier niet zal komen, maar Pickett. Daarom denk ik dat we misschien moeten vrezen voor ónze veiligheid.'

'Wat doen we nu?'

'Staat je auto voor de deur?'

'Ja.'

Onderweg naar buiten bleef Dash bij Earl staan, knielde en sloot

Earls ogen. 'Hij was een schurk en hij had de pest aan me, maar iedereen die denkt dat hij een zwaarder leven met minder mogelijkheden heeft dan Earl heeft gehad, houdt zichzelf verschrikkelijk voor de gek.'

'Denk je dat hij op het verkeerde moment op de verkeerde plek was?'

'Misschien. Laten we ervandoor gaan voordat Carl Pickett ons ziet.'

'Waar gaan we naartoe?'

'Ik denk dat we onze cliënt een bezoek moeten brengen.'

61

'Wat doen jullie hier verdomme?' snauwde Steve Prichard, die de receptie bemande. Hij had kennelijk nachtdienst en was daar niet blij mee.

'We zijn hier om onze cliënt te bezoeken,' zei Dash rustig.

'Jullie "cliënt"?'

'Douglas Kemper. Ik hoorde dat hij is opgepakt voor een dubbele moord. Ik neem aan dat het bij een vermeende moord niet mogelijk is borg te betalen om hem vrij te krijgen.'

'Hij is hier, maar jullie kunnen hem niet bezoeken.'

'Hoeveel jaar nog tot je pensioen, Steve?'

'Vijf, waarom?' gromde Prichard.

'Omdat je dat met die houding nooit gaat halen.'

Een blauwe ader op de slaap van de agent begon te kloppen. 'Bedreig je me nu?'

'Nee hoor, ik constateer gewoon een feit. Rogers versus Californië, 1934. Agenten weigerden een verdachte toestemming te geven zijn advocaten en privédetectives te zien. Alle aanklachten werden ingetrokken, er werd een bevelschrift uitgevaardigd om de verdachte voor te leiden en de verdachte werd vrijgelaten. De agent die het bezoek verhinderde, moest als straf een hele maand straatdienst doen. En toen ontsloegen ze hem ook nog eens, zeven maanden voordat hij met pensioen zou gaan. Als je wilt dat jou dat ook overkomt, Stevie, dan vind ik dat prima.' Hij keek naar Archer. 'Kom, we gaan Kempers advocaat wekken en de rechtszaak aanhangig maken voordat deze sukkel de weinige hersens die hij heeft gebruikt en tot bezinning komt.'

'Je zit me niet te belazeren?' brulde Prichard.

'Kijk maar na, Steve. Je kunt toch lezen, of niet soms?'

Prichard keek naar Archer en griste toen een sleutelbos van een haak. Hij wees met een grote vinger naar Dash. 'Ik hoop je ooit nog eens tegen te komen, in het pikkedonker en in je eentje.'

'Waarom, Steve? Je bent toch niet zo'n man die van mannen houdt, wel?'

Prichards gezicht werd vuurrood, maar voordat hij iets kon zeggen zei Dash: 'Onze cliënt? Voordat ik echt vals word.'

Prichard nam hen mee naar de cellen en toen naar de kooi waarin Kemper was opgesloten.

Kemper zat op een metalen bank, met zijn rug tegen de muur en zijn kraag en stropdas nog steeds los. Zijn heel erg dure colbert lag naast hem op de bank. Hij had een blauw oog en op zijn lip zat opgedroogd bloed.

Toen Prichard de deur van het slot deed vroeg Dash: 'Wie heeft hem te pakken genomen? Jij?'

'Hij struikelde en viel met zijn knappe gezicht tegen de muur,' zei Prichard grijnzend.

'Hoe komt het toch dat iedereen die in deze stad wordt gearresteerd opeens niet meer kan lopen?' Dash keek naar Prichard en de sleutelbos. 'Laat Ernie hiernaartoe komen.'

'Waarom?'

'Omdat ik niet laat gebeuren dat jij ons hier opsluit en dat vervolgens vergeet.'

'Ik weet niet of hij hier is.'

'Hij is hier. En ik weet dat Pickett hier niet is.'

Prichard vertrok en kwam terug met Prettyman die zei: 'Willie, het spijt me...'

'Dat weet ik. Pak de sleutels van Steve en kom bij ons zitten, dan leer je misschien nog iets van Archer en mij.'

Nadat Prichard was vertrokken, gingen ze allemaal tegenover Kemper zitten.

'Wie heeft dat gedaan?' vroeg Dash, wijzend naar Kempers verwondingen.

'Maakt dat wat uit?'

'Waarschijnlijk niet. Wees heel voorzichtig, want van de liftjongen in mijn gebouw, Earl, is de keel doorgesneden en dokter Myron O'Donnell heeft een derde oog. Ik denk dat O'Donnell het doelwit was, hoewel ze onhandig hebben geprobeerd het op een drugsdiefstal te laten lijken.'

Kemper ging rechtop zitten en vroeg angstig: 'Wat is er verdomme allemaal aan de hand?'

'Dat gaan wij dus uitzoeken.'

Archer zei: 'U vertelde ons dat O'Donnell uw vrouw kortgeleden aan haar blindedarm heeft geopereerd?'

'Dat klopt.'

'U zei ook dat O'Donnell de arts was van haar moeder en vader?' vroeg Dash.

'Ja. Eleanor kwam met haar arm in een machine in de werkplaats waar ze haar vliegtuig altijd stalde. Ze verloor heel veel bloed, maar O'Donnell hielp haar, waarna ze weer zo goed als nieuw was. En Sawyer moest jaren geleden geopereerd worden na een auto-ongeluk.'

Dash vroeg: 'Wiens idee was het dat u zich verkiesbaar zou stellen als burgemeester?'

'Dat was mijn idee.'

'Daar heeft Armstrong u niet toe gedwongen?'

'Luister, ik weet dat iedereen denkt dat ik zijn schoothondje ben, maar ik heb zijn hulp niet nodig. Toen ik hem vertelde dat ik me verkiesbaar stelde, had hij geen bezwaren. Maar ik betaal de campagne zelf, daar heeft hij geen cent in gestopt. En zelfs als hij het aanbood, zou ik dat niet accepteren.'

'U liet ons denken dat hij u steunde,' zei Archer.

'Is dat zo? Nou, misschien wel, maar dat doet hij niet.'

'Waarom kwam u bij mij om uw chantagezaak te laten onderzoeken?'

'Ik vroeg het mijn advocaat en hij kende je.'

'En kent uw advocaat uw schoonvader?'

'Eh... ja. Sawyer had hem aanbevolen. Maar wat heeft dat met dit alles te maken?'

'Uw vrouw belde Armstrong vanavond,' vertelde Archer. 'Hij kwam meteen.'

'Dat geloof ik graag,' mompelde Kemper.

'Zodra vader en dochter samen zijn wordt ze een ander mens. En niet in goede zin.'

Kemper leek Archer opeens in een ander licht te zien. 'Je hebt zojuist mijn huwelijk beschreven.' Hij zweeg even en streek met een hand door zijn haar. 'Ik hou van Beth. Vanaf het eerste moment dat ik haar zag, was ik gek op haar. Ik hield ook van haar moeder. Eleanor was een sterke vrouw en Beth lijkt op haar.' Hij zweeg weer. 'Als Sawyer er niet is. Als hij er wel is, klapt Beth dicht en wordt ze een volkomen andere vrouw, precies zoals je net zei. Ze voegt zich naar hem, op elk gebied. Kiest zijn kant tegen mij. Ik word er gek van, witheet zelfs.'

'Hoe hebt u die woede geuit, meneer Kemper?' vroeg Dash.

'Ik heb haar nooit met een vinger aangeraakt en dat zou ik ook nooit doen. Maar... ik begon in mijn eentje uit te gaan, deed alsof ik met andere vrouwen aanpapte, gedroeg me als zo'n sukkel zoals je wel in films ziet. We sliepen in aparte kamers. Ik... ik denk dat ik Beth jaloers wilde maken. Maar het enige wat er gebeurde was...'

'... dat het haar in de armen van Benjamin Smalls dreef,' zei Archer. 'Ze hadden een affaire, nietwaar? Ironisch, aangezien u zich gedroeg als een rokkenjager, maar haar toch trouw was gebleven.'

'Ik neem het Beth niet kwalijk wat ze deed. Ik heb het gevoel dat ik haar daartoe heb gedreven. En ik weet dat Sawyer haar allemaal leugens over me vertelde en probeerde ons huwelijk kapot te maken. En hij vertelde me dat Beth naar bed ging met onze chauffeur, Adam Stover. Ik wilde het niet geloven, maar werd wel wantrouwig.'

'Ja, die knappe gespierde jongeman hebben we gezien. Hij is echt niet uw vrouws type. Maar u hebt Armstrongs werk gemakkelijk gemaakt, stomkop!' zei Dash.

'Maar ik heb nooit iets gehad met de vrouw die is vermoord. En ik zou Wilson al helemaal niet vermoorden.' Hij zweeg en keek Archer aan. 'Hoezo weet je iets van dat eiland? Wat zou iemand daar in vredesnaam mee moeten doen?'

'Ik denk dat uw schoonvader van plan is daar een gigantisch casinocomplex te bouwen,' zei Dash.

Prettyman zei: 'Je kunt geen casino hebben in Californië, Willie.'

'Dat stuk rots hoort niet bij Californië.' Dash keek Kemper aan en zei toen: 'Uw countryclub, die eigenaar is van de jachthaven en die grote aanlegplaats. Is Armstrong daar mede-eigenaar van?'

'Ja. Dat was mijn eerste grote project. Ik had zijn steun nodig.'

'Hoe is de eigendom verdeeld?'

'Fiftyfifty.'

'Ik wil niet bot zijn, maar wat gebeurt er als u in de gaskamer van San Quentin wordt vergast?' vroeg Dash.

Kemper werd bleek. 'Ik... Beth krijgt alles wat ik bezit.'

'Wat dus feitelijk betekent dat Armstrong dat allemaal krijgt.'

'Ja, ik neem aan van wel. Beth lijkt gewoon geen nee tegen hem te kunnen zeggen.'

Archer zei: 'De dag waarop Eleanor Armstrong verongelukte met haar vliegtuig had Beth met haar mee zullen gaan, maar in plaats daarvan ging ze naar een lunchbijeenkomst die u had georganiseerd. Hoe kwam dat zo?'

'Dat was Sawyer. Hij had die lunchbijeenkomst geregeld en stond erop dat Beth erbij aanwezig was.'

'Ik denk dat Armstrong Beth vertelde dat het uw idee was en niet het zijne.'

Kemper knikte langzaam. 'Na Eleanors dood leek het wel alsof het licht in ons huwelijk uitging.'

Dash keek naar Prettyman. 'Carl zal proberen wat ook maar te verzinnen zodat hij mij en Archer kan opsluiten. Daarom zullen we ons een tijdje gedeisd moeten houden.'

'Oké, Willie, maar pas goed op.'

'Verdomme, Ern, ik doe niet anders.'

Ze verlieten de cel.

Dash zei tegen Prettyman zonder dat Kemper het kon horen: 'Oké, Ern, één vraag: heb je ook jongens in het korps die wéten dat Pickett een corrupte agent is of die daar zelf niet aan meedoen?'

'Ja hoor, een paar.'

'Goed. Bel ze op en zorg dat ze jou helpen met je werk als beschermengel. Als Kemper doodgaat, mislukken al mijn plannen.'

Archer en Dash vertrokken.

'Waar nu naartoe, Willie?' vroeg Archer.

'De Midnight Moods.'

'Waarom?'

'Ik moet Mabel Dawson iets vragen over een oude vaudevilleartiest die Guy Parnell heet.'

'En de zaak waar je Prichard over vertelde? Rogers versus Californië?'

'De technische term daarvoor, Archer, is "onzin". Maar het gaat erom hoe je het verkoopt.'

62

Dawson stond backstage naar Callahan te kijken die een nieuwe set deed.

Dash keek naar de volle zaal en daarna naar Callahan die zong en danste. Hij zei: 'Vertel me nog een keer waarom jij niet de gelukkigste man op aarde bent, Archer?'

'Het is ingewikkeld.'

'Dat was het in mijn tijd niet geweest.' Daarna zei hij tegen Dawson: 'Oké, Mabel, we moeten praten.'

'Niet nu, ik heb het druk.'

'Er zijn twee nieuwe moorden gepleegd.'

'Hier?' snauwde ze.

'Nee, maar ze hebben er wel mee te maken. Goed, waarom heb je Guy Parnell de laan uit gestuurd?'

Dawson draaide zich langzaam om en keek naar hem, terwijl Callahan Dinah Shores 'I'll Walk Alone' zong.

Archer dacht: dat lied past perfect bij haar.

Dawson zei: 'Ik... Hij zal wel andere plannen hebben gehad.'

Dash schudde zijn hoofd. 'Dat was wat wij een retorische vraag noemen, Mabel, want ik weet het antwoord al. Ik heb genoeg munten in de telefoon gegooid voor een langeafstandsgesprek met Parnell. Hij is dankzij jóú in Detroit met een extra vijfhonderd dollar in zijn zak, boven op zijn salaris voor het hele seizoen.'

Ze likte langs haar opeens droge lippen. 'Ik... Dat herinner ik me niet.'

'Echt wel. Armstrong zei dat je dat moest doen en dus deed je wat je altijd doet als Armstrong je iets opdraagt. De vraag is nu waaróm hij wilde dat je dat deed.'

'Is dat weer een retorische vraag?' Dawson leek nu ziek.

'Ja, inderdaad. Ze hadden zijn appartement nodig om Fraser en

Sheen te vermoorden. Ze hebben Fraser, toen ze al dood was, vanuit dat appartement via de zolder naar haar eigen appartement gebracht. En ze lieten de arme Sheen nadat hij was vermoord achter in Parnells oude appartement.'

Dawson zette bewust een stap naar achteren. 'Daar weet ik niets van.'

Dash schudde zijn hoofd en glimlachte. 'Kom op, Mabel, je zit er tot over je mooie oren in, schatje. Weet je, je vertelde ons dat Fraser van rijke mannen houdt. En wie is de rijkste man van deze stad en bovendien een weduwnaar en dus beschikbaar?'

'Je bent gek! Armstrong is bijna oud genoeg om haar opa te zijn.'

'Het zal je verbazen hoe miljoenen dollars mensen veel jonger laten lijken. Dus jij regelde dat die arme Ruby Armstrong ontmoette in Parnells oude appartement, alleen waren Diedeldie en Diedeldom daar in plaats van Armstrong. Ze deden alsof haar keel een biefstuk was en daarna brachten ze haar via de kruipruimte naar haar eigen appartement en ruimden het bloed op. Waarom denk ik dat je Parnells oude appartement oversloeg toen je haar ging zoeken? Als je die deur had geopend en had gezien dat ze de keel van die arme Ruby doorsneden, hadden ze jou misschien ook moeten vermoorden.'

'Je kraamt onzin uit, Willie,' zei Dawson.

'Waarom staat het zweet dan op je voorhoofd? Armstrong weet wat ik je ga vertellen en dat is dit: jij bent wat wij in ons vak een "los eindje" noemen. Tot nu toe heeft hij vier mensen laten vermoorden. Wat is eentje extra, liefje? Snap je waar ik heen wil of denk je soms dat je echt iets bijzonders bent?'

Dawson liet zich in een stoel vallen die Archer snel voor haar had gepakt, terwijl Callahan begon aan Sinatra's 'Five Minutes More'.

Dash knielde naast haar en gaf zacht een klopje op haar hand. 'Kom op, Mabel, ik heb niets tegen jou. En ik durf te wedden dat je niet wist wat ze met die arme Ruby van plan waren.'

Ze schudde haar hoofd en zei schor: 'Dat wist ik niet, dat zweer ik! Ik dacht dat ik haar een plezier deed. Je weet wel, door haar in contact te brengen met een rijke man. Die arme meid. Waarom... hebben ze haar dat aangedaan?'

'Ze is alleen maar vermoord om er iemand anders in te kunnen luizen,' zei Dash. 'Luister, heb je een plek buiten de stad waar je een paar dagen veilig kunt onderduiken?'

'Bij mijn zus. In Long Beach.'

'Oké, maar eerst gaan we naar mijn kantoor. Ik zal een beëdigde verklaring laten uittypen en die ga jij ondertekenen.'

'Wat voor beëdigde verklaring?' vroeg ze met een angstige blik.

'Daar staat gewoon in wat je ons al hebt verteld. Ik laat mijn secretaresse komen, dan typt zij het uit en zal het authenticeren.'

'Maar dan ben ik...'

'Dan ben je verstandig. Dan krijg je een deal aangeboden en hoef je niet naar de gevangenis. En dan staat je verhaal zwart-op-wit, zodat iedereen het indien nodig kan lezen.'

'Zweer je dat?'

'Als jij net eerlijk bent geweest over je eigen betrokkenheid, dan zweer ik het. Ik regel het wel met de officier van justitie. Ga nu je spullen pakken en nadat we naar mijn kantoor zijn geweest, zetten we je af bij het busstation. Als ik het me goed herinner, vertrekt er over ongeveer twee uur een bus naar het zuiden die stopt in Long Beach. Als je me het telefoonnummer van je zus geeft, neem ik contact met je op. Oké?'

Ze knikte versuft.

Archer ging met haar mee terwijl zij een tas inpakte en daarna reden ze naar Dash' kantoor.

Morrison, die Dash al vanuit de Midnight Moods had gebeld, wachtte al op hen.

Archer zag dat Morrison heel efficiënt en professioneel gekleed was op dit uur van de nacht en hij vroeg zich af of ze misschien de hele nacht naast de telefoon zat te wachten voor het geval Dash haar belde met het bericht dat hij haar nodig had.

Dash en Dawson schreven op wat ze bereid was te zeggen en Morrison typte het in drievoud uit. Dawson ondertekende drie keer en Morrison ook.

Daarna brachten ze Dawson naar de Greyhound-terminal.

Ze vroeg: 'Heb je me nog steeds nodig nu ik dat document heb ondertekend?'

'We zullen moeten afwachten hoe de zaak zich ontwikkelt. Als er een rechtszaak volgt, kom ik je persoonlijk halen.'

Tien minuten later zagen ze haar in de bus stappen.

Archer vroeg: 'Kunnen we het allemaal afhandelen met haar getuigenverklaring?'

'Absoluut niet, Archer. Het is haar woord tegen het zijne. En Armstrongs woorden zullen helaas meer gewicht in de schaal leggen dan die van een vrouw die een bordeel runt.'

'Waarom heb je het haar dan laten doen?'

'Alle beetjes helpen, en bovendien was het een manier om haar zo bang te maken dat ze naar een veilige plaats ging.'

'Dat was goed van je, Willie.'

'Ik heb weinig goeds in me, Archer. Maar áls dat naar buiten komt, voelt dat best lekker. Mag ik nog een slok uit je flacon?'

Archer overhandigde hem zijn flacon. Toen Dash hem wilde teruggeven keek Archer ernaar en realiseerde hij zich iets, iets verschrikkelijks. 'Luister, er schoot me net iets te binnen en ik moet iets natrekken. Red je je wel?'

'Zodra Pickett en zijn clowns daar klaar zijn, ga ik terug naar het kantoor van de dokter.'

'Waarom?'

Dash zei: 'Om uit te zoeken waarom iemand het nodig vond om Myron O'Donnell te vermoorden.'

63

Archer moest de hele Midnight Moods doorzoeken tot hij de oude man vond. Hij was de man die Wilma Darling hem had aangewezen toen ze die avond op het terras wat hadden zitten drinken. De man had dezelfde mooie jonge vrouw op schoot.

Archer stelde zijn vragen en kreeg zijn antwoorden, die hij grimmig accepteerde omdat ze zijn vermoeden bevestigden. Daarna reed hij meteen naar Wilma Darlings huis, waar hij constateerde dat de Ford-coupé was verdwenen en het huis verlaten was. Vervolgens pakte hij zijn kaart om te kijken welke kant hij ongeveer op moest. Hij schatte dat hij veertig minuten onderweg zou zijn als hij de Delahaye op zijn staart trapte.

Hij bleef plankgas rijden en achtendertig minuten later reed hij Ventura binnen. Hij stopte bij een nachtclub die de hele nacht open was – en waar mensen zich goed leken te vermaken zonder vermoord te worden – en vroeg de weg aan de uitsmijter.

De man kende het adres inderdaad en vertelde Archer hoe hij er moest komen. 'Dat is Wilma's huis,' zei de man, een gezette man met een kale kop en handen zo groot als watermeloenen.

'Háár huis?'

'Ja. Ben je soms een van haar klanten?'

'Klanten?' vroeg Archer verbaasd, maar hij herstelde zich snel en zei: 'Ja, inderdaad. Enig idee waar ze is?'

Het vriendelijke gezicht van de uitsmijter betrok; het was heel duidelijk dat hij Archer niet geloofde. 'Vergeet het maar, vriend, vergeet het maar gewoon. Nu oprotten, ik heb werk te doen.' Daarna liep hij weg.

Archer bleef ongerust achter en stapte weer in de auto.

Het was een gepleisterd huis van één verdieping met een rood pannendak en zoveel planten, bomen en bloemen eromheen dat de buren het niet konden zien. De achtertuin was feitelijk de oceaan.

Er kwam slecht weer aan. Archer wist inmiddels dat dat hier vaak voorkwam. Het leek wel alsof de Stille Oceaan de kustbewoners even nat wilde maken als de oceaan zelf was.

De Ford-coupé stond niet onder de carport. Het verandalicht brandde, de enige verlichting op dit tijdstip. Archer reed een stukje door en parkeerde de Delahaye ergens waar hij vanuit het huis niet gezien kon worden. Hij stapte uit en liep terug door de rustige straat. Hij keek even in de brievenbus, zag een paar poststukken en bekeek ze. Dat vertelde hem veel, ook al had de uitsmijter dat ook al gedaan. Hij stopte ze in zijn zak, liep om het huis heen naar achteren, sprong over het hek naar de tuin van de buren en liep door de achtertuin waar de geur van houtskool van een recente barbecue probeerde de geur van de eucalyptusbomen te overheersen. Hoewel hij zijn eigen zweet en de geur van angst die daarmee gepaard ging nog steeds kon ruiken.

Archer hurkte achter het hek tussen de beide tuinen.

Hij wachtte daar een paar minuten en verkende het terrein voor zich. Toen hij uiteindelijk tevreden was, pakte hij de rand van het houten hek vast, sprong er soepel overheen en landde in het droge gras van Darlings tuin. Hij liep naar de achterdeur en voelde aan de knop. De deur zat op slot. Hij had Dash' inbrekersset niet, maar wel een zakmes. Het lemmet ervan was voldoende om het eenvoudige veerslot naar achteren te duwen. Even later was hij binnen en aan de verkeerde kant van de wet, waar Archer zich meer op zijn gemak voelde dan waarschijnlijk goed voor hem was.

Hij liep door naar de keuken, keek in de kleine koelkast en zag een glazen fles karnemelk, twee eieren, een paar appels en een stuk kaas. De karnemelk rook vers.

In de woonkamer zag hij de aansteker met de inscriptie op een tafel liggen.

Oké, daar gaan we.

Archer ging in een stoel zitten, met zijn gezicht naar de voordeur en wachtte. Hij keek op zijn horloge. Het was bijna vier uur 's nachts en hij had zich nooit wakkerder gevoeld. Het was alsof elke zenuw in zijn lichaam gespannen was.

Dertig minuten later zwaaide het licht van de koplampen van een auto langs het raam van de woonkamer en hij zakte iets dieper weg in zijn stoel. Hij hoorde het autoportier opengaan en sluiten, en luisterde naar het geluid van hoge hakjes die over de stoep naar de voordeur liepen. Er werd een sleutel in het slot gestoken, de voordeur werd geopend en daar was ze. In het schijnsel van de verandaverlichting kon hij zien dat ze een hoedje met een smalle rand droeg, een donkergroene jurk die vanaf de heupen wijder was en een kort wit jasje, lange witte avondhandschoenen en groene pumps waardoor haar toch al indrukwekkende lengte nog eens werd vergroot. Haar handtas hing aan haar onderarm. Ze zag er onweerstaanbaar uit, vond Archer. En dat had voor- en nadelen.

Hij keek naar haar handtas en dacht aan de twee belangrijke dingen die erin zouden kunnen zitten, omdat hij wist dat ze niet hier lagen.

Ze deed de voordeur dicht, draaide een knop om en het donker werd licht.

En Archer veranderde van onzichtbaar in zichtbaar.

Ze verstijfde, hapte naar adem en haar hand vloog naar haar borst die snel op en neer ging.

Toen Archer dat zag voelde hij zich beter.

'Je hebt me de stuipen op het lijf gejaagd. Hoe ben je binnengekomen?'

'De achterdeur zat niet op slot.'

'Wel waar. Ik weet nog dat ik hem op slot heb gedaan.'

'Je begrijpt me niet. Ik heb hem van het slot gehaald.'

Haar angstige blik verdween en maakte plaats voor een blik die Archer onder andere omstandigheden misschien had geïntimideerd. Maar die nacht niet.

'Verklaar je nader,' zei ze.

'Ik moet wat drinken. Kon hier niets vinden. Heb je je flacon daar?'

Ze opende haar handtas en keek erin. 'Ik heb whiskey. Is dat oké?'

Toen ze opkeek, zag ze de loop van de .38. Ze keek koeltjes naar het pistool. 'Als je de whiskey niet wilt, Archer, hoef je het alleen maar te zeggen.'

'Ik zou willen dat een grapje genoeg was, Wilma. Ga zitten, maar heel langzaam. Een snelle of onverwachte beweging van je zou ongezond zijn. En geef me je tas.'

'Ben je nu opeens een gewapende overvaller of zo? Dat past niet bij je, Archer. Geef het maar toe, je bent een goeie vent.' Ze gooide haar handtas naar hem toe.

Hij ving hem met één hand op en legde hem op de tafel naast zijn stoel, maar hield zijn blik op haar gericht.

Ze ging op de stoel tegenover hem zitten, kruiste de enkels van haar lange benen en legde haar gehandschoende handen keurig in haar schoot. 'Ga je me nog vertellen wat hier de bedoeling van is?'

'Je had me dit adres nooit moeten vertellen, weet je.'

'Ja, ik begin te beseffen dat dat een vergissing was.'

'Maar het is een leuk huis, Wilma. Heel leuk. Niet goedkoop, lijkt me.'

'Het is niet van mij. Ik huur het maar voor een paar dagen. En jíj zei dat ik hiernaartoe moest gaan.'

'Je begint met een leugen? Niet de manier waarop ik wil dat dit gaat.'

'Ik lieg niet, Archer,' zei ze liefjes.

Hij haalde de brieven uit zijn zak en gooide ze op de tafel die tussen hen in stond. 'Niemand laat post naar een huis sturen dat maar voor een paar dagen wordt gehuurd.'

Ze keek naar de brieven waar haar naam en adres op stonden.

Archer zag dat ze snel nadacht en probeerde een geloofwaardig antwoord te bedenken. Maar toen zag hij aan haar blik dat ze niets kon bedenken.

'Nou en?' zei ze.

'Ja, nou en. En tel dat op bij het feit dat de uitsmijter van de nachtclub hier weet dat dit jóúw huis is.' Hij opende haar handtas en haalde de flacon eruit. 'Bovendien vroeg je, toen we naar jouw huis reden nadat Sheen was vermoord, om een slok uit mijn flacon terwijl deze in je tas zat. Maar je kon hier natuurlijk geen slok uit nemen zonder heel erg slaperig te worden. Net als Sheen nadat je hem een slaapmiddel had gegeven. Je lokte hem naar dat appartement met de smoes dat je hem een fijne tijd zou bezorgen. Je liet je door hem berijden tot hij klaarkwam en toen viel hij in slaap dankzij de inhoud van je flacon. Je kleedde je aan en vertrok, en toen kwam iemand anders binnen, misschien Hank en/of Tony, die een gat in Sheens hart maakten dat hij daarvoor nog niet had.'

'Je praat onzin, Archer.'

Hij hield zijn hoofd scheef en zwaaide met de .38.

'Denk je dat ik met je naar bed kon in de wetenschap dat iemand Wilson had vermoord? Ik ben geen monster, Archer.'

'Er was maar één reden voor dat je me meenam uit de Midnight Moods. Toen we op dat terras zaten, keek je langs me heen en viel je blik ergens op. Je vertelde me dat het de oude man was met een voorliefde voor jonge meiden. Je zei dat hij en Kemper bezig waren met een deal. Daar heb ik hem vanavond naar gevraagd. Hij kent Kemper niet eens en hij sluit geen deals. Je hebt tegen me gelogen, Wilma. Daar hou ik niet van.'

'Waarom zou ik liegen?'

'Omdat degene die je in werkelijkheid zag, degene was die Sheen heeft vermoord. Ze gaven je een seintje. En ik vertelde je dat ik Sheen wilde gaan zoeken. Dat kon je niet laten gebeuren. Dus wat deed je? Je nodigde me bij je thuis uit voor wat plezier tussen de lakens, en ik dacht geen moment meer aan Wilson Sheen tot je de volgende ochtend dat telefoontje kreeg. En aangezien ik op de relevante tijdstippen bij jou was, had je ook nog eens een geweldig alibi. Het was een spontane actie, maar goed uitgevoerd. Dat moet ik je nageven.'

Ze pakte een sigaret uit de schaal en stak hem aan. 'Je bent gek.'

'Is dat zo? Ik zou het wel willen uitleggen zoals dat in detectiveverhalen gebeurt, maar dat zou te veel tijd kosten en je weet al wat ik ga zeggen.'

'Je schildert me af als een soort crimineel.'

'Je hebt van jezelf een crimineel gemaakt door criminele handelingen uit te voeren. Grappig hoe dat werkt.' Hij haalde een pillendoosje uit haar tas en haalde er een pil uit. 'Eerder zag ik dit pillendoosje in je tas, maar het was leeg. En diezelfde uitsmijter vroeg me of ik een klant van je was. Een klant waarvoor, vraag ik me af?'

Darling keek hem zwijgend aan, met haar lippen stijf op elkaar, haar benen nog steeds keurig bij de enkels gekruist en de sigaret in haar hand.

'Je verkoopt drugs, Wilma.' Hij keek naar de pil. 'Amfetamine.'

'Je hebt verstand van amfetamine, Archer? Ik ben onder de indruk.'

'In de oorlog deelde het leger het uit alsof het snoep was. Zorgde ervoor dat je je niet moe voelde, ook al had je dagen niet geslapen. Zorgde ervoor dat je geen honger voelde zodat ze de gevechten niet stil hoefden te leggen om je te voeden. Zorgde ervoor dat je je gedroeg als een leeuw ook al voelde je je een muis.' Hij stopte de pil terug en deed het doosje weer in de tas. 'En je verkoopt ook aan de meiden op kantoor. Daarom kunnen ze van vroeg tot laat doorwerken en zien ze eruit alsof ze hun vingers in het stopcontact hebben gestoken. Zal wel goed betalen. Je hebt dat huis in Bay Town, dit huis hier, een nieuwe auto, mooie kleren. Ja, je bent een groot succes.'

'Alles waar ik heel hard voor heb gewerkt.'

'O ja, natuurlijk. En je zei dat je regelmatig naar de Midnight Moods ging. Ik durf te wedden dat je ook aan de vrouwen daar verkoopt. Zoals Ruby Fraser. Je verkocht haar pillen. En ik denk dat jij het was die ervoor zorgde dat zij het slachtoffer werd van dit alles. Jij plaatste haar in het hart van dit zogenaamde chantagegedoe met Kemper, en toen sneden ze haar keel door. Vervolgens luisde je die arme Wilson Sheen erin, waarmee je Kempers enige alibi voor de moord op Fraser liet verdwijnen. Die informatie had je waarschijnlijk van een van hen toen je op kantoor was en die gaf je door aan de geschikte persoon.'

'Je bedenkt een goed verhaal, Archer. Gelukkig voor mij werkt de politie alleen met feiten.'

'Dan zal ik je wat feiten vertellen. Ze hebben vanavond dokter Myron O'Donnell vermoord en lieten het eruitzien als een drugsroof. Toen ze daarmee bezig waren, hebben ze de keel doorgesneden van een onschuldige oude man die na een ongelofelijk rotleven zijn dagen doorbracht met het op en neer gaan in een lift, het lezen van de *Gazette* en het drinken van goedkope rum. Ik minacht mensen die andere mensen vermoorden, tenzij het toevallig oorlog is. Door dit alles ben je medeplichtig aan nog eens twee moorden, Wilma. Zelfs als ze je niet naar de gaskamer sturen, krijg je minimaal vijfentwintig jaar tot levenslang.' Hij keek weer in haar tas. 'Waar is de Derringer?'

'Een vrouw moet zichzelf beschermen, Archer. Jij hebt een vuurwapen, dus waarom zou ik geen vuurwapen hebben?'

'In elke andere situatie zou ik het met je eens zijn. Maar ik kan geen begrip meer voor je opbrengen. Dus, waar is-ie?'

'Ik heb het gedumpt. Ik werd er nerveus van.'

Hij besloot er niet verder op in te gaan en hield zijn pistool op haar gericht met zijn vinger om de trekkerbeugel.

'Ik krijg dus helemaal geen punten omdat ik met je heb geslapen?

Want ik heb ervan genoten, schatje. Mannen kunnen niet doen alsof, alleen vrouwen kunnen dat, alleen moet ik toegeven dat ik dat bij jou niet hoefde te doen.'

'Ja, en nu ik de waarheid over je ken, zal ik me elke dag drie keer moeten douchen om te proberen de stank kwijt te raken.'

'Een vrouw moet doen wat een vrouw moet doen om te overleven, Archer. Maar jij bent een man, dus heb je daar geen idee van.'

'Ik ken een heleboel vrouwen die zich prima redden zonder drugs te verkopen en zonder mensen te helpen met het vermoorden van andere mensen.'

'Ik heb nooit net zo willen zijn als "een heleboel vrouwen".'

'En goddank willen een heleboel vrouwen nooit net zo zijn als jij. Ik hoop dat het geld dat je ervoor kreeg de moeite waard was. En ik durf te wedden dat het veel meer was dan duizend dollar.'

Ze trok haar wenkbrauwen op. 'Wat betekent dit alles voor jou en mij?'

'Dat is een probleem.'

'Je hebt geen bewijzen.'

'Dat is mijn probleem. Maar ik wilde je gewoon laten weten dat ik de waarheid ken.'

'Wat netjes van je, Archer. Ik was maar een beetje serieus toen ik vroeg waar ik een dozijn van jou kon kopen. Natuurlijk zou je me op een bepaald moment gaan vervelen, want weet je, ik heb niet echt iets met edele ridders. Ik hou van de slechte mannen die nemen wat ze willen wanneer ze dat willen.'

'Ja, daar weet ik alles van. En van de slechte vrouwen, zoals jij.'

'Je bent een koorknaapje, dat weet ik nu pas.'

'Ik zal je iets zeggen: als je alles wat je over Sawyer Armstrong weet vertelt, krijg je een paar jaar strafvermindering. Hij heeft zijn schoonzoon erbij gelapt voor een dubbele moord waar Kemper niets mee te maken had. Je kunt die man niet naar de gaskamer laten gaan.'

'Waarom niet?' Ze drukte haar sigaret uit op het tafelblad en leunde naar achteren.

'Als je dat moet vragen, zou het tijdverspilling zijn om te proberen je dat uit te leggen.'

'We schijnen vannacht heel veel tijd te verspillen, Archer. Maar ik wil dat je één ding weet.'

'Wat dan?'

'Het verbaasde me niet je hier te zien; ik deed maar alsof. Hoe deed ik dat?'

'Je lijkt Bette Davis wel. Maar waarom was je niet verbaasd?'

'Omdat ik vannacht in die nachtclub was. De uitsmijter is mijn vriend en hij heeft me alles over je verteld.'

Haar bewegingen waren goed, heel goed. De Derringer kwam uit een zak van haar jas en ze schoot twee keer snel achter elkaar.

Beide schoten misten doel.

Archers schot raakte wel doel.

Darling liet haar wapen zakken en keek naar beneden. De donkergroene stof veranderde van kleur.

De donkerrode vlek werd groter en ze keek Archer aan met de gespannen blik van iemand die zich erover verbaast dat ze opeens gaat sterven. Uit haar mond sijpelde een beetje bloed vanwege haar inwendige bloeding.

Ze viel op haar knieën en keek naar hem op. Haar mond bewoog, maar er kwamen geen woorden uit. Ze viel en haar hoofd sloeg tegen de tafel. Dat maakte niet uit. Ze voelde de klap niet. De doden voelen niets.

Archer keek achterom en de beide kogels van de Derringer zaten links en rechts van hem in de rugleuning van zijn stoel.

Een deel van hem had al verwacht dat het zo zou aflopen. Hij had alleen gehoopt dat dát deel van hem zich zou vergissen.

Hij stond op en keek op haar neer. In gedachten zag hij vluchtige beelden van hun eerste ontmoeting en hun liefdesspel. Een deel van hem was gelukkig, een ander deel was somber en weer een ander deel van hem, misschien het grootste deel, was alleen maar misselijk.

Hij vertrok zoals hij was gekomen, maar veegde eerst zijn vingerafdrukken van alles wat hij had aangeraakt. Als hij de kogel uit haar lichaam had kunnen halen, had hij dat gedaan. Nu moest hij zich zorgen maken of hij zou worden beschuldigd van haar dood.

Hij reed snel terug naar Bay Town, want hij wist dat er nog meer gedaan moest worden.

64

Het was nog altijd noodweer toen Archer terugreed; het leek wel alsof de hele zuidkust van Californië dezelfde behandeling kreeg. In de stad reed hij meteen door naar zijn kantoor. Er stonden geen patrouillewagens voor het gebouw en Picketts grote Chrysler stond er ook niet. Ze waren kennelijk geweest en ook alweer vertrokken.

Het zou nog ruim een uur duren voordat de zon opkwam, maar toch was het nog steeds noodweer. Hij had al bijna vierentwintig uur niet geslapen, maar had zich nooit minder moe gevoeld dan nu. Dat zal nog wel komen, dacht hij, nu ik iemand heb gedood en ook nog eens een knappe vrouw met wie ik onlangs nog heb geslapen. Dat gaf hem geen goed of slecht gevoel. Hij voelde helemaal niets en daar kon hij niet echt mee omgaan, dus dacht hij er niet meer aan.

Hij ging via de achteringang naar binnen en sloop door de gang op de begane grond tot hij vlak bij de lift was. Hij zag dat Earls lichaam niet meer lag waar het had gelegen, liep door en zag dat de lift leeg was. Hij liep erlangs in de richting van O'Donnells kantoor. Hij wachtte, in elkaar gedoken in de donkere gang, luisterde en keek. Toen hij ervan overtuigd was dat daar geen groep agenten op de loer lag om zijn hoofd in te slaan, duwde hij de deur van het kantoor behoedzaam open en keek naar binnen.

Verlaten en donker.

Archer liep snel door de receptie en overwoog zijn pistool te trekken, gewoon voor het geval dat. Hij had nog vijf patronen en hoopte dat hij daar zelfs niet één van nodig had. Zijn onbeschutte positie beviel hem absoluut niet, maar hij moest Dash vinden, en snel ook.

Hij schrok enorm toen iemand vroeg: 'Archer, ben jij dat?'

'Ja, ik ben het.'

Dash verscheen in de deuropening van de hal van het kantoor.

Archer stopte zijn wapen weg.
'Waar ben je geweest?' vroeg Dash.
Archer had maar een minuut nodig om hem te vertellen wat er was gebeurd en waarom.
'Oké, Wilma Darling is dus dood. Ze was erbij betrokken. En ze verkocht ook nog eens drugs. Wat een rotwijf! Slim, van die flacon. Maar je loopt risico's als ze haar vinden.'
'Ik weet het.'
'Daar moeten we ons later maar mee bezighouden.'
'Wat heb jij ontdekt?'
'Kom, ik zal het je laten zien.' Hij nam Archer mee naar een ander vertrek dat vol stond met metalen dossierkasten. Dash deed het licht aan en pakte een dossier van de tafel.
'Wat is dat?'
'Míjn patiëntendossier, Archer. O'Donnell was niet alleen een vriend, maar ook mijn arts.'
'Oké,' zei Archer die er niets van begreep. 'Wat hebben wij daaraan?'
'Hier staat veel nuttige info in. Mijn leeftijd, gewicht, medisch verleden, bloedgroep, bloeddruk.' Hij werd bleek en zei: 'Geen getal waar ik trots op ben. Maar voordat je onder het mes gaat, moeten ze dit allemaal weten.'
'Waar ben je aan geopereerd?'
'Maagzweer.'
'Ja, zoiets zei Connie al.'
'O'Donnell heeft een deel van mijn maag verwijderd, zodat ik 's avonds meestal tarwegriesmeel met karnemelk eet.'
'Zou je dan wel alcohol moeten drinken?'
'Verdomme, Archer, ik kan die tarwegriesmeel alleen maar door mijn keel krijgen áls ik drink.'
'Maar heb je iets nuttigs ontdekt?'
'Wat ik níét heb ontdekt was nuttig.'
'Hoezo?'
'Wat ik niet kon vinden, waren de patiëntendossiers van Sawyer Armstrong, Eleanor Armstrong en Beth Kemper. Die waren er niet.'
'Wat? Waarom zocht je die?'
'Omdat ik zeker weet dat daar dezelfde soort informatie in staat als

in mijn dossier. Dus zat ik hier mijn dossier door te nemen om te kijken wat hier in kan staan waarvan iemand kennelijk niet wil dat iemand anders het weet. En toen moest ik nog een stapje verdergaan, want kennelijk wil iemand niet dat iemand anders bepaalde informatie vindt als diegene alle drie dossiers doorneemt. Weet je, het is belangrijk je te realiseren dat ze niet één of twee van die dossiers hebben meegenomen. Nee, ze namen ze alle drie mee en daar was een reden voor. Dat begrijp je toch wel?'

'Ja, als je het zo verwoordt, klinkt het logisch. En wat was je conclusie?'

'Ik denk dat ze alle drie de dossiers hebben meegenomen omdat daar hun bloedgroep in stond, die van Sawyer, van Eleanor en van Beth. Weet je iets over bloedgroepen?'

'Zeker. Ze moeten je bloedgroep weten als ze je een bloedtransfusie geven. Als beide niet overeenkomen, kun je daar dood aan gaan.'

'Dat klopt. Maar bloedgroepen zijn ook belangrijk voor iets anders dan een veilige bloedtransfusie.'

'Waarvoor dan?'

'Ze kunnen bewijzen of iemand níét de ouder is van een kind.'

Archer verstijfde, maar zweeg en keek Dash afwachtend aan.

'Begin jaren 1940 had je hier in Californië de Charlie Chaplin-zaak. Chaplin ging met allerlei vrouwen naar bed, en één vrouw beweerde dat ze een kind van hem had. Ze onderzochten het bloed van het kind, van Chaplin en van die vrouw om te zien of hij de vader kón zijn. Toen bleek dat hij de vader niet kón zijn, hoewel de jury vond dat hij om andere redenen verantwoordelijk was. Weet je, als het kind AB heeft en de moeder A, dan moet de vader B of AB hebben. Zo niet, dan kán hij de vader niet zijn. Weet je, je kunt niet met zekerheid zeggen dat je de ouder bent van een kind als je een van de juiste bloedgroepen hebt, maar dat kun je wel met zekerheid úítsluiten afhankelijk van de bloedgroep van de betrokkenen. Dat is het leuke van wetenschap: het is zoals het is.'

'Over wie hebben we het nu, Willie?' vroeg Archer, ook al was hij bijna zeker van het antwoord.

'Ze zijn alle drie – Beth, Eleanor en Sawyer – behandeld door O'Donnell. Ze zijn alle drie geopereerd, met de kans op bloedverlies. Dus is van alle drie de bloedgroep bepaald voor het geval ze een transfusie nodig hadden. De operaties van Eleanor en Sawyer zijn al lang geleden.'

'Maar Beths operatie is recent,' zei Archer.

'Juist, het laatste stukje van de puzzel. Ik denk dat Armstrong zich realiseerde dat hij gevaar liep. Hij besloot dat gevaar in de kiem te smoren, zelfs wanneer O'Donnell dat verband niet had gelegd. Maar Armstrong kon geen enkel risico nemen, dus daarom moest de dokter sterven en moesten de dossiers worden meegenomen.'

'Dus jij zegt...?'

'Ik zeg dat Armstrong Beths biologische vader niet is.'

'Dat betekent dat Eleanor een affaire had?'

'Ja.'

'Enig idee met wie?'

Dash pakte zijn pijp en kauwde op het uiteinde zonder hem aan te steken. 'Ik weet dat Beth Kemper net eenendertig is geworden. Dat stond in de kranten. En eenendertig jaar geleden was ik niet in deze stad. Maar iemand anders wel.'

'Wie dan?'

'Andrew Smalls.'

Archer keek verbaasd. 'Armstrongs partner die zelfmoord heeft gepleegd.'

'Nou ja, misschien wel en misschien ook niet.'

'Zeg je dat hij een affaire had met Eleanor?'

'Meer dan dat, Archer. Ik denk dat hij Beths vader is.'

'Maar dan... zijn zij en Benjamin Smalls...'

'... halfzus en halfbroer, ja.'

Archer krabde aan zijn hoofd. 'Maar waar gaat dit allemaal om?'

'Wraak. Wreedheid. En misschien om iets wat erger is dan die beide samen. Het punt is dat iedereen die een nauwe band krijgt met Beth Kemper wordt weggehaald, op de een of andere manier. Andrew Smalls, Benjamin Smalls.'

'En haar man,' zei Archer.

'En haar moeder,' zei Dash.

'Haar moeder? Maar die stierf door...'

'Ja, doordat haar vliegtuig neerstortte. Dat vliegtuig was een Stearman, en Stearman is ook de naam van het bedrijf dat dat eiland heeft gekocht. En iedereen in de stad weet dat Beth die dag met haar moeder mee zou gaan, maar in plaats daarvan met haar man meeging naar een lunchbijeenkomst. En Kemper vertelde ons dat Armstrong dat had geregeld.'

'Maar waarom zou hij Eleanor vermoorden? Omdat ze hem had bedrogen? Dan heeft hij daar verdomd lang mee gewacht, tenzij hij het pas twee jaar geleden heeft ontdekt.'

'Ik denk dat de zaak ingewikkelder is, Archer. Beth hield veel meer van haar moeder dan van Armstrong. En misschien kon hij dat gewoon niet meer verdragen. En toen vond hij, met zijn verwrongen geest, dat Eleanor de ultieme prijs moest betalen omdat ze hem had bedrogen. Maar alles was in orde, tot Beth geopereerd moest worden, want vanaf dat moment had O'Donnell al hun bloedgroepen. En dus zou hij kunnen zien dat Armstrong Beths vader niet kón zijn. Ik kan me voorstellen dat Armstrong daar te midden van zijn olijfbomen over zat na te denken. En zodra hij zich had gerealiseerd dat de dokter hem daarmee in zijn macht had, was de man al zo goed als dood.'

'Waarom zou Armstrong denken dat O'Donnell tot die conclusie zou komen? En waarom zou Armstrong menen dat O'Donnell dat tegen hem zou gebruiken?'

'Een goede vraag, en dit is mijn antwoord. Een man als Armstrong gelooft dat iedereen net zo denkt als hij. En dat betekent dat wanneer Armstrong die informatie over iemand had, hij die zeker weten tegen die persoon zou gebruiken. Hij ging er dus gewoon van uit dat O'Donnell hem de duimschroeven zou aanzetten, want hij ziet de wereld en iedereen daarin door zijn eigen verwrongen perspectief. Al zijn handelingen worden bepaald door wat het beste is voor hem, en voor niemand anders.'

'Oké, laten we ervan uitgaan dat dat allemaal waar is. Wat heeft dat dan te maken met de chantage van Douglas Kemper? Armstrong steunt hem immers als toekomstige burgemeester?'

'Is dat wel zo, Archer? Wie heeft ons dat eigenlijk verteld? Douglas Kemper zelf niet, integendeel zelfs. En Armstrong dekte zich in door dat te vertellen. Maar stel dat Armstrong wil dat zijn schoonzoon uit het leven van zijn dochter verdwijnt, dan zou hij het volgende kunnen doen: hij stuurt een chantagebrief naar Kemper waarin staat dat ze weten dat hij met Fraser naar bed gaat. Kemper neemt ons in de arm om dit te onderzoeken, omdat Armstrongs advocaat ons heeft aanbevolen. Fraser ontkent de affaire, omdat het allemaal onzin was, maar dan heeft Kemper nog steeds een motief om haar te vermoorden. En dan wórdt ze vermoord.'

'En de enige die Kemper een alibi voor Frasers moord kan geven is Sheen.'

'Dus sterft hij ook én ze zorgen dat alles naar Kemper wijst. Dan stelen ze de patiëntendossiers en de dokter sterft, en daarmee zijn die losse eindjes ook verdwenen. Kemper gaat naar de gaskamer en Armstrong mag de draad weer oppakken met een vrouw die niet zíjn dochter is.'

'Denk je...' begon Archer die lijkbleek werd door de ziekmakende gedachten die opeens in zijn hoofd opkwamen.

Dash keek hem begrijpend aan. 'Ik weet het niet, Archer. Maar wat ik wel weet, is dat Armstrong heel gevaarlijk is.'

'Hoe zit het met Benjamin Smalls?'

'Smalls ontdekte dat Armstrong een casino wilde bouwen en ging daarover met hem in discussie. Volgens de wet mag er op dat eiland misschien wel worden gegokt, maar als burgemeester had Smalls het Armstrong heel moeilijk kunnen maken en zijn plannen in gevaar kunnen brengen.'

'Maar we kunnen niets van dit alles bewijzen.'

Dash wreef over zijn kin. 'En Pickett zit helemaal bij Armstrong onder de plak'

'Wat moeten we dan nu doen?' vroeg Archer.

'We gaan naar de tandarts.'

65

De zon brak door de laatste wolken van het passerende stormfront toen Archer en Dash in de Delahaye naar het huis van Alfred Drake reden.

'Wat is je mening over hem?'

'Hij heeft iemand die hem steunt, dat is zeker. Dat is echter niet de maffia uit Vegas, maar Sawyer Armstrong.'

Archer vroeg stomverbaasd: 'Armstrong?'

'We zijn voor de gek gehouden, Archer. Net als ieder ander.'

'Dat moet je me uitleggen.'

'Drake is een volwassen versie van de jongen die ik in dat vertrek zag hangen. Armstrong weet dat en ik durf te wedden dat hij harde bewijzen heeft en Drake daarmee chanteert. Hij zal wel móéten goedkeuren wat die man ook maar wil met betrekking tot dat casino. En vergeet niet wat Drake zei toen we zijn huis verlieten. Je vroeg hem of hij echt dacht dat hij geen kans maakte tegen Kemper, weet je nog? En toen zei hij zoiets als "Ík maak geen kans. We zullen gewoon moeten afwachten."'

'Daarna zei hij: "Er zijn wel vreemdere dingen gebeurd."'

'Juist. Maar weet je, Archer, Drake bedoelde dat letterlijk, want hij maakt inderdaad geen kans tegen Kemper.'

'Maar als Kemper het niet tegen hem opneemt?'

'Dan wint hij.'

'Maar Drake lijkt me niet iemand die gewoon met zich laat sollen, Willie. Zoals je al zei, is hij iemand die terugvecht.'

Dash keek opeens ongerust. 'Je hebt gelijk, Archer, dus rij zo snel als je kunt!'

Met veel kabaal stopten ze voor Drakes huis. Dash had zijn portier al open voordat Archer de auto helemaal tot stilstand had gebracht, rende naar de voordeur en begon erop te bonzen.

Het duurde even voordat dezelfde vrouw als eerst de deur opende. Ze trok haar kamerjas om zich heen en haar haar was verward van de slaap. 'Weten jullie wel hoe laat het is?' vroeg ze boos.

'We moeten Drake spreken, nu meteen!' zei Dash. 'Het is een noodgeval.'

'Hij ligt te slapen. Net als ik tot zonet.'

'Dan moeten we hem wakker maken!' Hij duwde haar opzij. 'Welke kant op?'

'U kunt niet zomaar...'

Hij pakte haar arm. 'Welke kant op, mevrouw? Dit is een zaak van leven en dood!'

De vrouw liep snel voor hem uit door een lange gang naar een stel dubbele deuren helemaal achterin.

Dash wilde de deur openen, maar die zat op slot. 'Drake, ik ben het, Willie Dash! Alfred, doe open!' Hij bonsde weer op de deur.

Geen antwoord.

'Hebt u een sleutel?' vroeg hij aan de vrouw.

Ze schudde haar hoofd.

'Archer!' Dash wees naar de deur.

Archer zette een paar stappen achteruit, sprong naar voren en ramde zijn schouder tegen het hout. De deur bewoog wel, maar ging niet open. Archer stapte opnieuw achteruit en ging nog een keer in de aanval. Deze keer vloog de deur wel open en stond hij in de kamer.

Dash en de vrouw volgden hem.

Zij gilde, en Archer keek alleen maar.

Drake zat in een stoel. Het pistool waarmee hij zichzelf had doodgeschoten, zat nog in zijn rechterhand met de wijsvinger om de trekkerbeugel. Hij droeg een witte pyjama met daaroverheen een donkerblauwe zijden kamerjas. Er zat één gaatje in zijn rechterslaap. Het gat was zwart en verschroeid in het midden en was rood van het bloed eromheen. Het leek dreigend en afschuwelijk en fout.

Dash liep naar Drake toe, voelde zijn pols en boog zich voorover om de wond beter te bekijken. Daarna keek hij naar de loop van het pistool. Tegen Archer zei hij: 'Hij lijkt nog niet lang dood.'

Dash keek naar de vrouw die eindelijk was opgehouden met gillen en nu op haar benen stond te zwaaien als een naaldboom in de wind. 'Wanneer was de laatste keer dat u hem zag?'

'Ik... Ik...'

Hij leidde haar naar een stoel zo ver mogelijk bij Drake vandaan en draaide die zo dat ze de dode man niet kon zien. 'Haal even diep adem en beheers u. Ik begrijp dat dit een schok voor u is. Archer, je flacon?'

Archer haalde de flacon uit zijn zak en gaf hem aan. Dash draaide de dop eraf en drong er bij de vrouw op aan om een slok te nemen.

Dat deed ze. Daarna gaf ze hem de flacon terug en keek naar hem op.

'Hoe heet je, liefje?' vroeg Dash.

'Ruthie.'

'Oké, Ruthie, neem rustig de tijd en vertel ons alles wat je over gisteravond kunt vertellen.'

Ze haalde opnieuw diep adem en sprak. 'Meneer Drake heeft vroeg gedineerd en ging daarna naar de bibliotheek om te lezen. Om een uur of negen zag ik dat hij naar zijn kamer ging. Dat is de laatste keer dat ik hem zag.'

'Hij leek in orde?'

'Hij leek... normaal. Hij hield zich nooit bezig met kletspraatjes, maar hij zag er ook niet uit alsof hij op het punt stond zichzelf dood te schieten.'

'Hebt u geluiden gehoord? Zoals een schot?'

Ze schudde haar hoofd. 'De kokkin en ik slapen aan de andere kant van het huis. Dit is de privévleugel van meneer Drake. Ik heb niets gehoord. Tot u op de deur klopte.'

'Oké. Had hij gisteravond nog bezoek? Telefoontjes? Zijn er boodschappen voor hem afgeleverd?'

'Nee, niets van dat alles. Het... was een gewone avond.' Ze keek naar Drakes lichaam en rilde.

Dash keek naar de telefoon op het nachtkastje. Hij pakte de hoorn van de haak en draaide een nummer.

'Hallo, ik wil met Ernie Prettyman praten. Zeg maar dat Willie Dash hem wil spreken.' Hij zweeg even en verstijfde toen. 'Wanneer? Shit! Oké.' Hij ramde de hoorn op de haak en keek Archer aan. 'Ern ligt in het ziekenhuis, bewusteloos. Een paar mannen hebben hem en de twee mannen die Kemper bewaakten aangevallen.'

'En Kemper?'

'Ziet ernaar uit dat ze hem hebben ontvoerd. Verdomme!'

Dash pakte de hoorn weer en keek ernaar alsof hij hem nog niet eerder had gezien. Daarna keek hij Ruthie aan en vroeg: 'Maar je zou het weten als Drake iemand belde, ja toch zeker?'

'Nee, meneer. Dat zou ik echt niet kunnen weten.'

'Willie!' riep Archer.

Archer zat geknield en keek naar de vloerbedekking voor de terrasdeuren.

Dash liep snel naar hem toe.

'Tot ongeveer een uur geleden regende het,' zei Archer.

Dash bekeek de natte voetafdrukken op de vloerbedekking. 'Die zijn niet van Drake; daar zijn ze te klein voor.'

Archer opende de deuren. 'Niet op slot.'

Dash liep weer terug naar de vrouw. 'Ruthie, die jongeman die een struik aan het planten was toen wij hier waren. Waar is hij?'

'U bedoelt Bobby?'

'Ja, Bobby.'

'Hij is de tuinman. Verzorgt alles buiten.'

'Woont hij hier?'

Ruthie knikte. 'In een kamer boven de garage.'

'Bedankt.'

66

Ze hoorden iemand huilen toen ze naar de garage liepen. Het geluid sneed door de stille ochtend als een machete door bamboe. Het was een garage voor drie auto's met een etage erboven waar Bobby kennelijk woonde.

De buitendeur zat op slot, maar Archer kon een van de garagedeuren omhoogduwen. Ze gingen naar binnen en kwamen toen ze naar de binnentrap liepen langs een Buick en een goed onderhouden groene Hunter-coupé met gesloten kap. De snikken waren nu zelfs nog luider. Archer dacht dat dit iemand was die verdrietig was vanwege een enorm persoonlijk verlies.

Bovenaan de trap kwamen ze bij een deur. Het huilen ging door en degene die binnen was, was zich kennelijk niet bewust van hun aanwezigheid.

Dash fluisterde: 'Trek je pistool, Archer, gewoon voor het geval dat.'

Archer trok zijn pistool, ging voor Dash staan, pakte de deurknop vast en draaide die langzaam rond. Even later duwde hij de deur heel voorzichtig open en keek naar binnen.

De kamer was klein, had witte muren met een lambrisering en een heleboel ramen die het beginnende daglicht binnenlieten. Een van de ramen stond open, dus daardoor hadden ze zelfs buiten het gesnik kunnen horen. Aan de muur hingen ingelijste foto's van Cary Grant, Montgomery Clift en andere mannelijke acteurs. Een lichtblauwe ladekast, een paar ingebouwde kasten, een banjo in een hoek en een mahoniehouten hemelbed, dat was alles wat ze konden zien – plus de jongeman die op het bed lag en tranen met tuiten huilde.

Archer en Dash liepen naar binnen en Archer deed de deur zo luid achter zich dicht dat de jongeman rechtop ging zitten en bang en verbaasd naar hen keek.

'Wie... wie zijn jullie?'
Dash stapte naar voren. 'Jij bent Bobby, hè?'
'Ja, meneer.' Hij trok de dekens voor zijn blote borst.
Nu Archer hem van dichtbij zag, schatte hij hem niet ouder dan twintig. Hij had een fijnbesneden gezicht en grote blauwe ogen.
'Ik ben Willie Dash en dit hier is Archer. We zijn privédetectives. Je weet het van je... werkgever, neem ik aan?'
Bobby wreef in zijn ogen en knikte. 'Hij heeft zichzelf doodgeschoten. Hebben jullie hem ook gezien?'
'Ja. Hé Bobby, laat me je handen even zien.'
Bobby stak zijn handen uit.
Dash veegde ze af met zijn zakdoek en keek ernaar en rook eraan. 'Nou, jij hebt dat pistool niet afgevuurd.'
'Ik zou nooit iemand iets aandoen, en meneer Drake al helemaal niet!'
'Oké, oké, rustig maar. Vertel ons wat je weet.'
Bobby keek naar Archer die zijn pistool opborg, tegen de muur leunde en zei: 'Het zal wel heel erg zijn geweest om hem zo te zien.'
Bobby knikte met een gespannen blik en veegde zijn gezicht af met het laken. 'Ja, dat was het zeker.'
'Je ging vanochtend wel heel vroeg naar meneer Drake toe, nietwaar?' vroeg Dash.
'Ik eh...'
'Luister, Bobby, het kan me geen zak schelen wat je allemaal deed met Drake. Ik wil alleen alles horen wat je weet zodat we kunnen uitzoeken waarom Drake dit heeft gedaan.'
'Je hoeft nergens bang voor te zijn,' zei Archer. 'En wat je ons vertelt blijft onder ons.'
Bobby keek naar Dash die knikte en zei: 'Dat is waar, jongen.'
Bobby werd rustiger en leunde tegen het hoofdeinde van zijn bed. 'Ik ga meestal om een uur of drie 's nachts naar meneer Drake toe, tenzij hij me de avond daarvoor zegt dat niet te doen.'
'Waarom op dat tijdstip?'
'Omdat de vrouwen dan zeker liggen te slapen en...'
'Oké. Dus je ging daar om een uur of drie naartoe?'
Bobby knikte. 'Via zijn slaapkamerdeuren, weet u, dan kan ik vanaf de veranda naar binnen. En hoef ik niet door het huis.'

'We zagen je schoenafdrukken,' zei Dash. 'En zagen dat de deuren niet op slot zaten.'

'Ik deed de deur open en ging naar binnen, zoals gebruikelijk, en toen... zag ik hem.' Bobby kreeg opnieuw tranen in zijn ogen. 'Het was alsof hij naar me keek, maar hij was... Hij was helemaal dood en zo.'

'Heb je hem aangeraakt?' vroeg Dash.

'Nee, meneer,' zei hij snel. 'Ik... draaide me om en rende terug. En ik heb hier de hele tijd liggen huilen. Ik bedoel, meneer Drake was heel goed voor me. Ik... kan niet geloven dat hij dood is.'

Dash keek Archer aan. 'Luister, Bobby, dit is heel belangrijk, oké?' Hij zweeg even en liep dichter naar het bed. 'Wanneer kwamen die mannen hier? Je hebt ze toch gezien?'

Bobby keek hem verbaasd aan. 'Hoe weet u dat, meneer?'

'Ik wist het niet, niet zeker tenminste, tot nu. Vertel.'

'Ongeveer twintig minuten nadat ik hier terug was, hoorde ik een auto aankomen, bijna geluidloos. Ik keek naar buiten. Ze stopten vlak bij de garage. Twee mannen stapten uit en liepen naar meneer Drakes slaapkamerdeuren. Ze openden ze, maar gingen niet naar binnen. Ik zag wel dat ze met een zaklamp naar binnen schenen.'

Archer zei: 'Daarom zagen we maar één stel schoenafdrukken, die van Bobby.'

Bobby zei: 'Toen deden ze de deuren weer dicht, stapten in hun auto en reden weg.'

'Twee grote kerels met een dom gezicht?' vroeg Dash.

'Dat klopt. Ik kon ze duidelijk zien in het licht van de lamp naast de deur van de garage.'

'Hank en Tony,' zei Archer. 'Zij waren het.'

Dash boog zich naar hem toe en zei zacht: 'Daarom hebben ze Kemper ontvoerd, Archer. Nu Drake dood is, wordt Kemper de burgemeester. En dat kan Armstrong niet gebruiken.'

'Dus heeft Drake Armstrong gebeld en hem verteld wat hij ging doen? Vroeg je daarom zojuist of hij iemand had gebeld?'

'Ja, die twee mannen waren hier om te kijken of Drake niet had gebluft. Weet je, dat was de troef die Drake steeds in handen had. Armstrong dacht alleen dat hij die nooit zou uitspelen, want dat betekende dat Drake dood zou zijn. Maar de ouwe Drake had principes en heeft daar dus naar gehandeld. Hij was niet van plan Armstrongs loopjongen te worden, absoluut niet. Daar heb ik wel bewondering voor. Ik kan me voorstellen dat hij stierf met die gedachte en een glimlach om zijn lippen.'

Hij draaide zich weer om naar Bobby. 'Heeft Drake ooit met je gepraat over de campagne voor de burgemeestersverkiezing of over Sawyer Armstrong?'

'Nee, meneer. We spraken nooit over dat soort dingen.'

'Oké, kun je ergens naartoe, of ken je iemand bij wie je terechtkunt?'

Bobby schudde zijn hoofd. 'Ik ben... een paar jaar geleden weggelopen van huis, toen...' Hij keek hem gespannen aan.

'Ja, ik begrijp het. Oké, Ruthie weet dat Drake dood is. Ze weet dat we hiernaartoe gingen om met je te praten. Hou je voorlopig van de domme, oké? Je weet helemaal niets. Begrepen, Bobby?'

'Natuurlijk, oké. Maar meneer, nu meneer Drake dood is, moet ik hier dan weg? Ik kan nergens anders naartoe.'

Dash zei niet op zijn gemak: 'Ik zou tegen je kunnen liegen, jongen, en zeggen dat je hier zo lang kunt blijven als je wilt. Maar weet je, Bobby, ik heb geen idee. Maar voorlopig kun je blijven, oké?'

'O-oké, bedankt.' Hij keek langs hen heen en door het raam naar het huis. 'Hij was echt een aardige man. Hij behandelde me goed, echt waar.' Hij veegde weer met het laken over zijn gezicht, maar de tranen bleven over zijn wangen biggelen.

'Helaas komt op een bepaald moment aan alle goede dingen een eind,' zei Dash. 'En voor sommige mensen in deze stad zie ik heel slechte tijden in het vooruitzicht.'

67

Het werd al lichter toen Archer en Dash in de Delahaye stapten en wegreden.

Archer vroeg: 'Waarom hebben ze Kemper meegenomen, denk je? En wat is Armstrong van plan? Hoe denkt hij hiermee weg te kunnen komen?'

'Voor zijn gevoel is hij zeker van de overwinning. Hij moet alleen Kemper nog lozen en dan blijft hij de baas. Niemand zal hem ooit verdenken. Kemper was zijn geliefde schoonzoon. Armstrong steunde Kempers campagne. Armstrong hield van Kemper en had respect voor hem. Na Kempers arrestatie komt hij naar ons toe en zegt dat we alles moeten doen om hem te redden. Hij zal wat krokodillentranen janken als en wanneer ze zijn lichaam vinden, en dat is dat.'

'Maar als we ontdekken dat hij Kemper heeft ontvoerd?'

'Dat zullen we nooit kunnen bewijzen, Archer. Hij zal een onweerlegbaar alibi hebben. Bovendien zal hij daar Hank en Tony niet voor hebben ingeschakeld. Een paar mannen van buiten de stad zijn ongetwijfeld betaald om dat te doen en hun mond te houden.'

'Wat gaan wij nu dan doen?'

'Kemper zoeken.'

'Maar die kan overal zijn.'

Dash keek hem glimlachend aan. 'Volgens mij moeten we naar het ziekenhuis gaan.'

'Maar Ernie Prettyman is bewusteloos, dus die kan ons niets vertellen.'

'Dit heeft niets met Ern te maken. Ik wil alleen aan mezelf bewijzen dat Armstrong niet zo slim is als hij denkt.'

Bay Town General Hospital was een groot wit gebouw van vier verdiepingen, met heel veel ramen, een vlakke voorgevel en geen enkel opvallend architectonisch detail. Het zag er even uitnodigend uit als een mortuarium. Dat vond Archer tenminste.

'Luister, Archer, terwijl ik hier op onderzoek uitga, wil ik dat jij naar het Occidental Building gaat om te zien of Beth Kemper daar is. Kemper zei dat ze daar een appartement heeft en dat is maar één blok die kant op.' Hij wees naar rechts.

'Beth? Waarom zou ze daar zijn?'

'Om de een of andere reden denk ik dat ze nu niet ergens wil zijn waar een A op het hek staat.'

'Denk je dat zij weet dat haar man is ontvoerd?'

'Dat betwijfel ik. Daarom wil ik dat jij haar dat vertelt en daarna moet je haar overhalen ons te helpen. Zij moet ons vertellen waar Armstrong haar man naartoe kan hebben gebracht.'

'Denk je echt dat ze ons dat zal vertellen?'

'Hangt ervan af hoe overtuigend je bent.'

Archer zette Dash af, nadat deze hem had verteld dat hij hem zo snel mogelijk weer zou treffen bij het Occidental Building.

Archer reed ernaartoe, stopte voor het gebouw en keek omhoog. De gevel was bekleed met witte en bruine stenen met blauwgroene schuine strepen ertussenin, waarschijnlijk om de architect gelukkig te maken. Op een brede donkerrode markies stond de naam van het gebouw voor het geval de zestig centimeter hoge zilverkleurige letters op de zijgevel niet duidelijk genoeg waren. Voor de ingang stond een portier. Hij droeg een zwarte hoge hoed, een lange jas met koperen knopen in dezelfde kleur als de markies, een vest in de kleur van een Britse roodrok en witte handschoenen. Aan een ketting hing een taxifluitje.

Archer vond dat de man er even gegeneerd uitzag als hij zich waarschijnlijk voelde in die uitrusting. Hij liep naar hem toe en zei: 'Hé vriend, ik ben hier om te zien of Beth Kemper in haar appartement is.'

De man nam hem ongeïnteresseerd van top tot teen op. 'Wie wil dat weten?'

Archer liet hem zijn PD-licentie zien, wat ongeveer evenveel effect had als wanneer hij zijn tong had uitgestoken en heel ondeugend had geprobeerd zijn broek naar beneden te trekken.

'Je zult echt met meer op de proppen moeten komen.' De portier keek alsof hij dat echt meende.

'Dan wil "Lincoln" het weten.'
De man keek weifelend naar het bankbiljet dat Archer hem voorhield.
'En zijn tweelingbroer,' voegde Archer eraan toe terwijl hij nog een biljet van vijf tevoorschijn haalde.
'Mevrouw ís thuis en het is appartement 311, vriend,' zei de man terwijl hij de beide Lincolns in een van zijn talloze zakken stopte.
Archer ging door de dubbele deuren naar binnen en liep de trap op naar de derde verdieping. Hij beende naar appartement 311, klopte op de deur en herhaalde dat nog twee keer voordat er een reactie kwam.
'Wie is dit, verdorie?' riep Beth Kemper.
'Archer. We moeten praten. Over je man.'
Hij hoorde dat ze naar de voordeur rende die even later werd geopend.
Kemper stond in een nachthemd en op blote voeten in de deuropening, met een verwarde bos haar doordat ze had liggen slapen. 'Ja?' vroeg ze buiten adem. 'Wat is er met Douglas?'
Archer nam zijn hoed af en zei: 'Mag ik binnenkomen?'
'Ja, natuurlijk.'
Hij ging naar binnen en zij deed de deur achter hem dicht.
Ze vroeg: 'Hebben jullie bewezen dat Douglas die mensen niet heeft vermoord?'
Archer ging in een stoel zitten en wachtte tot zij ook zat. 'Nee, dat niet. Nog niet. Maar er is iets gebeurd, een heleboel zelfs.'
'Wat dan?'
'Ten eerste heeft Alfred Drake vanochtend in zijn huis zelfmoord gepleegd. Hij heeft zichzelf doodgeschoten.'
Haar hand vloog naar haar boezem. 'O mijn god! Waarom heeft Alfred dat gedaan?'
'Laten we zeggen dat hij zijn laatste troefkaart uitspeelde. Hij was niet van plan om als burgemeester de loopjongen van je pa te zijn.'
'Dat is onzin! Mijn vader steunde Drake niet.'
'Dat klopt. Hij chantéérde hem.'
'Chanteerde? Ik begrijp het niet, Archer.'
'Dat hoeft ook niet, maar het is waar. Drake was een sleutel tot de casino's die zouden worden gebouwd op dat eiland dat je vader heeft

gekocht. Je man zou nooit bereid zijn geweest om zijn vuile werk op te knappen, dus kon je vader niet laten gebeuren dat hij burgemeester werd. Je vader stuurde die chantagebrief naar je man. Hij heeft Fraser en Sheen laten vermoorden. En nu laat hij Douglas, met de hulp van chief Pickett, opdraaien voor die beide moorden en hij hoopt dat je man zijn laatste paar minuten op aarde cyanide inademt in de gaskamer van San Quentin.'

'Je... bent gek,' zei ze gespannen. 'Zelfs als het waar is wat je zei over die verkiezing, zou mijn vader nooit proberen Douglas te laten opdraaien voor moord en hem laten executeren.'

'Hij heeft Benjamin Smalls al geëxecuteerd, dus dan is een tweede toch geen probleem?'

Ze stond op. Het was duidelijk te zien dat ze woedend was, aan haar rode wangen, haar vertrokken mond en de trillende arm waarmee ze naar de deur wees. 'Sta op en verdwijn! Ik wil je leugenachtige gezicht nooit meer zien, hoor je me?'

'Je zult er helaas nog een tijdje naar moeten kijken. Weet je trouwens wat je bloedgroep is?'

Dat was waarschijnlijk de enige vraag waardoor ze verstijfde. 'Wat?'

'Je bloedgroep. Iedereen heeft die, de mijne is AB.'

'Ik heb... B,' zei ze langzaam.

'Oké, weet je welke bloedgroep je moeder had?'

'Nee, dat weet ik niet.'

'En die van je vader?'

'Nee!' snauwde ze, kennelijk weer boos door deze vragen.

'En die van Sawyer Armstrong?'

Ze wilde iets zeggen, maar door haar blik zodra ze begreep waarom hij die vraag had gesteld, was Archer op zijn hoede. 'Wat bedoel je daar precies mee?' vroeg ze zacht en met een dreigende klank in haar stem.

'Ik denk dat je precies weet wat ik daarmee bedoel.'

'Hoe durf je? Je bent een vuile leugenaar!'

'Vannacht hebben ze Myron O'Donnell vermoord. En het enige wat uit zijn kantoor is gestolen, zijn de patiëntendossiers van jou, je moeder en Sawyer. Want de dokter had die allemaal, weet je. Die van je moeder en Sawyer had hij al een hele tijd, maar toen moest je blindedarm eruit en realiseerde Sawyer zich dat O'Donnell één en één bij elkaar op kon tellen en dan zou weten dat jij onmogelijk zijn kind kon zijn.'

Archer kon haar nog net opvangen voordat Kemper bewusteloos op de grond viel. Hij tilde haar op en droeg haar naar de slaapkamer. Hij zette haar op het bed, met haar rug tegen de kussens, vond wat reukzout in haar medicijnkast en schonk een beetje cognac uit een fles op een roestvrijstalen roltafeltje in de woonkamer in een glas.

Het reukzout deed zijn werk. Haar lichaam schokte en ze hapte naar adem.

Hij drukte haar zacht maar stevig terug in de kussens en pakte het cognacglas. 'Drink dit. Je zult je er niet beter door voelen, maar ook niet slechter.'

Ze nam het glas zwijgend aan en dronk het in één indrukwekkende teug leeg. 'Jij... Als je tegen me liegt, Archer...'

'Zoveel fantasie heb ik echt niet, Beth. Ze hebben O'Donnell doodgeschoten, lieten het eruitzien als een drugsroof en hebben de keel doorgesneden van die arme liftbediende, net zoals ze bij Fraser hebben gedaan.'

Kemper liet het lege glas op haar bed vallen, ging langzaam wat meer rechtop zitten, sloeg haar handen voor haar gezicht en begon te huilen.

Archer pakte haar bij de schouders. 'Ik had je hier liever niet mee willen overvallen, maar je moest het weten.'

Nog steeds met haar handen voor haar gezicht vroeg ze: 'Je zei dat je nieuws had over Douglas?'

'Je moet misschien nog wat cognac drinken.'

Ze rilde, liet haar handen zakken en keek hem met een hopeloze blik aan. 'Alsjeblieft... zeg alsjeblieft niet dat hij...'

'Hij is niet dood. Maar we weten ook niet of dat zo zal blijven. Daarom hebben we jouw hulp nodig.'

Ze rilde weer en zei fluisterend: 'Ik heb daar whiskey staan.'

'Ik heb hier ook whiskey,' zei hij. Hij pakte zijn zakflacon en gaf hem aan haar.

Ze nam een slok, gaf de flacon terug en zei: 'Vertel me nu maar wat er met Douglas is gebeurd.'

'Ze hebben hem uit zijn cel gehaald, nadat ze de mannen die Willie opdracht had gegeven hem te bewaken hadden uitgeschakeld.'

'Maar waarom? Waarom hebben ze Douglas ontvoerd?'

'Nu Drake dood is, is het zeker dat Douglas burgemeester wordt, maar dat kan Sawyer niet gebruiken.'

'Hebben jullie echt keiharde bewijzen dat hij mijn vader niet is?'

'Die proberen we in handen te krijgen. En je viel net wel flauw, maar iets zegt me dat dit jou minder verbaast dan zou moeten.'

Ze wilde hem niet aankijken, maar dat hoefde ook niet. De tranen in haar ogen en het trillen van haar mond zeiden genoeg. 'Hij... gedroeg zich niet altijd als een vader... ten opzichte van mij.'

'Ja, hij vond het ook moeilijk om toe te laten dat iemand een nauwe band met je kreeg. Benjamin Smalls, je man.' Archer zweeg even en besloot het toen toch te zeggen. 'En je moeder.'

Ze vertrok geen spier. Ze staarde in het niets alsof dat niets haar enorm fascineerde.

'We hebben je man gesproken voordat hij werd ontvoerd. Hij vertelde dat die lunchbijeenkomst Sawyers idee was en dat hij erop stond dat je daarbij aanwezig was. Dus ging je moeder alleen de lucht in en stortte neer in de Stille Oceaan. Dat is er gebeurd, ja toch, Beth? Douglas zei dat daarna het licht uitging in jullie huwelijk. Hij dacht dat jij hem daar de schuld van gaf. Maar is dat wel zo?'

Ze keek hem zo verdrietig aan dat deze keer Archers mond begon te beven.

'Ik heb mijn va... Ik heb Sawyer gevraagd wat mijn moeder was overkomen.'

'Heb je hem gevraagd of hij het vliegtuig van je moeder had gesaboteerd?'

'Daarvoor moest ik al mijn moed bij elkaar rapen. En... hij beantwoordde mijn vraag met een tegenvraag. Hij...' Ze kon haar zin niet afmaken en zo te zien deed ze haar best niet in te storten.

Archer hield haar een lange minuut vast. Op haar snikken na was het stil. Toen ze eindelijk ophield, gaf hij haar de flacon weer en zei: 'Drink alles maar op, Beth. En maak je verhaal af. Je kunt het wel.'

Ze dronk de whiskey op, maar hield de flacon vast alsof het metaal haar laatste houvast was aan het leven. Ze sprak snel, alsof ze haar woorden al eeuwen had opgekropt in plaats van slechts twee jaar. 'Hij zei dat hij zich afvroeg of de mensen het vreemd zouden vinden dat ik die dag niet met mijn moeder mee was gegaan. Dat ik bij haar had moeten zijn toen ze me waarschijnlijk het meest nodig had, maar dat ik me daarvan had laten weerhouden door zoiets onbelangrijks als een lunchbijeenkomst. Omdat een tweede paar handen, zelfs onervaren handen, en een ander stel hersens om de situatie op te lossen alle verschil van de wereld hadden kunnen maken.' Ze zweeg en verbeet een snik terwijl ze haar hoofd op Archers borst liet rusten.

'Met andere woorden, hij praatte je een schuldgevoel aan.'

Ze keek naar hem op. 'Hij deed iets veel ergers, Archer. Hij zorgde ervoor dat ik aan mezélf begon te twijfelen.'

'Welk motief had je in vredesnaam kunnen hebben om je moeder te vermoorden?'

'O, dat vertelde hij me ook.' Ze streek over de flacon alsof die alle antwoorden bevatte die ze nodig had, maar dan in braille. 'Hij vroeg zich ook hardop af of andere mensen zouden denken dat ik haar uit de weg wilde hebben, zodat ik de koningin van de familie Armstrong kon zijn. Hij suggereerde zelfs dat sommige mensen zouden denken dat hij, nu Eleanor dood was, de enige was die mij nog in de weg stond om een enorm vermogen te erven. Hij zei spottend dat hij goed moest oppassen als ik bij hem was.'

'Volgens mij moet jíj goed oppassen als je bij hem bent.'

'Dus hij is echt mijn vader niet?'

'Nee, dat is hij niet.'

Ze keken allebei op toen Dash in de deuropening stond met een vel papier in de hand.

'Het enige wat we nu moeten doen, is Armstrong vinden. Want als we hem vinden, vinden we uw man. Weet u waar hij Douglas naartoe kan hebben gebracht als hij wilde dat Douglas niet levend zou terugkomen?'

Kemper knikte. 'Dat weet ik, Willie. Hij zou Douglas naar de Cliffs brengen, zijn kleine toevluchtsoord hoog in de bergen.'

'Kunt u ons vertellen hoe we daar moeten komen?'

'Ja hoor, dat kan ik wel.'

68

'Ik moest de man van de administratie twintig dollar geven en beloven dat ik hem de smerige details zou vertellen van een paar van mijn zaken,' zei Dash.

Dash en Archer zaten in de Delahaye en begonnen aan de klim de bergen in. Tegelijk met het daglicht waren ook wolken verschenen en vanaf het water was er een stormfront in aantocht als een oorlogsvloot die zich klaarmaakt voor de strijd. Door de mist en de nevelslierten was het nu al gevaarlijk in de bergen.

Ze waren eerst naar het kantoor gegaan, waar Dash iets had opgehaald wat, zoals hij zei, misschien noodzakelijk was. Toen Archer zag wat het was, kon hij het niet met hem oneens zijn.

'Waarom zou die administrateur dat soort bijzonderheden willen weten?' vroeg Archer.

'Omdat hij in werkelijkheid scenario's schrijft voor Hollywood, maar zich voordoet als administrateur – dat denkt hij tenminste.' Dash begon over iets anders. 'De Cliffs dus. Armstrongs toevluchtsoord hoog in de bergen. Daar kan een man zomaar een ongeluk overkomen.'

'Maar als hij Kemper vermoordt, is het spel uit voor hem.'

'Waarom? Stel dat het lichaam nooit wordt gevonden? Armstrong heeft het verhaal al voorbereid doordat Drakes campagne wordt gefinancierd door lui uit Vegas. Dan maakt Drake zichzelf van kant en dus beginnen die lui zich zorgen te maken omdat hun man niet meer meedoet aan de verkiezingen en Kemper de enige kandidaat is om burgemeester te worden. Ze zoeken hem op in zijn cel en eisen dat hij hun trouw is. Hij weigert. Dus wat doen ze dan? Ze ontvoeren hem, vermoorden hem, verdwijnen en worden nooit meer gezien. Hoe zou iemand Armstrong daar tijdens een proces bij kunnen betrekken? Hij zal tientallen alibi's hebben dat hij en zijn mannen niet eens in de búúrt van de gevangenis waren, omdat ze daar inderdaad niet waren. En welk bewijs hebben wij ervoor dat hij Fraser heeft vermoord behalve een beëdigde verklaring van een vrouw die zo bang is voor Armstrong dat ze, als ze al terugkomt en getuigt, waarschijnlijk zal beweren dat wíj iedereen hebben vermoord en Armstrong daar dus echt niet achter zit?'

'Dus daarom rijden we nu naar de Cliffs? Om Kemper te redden?'

'Ja, maar Archer, je moet even stoppen. Ik wil niet dat je een ongeluk veroorzaakt als ik je vertel wat ik je moet vertellen.'

Archer stopte in de berm en keek Dash aan. 'Waar heb je het over?'

'Toen ik in het ziekenhuis was, heb ik twee telefoontjes gepleegd. Het ene naar Connie en zij is in orde. Het andere naar de Midnight Moods.'

'Waarom?'

'Weet je, Archer, we moeten ervan uitgaan dat Armstrong alles weet wat wij weten, oké? Dus als hij weet wat wij weten, wat doet-ie dan?'

'Als hij denkt dat we achter hem aan komen, zal hij misschien proberen ons in zijn macht te krijgen.'

'Dat klopt helemaal. Goed, Connie is de enige persoon in deze stad om wie ik echt geef. Maar zoals ik je al vertelde, is zij veilig.' Hij zweeg en keek Archer afwachtend aan.

Archer, dat moest gezegd worden, begreep halverwege Dash' laatste zin al waar hij naartoe wilde. 'Ze hebben Liberty. Je belde de Midnight Moods en ze is verdwenen.'

'Het spijt me, Archer.'

Archer reed de weg weer op. 'Nee Willie, nu vergis je je. Zíj zullen hier spijt van krijgen.'

Toen ze een kwart van de route hadden afgelegd, begon het te regenen. Halverwege konden ze de weg bijna niet meer zien. De mist was zo dicht dat het ochtendlicht was vervangen door een nachtelijke duisternis.

Archer hield het stuur zo stevig vast dat zijn onderarmen moe werden. Hij kon alleen maar aan Liberty denken en aan wat ze haar nu misschien zouden aandoen. Vooral Hank en Tony. Opeens schoot hem iets te binnen. 'Wacht eens even, wat heb je in het ziekenhuis ontdekt?'

'Precies dat wat ik hoopte te ontdekken. Maar nu moet je ophouden me van alles te vragen. Concentreer je op de weg,' zei hij snel toen er plotseling een bocht opdoemde.

Archer moest remmen en een ruk aan het stuur geven om niet uit de bocht te vliegen. De Delahaye reed gevaarlijk dicht langs een driehonderd meter diepe afgrond.

'Ben je bang?' vroeg Archer. 'Ik bedoel niet vanwege deze rit, maar voor als we daar zijn.'

'Nou, ik ben niet dom, Archer, dus natuurlijk ben ik bang. En jij?'

'Ja, maar ik ben bijna even bang als woedend.'

'Gebruik beide in je voordeel. Armstrong zal niet alleen zijn en hij heeft gijzelaars, dus het zal lastig worden.'

Archer reed in het noodweer moeizaam nog zevenhonderd meter hoger. Hoe hoger ze kwamen, hoe erger het werd.

Toen zei Dash: 'Langzaam nu, Archer. Afgaand op wat Beth ons vertelde staat het huis aan het einde van die zijweg.'

'Oké.' Hij reed de zijweg in en stopte.

'Doe het licht uit.'

Dat deed Archer.

Ze probeerden niet eens te zien wat verderop was, want zelfs God zou deze ochtend waarschijnlijk moeite hebben om dat te zien.

'Beth heeft ons de indeling van het huis verteld,' zei Dash. 'We moeten de voor- én de achterkant aanvallen. Welke kant wil jij?'

'Ik heb altijd een voorkeur voor de achterkant gehad.'

'Verstandige keus. Ik ook. Maar ik ben ouder, dus neem jij de voorkant.' Dash bukte zich en pakte dat wat hij vanuit zijn kantoor had meegenomen van de bodem. 'Ben je klaar, soldaat?' vroeg hij.

'In de oorlog vond ik het de moeite waard om voor de "vrijheid" te sterven. En ik ben niet van mening veranderd.'

Zonder nog iets te zeggen liepen ze de donkere mist in.

69

Archer verplaatste zich precies zoals hij zich had verplaatst als verkenner in het Achtste Leger, eerst in Italië en daarna in Hitlers Rijnland. Met andere woorden, hij verplaatste zich als een geest. En naast hem deed Willie Dash hetzelfde.

Archer en Dash hadden Beth uitgebreid ondervraagd over opvallende zaken in de omgeving van de Cliffs. Nu waren ze bij een daarvan: een van de grootste eiken die Archer ooit had gezien. Maar jaren geleden was de bliksem ingeslagen of was er een bosbrand geweest. De boom stond nog steeds overeind, een zwartgeblakerd houten omhulsel dat kennelijk te koppig was om om te vallen.

Ze liepen verder en moesten nog driehonderd meter lopen naar, zoals Beth het noemde, Armstrongs sanctum sanctorum – een houten huis waar hij naartoe ging om na te denken en te peinzen en, volgens Archer, de ondergang van anderen te plannen.

Daar stopten ze en gingen hij en Dash uiteen.

Voordat Dash in de mist verdween zei hij: 'Veel geluk, Archer, maar het zal niet echt van geluk afhangen, wel?'

'Nee, klopt.'

Even later vertraagde Archer zijn pas en keek naar links en naar rechts. Niemand die dit huis bewaakte zou verwachten dat iemand die hier stiekem naartoe ging op de weg zou blijven. Dus zouden ze de paden en de wildpaadjes bewaken die kriskras over het terrein liepen als een eekhoorn op zoek naar zijn volgende maaltijd. Dus volgde Archer de weg.

Na nog eens honderd meter keek hij naar rechts, dook in elkaar en maakte zich klein.

De man die hij zag was niet Tony of Hank, maar wel ongeveer even groot. Armstrong gaf bij zijn mannen kennelijk de voorkeur aan één maat: extra large.

Archer maakte een kleine omweg en eindigde schuin achter de man die in een schommelstoel zat achter een rotsblok dat hij kennelijk als zijn dekking beschouwde. Hij rookte. Dat was zijn eerste fout. Hij nam een slok uit een fles. Dat was zijn tweede fout. Zijn derde en laatste fout was dat zijn .44 in de holster zat.

Hij had helemaal niet door dat er iemand was tot Archer zijn aanwezigheid bekendmaakte door de loop van zijn .38 tegen de schedel van de man te drukken.

'De dame die jullie hebben ontvoerd, is zij oké?' vroeg Archer op een toon die duidelijk maakte dat hij alleen genoegen nam met een eerlijk antwoord. Ongeveer twee pond trekkerdruk en de bewaker die fout op fout stapelde, betekende de dood.

'Ja, ze is oké,' zei de man schor.

'Als je liegt, kom ik terug. En je zult nooit vergeten wat ik dan met je doe tot je voor de laatste keer je ogen sluit, begrepen? Knik of zeg ja, want ik wil bevestiging.'

De man knikte.

Door de keiharde klap met de kolf van de .38 verloor de man zijn bewustzijn. Hij zakte naar voren op het rotsblok, gleed er langs de zijkant af en belandde in de modder. De mist was zo dicht dat Archer de man bijna niet meer kon zien. Hij maakte de bretels van de man los en bond daarmee diens polsen en enkels aan elkaar.

Eén uitgeschakeld en wie weet hoeveel nog te gaan. Maar Archer was bereid ze allemaal uit te schakelen om Liberty veilig en gezond terug te krijgen.

Archer liep door en na een bocht die vol lag met gevallen gesteente zag hij het houten huis. Twee grote auto's stonden ervoor geparkeerd en leken even misplaatst als paarden bij een hondenshow. En een van de auto's was van Pickett. In het huis brandde licht en Archer zag dat er vanaf een hoge paal een elektriciteitsleiding naar het huis liep.

Voor het huis stond geen bewaker en Archer realiseerde zich welke tactiek Armstrong toepaste.

Hij heeft zich teruggetrokken, heeft zijn binnenste linie aangelegd en daagt ons uit die over te steken.

Toen Archer nog een stap zette, struikelde hij over een gevallen tak die doormidden brak. Het geluid weerklonk als een kanonschot door de mist.

De stem die hij daarna hoorde, klonk zelfverzekerd en niet verbaasd, en bevestigde ook Archers theorie.

Armstrong zei: 'Willie, ben jij dat? Kom alsjeblieft binnen en drink een glas. Ik weet dat het nog vroeg is, maar voor niemand van ons is zeker dat we de avond halen, helaas.'

Archer maakte geen aanstalten te doen wat de man had gevraagd.

'Archer, als jij daar ook bent, wil ik dat je weet dat je vriendin een pittige tante is. Volgens mij heb ik nog niet eerder een vrouw gezien die harder werd geslagen en desondanks zelfs niet zachtjes kreunde. Daar heb ik respect voor. Goed, kom binnen en laten we dit als verstandige mensen bespreken.'

Het volgende geluid dat Archer hoorde was Liberty die gilde, gevolgd door een bulderende lach en de woorden: 'Oké, die kwam wél aan, ja hoor. Ik wist wel dat ze een zwakke plek had. Ik bedoel, ze is van vlees en bloed en haar "vlees en bloed" is niet mis.'

Archer zag dat de voordeur van het huis langzaam werd geopend, maar niemand liet zich zien.

'Oké, het volgende geluid dat je hoort is de doodsreutel van deze jongedame,' riep Armstrong.

'Archer, niet doen!' riep Callahan.

Het volgende geluid was een doffe dreun, alsof iemand een keiharde klap tegen een watermeloen gaf.

'Oké, oké,' riep Archer. 'Ik kom al. Laat haar met rust.'

'Zonder je wapen. En doe je colbert uit en je riem af.'

Dat deed Archer, want hij had geen keus. Hij besloot ook om niet te proberen de .38 achter in zijn broeksband te stoppen, omdat zijn broek zonder riem de neiging had af te zakken. Dat was ook precies de reden dat Armstrong had geëist dat hij zonder colbert en riem binnenkwam.

Archer liep langzaam naar de geopende deur en ging naar binnen. Meteen voelde hij koud metaal tegen zijn nek en hij wist zonder te kijken dat het een vuurwapen was.

Hij nam de ruimte voor zich op terwijl de deur achter hem werd gesloten.

Sawyer Armstrong zat in een schommelstoel. Hij had een dun donker sigaartje in zijn mond, een strohoed op zijn hoofd en zijn lichtblauwe overhemd netjes in zijn donkerbruine corduroy broek gestopt.

Naast hem zat Hank. Naast Hank zat Tony die keek alsof hij Archers ogen uit zijn hoofd wilde krabben, en wie weet wat hij nog meer wilde doen.

Douglas Kemper zat op de grond met dikke touwen om zijn armen en benen gebonden.

Naast hem zat Liberty. Ze droeg de kamerjas die ze haar waarschijnlijk hadden laten aantrekken voordat ze haar onder bedreiging van een vuurwapen dwongen om haar fraaie appartement in de Midnight Moods tijdens haar eerste nacht daar te verlaten.

Archer keek haar aan en zij keek hem aan. Haar rechteroog was even blauw geslagen als haar linker. Ze hield haar linkerarm in een vreemde hoek vast en Archer kon zien dat ze enorm veel pijn had, maar toch zag hij niet één traan in haar ogen. Hij knikte naar haar en probeerde haar gerust te stellen. Hij wist niet of ze zijn blik begreep, maar dat was niet belangrijk. Op dit moment was niet veel belangrijk.

Naast hen zat Carl Pickett. De man leek nerveuzer dan Archer van de corrupte politieman had verwacht. En rechts van Pickett zat Steve Prichard in burgerkleding en met een zelfs nog gevaarlijker blik dan normaal, en dat zei wel iets.

'Vertel op, Archer, waar is Willie?' vroeg Armstrong.

'Zit waarschijnlijk te ontbijten.'

Armstrong schudde zijn hoofd. 'Het is onmogelijk dat hij je hier in je eentje naartoe heeft gestuurd. Beth heeft je over dit huis verteld, nietwaar?'

'Nu Drake dood is, ben je het paard kwijt dat je in de race had lopen,' zei Archer zonder Armstrongs vragen te beantwoorden.

'Dat is het mooie van paardenrennen, Archer – je kunt altijd een ander paard vinden.'

'We hebben het Beth verteld, weet je.'

'Wat hebben jullie Beth verteld?'

'Waarom je O'Donnell hebt laten vermoorden.' Hij keek naar Hank en toen naar Tony. 'En was het echt nodig Earl te vermoorden?'

'Die gekleurde man, bedoel je?' zei Hank. 'Verdomme, dat telt niet.'

Archer keek Armstrong weer aan. 'Beth weet dat je haar vader niet bent.'

'Wat!?' vroeg Kemper.

'Wacht eens even, Archer,' zei Armstrong glimlachend. 'Je gaat veel te snel. Kun je dat bewijzen?'

'O'Donnell had die bewijzen. Daarom heb je die weggehaald.'

'Jij bent haar vader niet?' snauwde Kemper. 'Wie dan wel?'

'Carl,' zei Armstrong op scherpe toon. 'Ik kan mezelf niet eens horen denken. Regel dit even.'

Pickett keek naar Prichard, die Kemper zo hard sloeg dat zijn hoofd tegen de muur klapte en hij opzijzakte op Callahans schoot.

Ze sloeg haar handen beschermend om Kemper heen, ook al stroomde er bloed uit zijn neus en mond op haar kamerjas. 'Laat hem met rust!' riep ze.

'Kom op, Archer,' zei Armstrong vermanend. 'Je kunt echt niet zomaar leugens rondstrooien. Als ik Beth zie, zal ik haar de waarheid vertellen.'

'Nee, dat ga je dus niet doen. Want de waarheid is dat Andrew Smalls haar vader was.'

Archer kon aan Armstrongs blik zien dat deze theorie van Dash klopte. 'En nu we het daar toch over hebben, jij hebt Andrew Smalls vermoord. Je hebt Eleanors vliegtuig gesaboteerd en je hebt Benjamin Smalls in zijn eigen badkuip vermoord.'

'Lieve help, Archer, is er iemand die ik niet heb vermoord?'

'Ja. Mij.'

'Ach, de dag is nog jong.'

Prichard grinnikte hierom, maar omdat hij de enige was, hield hij daar snel weer mee op.

'En nu ben ik dus hier, Armstrong,' zei Archer.

'Ja, je bent hier. Ik zou liever zien dat Willie naast je stond. Er zijn niet veel mensen in de stad die het me lastig maken, maar hij hoort daar zeker bij. Dus waar is hij?'

'Ik weet niet wat ik je moet vertellen.'

Armstrong haalde een gedrongen zwart automatisch pistool uit zijn zak en richtte dat op Callahans hoofd. 'Weet je, ik wil dit niet doen, Archer. Ze is een knappe jongedame – ze haalt het niet bij Beth, dat begrijp je wel, maar toch wil ik liever geen groot gat in haar fraaie hoofd maken. Dus vraag ik het nog één keer: waar is Willie?'

Archer had al meer dan vijf jaar geen explosies meer gehoord, terwijl hij dat in de drie jaar daarvoor vrijwel continu had gedaan.

De ruiten verbrijzelden en de houten wanden werden met zo'n kracht geraakt dat de houtsplinters alle kanten op vlogen. Een kroonluchter gemaakt van een gewei werd uit het plafond gerukt en viel met een oorverdovende klap op de grond. Iedereen die stond liet zich vallen en iedereen die al op de grond zat, had de neiging zich onder het hout te begraven.

Toen het schieten ophield en iedereen opkeek stond Willie Dash in de deuropening met zijn nog steeds rokende pistoolmitrailleur in de hand. 'Hier ben ik, Sawyer.' Hij zwaaide dreigend met het wapen. 'Dit heb ik uit Ma Barkers koude dode handen gepakt. Vergat de terugslag van dit rotding. Maar je trekt hier wel de aandacht mee.'

Archer stond alweer. Hij raapte het pistool op dat de man die hem onder schot had gehouden had laten vallen, richtte het op dezelfde man en maakte hem met de loop duidelijk dat hij bij de anderen moest gaan staan.

Pickett, Prichard, Hank en Tony stonden langzaam op en keken verbaasd, misschien omdat ze nog leefden.

Alleen Armstrong had zich niet verroerd. Hij zat nog steeds in zijn schommelstoel en had zijn pistool nog steeds vast. En hij leek absoluut niet onder de indruk.

Dash stapte langzaam naar voren, met zijn pistoolmitrailleur op Armstrong gericht. 'Hoewel ik het heel fijn zou vinden om de laatste patronen in het magazijn in je gezicht te schieten, Armstrong, moeten we nog even praten voordat ik dat serieus zal overwegen.'

'Ik ben een en al oor, Willie,' zei Armstrong, nog steeds zonder zijn wapen te laten zakken.

'Maar dan moet je wel je wapen laten zakken.'

'Zal ik doen, als jij en Archer het ook doen.'

'Was het casino dit echt allemaal waard?' vroeg Dash.

Armstrong beantwoordde de vraag geanimeerd. 'Ik schat dat het me minimaal vijftig miljoen dollar per jaar oplevert. En dat is heel veel geld, zelfs voor mij.'

'Hoeveel geld heb je nodig?' brulde Archer.

'Ach, eerlijk gezegd gaat het niet echt om het geld, maar om de opwinding. Ik verveel me gewoon snel.'

Archer zei: 'En ik neem aan dat je nog opgewondener werd toen

Benjamin Smalls daar met een boot naartoe ging, ontdekte wat je van plan was en een manier zocht om je tegen te houden.'

'Maar toen stierf hij, heel fijn voor me.'

'Je bedoelt dat jij hem hebt vermoord.'

'Voor moord is bewijs nodig. Dat heb je niet.'

Dash haalde een gevulde envelop uit zijn zak en gooide die naar Archer. 'Maar, Sawyer, je hebt het verkloot. Ziekenhuizen zijn bedrijven, weet je. Ze moeten alles documenteren en iedereen krijgt een kopie van al die documenten: een kopie voor de patiënt, een kopie voor de arts én een kopie voor het ziekenhuis.'

Armstrong zei niets, maar Archer zag dat de man zijn lippen met zijn tong bevochtigde.

Dash zei: 'Lees maar voor, Archer. De eerste zin op elke pagina.'

Archer stopte zijn pistool achter zijn broeksband, opende de envelop en haalde de papieren eruit. Hij keek ernaar en las voor: 'Eleanor Armstrong, bloedgroep A.' Hij keek naar de volgende bladzijde. 'Sawyer Armstrong, ook bloedgroep A.' Archer keek op. 'Beth vertelde me dat zij bloedgroep B heeft.'

'Dat klopt,' zei Dash, 'en dat betekent dat Armstrong haar vader niet kán zijn. Twee ouders met A kunnen geen kind met B krijgen.'

'Klootzak! Ik wist dat je een rotzak was!' Dat zei Kemper. Hij was weer bij bewustzijn en zat te luisteren, nog steeds met Callahans arm beschermend om hem heen.

'Een heel erge klootzak,' zei Dash. 'Volgens zijn enge verwrongen geest moest hij iedereen vermoorden die een nauwe band kreeg met Beth. Hoe komt dat, Sawyer? Wil je haar voor jezelf?'

'Ach, om te beginnen vind ik dat ontrouwe echtgenotes niet veel respect verdienen,' antwoordde hij rustig.

Te rustig, dacht Archer.

'Met jou als echtgenoot verbaast het me niet dat Eleanor naar andere mannen keek, vooral niet omdat je zo te zien alleen maar de dochter – die niet eens jouw dochter was – wilde domineren en niet hield van de vrouw die echt je vrouw was,' zei Dash.

'Goed, ik heb een pistool en jullie hebben een pistool. Hoe denk je dat dit afloopt, Willie?'

'Mijn wapen heeft veel meer kogels.'

'Ik heb er maar één nodig.' Meteen richtte hij zijn pistool op Archer. 'Als jij op mij schiet, schiet ik op Archer. Wil je je nieuwe jongen opofferen, Willie? Net zoals voor een goed renpaard geldt, je kunt altijd wel een andere vinden.'

Voor het eerst leek Dash onzeker, dat leek tenminste zo voor Archer die naar hem keek.

'Er is geen enkele reden om dat te doen, Sawyer. Het is een eerlijke wedstrijd, geef maar gewoon toe. Je hoeft niet vechtend en dramatisch ten onder te gaan zoals Dillinger, want het is niet dramatisch, alleen maar dood.'

'Misgun het me niet dat ik een van je pionnen sla,' zei Armstrong. 'Als mijn laatste daad.'

Er viel een schot en iedereen bleef stokstijf staan, behalve Callahan en Kemper die met open mond op de grond zaten.

Sawyer Armstrong leek de laatste in het vertrek te zijn die begreep dat híj was geraakt. Uiteindelijk keek hij nieuwsgierig naar beneden, naar de gapende wond in zijn borst. Toen hij opkeek zag hij Beth Kemper in de deuropening staan, die nog steeds het rokende pistool op hem gericht hield als een beschuldigende vinger die gerechtigheid eist.

Ze leek bereid opnieuw te schieten. Maar Armstrong gleed dood op de vloer en het leek onnodig de man twee keer te doden.

Beth Kemper legde het pistool bedaard op een tafel, liep naar haar man toe, knielde bij hem neer en omhelsde hem zo stevig als ze maar kon.

Callahan trok haar arm terug en keek naar Archer. Hij keek niet naar haar, maar naar Dash die naar de dode man keek.

Toen Dash eindelijk opkeek en Archer naar hem zag kijken, haalde hij zijn schouders op en zei: 'Nou, dit is het toppunt.'

70

Een paar dagen later reed Archer rond lunchtijd naar het kantoor. Hij stapte in de lift en moest zelf op de juiste knoppen drukken omdat Earl dat niet meer kon doen. Hij begroette Connie Morrison, die liefjes naar hem glimlachte en zei dat Dash hem wilde spreken.

Archer klopte op de deur, waarna een barse stem zei dat hij binnen mocht komen.

Dash lag op het opklapbed, zonder schoenen, met zijn voeten omhoog en zijn colbertje uit. Hij had een glas Schotse whiskey in de ene hand en een sigaar in de andere. 'Ga zitten.'

Archer ging zitten.

'Eerst het belangrijkste. Ik heb vijf namen voor de aanvraag van je vergunning. Je zult het wel leuk vinden te horen dat Carl Pickett en Steve Prichard hebben getekend, hun laatste officiële daad voordat ze ontslag namen.'

'Ontslag namen? Hoezo?'

'Omdat ik hun dat ten zeerste heb aangeraden en ze het daar uiteindelijk mee eens waren.'

'Wie wordt dan de nieuwe chief?'

'Ik heb tegen Ern gezegd dat hij moest solliciteren. Hij is jong, slim, getalenteerd en zo eerlijk als maar kan. Wat betekent dat hij geen enkele kans maakt die baan te krijgen.'

'Oké.'

'Ik ben nu bezig met een brief aan het Bestuur van Gevangenisdirecteuren. Die zal Connie bij de aanvraag voegen die ze nu aan het typen is, waarna jij hem kunt ondertekenen. Daar staat feitelijk in dat je een fantastische speurder en een moreel bijzonder hoogstaand man bent, dat je hebt meegeholpen met het oplossen van een belangrijke zaak en dat je heel veel levens hebt gered, en ga zo maar door. Je krijgt je vergunning dus wel.'

'Maar je zei dat je misschien zelf nog een onderzoek wilde instellen naar mij, mijn verleden. Verdomme, ik heb in Ventura een vrouw vermoord, ook al was dat zelfverdediging.'

'Ja, daar heb ik discreet navraag naar gedaan, Archer, bij een paar PD's daar die ik ken. Het lichaam van die vrouw is gevonden, de politie heeft een onderzoek uitgevoerd en de conclusie was dat het inderdaad op zelfverdediging leek. Ze had twee kogels geschoten in de stoel waar jij, neem ik aan, op zat. Zij miste, jij niet.'

'Zullen ze het daar echt bij laten?'

'Jij hebt ontdekt dat ze drugs verkocht. En de politie was haar daarvoor ook al op het spoor. In Ventura vinden ze dus dat ze haar verdiende loon heeft gekregen. Einde verhaal.'

'Verdomme, dat had ik niet verwacht.'

'Ten tweede, de Kempers hebben negenduizend dollar toegevoegd aan het voorschot dat ze al hadden betaald, dus krijg ik in totaal tienduizend voor een goed uitgevoerde opdracht en het uitroeien van een kankergezwel met de naam Sawyer Armstrong. Mijn geldproblemen zijn dus voorbij, voorlopig tenminste.'

'Dat is geweldig! Dus, hoeveel bedraagt mijn salaris en wanneer krijg ik mijn eerste loon? Connie wist het niet en jij hebt dat nooit gezegd.'

'Ten derde, iedereen die in de Cliffs was houdt zijn mond. Pickett en Prichard, Hank en Tony, en die andere twee kerels weten dat ze, als ze ook maar één woord zeggen, worden beschuldigd van moord en ontvoering en het toebrengen van zwaar lichamelijk letsel met een lange gevangenisstraf tot gevolg. Dus daar hoeven we ons geen zorgen over te maken. In een ideale wereld zouden ze allemaal de bak ingaan of in de gaskamer eindigen, maar het zal moeilijk zijn alles te bewijzen. Ook denk ik niet dat Hank en Tony in staat zijn om zonder Armstrong de kost te verdienen, zodat ze tot niets zullen verschrompelen, als een waterlelie in de Sahara. En Pickett en Prichard zullen de stad verlaten, zodat we daar gelukkig vanaf zijn.'

'Oké.'

'Ten vierde, Beth heeft alle bezittingen van Armstrong geërfd. Ze is nu dus rijker dan ze al was. En Douglas wordt de nieuwe burgemeester, zodat dat eiland gewoon een eiland blijft. Bovendien ziet het ernaar uit dat die twee, nu Armstrong uit beeld is, het wel zullen redden. Echte liefde overwint alles, nietwaar?'

'Klopt. En ten vijfde?'

'Er is geen vijfde, behalve wat nog in die whiskeyfles zit. Oké, ik ben uitgepraat, Archer. Verdwijn en neem vandaag vrij.'

Archer stond op en liep naar de deur.

Dash zei: 'Hé, Archer?'

'Ja?'

'Je hebt de aanleg om een goede speurder te worden. Hou het daarbij, oké?'

Archer knikte. 'Dat was niet echt Ma Barkers pistoolmitrailleur, wel?'

'Wie weet? Maar áls je zo'n wapen gebruikt, moet je het in stijl doen.'

Archer ondertekende zijn vergunningsaanvraag en Morrison zei dat ze die diezelfde dag nog zou posten. En toen deed ze iets wat Archer verbaasde. Vanachter een vaas bloemen pakte ze een glas met een lange steel vandaan waarin vloeistof zat.

'Wat is dat?' vroeg Archer.

'Champagne natuurlijk. Er is veel te vieren. Ook een glas?'

'Bedankt, maar ik wacht liever tot ik iets kan drinken met een donkerder kleur.' Hij liep door de receptie naar zijn kantoor, ging aan zijn bureau zitten en keek naar de zonnebloem die Morrison waarschijnlijk in de vaas had gezet, maar die al slap hing door het gebrek aan zonlicht. Archer verplaatste hem naar de vensterbank waarna hij alweer wat leek op te fleuren.

Iemand klopte op zijn deur.

'Ja?'

De deur werd geopend en Dash stond in de deuropening.

'Vergat nog iets, Archer.' Hij haalde zijn portefeuille tevoorschijn, telde acht briefjes van honderd dollar en tien briefjes van twintig dollar af en gaf ze aan Archer. 'Je salaris voor deze week. Maar verwacht niet dat je elke keer zoveel krijgt, *capiche*?'

'Bedankt, Willie,' zei Archer.

'Wat vind je ervan om iets daarvan te gebruiken om me op een lunch te trakteren?'

'Ik ken een eethuisje aan het water.'

'Ik weet dat je een eethuisje aan het water kent, alleen zijn gesprekjes met mij lang niet zo gezellig als met Beth Kemper, koester dus maar geen valse hoop, jongeman. Hé, zouden ze daar tarwegriesmeel hebben?'

De twee mannen gingen naar buiten waar Archer naar de lucht keek en zich realiseerde dat hij hier in Bay Town nog niet eerder zo'n heldere hemel had gezien.

71

De volgende ochtend reed Archer al vroeg naar de Midnight Moods.

Mabel Dawson was terug uit Long Beach en knikte tegen hem toen hij binnenkwam. 'Lang niet gezien, Archer.'

'Ja, het lijkt erop dat ik niet weg kan blijven uit deze tent.'

'Deze tent heeft een nieuwe leiding. Beth Kemper kwam vanochtend langs en zei dat er geen enkele reden is om de koers van een schip halverwege de reis te wijzigen, hoewel ze ook zei dat de meiden rond lunchtijd geen "bezoek" kunnen ontvangen.'

'Dat bezoek was misschien toch al slecht voor de spijsvertering.'

'Je bent hier voor Liberty, neem ik aan?'

'Klopt.'

'Aangezien het net één uur is geweest, zul je haar waarschijnlijk in bed vinden.'

Hij liep naar Callahans kamer en klopte aan.

'Ja, wie is daar?'

'Ik ben het, Archer. Ben je aangekleed?'

'Zelfde antwoord als de vorige keer, Archer.'

De deur werd geopend en daar stond ze, in een geval van dunne zwarte zijde, en met verwarde haren en een gezwollen gezicht van de slaap. En ze is mooier dan ooit, dacht Archer. Beth Kemper was een en al koele klasse, maar Liberty Callahan was de gloeiend hete vlam van de werkende klasse die gewend was aan de ruwe en onstuimige wereld. En er was geen twijfel aan wie van beide vrouwen Archer meer fascineerde.

'Mis je me?' vroeg hij.

'Ja hoor, ik heb alleen maar aan jou gedacht, vriend.' Ze stapte achteruit zodat hij binnen kon komen.

Hij keek om zich heen en zag dat ze zich de kamer met een paar persoonlijke touches eigen had gemaakt. 'Hoe gaat het met je ogen?'

vroeg hij toen hij zag dat ze nog steeds een beetje gezwollen waren, maar dat het blauw en geel eromheen al lichter werd.

'Niets waar make-up niet iets tegen kan doen. Niemand ziet het als ik mijn act doe. En met mijn verdraaide arm gaat het ook al veel beter.'

'Zet je de tent nog steeds op stelten?'

'Wat kan ik zeggen? Ik ben een ster.'

'Beth Kemper is nu de eigenares.'

'Ja, heb ik gehoord. Goed dat een vrouw nu de baas is.'

'Ben je hier nog steeds tevreden?'

'Nou, ik heb een contract ondertekend voor een jaar, zoals je weet. Daarna neem ik waarschijnlijk de bus naar Hollywood. Daar hoor ik te zijn. In Bay Town word ik geen wereldster, tenminste niet zoals ik het wil.' Ze ging op een stoel zitten en sloeg haar benen over elkaar.

Archer keek ernaar, ging ook zitten en probeerde er niet aan te denken dat ze over een jaar zou vertrekken of aan hoe weinig kleren ze droeg.

Toen ze zijn sombere blik zag vroeg ze: 'Wat is er, ga je me missen?'

'Ja, inderdaad.'

'Maak me nu niet aan het huilen,' zei ze plagend, maar aan haar blik was te zien dat ze ontroerd was.

Hij speelde met zijn hoed. 'Luister, ik ben hier om mijn excuses aan te bieden omdat ik je bij dit alles heb betrokken.'

'Niet nodig. Bijna vermoord worden geeft je meer het gevoel dat je leeft dan een dozijn rozen, een bord oesters op de halve schaal of baden in een badkuip vol Chanel N°5.'

Ze stak een sigaret op en Archer deed hetzelfde.

Ze rookten even en keken elkaar aan, misschien allebei op zoek naar een teken van de ander.

'Aardig dat je dat zegt.'

Ze sloeg haar benen weer over elkaar en zei: 'Zo ben ik, Archer, door en door aardig, zoals je zelf kunt zien.'

'Wat doen we hier eigenlijk?' vroeg Archer.

'Geen idee. Ik klets maar wat. En trouwens, voor het geval je het niet meer weet, jíj kwam bij míj.'

'Ja, dat is waar,' zei hij, waarna hij ongemakkelijk zweeg. Dit verliep kennelijk niet zoals hij had gewild.

'Wil je wat drinken?' vroeg ze behulpzaam.

'Zeker, waarom niet? Zo te zien drinkt iedereen tegenwoordig.'

Callahan stond op en liep naar een kastje. Ze knielde, opende een deurtje en pakte twee glazen en een fles bourbon.

Hij zag dat haar voetzolen licht en glad waren, iets waar hij nota bene helemaal opgewonden van werd. 'Weet je, om bourbon te heten moet het in Kentucky worden gemaakt,' zei hij snel, terwijl hij zijn stropdas lostrok om meer zuurstof te krijgen.

Ze schonk drie vingers in elk glas en zei: 'Daar is het studentje weer.'

Ze dronken wat en keken elkaar aan.

'Wil je me iets vertellen?' vroeg Archer.

'Moet dat dan?'

'Dat weet ik niet, daarom vraag ik het.'

'Ik hou er niet van om in een kringetje rond te draaien. Ik word heel snel duizelig.'

Archer wilde iets terugzeggen, maar bedacht zich. Hij keek Callahan aan en zij keek hem aan. Ze wilde Reno gewoon verlaten, net als Archer. Ze wilde aan de Westkust een droom najagen.

Net als ik.

In de bergen heeft ze ons leven gered.

Eerst had het hem geschokt dat een vrouw dat kon doen. Maar als hij het pistool had gehad in plaats van Callahan?

Dan had ik ze alle drie doodgeschoten en mezelf een held gevonden.

Ze probeert zelfverzekerd te zijn en de situatie de baas te zijn, maar soms doet ze alleen maar alsof omdat ze vanbinnen doodsbang is.

Net als ik. We lijken eigenlijk heel veel op elkaar.

'Archer, leef je nog of moet ik een dokter bellen?' Ze rukte hem uit zijn gedachten.

'Ik ben er weer.' Zenuwachtig nam hij een slok. 'Ik weet dat we allebei dingen hebben gezegd waar we waarschijnlijk spijt van hebben. Ik tenminste wel.'

'Dat gebeurt, Archer. Maar volgens mij hebben we het alweer goedgemaakt, toch?'

'Ja, dat denk ik wel.'

'Ik bedoel, we hebben samen heel veel meegemaakt. Meer dan de meeste getrouwde stellen, toch?'

'Ik ben hier niet om je ten huwelijk te vragen.'

Ze lachte, een lage, keelachtige lach die Archer om de een of andere reden een heerlijk gevoel gaf. 'Ik ben er nog niet klaar voor om me te settelen, Archer, nog lang niet. Maar als het ooit zover komt, zou ik iets veel ergers kunnen doen dan een ring van jou aannemen.'

Hij hief zijn glas en keek haar met een warme glimlach aan.

Ze strekte haar been, raakte zijn schoen aan met de teen van haar blote voet en liet hem daar rusten. 'Dat wat er in de bergen is gebeurd? Is dat oké?'

'Ze hadden Bobby H. vermoord en ze zouden ons vermoorden. Ze hebben hun verdiende loon gekregen. Verdomd, we hebben het die kleine man te gemakkelijk gemaakt.'

'Maar dat vond je toen niet,' zei ze.

'En misschien zat ik toen fout.'

Ze nam een slok en keek naar haar glas. 'Nee, je zat niet fout, Archer. Als ik die kleine smeerlap in koelen bloede had doodgeschoten?' Ze schudde haar hoofd. 'Ik weet niet wat dat met me zou hebben gedaan, maar zeker niet iets goeds. Ik moet je dus bedanken voor wat je toen deed.'

'Oké.'

'Ik zie hun gezichten in mijn slaap,' zei ze zacht. 'Ik zie hoe ze sterven.'

'Ja, dat kan ik me voorstellen.'

Ze keek hem gespannen aan. 'Houdt dat ooit op?'

'Niet helemaal, nee. Maar na verloop van tijd zie je die gezichten steeds minder vaak en lang niet meer zo duidelijk.'

'Dat is fijn.'

'Maar als je ze ooit zo vaak ziet dat je er niet mee kunt omgaan, moet je me bellen. Dan kom ik meteen naar je toe.'

'Je bent een goede man, Aloysius Archer.'

'Het verbaast me dat je mijn voornaam nog weet.'

'Ik wil je blijven verbazen. Ze zeggen dat dat goed is voor een relatie.'

Hij grijnsde en nam nog een slok. 'O, dus we hebben een relatie?'

'Ik denk het.'

'Ik weet het toevallig. En daar ben ik blij om.'

‘Verdomd, we zeggen alleen maar aardige dingen tegen elkaar. Ik begin me een beetje onbezonnen te voelen.’

‘Ik voel ook iets, maar dat niet.’

Dit was de eerste en enige keer dat hij Liberty Callahan ooit had zien blozen. Het stond haar geweldig.

‘Trakteer je me op een lunch?’ vroeg ze, een beetje gespannen.

‘Nee, maar ik wil je wel mee uit dineren nemen.’

‘Wat doen we dan tot die tijd?’

Archer zette zijn glas neer, trok zijn colbert uit, maakte zijn das helemaal los en begon zijn overhemd los te knopen. ‘Als je dat moet vragen, dame, dan doe ik echt iets verkeerd.’

Ze stond op en streelde zacht over zijn harde kaaklijn. ‘O, je doet niets verkeerd, Archer. Je moet alleen aan je timing werken, dat is alles. Maar ik heb nog minstens een jaar om je daarmee te helpen.’

Ze pakte zijn hand, nam hem mee naar haar slaapkamer en deed de deur dicht.

Dankwoord

Voor Michelle, terug naar de jaren 1940 met Archer. Op dit moment is dat beter dan het heden. En die tijd zou ik met niemand anders willen doorbrengen.

Voor Michael Pietsch, Ben Sevier, Elizabeth Kulhanek, Jonathan Valuckas, Matthew Ballast, Beth de Guzman, Anthony Goff, Rena Kornbluh, Karen Kosztolnyik, Brian McLendon, Albert Tang, Andy Dodds, Ivy Cheng, Joseph Benincase, Andrew Duncan, Morgan Swift, Bob Castillo, Kristen Lemire, Briana Loewen, Mark Steven Long, Thomas Louie, Rachael Kelly, Kirsiah McNamara, Nita Basu, Lisa Cahn, Megan Fitzpatrick, Michele McGonigle, John Colucci, Alison Lazarus, Barry Broadhead, Martha Bucci, Rick Cobban, Ali Cutrone, Raylan Davis, Tracy Dowd, Melanie Freedman, Jean Griffin, Elizabeth Blue Guess, Linda Jamison, John Leary, John Lefler, Rachel Hairston, Suzanne Marx, Derek Meehan, Christopher Murphy, Donna Nopper, Rob Philpott, Barbara Slavin, Karen Torres, Rich Tullis, Mary Urban, Tracy Williams, Julie Hernandez, Laura Shepherd, Jeff Shay, Carla Stockalper, Ky'ron Fitzgerald en iedereen bij Grand Central Publishing omdat ze alles voor me doen.

Voor Aaron en Arleen Priest, Lucy Childs, Lisa Erbach Vance, Frances Jalet-Miller en Kristen Pini, omdat ze mijn leven veel eenvoudiger maken.

Voor Mitch Hoffman, omdat je doet wat je zo goed kunt.

Voor Anthony Forbes Watson, Jeremy Trevathan, Alex Saunders, Sara Lloyd, Claire Evans, Sarah Arratoon, Laura Sherlock, Stuart Dwyer, Jonathan Atkins, Christine Jones, Leanne Williams, Stacey Hamilton, Charlotte Williams, Rebecca Kellaway en Neil Lang van Pan Macmillan, omdat jullie meer doen dan verwacht mag worden.

Voor Praveen Naidoo en het fantastische team van Pan Macmillan in Australië, omdat jullie zulk geweldig werk voor me doen.

Voor Caspian Dennis en Sandy Violette, omdat jullie me altijd weer de hemel in prijzen.

En voor Kristen White en Michelle Butler, omdat jullie de allerbesten zijn.